本书系厦门大学“中央高校基本科研业务费专项资金资助”(Supported by the Fundamental Research Funds for the Central Universities)项目(编号：2011221026)，特此致谢!

《子夜》的艺术世界及周边问题

李城希　著

中国社会科学出版社

图书在版编目(CIP)数据

《子夜》的艺术世界及周边问题/李城希著. —北京：中国社会科学出版社，2013. 10

ISBN 978-7-5161-2953-1

Ⅰ. ①子… Ⅱ. ①李… Ⅲ. ①小说研究—中国—现代
Ⅳ. ①I207. 42

中国版本图书馆 CIP 数据核字(2013)第 155862 号

出 版 人 赵剑英
选题策划 陈肖静
责任编辑 陈肖静
责任校对 高 婷
责任印制 戴 宽

出 版 中国社会科学出版社
社 址 北京鼓楼西大街甲 158 号（邮编 100720）
网 址 http://www.csspw.cn
中文域名:中国社科网 010-64070619
发 行 部 010-84083685
门 市 部 010-84029450
经 销 新华书店及其他书店

印 刷 北京君升印刷有限公司
装 订 廊坊市广阳区广增装订厂
版 次 2013 年 10 月第 1 版
印 次 2013 年 10 月第 1 次印刷

开 本 710×1000 1/16
印 张 15.75
插 页 2
字 数 259 千字
定 价 48.00 元

凡购买中国社会科学出版社图书,如有质量问题请与本社联系调换
电话:010-64009791

目　录

序　一

曹顺庆

春节期间收到城希寄来的《〈子夜〉的艺术世界及周边问题》这部书稿，这是他在2009—2010年间跟随中国社会科学院文学研究所王保生先生访学时所作研究的基础上整理而成。从书稿本身来看，城希收获颇大：

他在前言中全面讨论的是20世纪80—90年代持续否定茅盾小说艺术成就的问题，这一问题在当时引起了巨大而又极其复杂的反应，但时至今日关于这一问题或现象发生的原因并没有得到深入的解释。应该说在80—90年代的知识分子领域，大家最为关切的是对刚刚结束的“文革”进行深刻的历史与文化反思，以期永远结束那种令人颤栗的生活与精神事件；同时更加急切地关注那些曾经在“文革”前后遭遇不幸，特别是“文革”结束后那些年事已高的知识分子何时能够平反，希望他们能在人生的最后时光看到戴在自己在头上多年的沉重的“右派”等各式各样的帽子能够被摘下来，让他们看到历史的公正，曾经的痛苦得到些许补偿；再就是热切期盼改革开放的中国及其文化尽快走向世界。就现代文学研究而言，人们急切地希望看到那些曾经因意识形态等因素干预而被有意排除在现代文学研究之外的现代作家如徐志摩、沈从文、张爱玲等人的作品能够尽快与读者见面以便给予他们公正的历史和艺术评价。就在这样的时代境域中，人们开始了对茅盾这样一位刚刚还享有盛誉的艺术家进行重新认识和评价，这在当时或多或少让人感到意外。虽然人们料到对中国现代文学发生、发展以及研究过程中存在的一些问题在新的时代到来之后会被重新思考和评价，但没有想到竟来得如此之快，引起的震荡如此之大。因此，究竟是哪些原因导致人们对茅盾及其小说特别是《子夜》艺术意义和价值的持续否定值得深入思考，虽然当时也有一些相关的回答，但就事论事者居多，不足以解释否定茅盾及其小说艺术的深层动因。时隔多年，这一问题已被淡化甚至被人遗忘，但真正构成历史的那些人物和事件很难被真正淡化和遗忘，所谓淡化和遗忘只是被暂时搁置。此次城希从生活与艺术两个方面对这一问题作了较为深入的讨论，认为80年代以来人们对茅盾小说艺术意义与价值的否定固然有其艺术本身的问题，但要求茅盾与众多知识分子一道共同承担“文革”那样的时代带来的精神苦难可能是否定茅盾小说艺术意义与价值的深层原因。80年代以来否定茅盾小说艺术的意义与价值这一问题的原因当极其复杂，还远没有到下结论的时候，重新提出这一问题以供人们在新的时代和新的世纪进一步深入认识和讨论本身就有其重要意义。

关于《子夜》艺术本身，城希首先提出了长篇小说中的人物形象群这一问题。他认为在典型理论支配下的长篇小说阅读存在严重局限性，一部内容丰富的长篇小说往往就等同于一两个所谓典型，事实是长篇小说乃至具有经典意义的中短篇小说如《阿Q正传》中的人物远不是一两个典型，而是由众多人物构成的不同形象群，不同形象群中各有其典型，正是形象群的存在构成了长篇小说内容及艺术的丰富性。就《子夜》而言，他认为其中至少有六大人物形象群，此外还有众多边缘人物同样富有审美意义，并对不同形象群的审美意义作了较为深入的分析，这与我们曾经的阅读感受形成了明显反差。

同时他还提出了长篇小说艺术的细节问题。细节不只是长篇小说阅读所要面对的问题，包括小说在内的全部艺术的审美意义无一不由细节生成，从诗歌中的意象到小说艺术中人物的一言一行，从戏剧中人物的一颦一笑到绘画中的一点一画，无数的细节实质上都构成了审美阅读的障碍，要解释其所蕴含的丰富审美意义从而消除阅读障碍可以说相当困难。城希在这里提出了《子夜》的艺术细节问题并对其作了较为深入的解释，这可以说是对长期以来学术研究追求所谓宏观认识的补正，严格说来这是关涉如何深入长篇小说艺术世界的问题。西方把细节的解读看作是小说艺术审美阅读的核心，对艺术作品细节的关注与深入的解读常常能够给人以豁然贯通的审美感受和认识，只有对细节作出深入合理的审美解释才能深刻感受和体验小说艺术的魅力。顾彬（Kubin，wolfgang）最近在他的一篇文章中提出了“Good or Bad Literature”[①] 这一问题，它涵盖的内容似乎比经典更宽泛。就艺术而言，“Good Literature”必有难解的艺术细节，正是这样一些细节的存在让艺术充满永久的魅力。相反，“Bad Literature”可能正是因为细节的消失。

在书稿中城希还提出了一个可以说相当重要但至今并没有得到很好解释的问题，这就是《子夜》与通俗文学之间的关系，实质就是新文学与通俗文学之间的关系。长期以来由于话语权的问题导致人们在中国现代文学史的叙述过程中一味强调新文学的存在意义及其合理性，不是忽视而是有意回避通俗文学的巨大存在及其特殊审美意义，回避新文学在其发生与发展过程中与通俗文学之间的复杂关系，这样一来就如范伯群先生所说，舍弃通俗文学的中国现代文学史是残缺的文学史。关于通俗文学与新文学之间关系问题的认识虽然在 80 年代之后有所改观，但触及核心问题的论述还不多见。城希在书中将《子夜》这样的新文学作品与通俗文学直接联系在一起并用实证的方式指出《子夜》所受通俗文学的影响和表现，这至少提醒我们对通俗文学与新文学之间的关系需要进一步深入的认识。通俗文学是中国新文学发生与发展的重要背景和竞争对象是不争的事实，中国新文学作家可以说无一不受通俗文学和通俗艺术的影响，其中鲁迅、胡适等人对通俗文学艺术价值有深入的研究和肯定，茅盾、张爱玲等人明确表示对通俗文学重要作品艺术价值的认同，他们的创作不可能不受通俗文学的影响。

最后，书稿用了较大篇幅讨论 1949 年之后包括《子夜》在内的中国现代文学作品的修改问题，这一问题应该说至今仍然没有引起人们足够的重视。作品修改是一个复杂问题，但可分为两类，一类是作品本身艺术的完善，这通常是作家本人的自觉，但也不可持续反复太久，否则就会沦为美化个人早期艺术能力的行为。另一类则是如 1949 年之后在意识形态等因素作用下的非艺术修改，这样的修改不在量而在质，对作品本身原属“点睛

---

① Kubin，Wolfgang，“What is Good chinese? Towards the Problem of Literature in the Chinese Commonwealth”，*Comparative Literature*：*East & West*（比较文学：东方与西方）Autumn/Winter 2011，No. 2，Vol. 15，Sichuan University Press（四川大学出版社）。

之笔”的修改会根本改变作品的艺术价值及读者的阅读感受和体验，意识形态的渗透对作品的影响就更加严重。如城希在书稿中所列举的这些作品，深信修改后与原作之间会存在根本距离，不仅极大扭曲了作家本人的最初审美创造意图，掩盖了作家的艺术才华，极大减损甚至从根本上消除了作品的艺术魅力，更重要的是对作家本人的道德操守产生误解，原本是为艺术而艺术的作品经修改之后就变成了先知式的为政治服务。同时，这样的修改不是面目全非而是天衣无缝，让人无法轻易察觉。因此，1949 年之后中国现代文学作品及其他重要文献的修改实在是构建了一部伪“中国现代文学史”，而正是这样的伪“中国现代文学史”而不是中国现代文学本身成为 1949 年之后的中国现代文学研究对象，这样的研究也毫无疑问会失去历史的效用。这是在极力强调文化软实力的今天急待解决的问题，也许如城希所说的那样，严格尊重历史，重版中国现代文学初版本，恢复中国现代文学的本来面目是未来中国现代文学研究需要迈出的第一步。

以上是我对城希《〈子夜〉的艺术世界及周边问题》这部书稿阅读后的一些想法，相信他在本书的修改过程中会进一步深化自己的认识，其中有些问题完全可以另行深入研究。

是为序。

2013 年春，北京

序 二

王保生

大概是五年前，李城希来我们中国社会科学院文学所进修。在此之前，他早已在南京大学中文系获得中国现代文学博士学位，接着又在四川大学师从曹顺庆教授读博士后，到厦门大学工作后，他仍然想进一步学习、充实自己。来到北京后，他想深入研究现代作家茅盾，我问他为什么选择这个并不时髦的话题，他说，曾经读茅盾的小说很有兴味，但是20世纪80年代重写文学史的讨论中，有的学者提出了对茅盾代表作《子夜》的否定性意见，有的学者对中国现代文学经典作家重新排名，长期稳居“鲁郭茅”中第三的茅盾跌出了十名之外，对此他一直感到困惑不解。多少年过去了，这个疑问一直在他心中翻腾，他需要通过认真重读，通过相互交流，然后重评茅盾的《子夜》。李城希是个十分较真的青年学子，他做学问不随大流，不赶风潮，他要通过自己踏踏实实的钻研，求得自己能接受的答案。

20世纪80年代是一个思想大解放的年代，通过拨乱反正、改革开放，它要求得社会科学和文学艺术的大发展、大繁荣。在这样的时代语境中，提出重写文学史，重读、重评中国经典作家、经典作品，完全是时代的召唤。中国现代文学经典作家、作品的形成，虽则也经过时代的淘洗，经过几十年读者的选择，也经过多种教科书的认定，但毕竟那是在比较僵化的思想统制之下，缺乏多元文化艺术选择的背景下产生，新的时代对之重新评价，完全是顺理成章的事情。而且作为文学经典，它是不怕历代读者重读、重评的，所谓“真金不怕火炼”。文学经典不是钦定的，更不是自封的，用行政命令，靠权力来树立经典，难以服众，也经不起历史考验；而自吹自拉，自封经典，更是只能贻笑大方。古今中外的文学史告诉我们，文学经典具有独创性、丰富性、深刻性、复杂性，甚至某种程度的暧昧性，也就是作者自己有时也说不清道不明的隐秘意味。这些特性也就随着产生了对经典阐释的无限可能性，谁也不可能穷尽或垄断对一部文学经典的阐释权。世界文学史上，有说不尽的莎士比亚，说不尽的托尔斯泰，中国文学史上，《诗经》、《离骚》、唐诗、宋词、《红楼梦》，以及鲁迅的小说，也都是说不尽的，就是曹禺的《雷雨》这样的戏剧经典，直到今天学者、读者还是有着不同的解读，争鸣气氛不减当年。同样，古今中外，多少权威学者，多少领袖政要，对文学经典，对经典中的人物形象作过分析和评论，而他们的这些分析和评论本身也成了“经典”，比如马克思、恩格斯关于莎士比亚戏剧的论述，关于巴尔扎克小说的论述，恩格斯从《城市姑娘》的评论中引出的关于“典型”的论述，列宁关于托尔斯泰的小说是“俄国革命的一面镜子”的论述，毛泽东关于鲁迅的一系列论述，都成为后来者阅读和评论这些作家作品的指导思想，成了一种“经典话语”。但文学经典同时还具有另一种特质，即经典不是万古不变，它具有历史的流动性。人类社会要前进，名家名作代不乏人，各个不同时代需要不断地充实新的经典，同时也会逐渐淘汰过时的作家作品，包括曾经被认定为经典的作家作品以及所谓的“经典话语”，这是时代发展的必然规律。

说到茅盾的《子夜》，20 世纪 80 年代对它的一些否定性的意见，或提出一些质疑，这可以视为学术争鸣中的正常现象，特别是考虑到当时那种要求冲破长期封闭禁锢的思想解放的风潮，这完全是可以理解的。不仅是对茅盾的作品，鲁迅、郭沫若这两个被树为中国新文学主将的文化巨人，当时以及后来的一段时期，仍然有一些质疑其思想和艺术价值的声音。王朔就认为，鲁迅没有写过长篇小说，因此称不上伟大作家，对郭沫若的否定性评论就更多了，这些都应该视作学术争鸣中的一种表现。从积极方面来说，这些质疑，甚至否定性的意见，促使研究者对过去不能怀疑的所谓“定评”，对自己以往的阅读体会作一番重新考量，促使读者去重新阅读，推动研究者换一种角度来打量自己的研究对象。以往那种僵化的对文学经典的政治性解读已不适应新的时代，任何经典名著，都要经受新时代的重新认识、重新评判。从人类认识史角度看，对任何事物的认识，都不是一次完成的，它要经过多次反复地考察和检验，更何况文学经典，这种反映人类复杂心灵的艺术品，更需要经受历代读者的检验。当然，这种个人性的阅读，会有偏颇，或者矫枉过正，或者追求轰动效应，但从积极方面去理解，它能促进人们从更多的方面去思考，打破对权威评论、对教科书结论的习惯性依从，放出自己的眼光，独立思考，作出自己的判断。

这几年李城希一直在反复阅读《子夜》以及茅盾的其他著作，对相关的研究也多有关注，他曾写出《子夜》中人物形象群的研究论文，征求过一些同志的意见，如今他又在反复修改中，完成了这部书稿，这种执着进取的精神是十分可取的。我以为这部书稿的显著特色，是有着强烈的问题意识，是真正有感而为，有准备而发。《子夜》是一部十分丰富的存在，它在题材开拓、人物塑造、思想意蕴等方面，都有着可深入开掘的广阔天地。这部书稿不是面面俱到，泛泛而论，而是把注意力集中到对《子夜》的艺术世界的探读上。作者对《子夜》作了认真的文本细读，这在当前存在的急功近利、浮躁的学术风气中，更显得难能可贵。正是通过认真地阅读，作者发现《子夜》具有多重审美的文化主题，它在30年代现代都市的背景下，通过众多的人物形象，表现了在那个特殊年代形形色色人的性格和命运，其中传统的历史性溃散、人性的堕落与蜕变、个人命运的无情改变与社会生活秩序的现代调整，没有答案的未来，构成《子夜》多重文化主题，《子夜》的审美意义也因此而变得极为丰富。人，活跃在30年代上海这样一个现代大都会的各色各样的人物，他们的性格，他们的命运，他们在复杂矛盾的社会中如何生活，如何挣扎，才是作家茅盾关注的中心。茅盾首先是一个作家，而不是一个社会学家，他要把笔墨伸向各色人等的内心，用细腻生动的笔触，描绘他们的生存状态，反映他们的喜怒哀乐，因而研究《子夜》，首先要通过对文本的细读，分析活跃在长篇中的人物。书稿认为《子夜》全篇人物众多，不能简单地把之归纳为只塑造了吴荪甫、赵伯韬这样一两个“典型”，支撑《子夜》这样一幢艺术大厦的是众多栩栩如生的人物形象，是一个个“人物形象群”。这是从作品实际情况出发得出的认识，而不是对西方典型理论的简单套用。中国古典小说《三国演义》，描写东汉末年魏、蜀、吴三国群雄逐鹿，一两个典型人物无法支撑那样宏阔的征战场面，因而才有曹操、刘备、关羽、张飞、诸葛亮、赵子龙、周瑜等熠熠生辉的人物形象群出现；《水浒传》描写一百零八条好汉被逼上梁山，高举反抗义旗，武松、鲁智深、林冲、李逵、宋江等等，各有行动的故事，也各有鲜明的个性；《红楼梦》中除贾宝玉、林黛玉、薛宝钗以外，大观园中那些姑娘，不论其是贵族小姐，还是奴婢丫环，塑造得真是千姿百态。这些古代文学经典作品，早就昭示了反映丰富复杂的社会生活，塑造鲜活的人物形象群是一个有效的艺术方法。李城希在本书中，对《子夜》中六个人物形象群的划分和分析，是入情入理的，是有说服力的。正是这六个人物形象群的成功塑造，建构了《子夜》这座很有光彩的艺术大厦。其中塑造最为成功的，当然是资本家这一形象群。这是以往中国现代文学作品中塑造得很少，也罕有成功的人物形象群。中国现代民族工业在30年代有了长足的发展，《子夜》浓墨重彩地塑造了民族资产阶级各色人物的形象，让读者看到了他们在30年代上海这一现代都市舞台上的生动演出，这无论从现代文学题材的开拓上来说，还是从人物形象丰富性上来说，都是很大的成功，与这一组形象对立的是初期工人运动领导者形象的塑造，早先有不少评论，认为这是茅盾的败笔，我觉得对这些也要作客观的具体的分析。当时中国革命处于低潮，但左倾的革命领导者却看不清形势，盲从共产国际的指令，一味地鼓动在城市里罢工，示威，那些冲在第一线的工人运动领导者，都是些缺乏斗争经验的青年知识分子，《子夜》描写他们的革命热情，同时也表现他们的内心苦闷，急躁盲动，甚至有些神经质，我认为这也是客观事实的反映。正是因为革命者在当时的不成熟，才导致《子夜》对他们的描写的种种限制。如果《子夜》出现的是那些姓名都有些外国味的青年革命者，个个都是老练成熟，光彩夺人，那才是不真实的。

本书认为《子夜》的创作在某些方面借鉴了通俗文学的创作方法，初看感觉有些突兀，因为作者茅盾作为倡导者之一的文学研究会，成立时就明确地表示反对以鸳鸯蝴蝶派为代表的通俗文学，但本书多方面的辨析，又使人觉得作者这一论点是有根据的，它开启了我们更深入探讨的思路。科学研究往往要从以往忽略的方面，甚至否定的方面，去发掘新的可能性。李城希从自己细心的重读中有所发现，彰显了学术探索的多种可能性。

五四新文学作者总有一种误解，以为他们当年登高一呼，打倒文言文，提倡白话文，打倒诲淫诲盗的鸳鸯蝴蝶派和陈腐的旧体诗词，新文学就一统天下了，其实即使到了30年代，在上海这样的现代大都市，新文学也只是在青年学生为代表的小资产阶级知识分子中流行，普通市民爱读的还是报章上连载的章回小说，爱听的还是评弹说唱中的帝王将相、才子佳人，更不要说广大的农村，那儿基本上是通俗文学、通俗戏曲的天下。新文学作者是在通俗文学的土壤中生长的，在审美感知和表达方式上，潜移默化地发生着影响，这是他们难以去除的胎记。尽管作为时代的弄潮儿，他们会在公开场合高喊反对旧文学，看不起通俗文学，但在潜意识里，在情感的深层，这些传统文学的基因，却在不知不觉地左右着他们的审美趣味和写作方法，尽管他们口头上可能不会承认。这就可以理解，为什么五四那么多新诗人，在另一场合，写起旧体诗词来是那么得心应手，郭沫若、田汉、郁达夫，甚至包括鲁迅，他们创作的旧体诗词，至今还是一些学者研究的课题。书稿作者能从矛盾处发现问题，并尽量合理地来进行阐释，这就推动了《子夜》研究的深化。

人文社会科学研究的每一点进步，每一点突破，都要花费巨大的劳动，都值得珍惜，因此，我很高兴推荐李城希这部书稿。

2013年新春，北京

前言　在生活与艺术之间：一个时代的要求和误解
——20世纪80—90年代否定茅盾小说艺术意义与价值问题讨论

如果不对新时期伊始即已发生并在1988年初明确表现出来且持续近十年之久的对茅盾小说艺术意义与价值的冷峻否定这一重要现象作出尽可能合理的解释[①]，茅盾曾经构建的宏大小说艺术世界的意义与价值就始终难以在这一否定的基础上再度确立；茅盾及其小说艺术作为中国现代文学史支撑性结构与逻辑环节的合理性与有效性就始终无法得到确认；人们对茅盾及其小说艺术世界关注和研究的热情就始终无从真正唤起，茅盾研究也因此难以在新的起点上深度展开。由此，茅盾丰富的思想、艺术与文化资源无法得到有效利用以在新的时代推进当代中国文学与文化的发展。这是因为曾经发生的这一现象不仅为中外文学史所罕有，而且一开始就超越了茅盾及中国现代文学研究本身而成为重要的“社会文化现象”[②]，对茅盾及中国现代文学研究乃至当代中国文化产生了极其深刻的影响，如今距离最初对茅盾小说艺术意义与价值的否定已过去近30年之久，新的世纪也已过去十年有余，包括中国现代文学研究在内的中国思想界无论是思想观念、理论视野还是思维空间与思维方式都已发生深刻变化，重新回到

---

① 注：之所以说对茅盾小说艺术意义与价值的否定“新时期伊始即已发生”，这从蓝棣之等人的表达可以明显看出，“由于改革开放所带来的文学观念的深刻变化，我发现自己逐渐对茅盾的长篇小说《子夜》积累了一些看法”（蓝棣之：《一份高级形式的社会文件——重评〈子夜〉》，《上海文论》1989年第3期）。事实上，对中国现代文学与文化的整体反思与重新评价在新时期伊始甚至在“文革”期间就已开始，新时期一到来即不断表现出来，包括茅盾及其小说艺术在内的中国现代文学研究就是如此。

② 钟桂松：《二十世纪茅盾研究史》，浙江人民出版社2001年版，第250页。

80 年代之后否定茅盾小说艺术意义与价值的现场并与意识形态支配下的学术研究相遇时有着强烈的隔世之感。随着时间的推移和时代距离的不断拉开，曾经对茅盾小说艺术意义与价值否定这一已成历史的现象本身日益清晰；茅盾及其小说艺术世界日益摆脱曾经的政治意识形态影响与纠缠而不断成为纯粹的历史与审美对象；面对重要历史问题和现象时人们的心态与行为如今日渐理性持重；与茅盾及其所处时代完全没有照面，与茅盾所处时代已大不相同因而伦理、道德、情感与理性认识能够清晰分离开来的新一代研究主体不断出现。所有这些都意味着人们对包括 80 年代之后否定茅盾小说艺术意义与价值在内的重要问题与现象的认识会更加切近历史本身。

因此，很有必要也完全能够对曾经持续长达十年之久至今依然未得到合理解释的否定茅盾小说艺术意义与价值这一现象发生的时代背景、具体情形及深层原因予以尽可能深入的认识和讨论，在全新的时代境域中重新唤起人们面对茅盾曾经构建的宏大小说艺术世界的热情从而重新认识茅盾小说艺术的意义与价值。

一　否定茅盾小说艺术意义与价值的多重时代及文化背景

1988 年初开始明确表现出来的对茅盾小说艺术意义与价值的持续否定这一问题和现象有着复杂的时代及文化背景，它与改革开放这一全新时代有关，更与茅盾及中国现代文学研究本身密切相关：

1. 改革开放之后中国现代文学研究与意识形态关系的不断分离。对茅盾小说艺术意义与价值的否定这一现象的发生首先与改革开放这一时代环境密切相关，没有改革开放就不可能也不允许这一问题或现象发生。随着改革开放的不断深入，文学艺术领域开始不断挣脱政治意识形态的束缚回归自身，“几十年来，文艺为政治服务的口号……现在看来也不够恰当，所以邓小平同志提出不要再这样提”[①]，也就是自上而下自觉终止或放弃意识形态对艺术和学术的直接干预。正是在这一重要时代背景之下，人们几乎将此前经历的所有重要问题和现象都置入理性世界予以重新审视，“新

① 陆梅林、盛同主编：《新时期文艺论争辑要》(上)，重庆出版社 1991 年版，第 24—25 页。

时期十年来，在我国文艺理论界发生过一系列重要论争……涉及许多大是大非问题”①，对茅盾小说艺术意义与价值的否定就是其中之一。这里的所谓“大是大非”实质上是那些原本纯属思想领域的问题由于政治意识形态的介入而政治化，由此，面对这些问题需要的不再是理性的深刻思考而是在拥护与反对之间必须作出选择，学术研究沦为政治表态，重新讨论这样一些所谓“大是大非”问题的实质是学术研究与意识形态的分离与回归。对茅盾小说特别是《子夜》艺术意义与价值的否定是改革开放之后中国现代文学研究与意识形态分离并回归自身的重要表现，“由于改革开放所带来的文学观念的深刻变化，我发现自己逐渐地对茅盾的长篇小说《子夜》积累了一些看法”②，这里所说的“文学观念的深刻变化”实质是曾经被意识形态扭曲的文学观念的回归。

因此，对茅盾小说艺术意义与价值否定这一现象正是也只能是在改革开放这一重要时代背景之下才得以发生，是中国现代文学研究与政治意识形态之间关系开始分离的重要表现。

2. 外来文化影响与中国现代文学研究思维方式的根本转换。对茅盾小说艺术意义与价值的否定还与中国现代文学研究思维方式的转换密切相关，这特别表现在：首先，西方哲学、美学、文学理论与批评方法的不断引入直接促成中国现代文学研究思维方式的根本转换。80 年代之后的中国文学研究领域继五四之后再次对西方自古希腊以来的哲学、美学、文学理论与批评方法予以全面接受和运用，尽管这样的接受今天看来相当浮面甚至非常隔膜，但对当时的中国文学研究产生了根本性影响，直接促成中国文学研究思维方式与方法的根本转换。1985 年 3 月、4 月、10 月在厦门、扬州、武汉分别召开了三次关于文学评论方法的大规模讨论会，不仅与会学者众多，而且每次会议都长达七八天之久③，对中国现代文学研究思维方式的变革产生了转折性影响，曾经的政治批评标准以及反映论思维方法被不断抛弃，文学研究不断回到文学本身，开始“1. 由外到内，由着重考察文学的外部规律向深入研究文学的内部规律转移；2. 由一到多，从单一

① 陆梅林、盛同主编：《新时期文艺论争辑要》（上），重庆出版社 1991 年版，第 1 页。

② 蓝棣之：《一份高级形式的社会文件——重评〈子夜〉》，《上海文论》1989 年第 3 期。

③ 陆梅林、盛同主编：《新时期文艺论争辑要》（上），重庆出版社 1991 年版，第 1—33 页。

的哲学认识论或政治的阶级论来观察文学转变为从美学、心理学、伦理学、历史学、人类学等多角度的考察；3. 由微观分析到宏观综合，由孤立的作家、作品研究转入系统的宏观综合”[①]，对茅盾小说艺术意义与价值的否定可以说是中国现代文学研究思维方式转换的重要结果与表现。其次，中国现代文学研究本身历史观念、思维方式与思维空间的超越性变革。随着新的批评方法不断引入，中国现代文学研究从历史观念、思维空间到思维方式发生了质的变革与调整，其重要标志就是1985年“20世纪中国文学”这一概念的提出。这一概念今天看来有其不可避免的局限性，对中国现代文学这一历史本身存在根本性误解[②]，但对曾经的中国现代文学研究构成极大冲击，直接促成中国现代文学研究与意识形态的分离，是中国现代文学研究观念与思维空间的大解放，极大调整了人们的研究心态、视野与方式。对茅盾小说艺术意义与价值的否定与此密切相关，正是由于人们不再局限于“中国现代文学史”本身而是放眼整个20世纪才会发现包括茅盾小说艺术在内的中国现代文学史存在的诸多问题。再次，“重写文学史”要求的明确提出。由于改革开放的不断深入以及新的文学批评方法不断引入，由于中国现代文学研究本身思维空间和思维方式的巨大调整，人们不再满足于曾经对中国现代文学的意识形态化解释和评价，重新审视中国现代文学的要求日益突出。1988年《上海文论》第四期“‘重写文学史’这个重新研究、评估中国新文学重要作家、作品和文学思潮现象的专栏”[③]的开辟，是中国现代文学研究主体意识全面觉醒的表现和标志，直接推动了对包括茅盾小说艺术在内的整个中国现代文学的重新认识和评价。

3. 新一代中国现代文学研究主体的出现。对茅盾小说艺术意义与价值的否定之所以能够发生还与中国现代文学研究领域新一代研究主体的出现有直接关系。如果说1949年之前的茅盾研究者是茅盾研究的第一代，1949年之后至80年代初的研究者是茅盾研究的第二代，80年代之后开始出现的茅盾研究者就可以说是第三代，“进入80年代后期时，一批思想活跃，

① 陆梅林、盛同主编：《新时期文艺论争辑要》（上），重庆出版社1991年版，第11页。

② 参见李城希《论“未完成的中国现代文学”》，《学术界》2002年第5期。

③ 陈思和、王晓明：《主持人的话》，《上海文论》1988年第4期。

学术目光锐利的学术新秀”[①] 开始出现，如最初对茅盾小说艺术意义与价值提出质疑的王晓明是年轻教师，蓝棣之、徐循华等就是当时在读硕士研究生。他们的经历及所处的时代、知识结构和理论视野，特别是与作为研究对象的茅盾之间的时代距离以及由此而来的时代感与前两代研究者大为不同，因而面对茅盾及其小说艺术世界时的心态也会全然不同。正因为如此，他们能够超越时代、情感、伦理、道德等非学术因素影响，从相对纯粹的历史与审美视角来审视茅盾的小说艺术世界并表达真实的个人审美感受和认识进而重新评价茅盾小说艺术的意义和价值。

4. 茅盾特殊的个人背景。对茅盾小说艺术意义与价值的否定之所以产生如此重要的时代及历史影响还与茅盾特殊的个人背景密切相关。1949 年之前茅盾即享有较高艺术地位，1949 年之后虽然中止创作“走上仕途”[②]但依然延续了这一地位，更重要的是 1949 年之后茅盾长期身居要职因而享有极高的政治与社会地位[③]，他的艺术与历史地位也因此被不断强化，曾经盛极一时的茅盾研究与此不无关系，实质是政治或权力对学术的潜在影响甚至无形干预，但无论作为知识分子还是作家的茅盾 1949 年之后享有的政治与社会地位与那个时代知识分子群体的遭遇都极不协调。因此，对茅盾小说艺术意义与价值的否定实质是对权威的挑战，是对被扭曲的时代与学术的极力回复，这样的否定或挑战毫无疑问会引起人们的普遍关注。同时，茅盾去世时已是年逾八旬的老人，对茅盾小说艺术意义与价值的否定发生在茅盾身后不足八年，这一否定实质是对传统伦理道德的挑战，它挑战的是一个时代的心理承受能力，这必然引起人们的深度关注。正因为曾经享有极高的政治、艺术与社会地位，对作为茅盾个人价值核心的小说艺术意义与价值的否定才显得如此突出。

二　否定茅盾小说艺术意义与价值的具体情形

自 1988 年初开始直到 1994 年长达七年之久的对茅盾小说艺术意义与

① 钟桂松：《二十世纪茅盾研究史》，浙江人民出版社 2001 年版，第 245 页。

② 参见李城希《论“未完成的中国现代文学”》，《学术界》2002 年第 5 期。

③ 参见《中国当代文学研究资料·茅盾专集》第一卷·上册，福建人民出版社 1983 年版，第 3 页。

价值的持续直接否定有一个清晰的发展过程，这就是从最初对茅盾小说艺术意义与价值的全面质疑到对其代表作《子夜》艺术意义的明确否定，再到对其小说艺术成就和地位予以整体否定并在“重写文学史”的境域中将其逐出文学史。

1. 全面质疑。新时期伊始即已发生的对茅盾小说艺术意义与价值的质疑，一开始就是针对他的艺术态度以及由此而来的不断偏离艺术本身的小说艺术创作而不是某种枝节性问题，由此，对茅盾小说艺术意义与价值的质疑一开始就具有整体性与深层性，这样的质疑与他曾经享有的历史和艺术地位一开始就形成极为强烈的反差：

首先，艺术工具化与茅盾的非艺术选择。当人们开始从艺术而不再是意识形态出发重新审视茅盾的小说艺术并作出否定性评价，由此追溯茅盾最初的艺术动机时发现他之所以走上艺术之路并非出于对艺术本身的执着，而是在追逐现实的功利目的失败之后将艺术当作宣泄个人失败情绪的工具，“他原本就是一个对社会活动深感兴趣的人，他所以会跨进文学界，并不是为了倾吐满心荡漾的诗情……他投向文学的最初目光，在很大程度上正是非审美的”①，艺术在他这里不过是失意之后排遣内心苦闷的工具和方式，“这个被社会斗争的惊涛骇浪颠得晕头转向的青年，现在是如何急切地想借创作来自救了”②，也就是在现实的功利追求失败之后他转向文学，而转向文学也并非将文学当作终极追求。由此，当人们发现一个对文学本身没有多大诚意的人却享有艺术的盛名，这就很难被80年代那个文学或多或少被神圣化了的时代所接受，对茅盾小说艺术意义与价值的质疑与否定也就在所难免。

其次，艺术工具化与茅盾小说艺术创作日益背离艺术的本质要求。因为在政治与艺术之间的非艺术选择，在人们看来茅盾一开始就“没有建立起皈依文学的诚心”③，也就是以艺术自身为目的，并且始终“缺乏那种对

---

① 参见《中国当代文学研究资料·茅盾专集》第一卷·上册，福建人民出版社1983年版，第3页。

② 王晓明：《一个引人深思的矛盾——论茅盾的小说创作》，《中国现代文学研究》1988年第1期。

③ 同上。

审美境界的自觉追求”[①]，他的灵魂始终没有完整进入文学这个世界，之所以能够走进文学这个世界“是靠着艺术家气质对政治热情的不自觉压制，才转变成为一个小说家的”[②]，一当他从现实生活的创伤中恢复过来，“向往社会运动的内心趣味”就会“逐渐重萌”[③]，于是将文学迅速抛弃。正因为茅盾的内心世界始终在文学与社会功利目的之间纠缠，使得他既无法全身心投入社会生活也无法真正走进文学世界而是在这两个世界之间来回，“他固然愿意在文学的园地里安身立命，却也无力拒绝那一半灵魂的强求，常常要伸出头去，倾听社会战场上的呼啸”[④]，这与那些有着社会责任感的作家之间形成了距离，“倘若是一个出于社会责任感而图解政治的作家，一旦进入艺术创作的境界，他就会把那些功利的动机统统忘掉；茅盾却不会陷入这样的迷狂”[⑤]，由此导致他的小说创作日益远离艺术本身，从一开始成为宣泄个人在现实生活中失意的苦闷情绪的工具到30年代进而成为分析社会生活的工具，“他原先的创作在很大程度上是在抒遣个人的情感体验，现在却把小说当作了表达社会判断的工具”[⑥]，这两者都与艺术本身的要求相距甚远，特别是30年代之后茅盾的小说创作“几乎每一个作品都具有相当明确的社会政治主题”[⑦]，这与艺术的要求正好相反，“严格说来，文学不会对那些政治和经济关系本身有多大兴趣，它的注意力始终对准人的灵魂”[⑧]，人的精神世界和状态才是文学关注和审美表现的对象。由此，尽管茅盾拥有文学的天赋但终因其在文学与社会生活之间的不专注而显露出其不可避免的缺陷。

再次，因为背离艺术的根本要求，茅盾的小说创作日益呈现概念化倾向。正因为文学一开始在茅盾这里就不是目的而是工具，在人们看来他的意识与情感一开始就没有倾注到文学这个对象身上，由此，这样的艺术创

---

① 王晓明：《一个引人深思的矛盾——论茅盾的小说创作》，《中国现代文学研究》1988年第1期。

② 同上。

③ 同上。

④ 同上。

⑤ 同上。

⑥ 同上。

⑦ 同上。

⑧ 同上。

作也就不可能获得成功，“他抱着那样狭隘的功利目的去从事创作，会不会在无意之中轻慢了文学，遭到艺术女神的拒绝呢”①，也就是说，因为带着明确的现实功利目的走向文学，这样的动机本身不可能将其带入文学世界，他的创作在进入新时期之后的人们看来，与艺术本身的要求之间“表现出那样触目的不协调”②，由于艺术一开始就是他宣泄苦闷的方式，“不知不觉就把写作变成了深夜失眠时的喃喃自语”③ 而不是审美的艺术创造，到30年代之后，小说创作呈现明显的概念化倾向，“30年代以后，他多次强调用辩证唯物主义原理去分析生活”④，开始放弃个人体验去表现某个意义重大的社会问题，而“舍弃自己擅长的情感体验，按照一个既定的主题来写小说，应该是很难成功的”⑤，这从新文学本身的经验可以看出，“自新文学诞生以来，所有从概念出发的创作全都失败了”⑥，但茅盾的小说创作包括《子夜》在内“至少是部分的成功”⑦，之所以如此，其原因就在于他的创作始终没有脱离个人的情感体验，“当茅盾正式开始写《子夜》的时候，它已经落入他感性经验的有力挟持了”⑧，因此才避免了《子夜》的彻底失败。整个30年代的创作也是如此，茅盾始终没有舍弃个人情感体验参与创作的过程，“即便到30年代中叶，茅盾已经在新的创作道路上走了一段路，那先前的创作心境依然对他具有很大的诱惑力，已经初步形成的艺术个性仍然强有力地牵制住他”⑨。尽管如此，茅盾始终没有进入纯粹的艺术世界并将自己的全副精力乃至人生交与文学，他始终在文学与现实功利之间来回，因此“很可能一开始他就知道，他踏上的多半是一条歧路”⑩。随着个人情感体验从小说艺术审美创造过程中的不断退出，

① 王晓明：《一个引人深思的矛盾——论茅盾的小说创作》，《中国现代文学研究》1988年第1期。

② 同上。

③ 同上。

④ 同上。

⑤ 同上。

⑥ 同上。

⑦ 同上。

⑧ 同上。

⑨ 同上。

⑩ 同上。

"茅盾抗战以后的小说创作……概念化的成分越来越多，有的简直不能算小说……在整个40年代……他要写小说，尤其是篇幅较大的小说，就恐怕只能格外依靠对第二手甚至第三手资料的理性分析，来弥补感性体验的匮乏"[①]，茅盾的小说创作因此不是日益臻善而是不断退化，其根本原因就是他"要想同时满足自己内心那彼此对立的两片灵魂，既当小说家，又不远离社会战场"[②]，这一状态直接导致茅盾根本无法深切感受、体验生活并以自己的方式审美地表达这一感受和体验，这与80年代极力强调文学主体性与独立性的观念存在根本冲突，也是质疑茅盾小说艺术意义与价值的深层原因。

2. 重点否定。紧随对茅盾小说艺术意义和价值全面质疑之后的是对一直以来被看作茅盾的代表作，也是中国现代文学具有经典意义的长篇小说《子夜》艺术成就的否定。这首先是徐循华完成于1988年9月并发表于《中国现代文学研究丛刊》1989年第1期的《诱惑与困境——重读〈子夜〉》一文，直接针对《子夜》的艺术缺陷展开讨论并对《子夜》的艺术成就予以否定。接着是"徐循华先生的《对中国现当代长篇小说的一个形式考察——关于〈子夜〉模式》和蓝棣之先生的《一份高级形式的社会文件——重读〈子夜〉》……同在《子夜》的诞生地上海的《上海文论》1989年第3期上发表，引起了学术界和茅盾研究界的震撼。这是《子夜》这部奠定了茅盾现代文学史上的地位的现实主义巨著第一次遭遇挑战"[③]。这三篇文章的相继发表在当时引起了学术界特别是茅盾研究者们的极大震撼，其原因在于：一是时间集中。从这三篇文章撰写的时间可以清楚看出，《诱惑与困境——重读〈子夜〉》一文"1988年5月初稿……9月三稿于华东师大"[④]，《对中国现当代长篇小说的一个形式考察——关于〈子夜〉模式》一文没有标明具体完成时间，但从发表的时间可以看出也一定在此期间，《一份高级形式的社会文件——重读〈子夜〉》一文完成于"1989年

① 王晓明：《一个引人深思的矛盾——论茅盾的小说创作》，《中国现代文学研究》1988年第1期。

② 同上。

③ 钟桂松：《二十世纪茅盾研究史》，浙江人民出版社2001年版，第245—246页。

④ 徐循华：《诱惑与困境——重读〈子夜〉》，《中国现代文学研究丛刊》1989年第1期。

1月7日上午"[①]，由此可见，不同的人对《子夜》的否定几乎是同时进行。二是不同空间的主体对同一问题同时展开思考。从生活空间来看，徐循华在上海，蓝棣之则在北京，他们在不同的空间中几乎同时对同一内容或对象展开讨论，同时思考和表达自己对《子夜》的认识，其否定性的认识与评价也几乎一致。三是观点明确。这三篇文章几乎同时对《子夜》艺术成就的评价给予了明确直接的否定，从而对此前文学史关于茅盾特别是《子夜》艺术成就的评价构成根本性冲击。

他们首先对《子夜》曾经的肯定性评价提出质疑，"为什么《子夜》自出版至今，从瞿秋白的欢呼赞扬声开始，却没有人提出异样的声音"[②]，并很快对这样的质疑作出了明确的回答，认为"迄今为止的《子夜》研究……现在看来都是些过誉之辞"[③]，在此基础上对《子夜》的艺术成就作了明确的否定，认为"《子夜》是这样一部作品：追求伟大，但缺乏深刻的思想力量，也未敢触及时代的尖锐政治课题；追求气魄宏伟，但风格笨重；追求严谨结构，但过于精巧雕镂，有明显的工匠气；追求革命现实主义，但导致了主体性大大削弱"[④]，具体表现在《子夜》的创作存在：一、严重意识形态化："是一份高级形式的社会文件"。对《子夜》艺术成就的否定首先直接针对《子夜》与意识形态之间的关系，认为《子夜》的创作存在明显的意识形态化，"如果我们试图追究《子夜》创作的深层动因，我认为那是茅盾在政治上所受到的压抑，政治才能不能得到施展，转而在文学创作上找寻施展政治才能抱负的机会"[⑤]，由此"使得作品看去有些象形象化的颇具科学性的社会文献……是一部政治小说……确实有些象宣传品，形象化的论文"[⑥]，实质上是《子夜》将文学工具化，这与人所共知的文学是人学，是对人的灵魂的深度注视及不幸命运的关注完全背离。二、明显的模式化："主题先行化、人物观念化、情节斗争化"。对《子夜》艺术价值的否定还在于《子夜》的创作存在模式化，这首先表现在

① 蓝棣之：《一份高级形式的社会文件——重评〈子夜〉》，《上海文论》1989年第3期。

② 徐循华：《诱惑与困境——重读〈子夜〉》，《中国现代文学研究丛刊》1989年第1期。

③ 蓝棣之：《一份高级形式的社会文件——重评〈子夜〉》，《上海文论》1989年第3期。

④ 同上。

⑤ 同上。

⑥ 同上。

"《子夜》……是主题先行化的产物"[1]，而创作一旦主题先行，也就是受制于某个外在的目标而不是作家内心深处的生活与情感体验，是很难"写出出色的小说"[2]。其次是"《子夜》……处处表现出作者艺术思维机制中的那一种生硬的'二元对立'的模式"[3]，这就把复杂的生活世界"简单地纳入两两相对最基本的有序的'二元'程序中"[4]，直接导致对复杂生活表现的简单化。再就是，模式化不只是导致《子夜》本身艺术的失败，更重要的是在"四十年代之后直到'十七年'的文化大背景"[5]中，直接影响当代长篇小说创作走向模式化，从而直接导致中国现当代长篇小说创作走向失败，"我们又为中国现当代作家感到无尽的惋惜与遗憾……尽管产生了许多部长篇小说……但却没有真正的优秀之作"[6]。三、艺术性极其有限："是一部有底的作品"。对《子夜》艺术意义与价值的根本否定在于《子夜》缺乏艺术性，这首先表现在《子夜》缺乏文学作品最基本的可读性，"读《子夜》，激动消失了，犹如读一篇枯燥乏味的论文"[7]。其次是《子夜》缺乏经典作品所应具有的深刻内涵，"《子夜》这部作品，浅显通俗，一览无余，作品经不起任何回味，用不着任何阐释……缺乏时空的超越意识，过于急功近利，是一部缺乏魅力与恒久启示的政治小说，缺乏深厚的哲理内涵，缺乏对人性、生命和宇宙意识的透视，因而是一部'有底'的作品"[8]，所有这些都与《子夜》曾经享有的历史与艺术地位截然对立。

3. 逐出文学史。对茅盾小说艺术意义与价值的全面质疑以及对其代表作《子夜》艺术成就的否定必然会引起人们对茅盾曾经享有的极高历史与艺术地位的重新思考，而这样的思考一经展开就必然会动摇他曾经享有的艺术与历史地位。时隔否定《子夜》艺术意义五年之后的1994年，王一川

① 徐循华：《对中国现当代长篇小说的一个形式考察——关于〈子夜〉模式》，《上海文论》1989年第3期。

② 同上。

③ 同上。

④ 同上。

⑤ 同上。

⑥ 同上。

⑦ 蓝棣之：《一份高级形式的社会文件——重评〈子夜〉》，《上海文论》1989年第3期。

⑧ 同上。

等人在编选《20世纪中国文学大师文库》时将茅盾从“能代表总体成就的一流大师”[①] 中排除，这在当时引起中国现代文学乃至整个文化界的极大震动。这一行为具有这样一些重要意义：一是评判小说艺术意义和价值及作家历史地位的标准发生根本性变化，“基本着眼点将不再是作者的政治身份、态度或倾向在其文学作品中的折光，而是他创造的文本本身的审美价值”[②]，评判艺术的标准回归艺术自身。1949年之后作家的政治身份对其艺术地位具有重大影响，在相当大的程度上妨碍了人们对其艺术质量的评价以至扭曲了人们的历史视线。二是以新的标准重估现代文学。“以审美标准为本世纪中国小说、诗歌、散文和戏剧的大师级人物重排座次”[③] 的实质是在“重写文学史”这一口号提出之后第一次对20世纪中国文学史的“重写”，也就是对20世纪中国文学作家作品艺术价值与历史地位的重新评价和定位。茅盾的小说艺术成就及历史地位在这样的境域中被否定，实质上就是在重写中国现代文学史的开端被逐出文学史。三是总体否定。如果说此前无论是对茅盾小说艺术的整体质疑还是对其代表作《子夜》艺术成就的否定都还有所保留，如几乎无一例外地承认茅盾的艺术才能甚至天才，“他分明具有那样优异的文学天赋”[④]；“他更适合于当一个作家”[⑤]，“他那艺术家的天赋和小说家的才华从他出手不凡的《蚀》三部曲中就已显露出来”[⑥]；《子夜》等并非是完全失败的作品，“象《子夜》……《春蚕》……《秋收》……这些小说并非全都写失败了，尤其是《子夜》的主人公吴荪甫，还是个颇有光彩的形象”[⑦]；有的小说作品已成经典，“《蚀》将以其特殊的思想情感氛围和恒久的魅力，而成为新文学的经典”[⑧] 等等。那么，此次在重写文学史的境域中一扫此前的含蓄吞

① 王一川：《我选二十世纪中国小说大师》，《文学自由谈》1994年第4期。

② 同上。

③ 同上。

④ 王晓明：《一个引人深思的矛盾——论茅盾的小说创作》，《中国现代文学研究》1988年第1期。

⑤ 同上。

⑥ 徐循华：《诱惑与困境——重读〈子夜〉》，《中国现代文学研究丛刊》1989年第1期。

⑦ 王晓明：《一个引人深思的矛盾——论茅盾的小说创作》，《中国现代文学研究》1988年第1期。

⑧ 蓝棣之：《一份高级形式的社会文件——重读〈子夜〉》，《上海文论》1989年第3期。

吐与欲言又止，对茅盾小说艺术成就作了总体否定，“一些过去踞有高位的人如茅盾竟出局了。这个一向被视为仅次于鲁迅的第二号人物，其高位的获得很大程度上依赖于学术偏见：似乎‘现实主义’、‘史诗式’作品就高于其他。依新标准，他的小说诚然不乏佳作，但总的说欠缺小说味，往往概念痕迹过重，有时甚至‘主题先行’，所以只得割爱”①。这可以说是自《上海文论》1988 年第 4 期提出“重写文学史”问题以来对中国现代文学研究产生的最大冲击，它与此前人们对 20 世纪中国文学史的基本认识几乎完全相反，具有极大颠覆性且引人深思，深层是对此前中国现代文学研究形成的思维与心理定势的重要冲击。重选 20 世纪中国文学大师的实质是在“重写文学史”的境域中对中国现代文学史的第一次重写，是从历史与艺术出发对中国现代作家及其作品艺术价值的重新认识和判断，无论结论切当与否都深度促使人们重新认识 20 世纪中国文学的意义与价值。四是这一行为发生在 1992 年邓小平南巡讲话之后，可以说是继 1978 年之后又一次思想深度解放的表现。特别值得注意的是，这一现代文学研究有史以来对曾经公认享有重要政治与艺术地位的人物的否定却没有遭到来自政治意识形态的直接干预，本身就是政治意识形态与学术不断分离的结果与重要表现。

4. 影响深远。自 1988 年开始直到 1994 年前后长达七年之久的对茅盾小说艺术意义与价值的持续否定，无论是对茅盾研究还是对中国现代文学乃至中国现当代文化研究都构成了重要影响，如果连同世纪末人们对 20 世纪中国文学整体成就不满而不乏情绪化的否定一起来看②，这一影响就更加深远：1. 从根本上动摇了茅盾曾经享有的极高艺术地位，使其曾经的努力与辉煌在新的时代面前化为乌有。2. 动摇了中国现代文学史曾经的历史与逻辑结构。对茅盾小说艺术成就的否定是对曾经作为中国现代文学史具有支撑甚至决定性意义环节的动摇，使得此前构建的似乎逻辑严密、结构稳定并延续至今的中国现代文学史体系因这一环节的无效而崩溃，90 年代以来新编的所有涵盖“中国现代文学史（1917—1949）”著作都因其未能

① 王一川：《我选二十世纪中国小说大师》，《文学自由谈》1994 年第 4 期。

② 参见葛红兵《为二十世纪中国文学写份悼辞》，《芙蓉》1999 年第 6 期。

对这一现象作出合理解释而显得勉为其难。3. 这一否定早已形成特殊的思维与心理定势，直接阻止人们对茅盾小说艺术世界关注和研究的热情与力度。曾经的否定极大强化了人们对茅盾小说艺术创作概念化甚至是政治意识形态注解这一负面印象从而从内心深处予以排斥，茅盾研究因此错失 80 年代中期之后中国现代文学研究整体、深度推进这一重要时期，“应该说，较之中国现代文学其他重要作家作品（如鲁迅《呐喊》、《彷徨》）的研究，《子夜》的重要性和研究价值似乎仍然缺乏足够分量的成果体现；一些重要的讨论如对‘茅盾式创作道路’或‘茅盾传统’的反思也未及充分展开；一些研究者观念陈旧、视界狭小、就事论事的缺憾依然普遍存在”[①]，20 世纪 90 年代初人们指出的这一现象今天依然如故，茅盾研究没有中止但几无进展，可以说真的成了“半肢瘫”，因而是中国现代文学研究中急需正视的重要领域。然而，要在一个被严重否定的艺术世界寻找和确认这个世界的意义和价值不仅需要深刻的认识和判断力，更需要承受一开始就可能被嘲弄的勇气。4. 这一否定极大突破了中国尊长文化传统。茅盾去世时已年逾八旬且长期身居要职并享有极高历史、艺术与社会地位，但对茅盾小说艺术意义与价值的最初明确否定却发生在茅盾身后不足八年，这是对中国尊长文化传统的重要挑战[②]，极大突破了传统伦理道德对人们精神世界与行为的规范或限制，实质是对既有社会生活秩序的严峻挑战，真理及寻找真理的勇气取代了一切。5. 对茅盾小说艺术意义与价值的持续否定成为第二代茅盾研究主体的集体记忆。如果说 1949 年之后出现的茅盾研究者们是茅盾研究的第二代，那么，对茅盾小说艺术意义与价值的否定就成为这一代人或多或少尴尬并痛苦的集体记忆，“20 世纪 80 年代以来，国内出现非难茅盾及其作品的声音，如重写文学史的浪潮，90 年代出版的《二十世纪大师文库》，这样一来，茅盾就被除名在 20 世纪众多文学经典作家之外”[③]，这一表达是在最初否定茅盾小说艺术意义与价值近三十年之后，新的世纪也已过去十年有余的今天，之所以念念不忘并隐含着无法排遣的焦虑，一个最直接的原因在于，随着人们对茅盾小说艺术意义与价值的否

① 王卫平：《新时期〈子夜〉研究述评》，《中国社会科学》1993 年第 1 期。

② 参见张岱年、方克立主编《中国文化概论》，北京师范大学出版社 1994 年版，第 279 页。

③ 庄钟庆：《茅盾研究三题——近期茅盾研究评述与展望》，《文艺报》2011 年 7 月 15 日。

定，他们曾经辛苦劳作的意义与价值也将随之消失，仅此足见对茅盾小说艺术意义与价值否定影响的深远。

三　否定茅盾小说艺术意义与价值的多重时代、艺术及文化原因

对茅盾小说艺术意义与价值的冷峻否定这一行为有着多重复杂原因：它是改革开放之后一个特定时代中的人们对茅盾提出的迟到的人生和艺术要求的表现；同时，人们在否定茅盾小说艺术意义与价值的过程中，对他所构建的小说艺术世界存在各种各样的隔膜、误解甚至偏见。

（一）一个时代对茅盾的人生及艺术要求：否定茅盾小说艺术意义与价值多重时代及艺术的原因。对茅盾小说艺术意义与价值的否定是改革开放这个新的时代对茅盾提出的人生或道德及艺术要求的深层表现，尽管这一要求以迟到的反思与否定的方式提出但丝毫不影响其历史作用。就时代而言，从“文革”走出的知识分子在反思“文革”的经历时，自觉不自觉地都会要求知识分子群体共同面对和承担“文革”给他们以及整个民族带来的不幸遭遇和苦难；就艺术而言，要求茅盾以艺术为目的而不是把艺术作为达到某种目的的工具或手段。

这同样与“文革”有关，“文革”期间包括文字在内可以工具化的一切都被工具化，“文革”过后，人们迫切要求工具化的一切回归自身。

首先，共同承担时代苦难：否定茅盾小说艺术意义与价值的深层时代原因。对茅盾小说艺术意义与价值的否定有其深层时代原因，这就是从“文革”过来的知识分子反思“文革”时自觉或不自觉地要求包括茅盾在内的知识分子共同承担 1949 年之后极“左”统治给人们特别是知识分子带来的苦难。对茅盾小说艺术意义与价值的否定似乎是极力排除“政治与学术上的种种偏见……改以审美标准”[①] 的结果，但只要稍稍注意人们对巴金及其小说艺术的评价就可以看出对作家本人的道德要求在评价其小说艺术意义与价值过程中所具有的重要甚至决定性作用，“考虑到他……巨大人格感召力：以浓烈而直露的人道主义之爱与憎……伸张人文

① 王一川：《我选二十世纪中国小说大师》，《文学自由谈》1994 年第 4 期。

精神，表达时代的社会良知”[①]，这并不是人们在对待茅盾的小说艺术时有意持双重标准，而是“文革”中暴露出的种种问题和现象让从中走出的人们深深感到首先需要审视的是艺术家的灵魂，曾经被“文革”毁灭了的道德的重要性远远超过文学本身，并重新成为人们判断个人价值特别是在“文革”中个人行为善恶的首要标准。如季羡林所说，“最近几年以来，我心中萌发了一个怪论：中国知识分子，特别是年纪比较大一点的知识分子，在历次政治运动中，被整，被污辱，被损害，是正常的”[②]，也就是说在1949年之后的极“左”政治环境中知识分子遭遇不幸是普遍现象，“这证明，他们起码还是些好人。这样的人，仰不愧于天，俯不怍于地，他们堂堂正正做人，用不着反躬自省。他们应该以被戴上任何莫须有的帽子为荣，他们可以以此自傲”[③]，也就是说他们之所以在历次政治运动中遭遇不幸正是因为他们没有失去灵魂，没有放弃心中的道德要求和标准，“反过来，如果有的知识分子，平安地走过了历次政治运动，没有被溅上任何的污泥浊水，没有被戴上任何莫须有的帽子，这样的人，我认为，反而应该反躬自省：自己在处世做人方面是否有什么不足之处。不然的话，为什么能够在那种黄钟为轻、蝉翼为重，颠倒黑白、混淆邪正的运动中安稳过关？我不敢说，我这个想法能够适用于一切人；但适用于大部分人，则是可以肯定的”[④]，也就是说，那些能够在“文革”这样的时代环境中安然无恙甚至以各种各样的方式参与一些政治运动并让他人特别是同行深受其害，这样的知识分子的灵魂首先就需要审视，道德首先就值得怀疑，而如果个人道德受到怀疑甚至确有问题，就作家而言，包括艺术创作在内的全部作为都将因此被否定和抛弃，因为那样的作为首先承载的可能是罪恶。这可以说是深受“文革”影响的人们特别是知识分子的普遍心理、情绪和认识。曾经被文革毁灭了的作为人的基本道德与行为的主要性远远超过文学本身，并重新成为人们判断个人价值特别是“文革”中个人行为善恶的首要标准。这实质是儒家文化对人的道德要求在新时期的显现，“子曰……

① 王一川：《我选二十世纪中国小说大师》，《文学自由谈》1994年第4期。

② 乐黛云：《透过历史的烟尘·季羡林序》，北京大学出版社1997年版，第1页。

③ 同上。

④ 同上。

天下有道则见，无道则隐。邦有道，贫且贱焉，耻也；邦无道，富且贵焉，耻也”[①]，儒家文化要求个体在和平安宁的时代奋发有为，在动荡混乱时代则应有道德操守，不可以非常手段趁乱获得个人利益，更不可损人以利己。儒家文化极力强调个体的道德操守，“富与贵，人之所欲也；不以其道得之，不处也。贫与贱，人之所恶也；不以其道得之，不去也”[②]，面对“富贵”与“贫贱”两种近乎对立的生活境遇和状态，儒家要求个体依道而行，在道的支配下作出自己的生活与人生选择。将个体的生活境遇和状态与儒家追求的道紧紧联系在一起，“不处”和“不去”这一对道的坚守行为隐含着儒家文化的强烈悲剧意识。

反观茅盾在1949年之后特别是“文革”中的经历可以清楚看出，他与众多知识分子的遭遇构成强烈对比，不仅“安然无恙”而且持续享有极高艺术与社会地位。更为重要的是：1. 对文革前后知识分子群体痛苦遭遇缺乏应有的同情。“文革”结束之后茅盾对在文革前后蒙冤的无数知识分子特别是胡风不仅没有表现出应有的同情和理解，反而继续对胡风作出个人情绪化的评价，“我与胡风只有泛泛之交，而且是由于鲁迅的关系。我对胡风没有好感，觉得他的作风、人品不使人佩服。在当时的左翼文艺界的纠纷中，他不是一个团结的因素而是相反”[③]，“泛泛之交”却又对胡风的个人行为及道德品质作出负面评价和结论，这自然引人深思这一结论背后的个人原因。不仅如此，他还将胡风与30年代的国民党之间的关系复杂化，大有“文革”中贯用的“上纲上线”之势，“胡风在孙科办的‘中山文化教育馆’领津贴，每月一百元”[④] 等等，继续以阶级斗争的心态和思维方式对待胡风，称其为“暗藏的反革命分子”[⑤]，这样的结论不仅与胡风的个人历史本身完全不符，与已经展开的改革开放这个新的时代更是大相径庭，胡风的平反表明茅盾加诸其上的可怕结论的不实，茅盾写完这篇文章之后不久即去世，这意味着他对胡风的认识和情感至死不变。同时，面

① 朱熹：《四书章句集注·论语·泰伯第八》，中华书局1983年版，第106页。

② 同上书，第70页。

③ 《茅盾全集》第35卷，人民文学出版社1997年版，第54页。

④ 同上。

⑤ 参见徐妍《新时期以来鲁迅形象的重构》，安徽教育出版社2008年版，第21—24页。

对胡风自1955年开始遭遇人生巨大不幸没有丝毫同情和理解，这无论与胡风个人、新的开放时代还是人之常情都存在极大距离，引人关注并从情感和道德上予以排斥。2. 试图动摇鲁迅的艺术与历史地位。新时期一开始茅盾就对鲁迅研究中存在的所谓“神化鲁迅”这一问题发表了个人的意见并引起重要讨论，有人认为“茅盾是‘借反对“神化鲁迅”之名来贬低鲁迅’”[①]，事实上，茅盾对鲁迅小说艺术意义的质疑早在1949年之前即已开始，这一行为背后的深层原因同样值得深入讨论。3. 拒绝公开反思“文革”。自1978年至1980年三年间，茅盾撰写了自商务印书馆开始的个人回忆录，在政治意识形态与艺术之间叙述个人历史并由此塑造个人形象，其中值得注意的是他的回忆止于1949年，在人们深刻反思给整个民族带来灾难和不幸的原因之际他却对“文革”特别是1949年之后众多知识分子遭遇苦难这一问题只字不提[②]，这与巴金等无数知识分子在“文革”之后的呐喊构成强烈对比[③]。他不可能没有意识到文革的罪恶，却没有或不愿直面并反思自己在“文革”前后的经历及其与知识分子群体乃至民族命运之间的关系。因此，当人们对刚刚过去的时代的是非有了基本的认识和判断之后，对茅盾小说艺术不乏情绪化的排斥和否定也就在所难免，即便他的小说艺术完美无缺，艺术与个人生活和道德之间的反差也会让人将其抛弃。很难想象当艺术家的灵魂与道德受到怀疑甚至需要审判时，人们还会珍爱他的艺术作品。

其次，艺术是目的而不是工具：否定茅盾小说艺术意义与价值的观念原因。长期为政治服务进而在“文革”中成为阶级斗争工具的文学进入新时期之后不断回归自身，人们极力强调文学的主体性和文学自身的意义与价值。由此，人们在否定茅盾小说艺术意义与价值的同时一开始就追寻在新的时代看来失败了的茅盾小说艺术背后的观念原因，人们很快就发现身为新文学重要作家的茅盾一开始踏上文学之路时对文学并没有表示出应有的诚意，也就是并没有将自己的意识、情感、想象倾注在文学本身而是将

① 参见徐妍《新时期以来鲁迅形象的重构》，安徽教育出版社2008年版，第29页。

② 参见《中国当代文学研究资料·茅盾专集》第一卷·上册，福建人民出版社1983年版，第396—771页。

③ 参见巴金《随想录》(1—5集)，人民文学出版社2000年版。

文学当作个人失意时宣泄苦闷情绪的工具，茅盾自己也曾这样说，“在过去的六七年中，人家看我自然是一个研究文学的人，而且是自然主义的信徒；但我真诚地自白：我对于文学并不是那样地忠心不贰。那时候，我的职业使我接近文学，而我的内心的趣味和别的许多朋友……则引我接近社会运动”①，也就是说尽管他身在文学这个艺术世界却又意不在此，茅盾所说的这些在人们看来“是实情”②，也就是他对文学情感与态度的真实表达，而1949年之后茅盾中止小说艺术创作“走上仕途”③这一新的人生选择在相当大的程度上印证了人们的这一判断，这就与80年代之后人们对文学意义与价值的认识，更与中国传统文化对文学本身价值神圣化的认识和肯定存在根本冲突。由此，对茅盾小说艺术意义与价值的否定实质是改革开放这个新的时代对茅盾曾经将文学工具化这一态度的否定。

再次，未完成之作与艺术能力极限：否定茅盾小说艺术意义与价值的艺术原因。对茅盾小说艺术意义与价值的否定毫无疑问与茅盾小说艺术本身存在的问题和缺陷有直接关系，这主要表现在：一是急于表现缺乏深切的感受、体验和认识的时代。80年代人们所指出的茅盾小说艺术存在的概念化等问题只是表面现象，导致这样一些现象出现的一个重要原因在于，除历史小说之外，无论是农村题材还是都市题材的小说几乎都是对当下问题的审美表现，如“农村三部曲”、《蚀》、《虹》、《子夜》，直到《腐蚀》等都是如此，这有作家对生活积极关注与敏锐观察的重要一面，但现实生活的本质往往隐藏在生活现象背后，对生活的深刻认识不仅需要思想能力更需要时间，有时必须拉开一定甚至相当长的历史距离才能较为准确地认识和把握生活。由此，如果急于审美地表现当下那些看似热闹或重要的现象，往往会因为对隐藏在现象背后的本质把握不够而失败。茅盾的中长篇小说创作几乎都存在这一问题，如《蚀》、《虹》对大革命的表现、《子夜》对三十年代中国的表现，《锻炼》对抗战伊始存在的问题的表现、《腐蚀》对抗战时期重庆复杂生活的表现等等，都存在对现实生活感受、体验、认

① 《中国当代文学研究资料·茅盾专集》第一卷·上册，福建人民出版社1983年版，第332页。

② 王晓明：《一个引人深思的矛盾——论茅盾的小说创作》，《中国现代文学研究》1988年第1期。

③ 李城希：《论“未完成的中国现代文学”》，《学术界》2002年第5期。

识不足这一重要问题。二是故事叙述多于人物灵魂的深度表现。就具体的小说创作而言，由于对现实生活特别是现实生活中人深切、持久的观察和认识，茅盾的小说特别是长篇小说故事叙述多于人物灵魂的审美表现，导致小说中的人物的精神世界难以获得深度表现。鲁迅的小说不能成为艺术的标准，但茅盾的小说几乎都缺乏鲁迅小说那样的思想和艺术深度，无法撼动接受主体的心灵，由此难以与接受主体建立深切的内在精神联系。无论是“农村三部曲”还是《蚀》、《虹》、《子夜》、《霜叶红似二月花》、《腐蚀》等都是如此，可以说，茅盾的小说题材固然不同于鲁迅，但他所有的小说中的人物没有哪一个能够深切触动人的心灵，让接受主体的精神世界为之震撼进而深刻思考社会和人生并为之改变，这可以说是茅盾小说艺术最重要的不足或缺陷。三是未完成之作与个人艺术能力的极限。也许正如人们所指出的那样，茅盾始终未能以文学自身为目的，他的精神世界始终未能专注于他所要构建的艺术世界，他的小说特别是长篇小说创作都存在急就倾向，这突出表现在包括《子夜》在内的所有长篇小说相对于最初的创作意图而言几乎都是未完成之作，可以说都是“半途而废”，这与老舍为写作《骆驼祥子》而辞去教职的专注执着形成明显反差[①]。由此，没有哪一部作品能够让接受主体获得充分的艺术感受和体验，茅盾的个人艺术才能严格说来始终没有获得充分的表现。未完成之作也许正是茅盾对待艺术的态度的表现，也许是他个人艺术能力极限的表现。如果是前者，人们对茅盾艺术态度的批评就切中了艺术缺陷的主观原因，他始终没有以文字为目的，缺乏应有的执着。而如果是后者，对茅盾小说艺术意义与价值的否定也就自觉不自觉地切中了茅盾的艺术能力。无论是哪一种情形，对茅盾小说艺术意义与价值的否定都潜在甚至直接要求茅盾能够倾注自己的全部精力构造一个完整的艺术世界。

（二）意识形态思维方式及其对茅盾小说艺术的误解：否定茅盾小说艺术意义与价值的学术原因。对茅盾小说艺术意义与价值的否定除80年代那个特殊时代对茅盾人生与艺术的要求之外，还与茅盾及中国现代文学研

---

① 参见曾广灿、吴怀斌编《中国现代文学史资料汇编（乙种）、老舍研究资料》（上），北京十月文艺出版社1985年版，第606—610页。

究本身存在的诸多问题有密切关系，这主要是：

1. 1949 年之后意识形态主导下的中国现代文学研究对茅盾小说艺术世界艺术性的误解。尽管人们在否定茅盾小说艺术意义与价值时声称是“以审美的标准”[①]，但深受意识形态研究思维方式影响的人们还来不及也无法用纯粹审美的眼光来重新阅读茅盾构建的庞大小说艺术世界并作出审美的艺术分析，对茅盾小说艺术意义与价值的误解也就有其必然性。1949 年之后深受政治意识形态研究环境及思维方式影响的中国现代文学被不断赋予政治与社会意义，“五四新文学的内容就正是新民主主义的革命”[②]，审美的艺术意义不断远离人们的视野，对茅盾小说艺术如《子夜》的理解就是如此，一开始就认为“《子夜》是有意识地向无产阶级现实主义道路走去的……已经是属于无产阶级现实主义的作品”[③]，极力强调小说艺术的意识形态及阶级属性，而把《子夜》中关于人性特别是性以及女性身体的审美表现看作艺术缺陷，“‘性的刺激’在人物描写上占了那么重要的成分，也是一个不小的缺点”[④]，“性的刺激”是包括《子夜》在内的茅盾长篇小说审美表现的核心内容，是对人性而不是某个时代或阶级的审美表现，具有丰富的审美意义和价值，对这一内容的有意遮蔽直接导致人们对茅盾小说艺术的研究和认识日益外在化并因此不断远离艺术本身。由此，茅盾最终被看作“革命作家”[⑤] 而不是拥有特殊才能的小说艺术家，他的小说艺术直到 80 年代初依然被看作是“大大丰富和发展了现代文学的革命现实主义传统”[⑥] 而不是对茅盾所经历的生活世界审美的艺术表现，由此，对茅盾小说艺术的历史性误解也就在所难免。

2. 多元研究中断与左翼评论的突出。对茅盾小说艺术意义与价值的否定还与 1949 年之后茅盾研究多元化中断以及左翼评论的突出，从而导致对茅盾小说艺术的误解有直接关系。对比 1949 年前后的茅盾研究可以清晰地发现两者之间存在根本差异：一是批评的多元化与一元化。与 1949 年之后

① 王一川：《我选二十世纪中国小说大师》，《文学自由谈》1994 年第 4 期。

② 《中国当代文学研究资料·茅盾专集》第一卷·上册，福建人民出版社 1983 年版，第 142 页。

③ 同上书，第 152—153 页。

④ 同上书，第 151 页。

⑤ 同上书，第 6 页。

⑥ 同上书，第 615 页。

茅盾研究的意识形态化不同，1949年之前的茅盾研究无论是对象、方法还是结论都呈现多元化，这突出表现在人们对《子夜》的认识上。《子夜》出版不久即有乐雯（瞿秋白）等人的意识形态化研究和认识[①]，也有京派和现代派报刊的评论[②]，既有《子夜》与时代及社会关系的认识，也有韩侍桁等人对《子夜》艺术较为深入的分析。二是不同批评之间的论争与异口同声。1949年之前的中国现代文学及其研究的一个重要特征就是在论争中展开。对茅盾及其创作的评价同样如此。仅就《子夜》的研究而言，一开始就处在论争式的评价之中，如1934年胡风在《木屑文丛》第一辑刊载何丹仁（冯雪峰）文章的一个明确目的就是针对韩侍桁对茅盾的评价[③]，这一现象在1949年之后为异口同声的评价所取代。三是严肃的批判性与高唱赞歌。1949年之前包括茅盾研究在内一个重要特点就是针对作品思想与艺术严肃的学术批判性，如李冬辰《读茅盾的〈子夜〉》[④] 等就是针对《子夜》艺术缺陷展开的批评。但是，受时代与政治影响，1949年之后多元化研究中断，意识形态主导下的茅盾研究不仅日益外在化，而且只见“颂歌”不见严肃的批评，因此也就无法对茅盾的小说艺术展开深入的认识。四是人性问题的关注和讨论与阶级意识的突出。1949年之前的茅盾研究一个重要之处就是触及茅盾小说如《子夜》中的人性问题，如韩侍桁就是其典型，他注意到《子夜》中“描写性欲的场面”[⑤]，而对茅盾小说中关于人性特别是性的审美表现的关注在1949年之后消失，代之以阶级意识。五是对意识形态批评有意识地拒绝与意识形态批评的泛滥。1949年之前的茅盾研究呈现多元化状态，但一些人却有意识地拒绝意识形态批评，如韩侍桁在评论《子夜》时就这样说，“我必须声明，我不是从无产阶级文学的立场来观察这部书以及作者，如果那样的话，这书将更无价值，而这作者将要受更多的非难。但我相信，在目前的中国的文艺界里，对于我们的作

① 参见《中国当代文学研究资料·茅盾专集》第二卷·下册，福建人民出版社1985年版，第924、975页。

② 同上书，第944、928页。

③ 参见《中国当代文学研究资料·茅盾专集》第二卷·下册，福建人民出版社1985年版，第979页。

④ 同上书，第970页。

⑤ 同上书，第956页。

家，那样来考察的话，是最愚蠢，最无味的事”[①]，而这在1949年之后却成为主流甚至唯一。六是左翼评论的突出。多元研究中断还表现在1949年之前作为茅盾研究多元化表现之一的左翼批评在1949年之后被最大限度地突出，典型表现就是1949年之后众多研究《子夜》的文章中，人们引用最多的是乐雯（瞿秋白）的《〈子夜〉和国货年》。七是境外多元研究的意识形态过滤。境外茅盾研究输入的意识形态过滤从《茅盾研究在国外》一书的编选可以看出。从该书收录的论文来看，茅盾境外研究的地域遍及美国、俄国、欧洲的德、法及亚洲的日本、朝鲜等国家，但其方法主要是政治学与社会学，极力强调茅盾的创作对当时中国社会性质的认识。但也有例外，如日本的是永骏在谈论《子夜》时首先关注到小说中所表现的“性和肉感”、“幻化和梦及笑”等问题[②]，而这恰恰是《子夜》非常突出的内容与表现手法。类似这样不同视角的研究相信境外一定不少但未能全面引入。八是境外左翼批评的“回流”。如萧三1937年在苏联期间对《子夜》的意识形态化认识和评价在1983年输入国内[③]，对80年代之后茅盾研究的影响可以说相当大，其后对茅盾小说艺术的意识形态化研究可以说基本上没有超出萧三的认识范围。

3. 小说艺术的自我意识形态化解释、修改及其导向性影响：对茅盾小说艺术意义与价值的误解的自身原因。对茅盾小说艺术意义与价值的否定性评价还与1949年之后茅盾对自己小说艺术的意识形态化解释及修改所产生的导向性影响有重要关系。1949年之后，茅盾不断对自己曾经的人生道路及其创作进行回忆或解释，特别是1977年之后，在新的思想与精神解放时代即将来临，人们渴望尽快挣脱意识形态对自由审美创造艺术的束缚之际，茅盾却在个人代表作《子夜》再版时将其与意识形态紧紧联系在一起，对《子夜》中关于性及女性身体等人性的审美表现内容只字不提，极力强调《子夜》：（1）对阶级与路线斗争的表现，“对于立三路线，小说是

① 参见《中国当代文学研究资料·茅盾专集》第二卷·下册，福建人民出版社1985年版，第957页。

② 参见李岫编《茅盾研究在国外》，湖南人民出版社1984年版，第213—215页。

③ 《中国当代文学研究资料·茅盾专集》第二卷·下册，福建人民出版社1985年版，第980页。

作了批判的，但不深入。也没有描写到当时地下党员中间反立三路线的斗争”[1]。(2) 对阶级而不是人的表现。认为《子夜》“这本书写了三个方面：买办资产阶级，民族资产阶级，革命运动者及工人群众”[2]。(3) 对社会生活而不是人与人之间的关系表现。认为“这部小说的写作意图同当时颇为热闹的中国社会性质论战有关”[3]，而这一点几乎被其后的所有《子夜》研究所引用。等等这些都极大强化了茅盾的小说艺术与意识形态之间的关系从而不断偏离艺术本身，对1949年之后特别是新时期之后的茅盾研究具有直接的导向作用。然而茅盾本人不仅是小说家也是文学理论家，在进入小说艺术审美创造之前对欧洲小说艺术创作及理论有广泛深入的认识并深切理解小说艺术经典的意义和价值，由此，1949年之后茅盾对自己小说艺术的意识形态化解释显然是意识形态主导的时代影响的结果。80年代之后的研究者们似乎要拯救茅盾的艺术地位，将其创作归入所谓“社会剖析小说”[4] 而不是对人性、人的精神与灵魂的深刻表现，这正是受茅盾对自己的小说主要是《子夜》自我意识形态化解释直接影响的重要表现，是对茅盾小说创作特别是《子夜》艺术意义与价值的极大贬低。可以说，自从把茅盾的小说归入所谓“社会剖析小说”之后，人们对茅盾的小说艺术进一步失去兴趣，原因就在于艺术表现的核心是人及其灵魂。

4.1949年之后中国现代文学作品的修改：对茅盾小说艺术意义与价值否定的版本原因。1954年前后包括茅盾小说在内的中国现代文学作品被要求修改并替代初版本在境内外广泛传播[5]，这连同茅盾对自己小说艺术的意识形态化解释一道，进一步将茅盾的小说艺术推向意识形态创作范围之内，由此开始了对茅盾小说艺术的世界性误解。

5.1949年之后中国现代文学研究面临的困境：对茅盾小说艺术误解的学术环境原因。对茅盾小说艺术历史意义与价值的否定还与1949年之后中国现代文学研究面临的学术环境有直接关系。1949年之后中国现代作家除

---

① 《中国当代文学研究资料·茅盾专集》第一卷·下册，福建人民出版社1983年版，第939页。

② 同上。

③ 《中国当代文学研究资料·茅盾专集》第一卷·上册，福建人民出版社1983年版，第939页。

④ 参见钱理群、吴福辉、温儒敏《中国现代文学三十年》，北京大学出版社1998年版，第171页。

⑤ 参见金宏宇《中国现代长篇名著版本校评》，人民文学出版社2004年版。

鲁迅、徐志摩、郁达夫等人早逝之外大多健在并且处在人生的盛年，40 年代成长起来的现代作家就更是年轻。因此，对现代作家艺术成就的评价除历史与审美标准之外，毫无疑问会受到伦理、情感等非文学因素影响甚至作家本人的直接干预，“现代史是非常困难的，有些事还没有定论，有些貌似定论，却还没有经过历史的检验……况且有时还会有人找上门来，说你对他的评价如何如何不公，他是如何如何伟大等等”[①]，直接“找上门来”的固然难以应对，对不上门的如茅盾这样一些作家的评价也许更需谨慎。茅盾在 1949 年之后之所以享有如此高的艺术地位与他本人所处政治和社会地位有密切关系，媚权式的研究也一定存在，实质是权力对学术的干预，对他的小说艺术颂歌式的非艺术评价也就在所难免。由此，80 年代之后对茅盾小说艺术意义与价值的持续否定在相当大的程度上可以说是对曾经的非学术研究和评价不遗余力的情绪化反拨。

此外，如果考虑到传统人士及现代知识分子的参与意识，考虑到中国文字的“发愤”传统，我们对茅盾及其小说艺术的误解也许更深。

（三）一个时代对茅盾小说艺术的偏见：对茅盾小说艺术意义与价值否定的主观原因。对茅盾小说艺术意义与价值的否定还与人们对茅盾小说艺术的偏见有关，这突出表现在关于小说艺术创作概念化或主题先行这一问题上，深层是关于理性在小说艺术创作过程中的作用问题，在这一问题上人们对待茅盾和鲁迅的态度明显不同。对茅盾小说艺术意义与价值的否定一开始就指向主题先行这一问题，认为茅盾“在文学功利主义观念的指引下，把文学看成工具，作品的主题很明确，但非生活所暗示，而是作家的抽象理念；作家按抽象理念或观念布置作品框架，然后搜集材料往这个框架上堆砌，如遇困难，即调动‘技巧’……照我看来，《子夜》属于此类作品”[②]。人们在指出茅盾的小说创作存在主题先行这一问题时就明确意识到这一问题并不只是在茅盾的小说创作中存在，“在某种意义上，鲁迅也是抱着非文学的目的开始创作的”[③]，鲁迅曾明确说，“说到‘为什么’

---

① 乐黛云：《透过历史的烟尘》，北京大学出版社 1997 年版，第 14 页。

② 蓝棣之：《一份高级形式的社会文件——重评〈子夜〉》，《上海文论》1989 年第 3 期。

③ 王晓明：《一个引人深思的矛盾——论茅盾的小说创作》，《中国现代文学研究》1988 年第 1 期。

做小说罢，我仍抱着十多年前的‘启蒙主义’，以为必须是‘为人生’，而且要改良这人生”[1]，但是，在对待这同一问题上人们的态度显然不同，认为鲁迅“一旦认定了文学可以拯救人心，就把全身心奉献给了文学，在他身上，改造社会的激情已经成为他刻划国人魂灵的内在动力。可茅盾不同，他是靠着艺术气质对政治热情的不自觉的压制，才转变成为一个小说家的”[2]，也就是说，鲁迅虽然也是带着明确的艺术观念，但一当进入创作就会全身心投入，而茅盾的情感与想象始终受社会生活的牵引从而导致小说创作只是观念的图解。

这一认识存在一定的误区甚至偏见，不同作家在创作过程中有不同的艺术能力及表现方式，有些作家可能会持续沉浸在艺术世界，“全身心投入”，有的作家可能只是在创作某一作品的过程中会“全身心投入”，创作一当完成就立即进入生活，茅盾也许就是这样。茅盾在艺术与政治生活之间往来的行为和现象可以称为跨界生活，这一行为和现象对于中国现代作家而言并不少见，《呐喊》、《彷徨》的创作严格说来都是在业余时间完成，此时鲁迅的正业是国民政府教育部职员，另身兼大学教职。跨界生活并不妨碍创作本身，相反能够丰富作家的人生体验。茅盾在具体的小说艺术创作过程中不能说没有全身心投入，像《蚀》这样三部曲式的作品、《子夜》这样的长篇小说创作，不集中全部精力就根本不可能完成。跨界生活状态下的创作能否成功不只是与作家是否全身心投入有关，更与作家个人的艺术能力和才能有关。茅盾的小说艺术创作是否如80年代人们所认识的那样“失败”尚无法定论，即便如此，把失败原因仅仅归结为主题先行或理性在创作过程中的作用显然难以成立。

对茅盾小说艺术创作主题先行问题的认识与80年代研究主体所受西方艺术理论的影响有密切关系，认为只有当作家进入迷狂状态时小说艺术创作才能成功，“从严格的意义上，只有当一种情感膨胀到充盈作家的整个心灵，以至使他忘记了自己的个人存在，一心只想透彻地深究这种

---

① 吴子敏、徐迺翔、马良春编：《鲁迅论文学与艺术》（下册），人民文学出版社1980年版，第517页。

② 王晓明：《一个引人深思的矛盾——论茅盾的小说创作》，《中国现代文学研究》1988年第1期。

情感——只有到这里，情感的发泄才真正称得上是艺术的创造，才可能产生出浑然一体的艺术精品”[①]，这是80年代之后相当长的时期内人们对艺术创作的普遍认识，这一认识是深受古希腊以来关于创作的天才、灵感、迷狂、无意识、白日梦等学说影响的结果，其共同之处是强调创作过程中非理性的主导意义，否认理性在创作过程中的作用。事实是，一首诗或一部短篇小说的创作可以凭借灵感在较短的时间内完成并有可能成为艺术精品，但长篇小说创作如果没有深刻的理性认识的参与，仅凭所谓天才、灵感、无意识等非理性因素来完成就根本不可能，作家本人更不可能持续于迷狂状态。因此，对茅盾小说艺术意义与价值的否定与特定历史时期人们对茅盾的偏见有关，实质是与对理性在小说艺术创作过程中作用的偏见有关。

（四）多重文化心理障碍及其与茅盾小说艺术世界的隔膜：对茅盾小说艺术意义与价值否定的深层文化原因。对茅盾小说艺术意义与价值的否定还与80年代之后的研究主体存在的多重文化心理障碍有密切关系，主要表现在：1. 性与女性身体。茅盾几乎所有长篇小说特别是《子夜》中都有大量性及女性身体这样一些涉及人性问题的审美表现，可以说是茅盾小说艺术审美表现的核心内容之一，也展现了茅盾个人的艺术才华，这一现象被1949年之前的研究者们所注意，但却在1949年之后被视为“艺术缺陷”在研究中消失。80年代之后尽管西方各种艺术研究方法不断传入，但受制于传统伦理道德以及种种现实生活因素的影响，女性身体特别是两性关系依然成为忌讳，“在中国的20世纪，性的限制远远压倒了性的开放，封建思想没有得到彻底清算，人们还没有从性禁锢的阴影中完全解放出来”[②]，这一文化心理障碍在80年代之后的茅盾研究主体中依然存在，茅盾本人在解释自己的作品时同样从未触及这一话题，由此，对包括《子夜》在内的茅盾小说艺术审美意义和价值的误解也就在所难免。2. 对通俗文学的漠视与偏见。尽管“中国现代通俗文学步入现代化的进程”要比中国现代文学

① 王晓明：《一个引人深思的矛盾——论茅盾的小说创作》，《中国现代文学研究》1988年第1期。

② 刘达临：《20世纪中国性文化》，上海三联书店2000年版，第7页。

或新文学“整整提早了四分之一世纪”[①]，但“新文学作家对继承中国白话小说传统的通俗文学作家是一概予以否定的”[②]，由此，在相当长的时期内人们无法正视通俗文学本身的审美意义与价值，更无法理解和认识通俗文学对新文学的潜在甚至直接影响。特别值得注意的是，面对通俗文学的巨大艺术吸引力，新文学作家在小说艺术审美创造过程中是否私底下认真研究过通俗文学的艺术性并悄悄植入自己的小说艺术创作之中却难以启齿我们不得而知，但“至少有四位大师级的文学家——鲁迅、胡适、张爱玲……刘半”[③] 曾精心阅读并给予《海上花列传》这一“现代通俗小说的开山之作”[④] 以极高评价，其中鲁迅在《中国小说史略》中“将它提到中国传统美学观的高度来加以鉴赏”[⑤]，胡适则在“1926 年为《海上花列传》（东亚版）作《序》”[⑥]，而“张爱玲在晚年用了将近 10 年时间，二译《海上花列传》，先是将它译成英语，以后又将它译成‘国语’——普通话”[⑦]，由此足见这部通俗小说在他的心中所占有的地位。事实上中国现代作家对通俗文学的重视远不止此，像早在中学时代就沉浸在通俗小说艺术世界，后来长期置身被通俗文学艺术氛围笼罩的上海的茅盾，不仅始终对包括通俗文学在内的所有文化遗产持尊重态度，还特别强调“写小说的人倘使除了研究‘人’而外还有什么应得研究的，就是前人的名著以及累代相传的民间文学”[⑧]，他所说的“前人的名著”及“民间文学”当包括通俗文学在内。面对通俗文学茅盾不仅没有否定其艺术价值，相反，1936 年茅盾曾明确说，“如果有什么准备写小说的年青人，要从我们旧小说堆里找点可以帮助他‘艺术修养’的资料，那我就推荐《儒林外史》，再次，我倒也愿意推荐《海上花》——但这决不是暗示年青人去写跳舞场之类”[⑨]，把通俗文学放在极高的艺术位置。但是，由于新文学发生之初人们对通俗

① 范伯群：《中国现代通俗文学史（插图本）》，北京大学出版社 2007 年版，第 1 页。

② 范伯群、孔庆东主编：《通俗文学十五讲》，北京大学出版社 2003 年版，第 6 页。

③ 范伯群：《中国现代通俗文学史（插图本）》，北京大学出版社 2007 年版，第 18 页。

④ 同上书，第 14 页。

⑤ 同上书，第 19 页。

⑥ 同上书，第 20 页。

⑦ 同上书，第 21 页。

⑧ 《中国当代文学研究资料·茅盾专集》第一卷·上册，福建人民出版社 1983 年版，第 373 页。

⑨ 同上书，第 374 页。

文学的态度的深刻影响，特别是在“20世纪40年代末50年代初，采取行政或半行政的手段，又将通俗文学重新打入冷宫”[①]这一背景之下，人们很难正视茅盾的小说艺术与通俗文学之间的关系，由此，通俗文学视角的缺失是对茅盾小说艺术意义与价值否定的重要原因。3. 研究主体的士大夫审美趣味与理想。对茅盾小说艺术意义与价值的否定还与80年代知识分子内心深处的传统士大夫审美趣味与理想有密切关系，其重要表现：一是追求宁静的田园生活情趣。对富有动感的现代都市生活的审美表现难以接受。二是以小见大的艺术透视心理。也就是习惯于从所谓典型形象身上看到人性的全部，而不是如《子夜》那样从众多人物的侧影看现代社会生活的复杂性。三是追求结果。也就是无论人物还是事件都希望看到其结局，对没有结果的人物与事件无法理解接受。《子夜》不仅表现的是富有动感的现代都市生活，而且众多人物形象让人难以把握，《子夜》问世不久就有人指出“除屠维岳、冯云卿两三位还算生动的而外，其余都不大显出他们的个性……《子夜》乍看起来，似乎很好，但仔细考察一下，就近于是无灵魂的杂货堆”[②]，这与其说是《子夜》的艺术缺陷，不如说是深受士大夫审美意识、趣味与理想影响的接受者与《子夜》艺术世界之间存在的审美隔膜，这也许是否定茅盾小说艺术意义与价值的深层文化原因。4. 研究主体与茅盾所处时代之间无法跨越的精神距离。中国现代文学是生活与思想相对自由的时代产物，对文学特别是中国现代文学的理解本质上说是对自由的理解，仅仅从审美的艺术标准来判断包括茅盾小说艺术在内的中国现代文学的意义与价值与中国现代文学本身存在重要的时代和精神距离。80年代初那些刚刚经过“文革”的新一代茅盾研究主体虽然无限向往但从根本上缺乏自由的生活体验，对自由的生活与精神状态无限向往但可以说是一无所知，因此也根本无法理解在自由的生活与精神状态下生成的包括《子夜》在内的茅盾小说艺术世界，更无法轻易将茅盾的小说艺术世界重新置入它所生成的那个时代予以认识。由此，无论是对茅盾小说艺术意义与价值的肯定还是否定可以说都与茅盾及其小说艺术世界存在先天的生

① 范伯群、孔庆东主编：《通俗文学十五讲》，北京大学出版社2003年版，第6页。

② 《中国当代文学研究资料·茅盾专集》第二卷·下册，福建人民出版社1985年版，第973页。

活与精神隔膜。事实上，茅盾在艺术与政治之间的选择，长篇小说创作的“半途而废”现象也许都可看作是自由时代的自由表现，如胡适所说，想怎么作就怎么作，想怎么写就怎么写。

80年代之后对茅盾小说艺术意义与价值的持续否定有着多重复杂的生活、艺术与文化原因，重新面对茅盾的小说艺术世界首先需要对这些复杂的原因有尽可能深入的理解。

四　我们今天如何重新面对茅盾构建的宏大小说艺术世界

对比1949年前后以及境内外茅盾研究就可以发现至少存在这样几个显著差异：1.1949年前后境内茅盾研究存在的重要差异。从对《子夜》积极关注开始到1949年之前的茅盾研究尽管只有十几年的时间却呈现出多元化这一重要特征，特别值得注意的是审美的批评始终伴随着这一研究。1949年之后的茅盾研究多元化中断，严格说来很难进入茅盾的小说艺术世界。2.境内外对茅盾小说艺术认识存在的显著差异。当我们自80年代开始持续否定茅盾小说艺术意义与价值，认为他的小说创作存在主题先行与概念化时，欧洲却对茅盾小说艺术的意义作了充分的肯定，“茅盾被当前新一代的中国文学批评界轻率地贬为概念化写作的代表。而从世界文学的角度来看，他却是一个技法高明的作家”[①]。3.境内外茅盾小说艺术意义与价值的显著差异。80年代开始的对茅盾小说艺术意义与价值否定的重要结果是虽然这一研究从未中止更未中断，但其意义和价值已无法与鲁迅、老舍、沈从文等研究相提并论。然而，就在我们怀疑茅盾研究本身的意义与价值时，欧洲却把茅盾小说艺术研究的意义和价值置于相当高的艺术位置，“茅盾应被视为第二阶段的代表作家……他迈出了从诠释被奴役的个体到对整个社会进行分析的一步……他所做的事情，直到今天仍未落伍”[②]，同时他们还特别指出，“茅盾用叙事形式提出的现代人的问题似乎只能从‘欧洲’出发才能得到理解。如果不对西方现代派有深入的了解，是不可能对茅盾有公允评价的”[③]，这实质上是把茅盾的小说艺术意义与价值提

① ［德］顾彬：《二十世纪中国文学史》，范劲等译，华东师范大学出版社2008年版，第112页。

② 同上书，第106—107页。

③ 同上书，第106页。

高到与欧洲现代派小说同等重要的地位。1949 年前后以及境内外茅盾研究存在的重要差异表明，对茅盾小说艺术意义与价值的认识远没有结束，更没有到下结论的时候。

20 世纪 80 年代发生的对茅盾小说艺术成就的否定如今已过去二十多年，茅盾本人离我们更是越来越远，但他构建的宏大小说艺术世界特别是《子夜》却无法轻易从我们的视线中消失，中国现代文学研究在相当长的时间内还无法对茅盾的小说艺术视而不见，他曾经对中国现代文学发展进程及中国现代文学研究所产生的历史性、构造性影响很难因我们的否定而消失，中国现代文学史的“重写”在相当长的时间内无法舍弃茅盾这一重要对象和环节，“重写”也不是依靠对某一作家的简单肯定或否定就能完成，时至今日有关中国现代文学史或 20 世纪中国文学史之类的著作还没有哪一部能够避开茅盾不谈。同时，以茅盾命名的“茅盾文学奖”自设立至今已产生日益广泛的社会影响，这不排除某种利益驱动，但在一定程度上意味着茅盾这位作家仍然被当今中国社会广泛认同和接受。由此，仅就摆在我们面前的卷帙浩繁的《茅盾全集》而言，任何简单的肯定和否定都无济于事，我们所要做的和能做的可能只有这样一些：

（一）历史意识、审美方法与多元艺术视角：面对茅盾小说艺术世界的前提。随着时间的推移和历史的不断发展，茅盾及其所构建的小说艺术世界已成历史和文化遗产，因此，面对这一历史与文化遗产我们需要：1. 明确的历史意识。也就是对这一遗产给予绝对尊重，在此前提之下尽可能完整搜集、整理、确认和保护这一遗产。自“一九一六年八月初旬……到上海”① 进入商务印书馆开始直到 1981 年去世，茅盾直接参与中国现当代文学发展进程的活动时间长达 65 年之久，现代文学期间的活动时间长达 23 年②。包括小说艺术创作在内的各种文献数量巨大，1997 年人民文学出版社出版的《茅盾全集》多达 40 卷，然而这是否意味着茅盾的全部文献就已搜集整理完毕就不得而知。20 世纪中国复杂多变，现代期间作家活动相

① 叶子铭编：《茅盾自传》，江苏文艺出版社 1996 年版，第 67 页。

② 注：通常人们把茅盾与中国现代文学之间的关系放在革新《小说月报》之后，但在此之前茅盾就与文学发生密切联系，对五四新文学特别是对通俗文学的关注早已开始并引起商务印书馆的注意，否则不可能让他负责《小说月报》这样的期刊的革新。

对自由，其中仅笔名的大量使用就增加了茅盾文献搜集整理的复杂性和难度。如“《华东师范大学学报》一九八七年第四期刊出翟同泰先生辑注的《茅盾佚文八篇》”，经人“考查，至少有七篇并非出自茅盾手笔”，但其中有一篇“署名丁一山，是否就是茅盾……只能存疑”①，类似这样的问题在茅盾这里一定仍然存在，茅盾“全集”的真正出版还有待时日。同时，需要恢复茅盾文献的历史原貌。包括茅盾在内的现代作家的作品在1954年前后被要求修改，其他文献在历次搜集、整理、出版过程中也有种种形式的修改②，无论修改程度如何都改变了作家个人历史的真实状态，深层地改变了作家的精神世界，后来的接受者毫无疑问会因此对茅盾产生误解，80年代对茅盾小说艺术意义与价值的否定与此密切相关。因此，重印茅盾小说及其他文献的初版本是面对茅盾个人文化遗产的重要方式。2. 审美的认识方法。尽管1949年之后茅盾的身份发生重要变化，但随着时间的推移，作家这一身份毫无疑问影响最大也最具历史意义和价值，他曾经构建的宏大小说艺术世界是他个人成就或价值的最重要表现和核心标志，也是中国现代文学发生与发展进程中的重要文学现象，因此，面对作为茅盾遗产核心的小说艺术世界，我们需要审美而不是意识形态的思维方法。3. 审美认识的开放性。任何艺术都具有审美的开放性，任何一种艺术方法或视角对某一艺术世界的注视都只能是对这一艺术世界的特殊理解而不是全部。80年代之后对茅盾小说艺术意义与价值的否定与曾经的意识形态思维方式和研究方法的唯一性有直接关系，重新面对茅盾的小说艺术世界需要不同思维方式和艺术方法从不同侧面共同接近和进入茅盾的小说艺术世界。

（二）“败笔”与“失败”之作：理性面对茅盾小说艺术世界的“缺陷”。80年代之后对茅盾小说艺术意义与价值否定的一个重要理由就是他的作品特别是《子夜》存在不少败笔，主要表现在：一是作家个人理念的着意介入。如《子夜》，“蓄意涂抹在作品中的作者本人的意念。比如，茅盾在第一章中写到吴老太爷的猝亡……这样的败笔在后面的章节中多次出现。”③ 二是作品整体结构的不协调。茅盾“打算将《子夜》写成一部农村

① 陈子善：《文人事》，浙江文艺出版社1998年版，第54—56页。

② 参见孙中田《〈子夜〉的艺术世界》，上海文艺出版社1990年版，第223—230页。

③ 徐循华：《诱惑与困境——重读〈子夜〉》，《中国现代文学研究丛刊》1989年第1期。

与都市的交响曲”这一“计划……落空”导致“第四章在《子夜》中极不协调”[①]，实质上就是作品内容在整体上的不协调。三是不熟悉生活的表现。“茅盾不仅不熟悉农民生活，更不熟悉工人的生活”[②]，由此导致“《子夜》中的工人形象几乎被读者和研究者公认是最不成功的”[③]。由于“《子夜》有如许的败笔与缺陷”[④]，由于这样一些败笔乃至失败之作的存在，茅盾最终在20世纪中国小说“大师”的行列中“出局了”[⑤]。

但是，当我们指出茅盾小说艺术存在败笔和失败之作时，欧洲却对茅盾的小说艺术成就作出了明确的肯定，“在中国现代长篇小说方面，应当说茅盾虽然作出了较晚，却是奠基性的贡献。要说20年代中期开始尝试一种符合时代的体制宏伟的长篇小说的作家，茅盾不是第一位，也不是仅有的一位，但却是成功者”[⑥]，其重要表现就是茅盾以自己的审美表现方式推进了中国现代小说的发展进程。“他告别了‘五四’，为其他人作出了榜样，因为他不再展示那些处于封建主义余痛压迫下的单个人无望的命运，而更多的是刻画现代城市和农村以及随之而来的人们如何在发生改变。”[⑦]也就是说，茅盾超越了五四反封建反传统的思维与审美想象的限制，审美地表现了现代中国农村与都市新的变化从而为中国现代文学提供了全新的审美表现对象。

如此不同的认识和评价与审美认识的开放性直接相关。所谓审美认识的开放性就是不同读者面对同一作品会获得不同甚至根本不同的审美感受、认识和评价，人们早已熟知的“横看成岭侧成峰”和“一千个读者有一千个哈姆莱特”就是对审美开放性的感性表达，由此，面对同一小说艺术作品的任何审美认识和判断都具有相对性，都只是对艺术世界以某一特殊方式的接近而不可能是对这一作品的终极认识。由于小说艺术具有审美的巨大开放性，面对小说艺术也就需要审美的开放心态，这就是要意识到

① 徐循华：《诱惑与困境——重读〈子夜〉》，《中国现代文学研究丛刊》1989年第1期。
② 同上。
③ 同上。
④ 同上。
⑤ 王一川：《我选二十世纪中国小说大师》，《文学自由谈》1994年第4期。
⑥ ［德］顾彬：《二十世纪中国文学史》，范劲等译，华东师范大学出版社2008年版，第105页。
⑦ 同上书，第107页。

没有哪一部作品在所有读者看来都完美无缺，没有哪一位作家的全部创作都是经典。对即便看来存在严重“败笔”甚至是“失败”之作的小说艺术作品同样应当持开放心态，如《唐·吉诃德》的结构就极其松散，叙事拖沓并存在明显事实性缺陷，但这并不影响它作为经典的文学地位，原因在于它提供了吉诃德这样经典的艺术形象。又如从艺术来看，“败笔”连篇的清末谴责小说今天看来仍有它的历史意义与审美价值，它为已经消逝的时代生活世界留下了种种宝贵的审美影像。因此，审美的开放心态是我们今天重新面对茅盾小说艺术世界的又一重要前提。80年代对茅盾小说艺术意义与价值所下的那些结论今天看来就很难成立，不仅如此，由于那些结论的产生缺乏审美的开放性，追求所谓“片面的深刻”，作惊人之语，有些结论完全可以看作是一个时代留下的教训。

（三）深入分析或直接搁置1949年之后茅盾小说艺术的自我解释。重新面对茅盾的小说艺术世界，我们还特别需要谨慎对待甚至直接搁置1949年之后茅盾小说艺术的自我解释，这是因为：1. 长期以来，茅盾小说艺术特别是《子夜》研究深受茅盾对自己小说艺术解释的影响，最典型的就是新时期开始的1977年《子夜》再版时，茅盾的《再来补充几句》一文可以说对《子夜》作了彻底的意识形态乃至政治路线斗争的解释，这显然是时代深刻影响的结果而非茅盾本人的意愿。但时至今日的茅盾研究者们仍然对此几乎不假思索地予以运用，《子夜》的艺术意义和价值因此不断被意识形态化，其中“这部小说的写作意图同当时颇为热闹的中国社会性质论战有关”① 这一句对80年代之后的《子夜》研究影响最深，不少所谓研究几乎只是这句话的注解，80年代之后人们对《子夜》艺术成就的否定与茅盾的这一解释存在深刻的内在联系。2. 1949年前后茅盾对自己的小说艺术特别是《子夜》的解释存在重要矛盾。最突出的表现就是1949年之前强调小说艺术表现的是人，“‘人’——是我写小说的第一个目标。我以为总得先有了‘人’，然后一篇小说有处下手”②，而1949年之后则强调自己的作品特别是《子夜》是对阶级与政治路线斗争的表现，“《子

① 《中国当代文学研究资料·茅盾专集》第一卷·下册，福建人民出版社1983年版，第940页。

② 同上书，第372页。

夜》原来的计划是……反映出这个时期中国革命的整个面貌，加强作品的革命乐观主义”[①]，等等这些解释显然深受时代的影响和制约。对欧洲文学理论有广泛深入的理解并阅读了大量欧洲文学经典的茅盾深知文学表现的对象和核心是人而不是其他。正因为这样，他的小说无论《蚀》还是《子夜》才能够吸引不同阶层人物的关注，“向来不看新文学作品的资本家的少奶奶、大小姐，现在都争着看《子夜》，因为《子夜》描写到她们了”[②]，1949年之后，随着阶级斗争日益成为社会生活的中心，茅盾对自己小说创作阶级意识的强调也就事出有因。因此，重新面对茅盾的小说艺术世界必须直面小说艺术世界本身，谨慎对待甚至直接搁置茅盾小说艺术的自我解释，1949年之后的自我解释尤其如此。

（四）“未完成的中国现代文学”视阈中的茅盾小说艺术世界。排除历史与生活原因，80年代之后对茅盾小说艺术意义与价值否定的重要原因还在于人们对“中国现代文学史”这一历史本身的性质与发展状态的错误判断，“1949年之后的中国现代文学研究在进入一个全新的历史时期的同时，也一开始就走进了一个巨大的历史误区，这就是人们无一不把发生在1917—1949年间的‘中国现代文学当作是一个有其发生、发展与终结的完整的文学史’”[③]，由此，在评价中国现代文学整体以及具体作家作品的意义与价值时就会以完成了的历史过程中应有的能力与价值来要求中国现代文学史及其作家作品，对茅盾小说艺术意义与价值的否定性评价就是如此。然而事实是，“‘中国现代文学史’是一个由于政权交替导致时代环境巨变而被‘中断’的未完成的文学史”[④]，我们现在所看到的中国现代文学史也许只是这一历史的一个微小开端而不是全部。包括茅盾在内的所有中国现代文学作家都只是这一刚刚发生的历史的探索者而不是终结者，在这一微小开端中产生的包括茅盾小说艺术在内的所有作品都难免存在各种各样的缺陷，这也是探索者的必然表现。由此，当我们用“经典”和“大师”这样的标准来要求和评判包括茅盾在内的中国现代文学作家的艺术能

① 《中国当代文学研究资料·茅盾专集》第一卷·下册，福建人民出版社1983年版，第939页。

② 同上书，第723页。

③ 李城希：《论“未完成的中国现代文学”》，《学术界》2002年第5期。

④ 同上。

力及作品的艺术价值时，就远远超出了这一历史及作家本身所具有的能力及可能性，这短暂的历史发展过程中即使有天才出现也不可能太多，我们更不能以天才的表现来要求茅盾及其小说艺术世界。因此，当我们在“未完成的中国现代文学”这一视阈中来重新面对茅盾及其小说艺术世界时，就会意识到他只是这一历史开端的探索者与初创者，还处在向欧洲文学学习并在学习的过程中试图创造他们心中如欧洲文学经典那样光耀世界的作品，以“大师”与“经典”来要求和评价茅盾等中国现代作家及其艺术创造只是我们对中国现代文学史误解之后的主观愿望。我们需要在“未完成的中国现代文学”这一视阈中以历史的心态和审美的方式重新面对并深入理解茅盾及其小说艺术世界的开创性和局限性。

不过，无论我们以何种心态重新面对茅盾的小说艺术世界，历史几乎总是以迟到然而却极其严厉无情的方式审视或审判历史参与者的灵魂这一点可以肯定。作为历史的参与者，无论曾经是众星拱月还是孤独无依，该消失的会消失得无影无踪，该接受惩罚的会承受迟到的痛苦，该浮出历史的会回到他该处的位置。不过，如果把什么都交给历史，当代人就会无所作为，尽己所能对历史作出尽可能合理的认识和判断是当代人的责任。

第一章　形象群与多重文化主题：《子夜》的艺术世界

20 世纪 80 年代之后对茅盾小说艺术意义与价值的持续质疑和否定，与 1949 年之后在意识形态与社会学方法以及艺术典型理论等因素影响之下人们对茅盾的小说特别是《子夜》艺术的理解密切相关。当我们以审美的意识与方法重新面对《子夜》时就会发现，无论是人物形象还是主题都与人们曾经的理解和认识存在重要差异。就人物形象而言，《子夜》中众多的人物是以形象群而非一两个典型的方式出现，典型是也只是形象群中的典型。同时，《子夜》并非人们曾经在茅盾本人言说影响甚至左右之下的认识那样，是对 30 年代中国社会性质问题讨论的回应，而是具有多重审美的文化主题。不同的人物形象群与多重审美的文化主题共同构成《子夜》复杂丰富的审美艺术世界。

一　多重文化主题与《子夜》审美意义的开放性

受制于 1949 年之后茅盾对自己作品日益意识形态化解释的制约与导向性影响，认为《子夜》[①]"这部小说的写作意图同当时颇为热闹的中国社会性质论战有关"[②]，时至今日人们仍然不假思索地把茅盾本人这一显然深受时代特别是政治意识形态制约性影响的非审美性言说看作是"《子夜》的主旨所在"[③]，从根本上忽视了 30 年代茅盾所说"'人'——是我写小说的

---

① 注：本文以《中国新文学大系 1927—1937 · 小说集六》，上海文艺出版社 1984 年版中的《子夜》初版本为讨论依据，文中有关作品的引文均出自此处。

② 《中国当代文学研究资料 · 茅盾专集》第一卷 · 下册，福建人民出版社 1983 年版，第 940 页。

③ 钱理群、吴福辉、温儒敏：《中国现代文学三十年》，北京大学出版社 1998 年版，第 177 页。

第一个目标"[1] 的深刻意义，"上海的借善骗钱的'善棍'"[2] 当是《子夜》中人物表现的核心，但《子夜》丰富多样的思想内容及审美意义至今仍被看作仅仅是对 30 年代中国社会性质的回答而不是对作者所处时代多方面的审视与表现，由此极大忽视了《子夜》审美意义的开放性。然而，尽管受制于 1949 年之后的时代与政治现实，茅盾仍然明确表述了《子夜》与它所处的时代之间的关系，这一关系"只不过如下：《子夜》的时代背景是一九三〇年春末夏初"[3]，深受特定时代制约的茅盾的言说强烈地暗示《子夜》是审美的艺术作品，是对它所处时代超越性的审美表现，它所处的时代只是作品的背景而已，但我们却把它当成作品的全部，也就是对时代的直接反映或表现。是我们简单甚至肤浅地对待茅盾的欲言又止及《子夜》思想内容本身的丰富性，把内容丰富的艺术作品仅仅看作是对某个社会问题论文式的回答而不是对作者所处时代的审美表现，由此对《子夜》丰富的思想内容或审美主题产生了深刻的意识形态化误解，对茅盾及其小说艺术成就的理解构成障碍性影响。

《子夜》在茅盾的小说创作及中国现代文学发展进程中的特殊意义决定了对它的认识在相当大的程度上就是对茅盾个人艺术才能及中国现代文学成就的认识，因此，很有必要对《子夜》的思想内容或审美主题予以重新审视，以唤起人们对茅盾的小说特别是《子夜》阅读与研究的热情与兴趣的同时重新认识这部曾经产生广泛时代及历史影响的作品的艺术价值。实现这一目标或愿望的首要前提是必须直面茅盾小说创作本身并慎重对待甚至直接搁置茅盾 1949 年之后对自己小说艺术作品的解释，特别是那些带有明显意识形态化的解释，深切理解作为艺术家的茅盾对艺术的理解与追求。

当我们超越曾经的意识形态视角或思维方式的限制，审美地面对《子夜》时就会发现它具有多重审美文化主题，它以传统、人性、特定时代的个人命运与社会生活秩序的现代变动而非政治意识形态为审美表现对象，以宏大的艺术结构与多样的艺术表现方式通过上海这个现代都市显现了 20 世纪 30 年代前后中国社会文化的深刻变化，其中传统的历史性溃散、人性

① 《中国当代文学研究资料·茅盾专集》第一卷·上册，福建人民出版社 1983 年版，第 372 页。

② 同上书，第 290 页。

③ 同上书，第 938 页。

的堕落与蜕变、个人命运的无情改变与社会生活秩序的现代调整、没有答案的未来共同构成《子夜》多重文化主题，《子夜》的审美意义也因此而变得极为丰富。对《子夜》多重文化主题的理解是对《子夜》的基础性理解，也是对 20 世纪 80 年代之后有关《子夜》艺术意义和价值否定性认识和评价的直接回应。

（一）传统的历史性溃散。《子夜》首先引起人们注意的是通过作为传统载体与象征的吴老太爷及其子阿萱、女儿蕙芳从乡下进入现代都市上海之后个人行为与精神世界所发生的反转性变化，特别是吴老太爷之死、阿萱的弱智化与世俗化、蕙芳的焦虑与迅速都市化等具有丰富象征意义的行为，多侧面深刻表现了曾经支撑人们现实生活与精神世界的传统在现代社会特别是在现代都市的历史性崩溃，或者说，传统这一重要屏障彻底消失，欲望开始主宰现代都市的一切，这是《子夜》首先出现并贯穿全书且令人深思的重要主题。所谓传统的历史性溃散是指由曾经长期引领、制约、支撑中国人精神世界与行为方式的传统思想、道德、伦理、情感、行为方式等因素构成的生活秩序在现代生活与文化观念的冲击下不断散化并从人们的精神世界与日常行为中退出而成为历史。《子夜》首先对这一深刻的时代与文化转折作了丰富多样的审美表现：

1. 吴老太爷进城及其死亡与传统的历史性溃散。《子夜》首先展现在人们面前的是吴老太爷被动荡时代赶进现代都市上海，但现代都市生活与人们的行为方式对他构成直接压迫并很快中止了他的生命。作为传统的载体与象征，吴老太爷进城之际的行为反应特别是其死亡具有特殊的象征意义，他的行为反应表面是对现代都市生活的不适应，深层却是现代都市对传统的直接拒绝和抛弃，这主要表现在：首先，吴老太爷长期坚守传统，成为传统的载体与象征。吴老太爷在《子夜》中的重要意义在于他是作为传统的载体与象征而出现。他在个人人生发生转折之后从传统的反叛者转向对传统的坚守并深信不疑，“虔奉《太上感应篇》，二十余年如一日”[①]并表现出极端倾向，“二十五年来，他就不曾跨出他的书斋半步！二十五年来，除了《太上感应篇》，他就不曾看过任何书报！二十五年来，他不

① 《中国新文学大系 1927—1937·小说集六·子夜》，上海文艺出版社 1984 年版，第 290 页。

曾经验过书斋以外的人生"[①] 传统成为他唯一的精神需要，他也因此成为传统的载体与象征。其次，吴老太爷试图在现代都市上海继续保持传统。吴老太爷进入上海时试图将传统携入其中，他把蕙芳和阿萱以及《太上感应篇》带在身边的深层目的即在于此。在他看来，尽管已经离开了他持守传统的乡间生活环境，但"毕竟尚有《太上感应篇》这护身法宝在他手上，而况四小姐蕙芳，七少爷阿萱一对金童玉女，也在他身旁，似乎虽入'魔窟'，亦未必竟堕'德行'"[②]，也就是只要他自己持守传统，只要作为传统载体与后继者的阿萱与蕙芳在他身边，传统就将在他这里持存，由此也就可以在现代都市中立足。吴老太爷对传统在现代都市中的存在和命运显然是理想化了，他没有意识到现代都市对传统的直接冲击与拒绝，进入都市之际的种种现象不断打破他的幻想。再次，吴老太爷之死是现代都市生活与文化对传统的冲击与拒绝。当吴老太爷进入上海时，进入他视野的不再是乡村的宁静而是喧嚣的现代都市生活并对他构成直接压迫，"各色各样车辆的海……红红绿绿的耀着肉光的男人女人的海……机械的骚音，汽车的臭屁，和女人身上的香气，霓虹电管的赤光"[③]；更为重要的是，现代都市中人特别是女性的生活与行为方式已不再是乡村的纯朴与保守而是直接的身体暴露，"一位半裸似的……时装少妇……翘起了赤裸裸的一只白腿，简直好像没有穿裤子"[④]，他的女儿同样如此，"二小姐芙芳……一对丰满的乳房很显明地突出来"[⑤]，而吴公馆里的情景更让他无法接受，"无数的高耸的乳峰，颤动着，颤动着的乳峰，在满屋子里飞舞"[⑥]，所有这些都与传统构成强烈反差，正是这样的强烈反差对吴老太爷构成强烈的刺激与压迫并直接导致其死亡。他的死亡象征着现代都市对传统的无情拒绝与阻断，之所以说"无情"，原因在于，尽管吴老太爷以自己的人生坚守传统已是二十多年，传统在中国的存在更是无限久远，但这些在现代都

① 《中国新文学大系 1927—1937·小说集六·子夜》，上海文艺出版社 1984 年版，第 290—291 页。

② 同上书，第 291 页。

③ 同上书，第 294 页。

④ 同上书，第 293 页。

⑤ 同上。

⑥ 同上书，第 298 页。

市中不仅失去其存在的环境，而且已失去其存在的意义与价值，现代都市要的是“当前”，与吴老太爷所坚守的传统观念已相距甚远。

2. 阿萱进城之后迅速世俗化与传统的历史性溃散。阿萱这一形象仅在《子夜》第一、十、十二、十七章中出现，虽贯穿作品始终却每次都着墨不多，稍不注意就会被忽略，但这一形象却具有不可替代的意义与价值。如果说吴老太爷是传统的载体与象征，他的进入都市及其死亡象征现代社会对传统的直接驱赶与拒绝，那么，阿萱这一形象出现的意义就在于：首先，阿萱是传统的理想载体与后继者。作为下一代，吴老太爷一开始就有意识地让阿萱与现代社会生活保持明确距离，“一向就做吴老太爷的‘金童’”①，也就是使其精神世界始终置于传统之中，不受外界任何影响。吴老太爷的行为已发生效用，十九岁的阿萱不仅与现代生活之间存在距离而且相当隔膜，如他把现代的“兵”与已成历史的“八太爷”混同起来就是其表现②，更重要的是他在现代都市生活面前竟“很有几分傻”③，这一在现代都市面前无法展开自己行为时所表现出的神情是阿萱与现代生活之间隔膜的重要表现，也是他作为传统理想载体与后继者的重要前提，它表明阿萱的精神世界已为传统所占有，也只有这一状态才能有效地继承传统。其次，阿萱被现代都市生活强烈吸引。与现代生活之间的隔膜并不意味着阿萱失去关注现代社会生活与现象的能力。在乡下他曾注意到动荡时局中的奇特现象，“一连兵，刚开到关帝庙里驻扎好了，就向商会里要五十个年青的女人——补洗衣服；商会说没有，那些八太爷就自己出来动手拉”④。进入上海时立即被现代都市生活强烈吸引，他坐在吴老太爷身边却“张大了嘴巴，出神地贪看那位半裸体的妖艳少妇”⑤，现代都市生活强烈冲击长久处于传统生活境域之中的阿萱的精神世界，他的“张大了嘴巴”是现代都市与乡下传统生活强烈反差引起震惊的情感与行为反应，“出神地贪看”则是他的精神世界被现代都市生活典型场景完全占有，“半裸的

① 《中国新文学大系 1927—1937・小说集六・子夜》，上海文艺出版社 1984 年版，第 295 页。
② 同上。
③ 同上。
④ 同上。
⑤ 同上书，第 293—294 页。

妖艳少妇”是现代都市欲望的特殊表现与标志，与传统构成截然对比，是阿萱进入上海这个现代都市的第一感觉与记忆。阿萱对这一现象的关注有双重意义：一是透过异性关注现代都市生活的特殊性；二是处于青春期的阿萱对现代都市异性的关注，他的“出神地贪看”是被传统压抑的青春情感甚至本能直接被异性身体唤醒。这两者都超越了传统的限制，吴老太爷恪守的“万恶淫为首”的训诫在他这里已开始失去作用，现代生活的大门以特殊的方式对阿萱敞开。再次，在现代都市生活中迅速世俗化、自我弱化。刚刚进入上海时的阿萱就对现代都市表现出极度的不适应，“神经错乱，有时聪明，有时就浑得利害”[①]，但很快就以世俗化与自我弱化的方式在传统与现代生活之间作出明确选择并不断融入现代都市，而阿萱的世俗化与自我能力弱化正是现代都市对传统无情吞噬的直接表现。当阿萱再一次出现的时候已经跟着吴少奶奶、杜竹斋、杜新箨等人一起打麻将，而且“打得很有劲”[②]，不仅如此，“笑声从大餐间传来，夹着阿萱的笑”[③]，这一行为很有意义，一是表明阿萱已通过家庭这个特殊途径与杜竹斋为代表的“社会生活中坚”及以杜新箨为代表的“现代都市新青年”这两个现代都市最重要的群体建立关系；二是他以世俗化而非吴荪甫式的理想主义者的生活方式开始自己的都市生活。紧随世俗化的是阿萱自我能力的弱化。他最后两次在作品中出现的时候，一次是“托着他那只近来当作宝贝的什么‘镖’”[④]，另一次是“手里拿着戏台上用的宝剑……一边笑，一边很得意地舞弄他这名贵的武器”[⑤]，他的这一行为同样具有丰富的意义，一是表明他通过家庭这个途径已完全融入现代都市生活且无忧无虑；二是表明他已结束了自己的“金童”生活，也就是结束了传统在他这里的存在与延续；三是表明已是青年的阿萱无论兴趣爱好还是行为仍然停留在童年状态，更为重要的是，作为男性他失去应有的生活理想与追求，如吴荪甫所说，“十七八岁的孩子，还干这些没出息的玩意儿”[⑥]，这是自我能力弱

① 《中国新文学大系 1927—1937·小说集六·子夜》，上海文艺出版社 1984 年版，第 329 页。

② 同上书，第 653 页。

③ 同上。

④ 同上书，第 596 页。

⑤ 同上书，第 736 页。

⑥ 同上书，第 597 页。

化的重要表现。无论是世俗化还是自我能力的弱化都意味着现代都市对传统的无情吞噬。

3. 蕙芳进城之后的迅速都市化与传统的历史性溃散。蕙芳可以说是《子夜》中性格变化最大，前后对比最为强烈因此也最为生动的青春女性形象，具有丰富的审美意义。如果说吴老太爷的进城及其结局象征着传统被现代都市直接拒绝，阿萱的进城及其世俗化与自我弱化意味着现代都市对传统的迅速吞噬，那么，蕙芳进城及其最后选择的意义则在于传统经过现代生活的验证之后已失去存在的意义，最终被现代都市所抛弃：首先，蕙芳同样是传统的理想载体与后继者。蕙芳虽然是女性却是吴老太爷身边的“玉女”，与阿萱一样是传统的理想载体与后继者。所不同的是她长于阿萱，在吴老太爷的直接干预下传统对她影响的程度相对要深，进上海时“一身衣服……还是十年前的装束”[①]，这并不是蕙芳的自觉选择而是吴老太爷的直接干预，“乡下女人的装束也是时髦得很呢，但是父亲不许我——”[②]。进入都市的蕙芳明确意识到自己与现代都市生活之间的距离，“二姊，我还没见过三嫂子呢。我这一身乡气，会惹她笑痛肚子罢”[③]，她所说的“乡气”是由发式、服饰、言语、表情、动作、行为等因素共同显现出的来自乡村个体的气质和精神状态，这表明在传统与现代之间她已开始了明确的价值比较，传统在她这里的存在并不稳定，更没有成为她的全部精神需要。其次，现代都市生活对蕙芳的深刻影响。刚刚进入上海的蕙芳对都市生活极不适应，“拘束腼腆，叫人看着又生气又可怜”[④]，她的“拘束腼腆”是与现代都市生活之间存在隔膜，试图进入但未能获得都市生活方式之前的心理与行为表现。但很快，在上海逗留两个月之后她的精神世界就发生了重要变化，一是强烈感受到传统与现代之间的冲突并以焦虑苦闷的情绪表现出来。“觉得住在这里很闷，很苦”[⑤]，这实质是传统与现代两种不同生活方式之间的冲突对她的精神世界构成压抑的直接表

---

① 《中国新文学大系 1927—1937 · 小说集六 · 子夜》，上海文艺出版社 1984 年版，第 292 页。

② 同上书，第 293 页。

③ 同上。

④ 同上书，第 329 页。

⑤ 同上书，第 748 页。

现；二是明确意识到现代都市对她精神世界的深刻影响。“知道已经不是住在乡下的我”[1]，这表明她已接受现代都市生活的影响，并且不可能回到吴老太爷曾经规定的传统精神世界；三是迟到的青春的觉醒。蕙芳进入上海时已是二十四岁，本应享受青春、爱情与婚姻的快乐和幸福，但由于传统的压抑使得她青春的要求在现代都市的影响下才迟迟觉醒。当她的爱情受到来自哥哥吴荪甫的阻力时她开始发问，“为什么我那样命苦？为什么轮到我就不应该？为什么别人家男女之间可以随随便便”[2]，她在比较中意识到了自己的不自由并试图摆脱一切束缚。再次，在传统与现代之间的最终选择。作为传统的理想载体与后继者的象征，蕙芳没有像吴老太爷那样一进上海“立刻就要‘风化’”[3]，也没有像阿萱那样迅速被现代都市所吸引和吞噬，而是以“逃走”[4] 的方式在传统与现代生活之间作出明确选择，“提前”逃到了“七颠八倒的女青年会寄宿舍”[5]。“女青年会寄宿舍”在吴少奶奶这样的现代女性眼中都是“七颠八倒”，也就是从根本上远离传统，这对急于摆脱传统束缚的蕙芳具有极大的吸引力，她把这个特殊的现实与精神空间当作超越传统通向现代的中介与桥梁。之所以用“逃走”的方式作出自己的选择，其直接原因在于，在上海郊外丽娃丽妲村所见到的青年男女的生活方式瞬间摧毁了她由传统构筑的精神世界，她急于避免来自任何方面特别是兄长吴荪甫的阻力以寻求新的精神空间，她的“逃走”实质是直接走向自己所认定的理想世界。蕙芳的选择具有决定性意义，是对传统在现代社会中命运的判断，它意味着传统在现代面前失去最后的载体与生存空间。

《子夜》通过吴老太爷与阿萱、蕙芳这三个人物形象从乡下进入现代都市上海之后的现实生活与精神世界所发生的变化，深刻表现了传统的历史性溃散。《子夜》还通过吴老太爷的丧事突出表现了“死亡”这一人间大事在现代已变得不再重要这一深刻变化，以及通过曾沧海父子面对乱伦

① 《中国新文学大系 1927—1937 · 小说集六 · 子夜》，上海文艺出版社 1984 年版，第 747 页。

② 同上书，第 745 页。

③ 同上书，第 309 页。

④ 同上书，第 759 页。

⑤ 同上。

时的态度、冯云卿父女的“美人计”以及吴荪甫、赵伯韬等人的颓废行为深刻表现了传统在现代生活世界中的无情消退，不过，曾沧海等人的行为更为重要的意义在于让人看到人性的堕落与蜕变。

（二）人性的现代堕落与蜕变。如果说《子夜》通过吴老太爷与阿萱、蕙芳进入现代都市上海之后现实生活与精神世界的变化让人看到传统的历史性溃散，那么，通过“交际花”这个特殊形象群，特别是通过曾沧海父子、冯云卿父女以及吴荪甫、赵伯韬等人的行为则让人看到人性的现代堕落与蜕变，从而认识到现代社会对人性的根本改变，这是《子夜》又一富有审美意义的重要主题，对这一内容的认识是对《子夜》进一步深入的理解。

1. 曾沧海父子的道德沉沦与人性的现代堕落和蜕变。乡村地主曾沧海对他人的剥削行为已有违传统道德，面对儿子曾家驹乱伦时的麻木不仁则深刻表现了人性的堕落与蜕变。首先，曾沧海出身“鼎鼎望族”①，当秉承传统，有良好道德修养，但是其行为却与传统道德严重背离。他“贪财吝啬刻薄”②，个人欲望强烈，极度自私且行为恣肆，占人之妻为妾，人性早已堕落。其次，纵容儿子曾家驹的不端行为，道德已经沉沦。曾沧海知道已是有妇之夫的儿子逛私娼，对其不端行为不仅不加制止，反而利用儿子探听有关消息，“阿驹，你知道镇上的私烟灯共有多少？前街杂货店里的三姑娘做的那几户客人？还有，卡子上一个月的私货漏进多少”③。再次，面对儿子乱伦行为不加制止，人性彻底蜕变，失去应有的人伦与行为规范。他早已知道儿子与自己的小妾阿金私通并亲自撞见，这理应严厉制止并严加管教，但曾沧海却说，“畜生！就算你嘴馋，有本事到外边去弄几个玩玩，倒也罢了，叫你在家里吃现成的么？混帐！弄大了肚子，算是你的兄弟呢？算是你的儿子呀！阿金这骚货——”④，他关心的不是儿子的行为本身与人伦道德之间的冲突，而是这一行为是否会引起难以解决的后果。曾沧海父子的行为表明最为重要的传统道德与行为规范在乡村小镇已

① 《中国新文学大系 1927—1937 · 小说集六 · 子夜》，上海文艺出版社 1984 年版，第 366 页。

② 同上书，第 365 页。

③ 同上书，第 373 页。

④ 同上书，第 380 页。

经沉沦，人性在这里已经开始堕落与蜕变。特别是曾家驹，不仅外形奇丑无比，行为更是龌龊不堪，在父亲的纵容之下，不仅在家中乱伦，在动荡的乡村对女子实施性暴力，进城之后其行为在吴荪甫这个亲戚的眼皮底下再次表现出来，是十足的无赖之徒的典型与“另类”。曾家驹是《子夜》乃至茅盾全部创作中唯一被无情讽刺和嘲弄的年青人形象，突破了茅盾创作《子夜》时所运用的自然主义手法，其原因很值得探究。

2. 冯云卿、吴荪甫的“美人计”与人性的现代堕落和蜕变。如果说曾沧海父子面对自己的不端行为特别是乱伦时的态度表现了传统道德与人性在乡村世界的堕落与沉沦，那么，作为社会生活中坚的冯云卿与吴荪甫为达竞争目的不择手段，利用女儿和亲戚实施“美人计”的行为就更进一步表现了人性的堕落与蜕变。

地主冯云卿与曾沧海有相似之处，就个人出身而言，他“诗礼传家”[①]，当有良好家教；就个人能力而言，他是前清时代半个举人，当有良好传统文化与道德修养；就个人成就而言，他是“有面子的地主”[②]，也就是在当地赢得了个人价值与尊严，被周围世界所肯定；就生活状态而言，他进城之前“安坐家园享福”[③]，有相对安定的生活，所有这些都理应促使他成为传统的载体与表现者。但是，冯云卿在乡下就已开始堕落，过上“饱暖荒淫的生活”[④]，其主要表现就是“将近五十”的时候“新纳爱宠老九”[⑤]。动荡的时代将冯云卿赶进上海之后，在激烈竞争中人性完全堕落，主要表现在：首先，听任姨太太和女儿的放浪行为，道德意识消失。进入上海之后，冯云卿在姨太太面前失去优越感，于是“对于姨太太的夜游生活便简直不敢过问了”[⑥]；作为父亲，得知女儿行为放浪时，开始时内心也有矛盾，但已陷入竞争中的冯云卿不再关心传统道德问题，“此时他的心情已经不是单纯的怨恨女儿败坏了‘门风’，而是带几分抱怨着女儿不善

① 《中国新文学大系 1927—1937·小说集六·子夜》，上海文艺出版社 1984 年版，第 480 页。
② 同上。
③ 同上书，第 468 页。
④ 同上。
⑤ 同上书，第 469 页。
⑥ 同上书，第 487 页。

于利用她千金之体"[①]。其次，面对商界竞争，利用女儿设"美人计"，人性蜕变。为探听赵伯韬在公债场上的消息，他"打定主意找女儿去谈判"[②]，父女关系也就是传统伦理与道德被搁置，女儿成为工具。在此过程中道德感也偶然闪现，"正经还是从田地上想法"[③]，但这一想法很快被现实所粉碎，"农民骚动，几千亩良田眼见得已经不能算是姓冯，却还得姓冯的完粮纳税"[④]，于是很快把之所以要利用女儿的原因归结到女儿身上，"既然她自己下贱，不明不白就破了身，那么，就照何慎庵的计策一办，我做老子的也算没有什么对她不起；也没有什么对不起她已死的娘，也没有什么对不起我的祖宗"[⑤]，最后竟把出卖女儿的身体与灵魂看作是孝道，"要是她真的不依，那真是不孝的女儿"[⑥]，在激烈的竞争中，他心中唯一存在的只有利益。再次，与人合谋陷害竞争对手，道德彻底堕落。冯云卿除利用女儿实施"美人计"之外，还与何慎庵合谋，忙着仙人跳和钻狗洞的勾当，利用女色着意陷害竞争对手。至此，冯云卿从内在修养到外在行为被彻底置换，道德完全沉沦，人性彻底蜕变。

利用"美人计"的不只是冯云卿，作为社会生活中坚的吴荪甫同样如此。此前的研究者们只注意到作为民族资本家的吴荪甫性格中的"光辉"及行为的颓废而没有注意到他人性堕落的重要一面。他不仅与交际花徐曼丽交往密切，遭遇困境的时候在保姆身上发泄，与交际花公开寻乐，"又访过著名的秘密艳窟九十四号"[⑦]，更为重要的是，当与赵伯韬在公债场上的恶性竞争到了最后关头，吴荪甫利用自己的表侄女，交际花的后继者刘玉英实施"美人计"，试图探听公债场上的相关消息以控制赵伯韬。吴荪甫的手段与冯云卿相比有过之而无不及，他不仅像安排工厂生产一样安排刘玉英行动的每一个细节，"玉英，你要听我的吩咐——"[⑧]，而且直截了

---

① 《中国新文学大系 1927—1937·小说集六·子夜》，上海文艺出版社 1984 年版，第 492 页。

② 同上。

③ 同上书，第 480 页。

④ 同上。

⑤ 同上书，第 492 页。

⑥ 同上。

⑦ 同上书，第 722 页。

⑧ 同上书，第 577 页。

当地利用性交易，“玉英……我知道你有这本事”[①]。更为重要的是，他的“美人计”实质是男女合谋，吴荪甫在吩咐刘玉英的同时刘玉英也在吩咐吴荪甫，“徐曼丽那边……你赶快做熟她”[②]，刘玉英非常明确地要利用身上的本钱达到个人目的。因此，与冯云卿多少是陷入绝境之后的选择相比，吴荪甫实施“美人计”的行为是明明白白的人性堕落与蜕变。

3. 现代都市的物欲、情欲与人性的堕落和蜕变。《子夜》还通过现代都市强烈的物欲与情欲的表现深刻反映人性的堕落与蜕变：（1）赵伯韬等商人的情欲与人性的堕落和蜕变。如果说曾沧海父子、冯云卿父女的人性堕落还有些躲躲闪闪，吴荪甫还有所谓“理想”，那么，赵伯韬人性堕落的方式则有所不同：首先，对金钱充满强烈欲望并相信金钱万能。赵伯韬对金钱充满了强烈欲望，不放弃任何机会，“各项公债他都扒进”[③]，因此成为“公债场上的一位魔王”[④]，拥有非正常手段操纵金融市场的能力，让人无法应对。他深信金钱不仅能支配人的生活与命运，还能支配战争，“化了钱可以打胜仗，这是大家都知道的。但是化了钱也可叫人家打败仗，那就没有几个人想得到了。——人家得了钱，何乐而不败一仗”[⑤]，由此可见金钱在他意识中所占有的位置；其次，他公开表现出对异性的强烈欲望，对人性的堕落毫不掩饰。他“扒进各式各样的女人”[⑥]，从交际花徐曼丽到寡妇刘玉英再到青春少女冯眉卿等等，并且毫不掩饰自己的欲望与嗜好，“人家说我姓赵的爱玩，不错，我喜欢这调门儿”[⑦]，伦理道德在他这里荡然无存，欲望占据了他的心灵；再次，商业竞争中只有利益没有人性。他为在竞争中获得成功从而满足自己的欲望，善于制造假象，有很强的个人行为控制能力。与面对异性赤裸裸地表现自己的欲望不同，赵伯韬在金融领域与他人竞争时使用的手法就常常让人琢磨不透，“最会放空

① 《中国新文学大系 1927—1937·小说集六·子夜》，上海文艺出版社 1984 年版，第 578 页。

② 同上书，第 579 页。

③ 同上书，第 323 页。

④ 同上书，第 324 页。

⑤ 同上书，第 327 页。

⑥ 同上书，第 323 页。

⑦ 同上书，第 518 页。

气”①，也就是善于制造各种假象迷惑竞争对手，就是贪利而多疑的杜竹斋面对赵伯韬的行为时也无法判断其真伪，而之所以能达到这一境界，将人性搁置一边是其根本原因，而这也是人性蜕变的最重要表现。

事实上，《子夜》中的周仲伟、雷鸣等人同样表现出强烈的情欲。周仲伟面对交际花徐曼丽百般殷勤，行为颓废，但是也许是因为“矮胖”这一形体的影响，周仲伟始终没有被纳入交际花的视野。军人雷鸣一方面对吴少奶奶表现出浪漫的纯情，另一方面则在交际花那里表现出强烈的情欲。（2）交际花的物欲、情欲与人性的现代堕落和蜕变。《子夜》还通过交际花这个特殊群体表现人性的堕落与现代蜕变。交际花是现代社会特别是现代都市生活的特殊产物，她们的出现是对五四追求个性解放与妇女解放特殊的历史回应。她们不再以受害者的形象出现而是表现出强烈的物欲与情欲并以先天优越的自然条件满足这一欲望，由此表现出人性的堕落与蜕变，极大增加了社会生活的复杂性也因此增加了对女性这个群体理解的难度。作为交际花，她们有先天的超乎常人的自然美，是现代都市中的“美女”；有智慧且接受过一定文化知识教育；时尚，有一定才艺；有的还有优裕的家境，但她们却充满物欲与情欲并以种种方式特别是身体去实现或满足自己的欲望。徐曼丽穿行在金钱世界，与吴荪甫、赵伯韬、周仲伟、雷鸣等人公开嬉戏行乐；刘玉英家境优裕却物欲强烈，与男性打交道目的明确，“知道女人生财之道，和男子不同；男子利用身外的本钱，而女子则利用身上的本钱”②；冯媚卿刚进上海不久就开始了自己的“烂污行为”，而从她出门时向父亲要钱这一细节可以看出她“烂污行为”的目标还没有对准金钱而是青春情欲的放纵与满足。她们与《子夜》中的现代都市女产业工人一道走出了传统，却在现代社会生活中作出完全不同的选择，她们的生活状态与命运也完全不同。交际花这一群体的出现使人性在现代社会中的表现变得极为复杂，对女性心理与行为的认识也变得相当困难。（3）何慎庵的“圈套”与人性的堕落和蜕变。何慎庵是《子夜》中非常富有审美意味的人物形象：首先，他是时代动荡

① 《中国新文学大系 1927—1937·小说集六·子夜》，上海文艺出版社 1984 年版，第 326 页。
② 同上书，第 565 页。

的“受害者”。他做过“县官”[①]，借手中的权力获利，如冯云卿所说，“你做过县官的人弄钱是不费一点力；你在亩捐上浮收一些儿，在黑货上多抽一些儿，你一个月的收入就抵上我的一年”[②]，但时代动荡让他进入上海，不仅“十年宦囊，尽付东流”[③]，而且“也在公债中跌了一交”[④]，竟沦落到要靠卖家产来维持生计，“昨天拿几件古玩到茶会上去，马马虎虎换了千把块钱，这端阳节算是勉强还可以过去”[⑤]；其次，有敏锐的生活洞察力。吃一堑，长一智，何慎庵在失败中看到了公债场上的“秘密”，他认为他的失败是因为“人家做成了圈套，我们去钻”[⑥]，这“一个大阴谋，全被我打听出来了”[⑦]，由此他得出结论，“不是我们运气坏，是我们太老实”[⑧]，这实质上是对现代都市人与人之间关系的一次转折性认识；再次，行为背离基本人性与道德要求。基于对人与人之间关系的新认识，何慎庵的心理也被严重扭曲，完全放弃道德要求，开始走向堕落，他怂恿冯云卿利用女儿实施美人计试图从公债场上“翻本”[⑨]，自己却站在旁边试图坐收渔翁之利，“这件事，云翁，还得你这一方面出力！我只能帮你筹划筹划”[⑩]，他对自己的想法非常得意，“云卿，说老实话：用水磨工夫盘剥农民，我不如你；钻狗洞，摆仙人跳，放白鸽，那就你不如我了”[⑪]，当这样的意识生成之后，何慎庵也就完全走向堕落。

作为社会生活中坚的曾沧海、冯云卿、吴荪甫、赵伯韬以及交际花等群体的行为表明，无论是乡村还是现代都市，传统道德已经沉沦，人性已发生深刻的现代蜕变。

（三）个人命运的无情改变。此前人们从社会学与政治学出发对《子

① 《中国新文学大系 1927—1937 · 小说集六 · 子夜》，上海文艺出版社 1984 年版，第 474 页。
② 同上。
③ 同上书，第 475 页。
④ 同上书，第 473 页。
⑤ 同上书，第 475 页。
⑥ 同上书，第 474 页。
⑦ 同上。
⑧ 同上。
⑨ 同上书，第 476 页。
⑩ 同上书，第 477 页。
⑪ 同上书，第 478 页。

夜》思想内容的认识显然是偏离了《子夜》的艺术世界本身，把《子夜》的艺术创造看作是对30年代发生的关于中国社会前景问题讨论的论文式回答而不是对动荡时代中人的现实生活与精神世界变化的审美反映，把吴荪甫的个人命运看作是对“在帝国主义统治下，中国民族工业是永远得不到发展的，半封建半殖民地的中国是永远不可能走上资本主义道路”① 的说明而不是对动荡时代中个人与民族命运的深切关注。

《子夜》以现代都市上海为中心，通过战争把上海与整个中国联系在一起，通过文化交流、生活时尚及商业竞争把中国与世界主要是欧、美、日本联系在一起，通过“现代都市女产业工人”这一形象群把上流社会与底层这两个同处一室却完全不同的生活世界联系在一起，深刻表现了动荡时代对30年代中国社会生活秩序的急剧调整，对置身其中的个体生存状态与命运的无情改变。人们关心未来但未来却无法预知，一切都将重新开始但从哪里以及如何开始却无人知晓，更没有人能给出明确答案，所知道并能切近感受到的“是狂风暴雨，是火山爆裂，是大地震，是宇宙混沌那样的大刺激，大变动!”② 由此陷入“子夜”时分所带来的恐惧与不安之中，这构成了《子夜》又一重要审美主题。

《子夜》一开始就表现了一个处在急剧动荡变化中的世界，这种动荡对置身其中的所有个体特别是作为“社会生活中坚”这一形象群的命运带来了无情的冲击与改变，曾经的优越生活状态与社会地位已经或即将离他们而去，他们几乎无一例外地从人生的巅峰状态跌入低谷，动荡的时代及他们自身的年龄、能力等因素使得他们的人生能否“从头再来”都成了问题。

动荡的时代将恪守传统，“坚决的拒绝了和”儿子“妥协，亦既有十年之久了”③ 的吴老太爷赶进上海并提前结束了他的生命，与他一道进城的阿萱和蕙芳则告别了作为传统载体与后继者的“金童玉女”的生活状态与命运，在新的环境中有了新的人生选择，但未来如何却不可预知。地主冯云卿同样是被战争赶进上海，刚进上海试图在公债场上获利却“一交跌

① 钱理群、吴福辉、温儒敏:《中国现代文学三十年》，北京大学出版社1998年版，第177页。

② 《中国新文学大系1927—1937·小说集六·子夜》，上海文艺出版社1984年版，第305页。

③ 同上书，第291页。

得厉害”[1]，曾经安坐享福的生活状态已经消失，新的生活环境不适应，在困境中挣扎，被迫利用女儿施“美人计”，不仅道德沉沦且人性发生质的蜕变。

动荡时代对个人生活状态与命运改变的最典型表现当然是吴荪甫，他在作品中出现的时候已有相当了不起的个人成就，是工业界的巨头，有不小的社会影响力。但是，时代的动荡使他在家乡建立模范镇的理想破灭，国内国际同行竞争、不同行业的相互倾轧、工人罢工、跨入不同行业进行投机等因素使他的工厂生产难以为继，很快告别人生的巅峰状态，什么都完了，个人命运发生根本转折。吴荪甫个人命运的改变也标志着以他为代表的社会生活中坚这个重要群体命运的整体改变，如赵伯韬最后也无法运转、周仲伟完全破产等等。这一群体命运的改变意味着对他们有极强依附性的交际花这个群体命运的改变。作为交际花，她们穿行在上流社会，一当失去生存的依托，未来就可以想见，完全有可能遭遇直接的物质生存困境并因此沦为社会底层。同时，社会生活中坚这个群体命运的变化也意味着现代都市女产业工人这个群体命运的更加不确定，她们首先将暂时失去直接的物质生活来源，她们的要求与愿望都将因工厂的破产而无法实现，将在更为艰难的环境中挣扎。

个人命运的改变不只是发生在上海这样的现代都市，乡村同样如此。地主曾沧海“在本地是有名的土皇帝”[2]，也就是有特殊的个人社会地位与影响力，但是，时代的动荡不断地改变着他的个人命运，“第一幅青天白日满地红的旗子在双桥镇上飘扬的时候……曾沧海的‘统治’地位却从此动摇了；另一批并不呐喊着要‘打倒土豪劣绅’的年青人已经成了‘新贵’，并且一步一步的从曾沧海那里分了许多‘特权’去”[3]，他的社会地位开始动摇。不仅如此，他个人命运的改变还特别表现在他的儿子曾家驹的个人行为堕落上。曾家驹作为青年一代不仅奇丑无比，且坐吃山空，在家中乱伦，在动荡的乡村对妇女实施性暴力，进城之后仍然如此，对女工图谋不轨，完全丧失后继者的能力与姿态，与“现代都市新青年”这个群

① 《中国新文学大系 1927—1937·小说集六·子夜》，上海文艺出版社 1984 年版，第 468 页。

② 同上书，第 365 页。

③ 同上。

体构成强烈对比，他的堕落使得曾沧海看不到未来，个人及家庭乃至家族的命运因此发生彻底改变。

因此，《子夜》深刻表现了30年代中国无论乡村还是都市，时代动荡对个人命运的整体改变，而所有这些变化都具有悲剧性，意味着生存于其中的每一个体都将饱受时代痛苦的煎熬。

（四）社会生活秩序的现代调整。《子夜》以宏大的艺术视野表现了在乡下“土匪”暴动、北方战事、国内国际商业竞争、工人罢工等重要力量或因素的共同作用下对30年代中国社会生活秩序的急剧调整与改变，这实质上表现了现代中国固有的社会生活秩序正在被打破，而新的社会生活秩序如何重建则无法预知。茅盾所说的对《子夜》创作意图具有直接影响的“一九三〇年夏秋间进行得很热闹的关于中国社会性质的论战”[①] 实质上就是关于现代中国社会生活秩序如何调整并且将呈现何种状态的论战，人们曾经关心的中国民族工业的前途与命运实质上是社会生活秩序现代调整的内容之一而不是全部。《子夜》主要从这样几个重要方面审美地表现了现代中国社会生活秩序的调整与根本性变化：1. 乡村动荡与乡村生活秩序的现代调整。生活秩序是指现实的各社会阶层之间的关系、伦理与道德秩序。《子夜》首先表现的是乡下“土匪”暴动对乡村这个宁静世界固有生活状态与社会秩序的历史性改变，这一改变直接影响整个社会生活秩序的变动。长期生活在乡村的吴老太爷进城及其死亡、地主曾沧海个人与家庭生活的急剧变化、冯云卿的进城及其堕落等都是乡村社会生活秩序改变的直接表现。而正是由于乡村暴动影响吴荪甫在家乡的工业发展，进而影响他的整个事业与人生理想并导致他最终走向失败，由此，整个社会生活秩序也随之改变。2. 工商业境内外竞争与经济生活秩序的现代调整。《子夜》最为引人注意的内容之一是作为社会生活最为核心的经济生活秩序的调整与改变。吴荪甫所在的工业与赵伯韬所在的金融业之间的恶性竞争，导致双方都无法正常运转并最终走向失败。他们失败的原因不只是内部竞争，还来自于日本等同行业的冲击。他们的失败表明作为社会生活最为重要的经济领域的生活秩序开始调整与改变，置身于世界格局中的民族工业已无

① 《中国当代文学研究资料·茅盾专集》第一卷·上册，福建人民出版社1983年版，第695页。

法独善其身，它的命运已开始引起人们的思考，是否如周仲伟所体验和认识到的那样“必须注入外国人的血”才能起死回生就不得而知，但有一点可以确信，那就是现代工商业竞争已不断世界化并在相当大的程度上决定着民族工业的命运，由此，决定中国人生存状态与命运的力量已不再仅仅来自于自身而是与世界秩序密切相关，这可以说是现代中国社会生活秩序最为重要的调整与改变，它已不再是一个封闭的个体而是被置入世界的一分子。3. 工人运动与工人及资本家之间关系的调整。《子夜》用相当大的篇幅表现工人罢工从而引起社会生活秩序的调整与改变。工人罢工是现代社会生活的重要现象，它以直接阻止工业生产运转的方式迫使置身其中的所有个体生活状态与命运，进而迫使社会生活秩序的调整与改变。《子夜》一开始就表现了工厂罢工对吴荪甫所在工业生产的直接威胁，最后用了较大篇幅表现工人特别是女工的生活要求，这一生活要求的提出正是社会生活秩序必须调整与改变的直接原因。4. 战争与整个社会生活特别是政治生活秩序的根本调整。《子夜》没有直接表现战争，却通过军人雷鸣这个人物出入上海来表现战争的进程。战争是调整与改变社会秩序与个人命运的最直接最重要的力量，《子夜》的不同之处在于，它特别表现了战争对现代金融秩序的决定性影响，由此影响整个社会生活。

因此，《子夜》的重要之处在于它不仅表现了现代社会生活秩序的调整与改变，而且表现了社会生活秩序调整与改变的力量和方式不再是传统的道德与伦理教化，不再是自上而下的皇权而是自下而上诉诸暴力形式，更为重要的是，决定个人与民族命运的力量已不再仅仅来自于自身而是全人类。

（五）没有答案的未来。尽管《子夜》对30年代中国这个特殊时期的社会与人生，特别是吴荪甫等不同阶层和群体的生活与命运从巅峰到低谷的重要转折予以深切关注与表现，但对时代与个人未来却没有作出任何结论，更没有给出任何答案，相反，让人感受到的是如“子夜”时分那样的不明朗，无法看到未来，所能看到的只是既定社会生活秩序的调整与个人命运的改变，这是《子夜》艺术的重要特点。

就个人命运而言，《子夜》中除吴老太爷个人生命结束之外，其他各形象群未来的生活与命运都不可知。他们的生活与命运的转折并不意味着他们的人生就此结束，如以吴荪甫为代表的社会生活中坚这一群体，虽然他们的生活发生了根本性变化，但如果能够把握时机并善于运用此前积累的丰富人生经验和智慧就完全有可能“东山再起”。然而，此时他们都已五十左右，个人能力或才能在此前的事业与人生中几乎耗尽，重新崛起的可能性有多大很难说。如吴荪甫，他明确意识到自己已从事业与人生的巅峰状态跌落下来，“什么都完了”[①]，但面对失败他“倒又镇静起来”[②]，就能力与个性而言他显然不可能就此罢手，他去“避暑”有双重意义，一是炎热的季节，二是激烈的竞争，他的回避显然只是从激烈竞争中的暂时退出。但是，他的镇静与暂时退出不是未来的答案，并不意味着摆在他面前的种种问题就此消除。此前的经验智慧甚至包括他现在的年龄是所谓“双刃剑”，是应对未来的条件也是障碍，能否让他再次成功就看他如何把握和运用了。赵伯韬、周仲伟等人的命运同样如此，他们的未来都没有结束但都没有答案。此外，交际花们的命运毫无疑问会因社会生活中坚这个群体的变化而变化，但如何变化就不得而知。那些站在现代机器旁边的女产业工人们的命运是否因她们的反抗就能发生改变也同样不可知。就此看来，《子夜》可以说没有回答任何问题，更没有回答关于 30 年代中国社会包括民族工业的出路问题，相反，它倒提出了不少令人关心和思考的问题，只能这样说，《子夜》所表现的只是正处于调整与改变过程之中的社会生活状态与秩序。

传统的历史性溃散、人性的堕落与蜕变、个人命运与社会生活秩序的现代调整、没有答案的未来共同构成了《子夜》复杂丰富的审美内容或主题，使得《子夜》的审美意义具有巨大的开放性。它们相互依存，彼此映照，审美地表现了 30 年代中国社会特别是人的精神世界的多方面深刻变化，迫使人们深切关注和思考中国社会由传统向现代、由封闭向开放、由曾经的小农社会向激烈的世界竞争转变的进程中不同人物的生存状态与命运。

作为中国现代文学发展进程中出现的重要长篇小说，《子夜》的思想

① 《中国新文学大系 1927—1937・小说集六・子夜》，上海文艺出版社 1984 年版，第 776 页。
② 同上。

内容或审美主题远远不是我们迄今为止在政治学视角左右下所认识到的那样单薄、枯涩。对如上所述的一些基础性问题的认识是进一步研究《子夜》及茅盾小说艺术成就的重要前提，这样一些基础性问题在中国现代文学研究各个领域中都不同程度存在，完全有必要展开深入细致的讨论，在讨论过程中特别值得注意的是，要极力避免将作为现代中国人心灵审美表现的中国现代文学沦为从西方引入却往往成为“时尚”的种种理论或方法的注脚。

二　形象群与《子夜》中的人物形象构成

几乎可以断言，古今中外小说特别是经典长篇中的人物是以“形象群”而非一两个“典型”的方式出现，这与长篇小说常常全景式地表现某一时代社会生活的宏大艺术理想与追求密切相关。所谓“形象群”是指同一作品中表现不同社会生活领域和阶层的人物形象不是一两个典型，而至少是由三个以上不同性格的人物或典型构成的形象群体，共同显现这一群体所在领域或阶层现实生活和精神世界的复杂性与丰富性；同时，同一形象群中的不同人物各有其突出的个性并且相互之间常常呈并列而非所谓互补关系，即使是某一形象群的中心人物也很难替代其他人物的存在；再就是，同一形象群中常常有多个典型人物并存，他们互为环境，典型由此常常是形象群这个最重要“典型环境”中的典型。传统关于典型的艺术理论正好与此相反，它从根本上忽视长篇乃至中篇小说中的人物常常是以形象群而非一两个典型人物存在这一实际状态，其重要甚至根本原因在于把作品中的“主要”人物与“典型”人物混为一谈，就逻辑而言，这两者是交叉关系。小说艺术作品中的“主要”人物是就这一人物在作品中所处地位而言，他是作品表现的重心或中心人物。在传统典型理论看来他有可能是典型，但就人物性格的丰富性与复杂性而言，实质上可能根本不成其为典型，常常只是性格中的某一因素被突出地表现而已。如《子夜》中吴荪甫的性格表现就是如此，作品一味表现他作为“男性”刚硬的一面而缺乏作为“人”的性格丰富性和复杂性，不仅性格表现非常单一而且常常被看作是概念化之作的产物，审美趣味因此大大减弱。“典型”人物则是就人物的性格表现丰富性特别是作为“人”的本质表现而言，小说艺术作品中某一或某些人物在作品中并不占主导地位但其性格也许能够获得充分特别是本质的表现而成为审美的艺术典型，具有丰富的审美意义。如《子夜》中的周仲伟这一形象就是如此，他在《子夜》中并不占重要地位，他的存在与否并不对作品内容的完整性构成重要影响，但是，就《子夜》中“社会生活中坚”这一形象群而言，周仲伟这一人物的性格表现却相当丰富而且可以说是《子夜》中最富审美意味的人物形象之一。事实上，如把作品的主要人物和典型人物区分开来就可以发现，无论在长中短篇小说中，那些次要人物的性格常常能够获得较为充分的审美表现而成为典型，相反，主要人物或中心人物的性格常常呈现单一化甚至概念化，失去应有的复杂性和丰富性。典型与作品中的中心或主要人物没有必然关系，与人物在作品中表现的多寡同样无关，但我们常常把作品中的主要人物直接当作艺术典型来对待，这本身就是一个问题。小说艺术中的人物是否成为典型，关键在于这一人物的性格、命运等是否得到多方面丰富的审美表现，更重要的是其性格与命运等是否获得深度表现，从而是对人的性格和命运特别是人性新的深度认识和发现。

因此，在传统关于典型这一理论的长期作用下，人们面对小说特别是长篇小说时不是去努力关注由众多人物形成的不同形象群，不同形象群中众多不同人物所各自具有的丰富审美感受和意义与价值从而对作品本身作丰富的审美感受和理解，从而获得对生活更加深广的认识，而是把主要人物直接当作典型，寻求并满足于寻求一两个所谓“典型环境中的典型人物”并让意识流连在这一两个人物身上，对众多其他同样具有丰富审美意义的人物形象弃之不顾，久而久之形成思维定势，把意义无限丰富的作品等同于一两个所谓典型，典型也由此符号化而沦为作品的特殊标记而不再是审美对象，从而使长篇小说丰富的审美意义与价值变得十分单薄苍白，面对长篇小说时本应呈开放状态的思维能力与思维空间变得极其僵化、封闭。

关于典型的理论之所以如此易于被中国文化接受并在中国文学研究中长盛不衰，成为人们面对文学作品丰富艺术世界时的核心乃至唯一思维能力与方式，与中国文化历来重视“帝王将相，才子佳人”这个“少数”或“中心”而忽视生活中“多数”的意义和价值这一文化心理密切相关，艺术“典型”在相当大的程度上就是“帝王将相，才子佳人”不同形式的演化与翻版，面对文学作品特别是长篇小说人们乐于也止于寻找典型或中心人物而不是在丰富深邃的艺术世界中寻求多方面的审美满足。这一久已存在的现象在《子夜》的接受历程中有非常突出的表现，一提到《子夜》就想起吴荪甫，而吴荪甫就等于《子夜》。茅盾身后不足十年即已出现的对《子夜》及茅盾小说艺术成就的否定性认识和评价与这一接受现象的存在密不可分。

（一）《子夜》中人物形象群形成的原因

仅就人物形象的构造而言，尽管《子夜》出版之后不久就有人注意到“在作者的笔锋之下支配了七十多个人物”[①]，并且“全书重要人物不下三四十人，每一个人的性格都表现得十分明显”[②]，但这一认识并没有引起后来者的注意。时隔近八十年后的今天人们面对《子夜》时想到的仍然只是吴荪甫等少数几个所谓典型人物，并且认为“最能代表其艺术成就的，无疑是《子夜》中吴荪甫形象的塑造”[③]，这一认识不仅与《子夜》中众多人物形象构成的不同形象群本身的丰富性与复杂性存在距离，与《子夜》宏大的艺术理想与追求、古今中外长篇小说艺术对《子夜》创作的影响以及30年代中国社会特别是上海这个现代都市生活本身的丰富性与复杂性相比更是大相径庭，正是这样一些重要因素决定了《子夜》中的人物是以形象群而非吴荪甫等几个典型的方式出现：

首先，宏大的艺术理想与追求决定了《子夜》中的人物必然会以形象群的方式出现。茅盾说自己在开始他的“写作生涯”时“并无很大的计划”[④]，也就是还没有明确宏大的艺术构想，但这只是写作初期的状态，并不意味着他没有艺术理想和追求。《子夜》的写作就完全不同，他“有了大规模地描写中国社会现象的企图”[⑤]，这一“企图”即艺术理想本身就是试图对时代和前人有所超越。他所说的“大规模地描写中国社会现象”有多重含义：一、艺术表现的领域或范围不再是社会生活的一隅而是社会生活的整体或全貌，“想使一九三〇年动荡的中国得一全面的表现”[⑥]；

① 《中国当代文学研究资料·茅盾专集》第二卷·下册，福建人民出版社1985年版，第919页。
② 同上书，第936页。
③ 钱理群、吴福辉、温儒敏：《中国现代文学三十年》，北京大学出版社1998年版，第176页。
④ 《中国当代文学研究资料·茅盾专集》第一卷·上册，福建人民出版社1983年版，第613页。
⑤ 《中国当代文学研究资料·茅盾专集》第一卷·下册，福建人民出版社1983年版，第827页。
⑥ 《中国当代文学研究资料·茅盾专集》第一卷·上册，福建人民出版社1983年版，第710页。

二、艺术表现的对象与目的不再是个别人物的特殊命运，“我写这部小说，就是想用形象的表现来回答托派和资产阶级学者：中国没有走向资本主义发展道路……”[①]，是对民族与国家在全球竞争格局中命运的关注；三、艺术表现的空间不再是乡村或都市的某个角落而是“都市——农村交响曲”[②]，也就是整个中国内部不同生活领域之间的相互关系。宏大的艺术理想与追求决定了《子夜》中的人物必然会以众多来自不同生活领域或阶层的不同人物形成的不同形象群的方式出现。

值得注意的是，茅盾在强调《子夜》“大规模地描写中国社会现象”的同时：一、没有放弃对生活本身的认识和体验。他历来非常强调生活与创作之间的关系，“我是经验了人生才来做小说的，而不是为了说明什么才来做小说的”[③]，也就是说，《子夜》并没有因为要大规模地表现中国社会现象而如后来对茅盾的创作所作的评价那样是所谓观念先行，而是即便有了某种审美构想，他仍然强调生活是创作的来源；二、没有放弃“人”作为审美表现的核心这个根本前提。茅盾开始自己的小说创作时就认为“‘人’——是我写小说的第一个目标”[④]，这在《子夜》的创作中有更加自觉的表现，众多人物形象而不是概念公式的出现就是如此；三、极力强调作家对生活特别是对生活中人的认识与艺术技巧之间的关系，“我以为一个写小说的人如果要研究的话，就应是研究‘人’，而不是‘小说作法’之类”[⑤]，也就是说，对人的深刻认识是审美艺术创造的前提。对小说艺术的这些根本性认识决定了《子夜》中出现的众多不同形象群并非某种观念的符号而是现实生活中人的审美表现，“人”是《子夜》审美表现的核心。

其次，古今中外长篇小说的艺术影响决定了《子夜》中的人物理应以形象群的方式出现。《子夜》写作之前茅盾对中外文学特别是小说艺术有广泛自觉的接受，他极力强调这一接受的重要，认为“没有读过若干的前人的名著，——并且是读得很入迷，而忽然写起小说来，并且又写得很好

① 《中国当代文学研究资料·茅盾专集》第一卷·上册，福建人民出版社 1983 年版，第 696 页。

② 同上。

③ 同上书，第 613 页。

④ 同上书，第 372 页。

⑤ 同上书，第 373 页。

的作家，大概世界上并不多罢”[①]，他非常自觉地意识到艺术创造是建立在对古今中外艺术特别是经典艺术充分感受与深刻理解的基础之上，所谓“入迷”就是被某一审美艺术世界所深深吸引，或者说精神世界被某一审美世界所绝对占有，因为这样，才有可能对“名著”也就是经典艺术的内容及艺术手法有深刻的感受和认识。具体的接受如茅盾自己所说，“我从前治中国文学，就曾穷本溯源一番过来”[②]，对外国文学他同样如此，早在商务印书馆时期就“对十九世纪以前的欧洲文学作一番系统的研究”[③]，所谓“穷本溯源”或“系统的研究”就是对中外文学审美创造历程及其内在的发展与演变规律作出个人特殊的认识和理解并在此基础上展开自己的审美创造，只有这样才有可能对生活的本质有深刻的认识和充分的审美表现。就中外小说特别是经典长篇中的人物而言，无一不是以形象群而非一两个典型人物的方式出现。他所提及的狄更斯、斯各德、大仲马、左拉、托尔斯泰[④]以及巴尔扎克[⑤]等长篇小说如此，中国古典长篇小说更是如此，《三国演义》围绕义、勇、智、奸这几个方面刻画了众多的形象群，《水浒传》中的梁山一百零八将形成了若干不同的人物形象群，《红楼梦》中大观园的女孩儿们本身就是一个多彩的人物形象群，十二金钗、十二副钗，也可视为一个形象群，《儒林外史》同样如此，众多不同的酸腐儒生就是一个重要人物形象群。[⑥] 中国古典长篇中的人物就多是以形象群的方式出现，而通俗小说就更是如此，茅盾无疑会深受其影响。

中外小说艺术的广泛接受与理解为《子夜》的创作超越时代与前人提供艺术经验的同时也提出了新的艺术要求，仅就其中的人物形象而言必须对前人有所超越。茅盾也一定不会满足于一两个所谓典型而是不同形象群的创造从而构造一个丰富复杂的审美艺术世界，让人在他的作品中看到的

① 《中国当代文学研究资料·茅盾专集》第一卷·上册，福建人民出版社 1983 年版，第 373 页。

② 《中国当代文学研究资料·茅盾专集》第一卷·下册，福建人民出版社 1983 年版，第 428 页。

③ 《中国当代文学研究资料·茅盾专集》第一卷·上册，福建人民出版社 1983 年版，第 428 页。

④ 参见《中国当代文学研究资料·茅盾专集》第一卷·下册，福建人民出版社 1983 年版，第 374 页。

⑤ 同上书，第 861 页。

⑥ 注：此处关于中国古代经典长篇中人物形象群的观点据王保生老师 2011 年 12 月 7 日与本人通信中所述综合而成。

是人头攒动而不是形单影只。

再次，30年代前后中国社会现实特别是上海这个都市生活的丰富多样决定了《子夜》中的人物以形象群的方式出现。30年代前后的中国社会特别是上海这个现代都市生活本身的复杂性与丰富性在为《子夜》的创作提供现实生活基础的同时，也要求《子夜》这样一部试图“大规模地描写中国社会现象”的作品必须有众多不同的人物形象群以反映或表现不同社会领域或阶层的生活状态从而与它所处的时代相匹配。

30年代前后的中国一方面是政治动荡，另一方面则是经济竞争与经济危机的世界化。茅盾敏锐地注意到自己所处的时代，“那时，正是蒋介石与冯玉祥、阎锡山在津浦线上大战，而世界经济危机又波及上海的时候……翻开报纸，满版是经济不振、市场萧条、工厂倒闭、工人罢工的消息”[①]，带给人们的是严重的危机感。但就《子夜》所表现的上海而言，30年代的上海已“成为一座国际性的著名大城市”[②]，随着城市的发展，海派文化也因此兴盛，“1898至1949年，上海文化步入其兴盛期……作为全国文化中心……它是新文化和革命文化传播的中心……是中西文化交流的中心……还是市民通俗文化的消费中心……它的某些消极因素因此而广为播散”[③]，一个时代的人类而不再仅仅是中国的文化在上海这里聚集。其中的所谓“消极因素”是文化发展过程中的必然现象，实质上是人自身的某种要求、愿望或欲望的表现，不过因为这样的欲望如果无止境地任其发展和表现就将妨碍人类社会的进步和发展，因此需要对其加以抑制。但无论是上海这个现代都市还是当时的中国，丰富多样的现实生活不仅为《子夜》宏大写作意图的实现提供了基础，而且人们也要求从《子夜》这样的作品中看到现实生活的丰富多样，“《子夜》的初步计划……仍旧想使一九三〇年动荡的中国得一全面的表现”[④]，茅盾的这一主观愿望实质上也是时代要求的反映。上海这样一个现代都市本身的生活景象决定了《子夜》中的人物必然会以形象群的方式出现，人们只有从众多不同的形象群那里才有可能看到上海这

① 《中国当代文学研究资料·茅盾专集》第一卷·上册，福建人民出版社1983年版，第695页。

② 陈伯海主编:《上海文化通史》上卷，上海文艺出版社2001年版，第15页。

③ 同上书，第4—5页。

④ 《中国当代文学研究资料·茅盾专集》第一卷·上册，福建人民出版社1983年版，第710页。

个都市丰富复杂的生活景象。

第四，对新文学的反思与自觉超越决定了《子夜》中的人物会以形象群的方式出现。《子夜》写作之前不久茅盾对新文学进行反思时指出：一、就发展现状而言，新文学不断远离它可能的读者群，“我们应该承认：六七年来的‘新文艺’……还只是青年学生的读物……现在的‘革命文艺’则……只成为一部分青年学生的读物”[①]，也就是说，新文学发生六七年之后，其影响仍然局限在青年学生这个特殊群体之中，而革命文艺进一步退化，只在一部分青年学生中产生影响，新文学的意义与价值也就难以充分显现。二、就未来发展而言，新文学要发展就必须调整自己的表现内容与对象以获得更多读者，“应该先把题材转移到小商人，中小农，等等的生活”[②]，目的是在“几乎全国十分之六”[③] 的“小资产阶级群众中植立了脚跟”[④]，也就是说，新文学要发展就必须获得小资产阶级知识分子这个重要群体的支持，而要获得这一群体的支持就必须满足他们的审美需要。三、新文学必须重视接受者的“量”。茅盾非常重视文学读者的数量，这是支持文学发展的重要基础，“我相信我们的新文艺需要一个广大的读者对象”[⑤]，而要赢得广大读者，在他看来就必须表现不同生活领域中不同人物的生活，“我们不得不从青年学生推广到小资产阶级的市民，我们要声诉他们的痛苦，我们要激动他们的情热”[⑥]。基于这样一些认识，茅盾开始自己创作的时候就试图以形象群的方式来满足不同读者群的审美需要，这突出表现在《追求》中的人物表现上，“这也是没有主人公的。书中的人物是四类：王仲昭是一类，张曼青又一类，史循又一类，章秋柳，曹志方等又为一类”[⑦]，他所说的“主人公”显然是指主要人物或“典型”，而他所说的“类”就是形象群，这表明人物形象群一开始就是茅盾小说表现的对

① 《中国当代文学研究资料·茅盾专集》第一卷·上册，福建人民出版社 1983 年版，第 342—343 页。

② 同上书，第 343 页。

③ 同上书，第 342 页。

④ 同上书，第 343 页。

⑤ 同上书，第 345 页。

⑥ 同上。

⑦ 同上书，第 339 页。

象和方式，这一艺术追求到《子夜》创作时无疑会更加自觉。事实也正是如此，《子夜》出版之后的阅读盛况表明它超越了此前新文学的接受者一直局限在青年学生这个群体，“向来不看新文学作品的资本家的少奶奶、大小姐，现在都争着看《子夜》，因为《子夜》描写到她们了……此外，听说电影界中人物以及舞女，本来看新文学作品是有选择的，也来看《子夜》”[①]，之所以如此，原因就如茅盾所说，“因为《子夜》描写到她们了”[②]，而要青年学生、资本家的少奶奶们以及电影界中人和舞女们来看同一部作品，作品中的人物就必然要满足不同人群的审美趣味，由此决定了《子夜》中的人物必须是以来自同一生活领域或阶层的人物形成的形象群的方式出现，而这正是茅盾的艺术自觉。

（二）《子夜》中的六大人物形象群及其审美意义

《子夜》之所以能够产生那样大的时代影响[③]并且至少在我们这个时代看来依然是无法轻易否定的经典，一个重要原因就在于它以“形象群”的方式塑造了众多不同且具有丰富审美意义的人物形象，共同构成《子夜》多视阈的审美图景，不同生活领域或阶层的人们都可以从中看到自己的现实生活图景和精神影像，茅盾自己也认为这是《子夜》之所以能够产生广泛时代影响的重要原因之一。因此，很有必要将《子夜》众多的人物纳入“形象群”而不再仅仅是所谓单个性格“丰满”的典型这一视阈之中予以审视，从而认识《子夜》的审美意义与价值，进而重新认识和评价茅盾小说的艺术成就与地位。深入《子夜》的人物世界就可以发现，众多的人物至少形成了六大人物形象群，他们是：

1. 传统的载体与象征。《子夜》中首先出现并引人注意的是以吴老太爷及其女儿蕙芳、儿子阿萱为代表的作为传统载体与象征的人物形象群。所谓“传统的载体与象征”是指，他们在复杂的现代生活境域中试图置身传统并从观念与行为上自觉延续传统，与现代生活保持明确的距离。这一形象群既有已进入垂暮之年的吴老太爷，又有年轻的蕙芳与阿萱，他们的人生经历与修养大不相同，但在作为传统的载体与象征这一点上却有共同

① 《中国当代文学研究资料·茅盾专集》第一卷·上册，福建人民出版社 1983 年版，第 723 页。

② 同上。

③ 《中国当代文学研究资料·茅盾专集》第二卷·下册，福建人民出版社 1985 年版，第 937 页。

之处，主要表现在：(1) 自觉置身传统，与现代生活保持明确距离。这一形象群最为突出的特点是在现代生活境域中，他们试图将自己重新置入传统并与现代生活保持明确距离，由此，他们的行为表现出明显的文化极端倾向，这突出表现在吴老太爷身上。他在自己的生活遭遇挫折之后自觉地将自己置入传统并拒绝现代生活，“二十五年来，他就不曾跨出他的书斋半步”[①]，也就是不曾走出他曾经的生活与精神环境。同时，他还试图将早已成长起来的蕙芳与阿萱有意识地置入传统之中并极力阻止他们进入现代社会与生活，成为他身边的所谓“金童玉女”[②]，也就是传统的纯洁载体与象征，这在蕙芳身上表现最为明显。惠芳已看到现代生活渗透到乡下，“乡下女人的装束也是时髦得很呢”[③]，“时髦”是现代生活以“时尚”即众多不同群体共同接受和认同的方式表现出的现代精神，但吴老太爷有意识地阻止蕙芳进入其中，“父亲不许我——”[④]。不仅如此，他还阻止已进入青春期的蕙芳与外界特别是异性交往，“因为十四岁的她已经发育得和‘妇人’一样，吴老太爷不许她再到香市那样的男女混杂的地方”[⑤]，所谓“男女混杂”正是传统男女道德与行为界限打破之后呈现的现代生活景象，阻止她进入其中实质上就是阻止她进入现代生活。(2) 自觉延续传统，传统成为唯一精神支柱。吴老太爷在人生遭遇挫折之后归向传统并对命运的轮回深信不疑，“二十五年来，除了《太上感应篇》，他就不曾看过任何书报！二十五年来，他不曾经验过书斋以外的人生”[⑥]，自觉拒绝现代生活影响，传统成为唯一精神支柱，这显然是一种文化极端行为。他也以这一极端行为限制蕙芳与阿萱的精神世界，使他们在现代生活面前几乎变形。如阿萱，“因为一向就做吴老太爷的‘金童’，很有几分傻”[⑦]，所谓“有几分傻”正是由于精神世界在传统的单一支配下失去现代生活应有的丰富性导

① 《中国新文学大系 1927—1937·小说集六·子夜》，上海文艺出版社 1984 年版，第 290—291 页。

② 同上书，第 291 页。

③ 同上书，第 293 页。

④ 同上。

⑤ 同上书，第 429 页。

⑥ 同上书，第 291 页。

⑦ 同上书，第 295 页。

致行为迟钝、表情呆板，从而给人以病态感。而蕙芳进入上海之后不久所表现出的近乎疯狂的行为正是单一传统精神世界走向崩溃的重要表现。(3) 与现代生活严重脱节，行为怪异。长期单一封闭的传统文化生活环境直接导致这一形象群与现代生活严重脱节，表现出令人难以接受的怪异行为。吴老太爷进入上海之际对现代都市生活表现出极度的不适应并试图以传统来对抗现代生活，把《太上感应篇》“恭恭敬敬摆在膝头，就闭了眼睛，干瘪的嘴唇上浮出一丝放心了的微笑”①，行为怪异。蕙芳进城时“还是十年前的装束”②，与现代生活严重脱节，其行为“拘束腼腆，叫人看着又生气又可怜”③，她的“拘束腼腆”实质上是与现代生活严重脱节，在现代生活面前的不知所措。阿萱进城之后“神经错乱，有时聪明，有时就浑得厉害”④，“有时聪明”是意识到了现代生活的要求并以此行事，而“浑得厉害”则是对现代生活要求的一无所知。(4) 对现代生活方式极其敏感。越是自觉拒绝现代生活对现代生活就越是敏感，一当接触就会立即产生强烈的精神与行为反应。吴老太爷一进上海就对现代都市生活的一切特别是都市女性的身体与行为方式极为敏感，产生强烈压迫感以致猝死，这是长期拒绝现代生活引起的极端精神反应；蕙芳作为年轻女性对现代生活更是极其敏感，在进入上海之际她就意识到自己与现代都市生活之间存在的巨大差异，并担心这一差异会使自己在亲人面前失去价值，“二姊，我还没见过三嫂子呢。我这一身乡气，会惹她笑痛了肚子罢”⑤，进入上海之后，她对现代都市年轻人的生活方式特别是男女爱情极为敏感并深受影响；阿萱突然面对现代都市女性显露的身体时“张大了嘴巴”⑥，这一表情对于一个“十九岁”的青年来说无论如何都不正常，但对于一个长期处在与现代文明隔绝状态的个体来说其反应又再正常不过，这是传统与现代的冲突在个体行为上的怪异表现。(5) 思想极端与行为突变。作为传统的载体与象征，这一形象群还具有思想极端与行为突变的重要特征，具体表

① 《中国新文学大系 1927—1937・小说集六・子夜》，上海文艺出版社 1984 年版，第 290 页。

② 同上书，第 292 页。

③ 同上书，第 329 页。

④ 同上。

⑤ 同上书，第 293 页。

⑥ 同上。

现在：一是思想极端。所谓思想极端是指在复杂的现代生活面前，他们特别是吴老太爷试图将传统作为他们的唯一信仰和精神支柱。吴老太爷归向传统之后，长期生活在传统与封闭的生活环境之中，对轮回与因果报应深信不疑，虔奉《太上感应篇》，思想极端；二是情绪极端。作为传统的载体，吴老太爷进入上海之后面对现代都市的一切，特别是女性的身体与行为时情绪极端，把现代生活境域中的女性包括自己的女儿依然看作是“夜叉，是鬼”，是“邪魔”，随之而来的是“超乎一切以上的憎恨和忿怒”[①] 情绪。情绪的极端化在蕙芳身上表现最为明显，她在上海生活两个月之后，深受都市生活影响并表现出焦虑不安，在乡下与都市即传统与现代之间作出极端选择，“不让我回乡下，就送我进疯人院”[②]，与进城之际的含蓄相比表现出明显的情绪极端化；三是行为突变。吴老太爷年轻的时候是传统的叛逆者，是“顶括括的‘维新党’”[③]，在人生遭遇挫折后归向传统，“《太上感应篇》便是他的护身法宝”[④]，无论是对传统的叛逆还是回归，其行为都表现出突变倾向。蕙芳身居上海两个月之后，在张素素的引导下不辞而别逃到“七颠八倒的女青年会寄宿舍”[⑤]，欲望与观念迅速都市化，表现出明显的极端行为。阿萱进城之后则迅速世俗化，混迹于林佩瑶这样一群女性之中并学会了打麻将这一都市交往方式，而且“打得很有劲儿”[⑥]，失去其兄吴荪甫那样的人生理想与追求，最后，他还和林佩珊密切往来，“在大餐间里高声儿嚷笑着，恰在吴荪甫走过的时候，阿萱冲了出来，手里拿着一本什么书，背后是佩珊追着”[⑦]，这就表明阿萱从最初和吴老太爷一道夜间进入上海时张着大嘴贪看都市女性身体，对女性一片陌生，到此时他已与异性密切相处，内心世界对异性的需要已被唤醒，与惠芳的异性需要被唤醒之后近乎疯狂的表现相比，阿萱似乎更加从容，这表明他的这一变化幅度更大，是不露痕迹的突变。作为传统的

① 《中国新文学大系 1927—1937·小说集六·子夜》，上海文艺出版社 1984 年版，第 297 页。

② 同上书，第 735 页。

③ 同上书，第 290 页。

④ 同上书，第 291 页。

⑤ 同上书，第 759 页。

⑥ 同上书，第 538 页。

⑦ 同上书，第 772 页。

载体与象征，吴老太爷与惠芳和阿萱这三个人物有其共同特征，但他们各有其性格与行为的复杂性与独立性，是各自独立的人物形象。

2. 社会生活中坚。《子夜》中最重要也最为引人注目的人物是可以称为“社会生活中坚”的形象群。他们处在社会生活核心的经济领域并与政界、军界有密切交往，有左右社会生活特别是经济生活走向的能力并在工业与金融等领域取得了特殊的个人成就，特别是拥有雄厚的经济实力，成为社会生活的中坚力量。这是一个数量“庞大”的群体，其主要人物有吴荪甫、赵伯韬、冯云卿、何慎庵、周仲伟、杜竹斋、陆匡时、尚仲礼、唐云山、王和甫、孙吉人、赵吟秋、曾沧海、雷鸣以及作为吴荪甫附属物出现的屠维岳等等。迄今为止人们关于《子夜》中人物的认识仅限于这一形象群中的吴荪甫、赵伯韬、屠维岳等少数几个所谓典型，并且由于受社会学与政治学而非审美认识的影响，纠缠于他们与所谓“民族工业发展前景”之间的关系而不是在现代都市背景下对人性与人的命运的现代审视，使得这些原本富有审美意义的艺术形象变得极为单调苍白。这一形象群中的不少人物如吴荪甫、赵伯韬、冯云卿、周仲伟、曾沧海、雷鸣等本身就是各有其个性的艺术典型，但作为同一形象群体他们又表现出明显的共性：(1) 他们正当盛年，活跃在社会生活核心的经济领域，成就卓越。吴荪甫“大概有四十岁了”，他出现的时候正处在事业与人生的顶峰，是“工业界的巨头”①，有不小的社会影响，“常在上海报上露名字”②；陆匡时是“交易所经纪人又兼大亚证券信托公司的什么襄里”；赵伯韬“已经四十开外”，是“金融界的大亨”③；周仲伟是“火柴厂老板”④；尚仲礼是“一个信托公司的理事长”⑤；王和甫是“大兴煤矿公司的总经理”⑥；冯云卿在进城之前是“安坐家园享福”⑦ 的乡村地主；曾沧海是“有名的土皇

① 《中国新文学大系 1927—1937·小说集六·子夜》，上海文艺出版社 1984 年版，第 306 页。
② 同上书，第 366 页。
③ 同上书，第 306 页。
④ 同上书，第 314 页。
⑤ 同上书，第 325 页。
⑥ 同上书，第 314 页。
⑦ 同上书，第 468 页。

帝”[①]；雷鸣是“一位将近三十岁的男子……左胸挂着三四块景泰蓝的证章”的“参谋”[②]，等等。（2）有宏大的人生与事业理想或强烈欲望，有实现理想或满足欲望的能力。这其中最典型的是吴荪甫，我们把他当作民族工业资本家的典型来看有一定道理，原因在于他的努力不限于个人生活愿望的满足，而是把自己的事业与民族命运联系在一起，这使得他的理想与行为高出一般人不少，“他是办实业的，他有发展民族工业的伟大志愿”[③]，他“曾经游历欧美”[④]，视野开阔，有实现个人理想的能力与方法，“他是有理想的，同时是实际的；他相信凡事必须有大规模的计划作为开始的草案，和终极的标帜，但如果这大规模计画本身是建筑在空虚的又一大规模计画上，那也是他所不取的”[⑤]；赵伯韬有很强的个人能力，是“公债场上的一位魔王”[⑥]，对金钱和美女充满强烈欲望，“各项公债他都扒进……也扒进各式各样的女人”[⑦]；火柴厂老板周仲伟白手起家，口口声声要发展民族工业，并且对中国民族工业的出路有自己独特的认识，“我说句老实话，中国人的工厂迟早都要变成僵尸，要注射一点外国血才能活”[⑧]，他的认识似乎在20世纪末的中国成为现实；冯云卿是“笑面虎”，温情背后隐藏着冷酷无情，不动声色之中将农民手中的土地掠夺殆尽，等等这些构成了社会生活中坚这一形象群的重要性格特征。（3）都有非常鲜明的个性。在时代动荡及人生与事业经受新的考验的过程之中，社会中坚这一形象群的个性获得了充分表现。与怀有宏大人生理想相应的重要一面是吴荪甫的刚愎自用。他在实现人生理想的过程中处处表现出充分的自信，但是，当事业与人生面临考验时他的自信转向刚愎自用。当杜竹斋劝他要做公债就不要办厂时，他颇有点不耐烦，贸然从工业界进入金融领域，当与赵伯韬在公债场上的竞争已陷入不利局面时，他认为“这不是冒险，是出奇制胜”[⑨]，

① 《中国新文学大系1927—1937·小说集六·子夜》，上海文艺出版社1984年版，第365页。

② 同上书，第311页。

③ 同上书，第580页。

④ 同上书，第395页。

⑤ 同上书，第398—399页。

⑥ 同上书，第324页。

⑦ 同上书，第323页。

⑧ 同上书，第712页。

⑨ 同上书，第541页。

更重要的是到后来与赵伯韬不是竞争而是“斗气”，这一弱点被杜竹斋看得非常清楚，“荪甫！要是你始终存了个和老赵斗法的心，你得留心一交跌伤了元气！我见过好多人全是伤在这‘斗’字上头”[①]，突显其性格中不利的一面；杜竹斋“贪利而多疑”[②]，利益优先，行事谨慎，“冒险的事情我是不干的”[③]；赵伯韬的行为诡秘但个性鲜明，“我办事就要办个爽快。我不愿意人家七猜八猜，把我当作一个有多少秘密的妖怪”[④]，这实质是个人成功后行为的无所顾忌；周仲伟是所谓“红头火柴”，易激动，有类似阿Q的无赖气，“穷光蛋出身的他……特别本领就是‘抖’起来容易，‘躺’下去也快；随便怎么窘迫，他会笑”[⑤]，他可以说是社会生活中坚这一群体中最富审美意味的艺术形象；雷鸣的军人身份掩盖着他的虚情假意，他与吴少奶奶共同回忆旧情，又有意与她的妹妹林佩珊订婚，“要过佩珊的贴子”，而当他从前线回到上海时却与交际花徐曼丽臂膊挽着臂膊，军人身份为满足他的欲望提供了一道社会与道德屏障。（4）行为具有极其颓废的重要一面。这一形象群中的人物行为还具有极其颓废的重要一面。如吴荪甫，在事业与人生顺利时意气风发，但遭遇挫折时就表现出颓废倾向：一是寻求酒精与性的刺激。在王妈身上发泄，逛“著名的秘密艳窟九十四号”[⑥]，与徐曼丽交往密切，最后在黄埔江轮船上公开嬉戏；二是相信命运，觉得万事莫非前定，人力不能勉强；三是运用非常手段，利用刘玉英实施“美人计”试图探听赵伯韬的消息；四是失去自信，在危机面前动辄想到保守，想到妥协；五是面对事业严重挫折时竟想到自杀，等等。赵伯韬可以说是欲望与颓废的化身，除了追求金钱就是寻求性的种种刺激，声称自己“不大爱过门的女人”[⑦]，与交际花徐曼丽、刘玉英及冯眉卿等都有往来；周仲伟有极其低俗的一面，当交际花徐曼丽“站在弹子台上跳，然而是慢慢地跳……这位火柴厂老板曲着腿，一蹲一蹲的学虾蟆跳。他的

---

① 《中国新文学大系 1927—1937・小说集六・子夜》，上海文艺出版社 1984 年版，第 546 页。

② 同上书，第 358 页。

③ 同上书，第 543 页。

④ 同上书，第 518 页。

⑤ 同上书，第 698 页。

⑥ 同上书，第 722 页。

⑦ 同上书，第 520 页。

嘴里‘啧——啧——’地响着”[①]，当众窥视女性身体。破产后面对工人要求时则表现出他乡村式无赖的重要一面；冯云卿在失败之后利用女儿实施美人计；曾沧海在儿子乱伦行为面前无动于衷，等等，都是其行为颓废的重要表现。（5）都正在经历新的时代动荡及人生与事业考验。社会生活中坚这一形象群在作品中出现的时候正经历新的时代动荡及新的人生与事业考验，典型的如吴荪甫，事业成功却面临种种新的冲击与考验，工人要加工钱，外洋销路受日本丝的竞争，本国捐税太重，金融界对于放款又不肯通融，时代动荡让他想把家乡造成模范镇的理想破灭，境内外行业竞争使他的工厂面临破产，等等；赵伯韬在公债场上呼风唤雨，能够左右金融市场的走向，对吴荪甫构成直接威胁，但最后“也有点兜不转”；冯云卿因为时代动荡进城并开始投机行为，但因对公债场不熟悉“一交跌得厉害”[②]，为挽回损失不惜放弃传统伦理道德，利用女儿实施“美人计”；时代动荡在动摇地主曾沧海社会地位的同时也动摇了他曾经作为“鼎鼎望族”[③]所拥有的精神世界，面对家事特别是儿子的乱伦行为，失去伦理道德原则，唯一的办法是“哄”即调和而不是解决问题。

3. 交际花。《子夜》中最令人深思也最难以理解的是作为现代都市生活产物与特殊标志的“交际花”这一形象群，也是《子夜》研究中长期被忽略的重要人物形象群体。《子夜》中有明确交际花身份的是徐曼丽，而年青新寡富有的刘玉英“因为自己的‘冒险’有了意外的成功，正在一心一意盘算着怎样也做个徐曼丽第二”[④]。青春少女冯眉卿进入都市之后就开始了自己的“烂污”行为，在父亲的鼓动下实施“美人计”之后其行为更具“合法性”，与徐曼丽相比只是缺少交际花这个身份，其“烂污”行为背后是青春强烈欲望的极度放纵与满足。这三个女性共同构成了《子夜》也是中国现代文学史中非常复杂特殊的女性形象群体。

交际花这个特殊的女性人物形象群具有丰富的审美意义，主要表现在：（1）令人惊叹的自然美。作为交际花，她们都拥有令人惊叹的自然

① 《中国新文学大系 1927—1937·小说集六·子夜》，上海文艺出版社 1984 年版，第 345 页。

② 同上书，第 468 页。

③ 同上书，第 366 页。

④ 同上书，第 563 页。

美，同时，她们的神情举止带给无论是同性还是异性以特殊的美感。徐曼丽不仅“一张粉脸”，而且神情“娇媚”，一颦一笑尽显女性美，“没有开口说话，就是满脸的笑意”[①]。刘玉英的“皮肤象奶油一般白嫩”[②]，“是妖冶的化身，是近代都市文明的特产”[③]，比她年轻的冯眉卿也认为“她的嘴唇生得顶好看。胸脯高得很，腰又细，走路象西洋女人”[④]。吴荪甫面对刘玉英时极力控制自己，但“刘玉英的妖媚的笑容，俏语，眼波，一次一次闯回来诱惑他的筹划大事的心神。这是反常！他向来不是见美色而颠倒的人”[⑤]，这就更显刘玉英的魅力。用赵伯韬的话说，“她不是人，她是会迷人的妖精”[⑥]，这不是单纯性的满足，而是一个成熟、拥有先天自然形体与神情美的女性带给他人特殊的美感，并且这样的美感能够轻易占据男性的精神世界。冯眉卿在这三位当中最年轻，“十七八岁的女郎……十分可爱的红嘴唇”[⑦]，“水汪汪的一双眼睛”[⑧]，她的行为处处透露出无限的青春气息。(2) 时尚，有一定才艺，善应酬。作为身居上海这个现代都市的交际花，她们追求的不再是一般的穿着打扮而是站在国际时尚潮流的前沿，徐曼丽在五月就是“一身玄色轻纱的一九三〇年式巴黎夏季新装”[⑨]，她有艺术才能，能“袅袅婷婷站在一张弹子台上跳舞”[⑩]，有“圆熟的应酬”[⑪] 能力；刘玉英有一定的文化素养，“是一个十分聪明的女子。十七岁前读过几年书……对于交易所证券市场的经络，那她更是‘渊源有自’”[⑫]，她特别圆熟的应酬能力让人感觉“有说谎的天才”；冯眉卿着意追求时尚，有“一头烫成波浪形松松地齐到耳根的长头发……身上是淡青色印花的华尔

① 《中国新文学大系 1927—1937·小说集六·子夜》，上海文艺出版社 1984 年版，第 322 页。
② 同上书，第 556 页。
③ 同上书，第 517 页。
④ 同上书，第 496 页。
⑤ 同上书，第 599 页。
⑥ 同上书，第 520 页。
⑦ 同上书，第 470—471 页。
⑧ 同上书，第 493 页。
⑨ 同上书，第 322 页。
⑩ 同上书，第 344 页。
⑪ 同上书，第 323 页。
⑫ 同上书，第 564 页。

纱长旗袍，深黄色绸的里子，开叉极高，行动时悠然飘拂”[①]，她特别注意从各方面修饰自己，“琴书，手帕，香水瓶，小粉扑，胭脂管，散散落落点缀了满房间”[②]，受过一定教育，尽管知之不多但写信时不仅“用中文”还“用英文”[③]，在交往中一开始就显露出少女天生的应对能力。(3) 对性别差异及其生存方式有明确认识。作为交际花，她们对性别差异以及由此而来的生存方式有清醒的认识，刘玉英对此作了明确的表达，“男子利用身外的本钱，而女子则利用身上的本钱”[④]，她试图利用性别差异掌握男人的命运，在交易所，“看明了这一切，听明了这一切的刘玉英，却忍不住又微笑了。她看一看自己的手掌心，似乎这……一伙儿的命运就摆在她的手掌心……为了那编遣公债而流汗苦战的满场人们的命运也都在她的手掌心”[⑤]，她们的行为完全出于自觉而非生活所迫，这极大增加了对女性心理与行为理解的难度。(4) 欲望强烈。她们超越传统道德限制，穿行在男性世界，技艺娴熟，表现出强烈的物欲与情欲。徐曼丽出现的时候是“远远地站着，只把她那柔媚的眼光瞟着这边的人堆”[⑥]，与吴荪甫、赵伯韬、雷鸣等人都有密切往来；刘玉英不仅衣食无忧，而且很富有，但“刚死了丈夫”[⑦] 不久就走上交际花之路，与赵伯韬打交道的时候“认定这也是一种‘投机’。在这‘投机’上，她预备捞进一票整的”[⑧]，从赵伯韬那里探听来的消息，她决定“谁出大价钱，我就卖给谁”，显然她已被自己的物欲与情欲所控制；冯眉卿一进上海就开始了自己的“烂污”行为，在赵伯韬那里开始放纵，在实施“美人计”之后就更是沉浸在青春的情欲之中。

交际花这个形象群的出现不仅有特殊的艺术与审美意义，更有特殊的时代与社会意义。她们是茅盾小说艺术世界中所谓“时代女性”之外又一重要女性形象群体，不仅如此，相对于“时代女性”而言，这一群体的内

① 《中国新文学大系 1927—1937・小说集六・子夜》，上海文艺出版社 1984 年版，第 471 页。
② 同上书，第 493 页。
③ 同上书，第 492 页。
④ 同上书，第 565 页。
⑤ 同上书，第 567 页。
⑥ 同上书，第 322 页。
⑦ 同上书，第 495 页。
⑧ 同上书，第 565 页。

涵更为复杂也更富有审美意味。更为重要的是，这一形象群有着令人深思却难以理解的时代与社会意义：她们的出现可以说是对“五四”呼唤女性解放的特殊或消解式的回应；她们超越传统的限制进入现代生活却又自觉地利用性别与自然条件的优势来控制男性以满足自己的物欲与情欲而不再是简单的生存；对男性有条件地利用而不再是简单的依附，在男性面前不再以弱者或牺牲的形象出现；等等这些都值得人们对现代女性进行重新认识和深入思考。

4. 现代都市新青年。《子夜》中无论时代还是审美意义都不逊于社会生活中坚这一形象群的人物是可以称为“现代都市新青年”的形象群，这同样是《子夜》研究长期被忽略的重要艺术形象群体。他们人数众多，主要有范博文、杜新箨、林佩珊、张素素、吴芝生、杜学诗等。他们年轻，也就存在不言而喻的问题或缺点，当是茅盾所要表现的“一九三〇年的《新儒林外史》”[①]，但从作品本身来看，茅盾对这一形象群不仅没有讽刺，“更不是批判”[②]，而是满怀善意并倾注了巨大的热情，对他们美丽而又酸涩的青春作了丰富多样的审美表现，极富审美意义：首先，就外在形象而言，他们年轻美丽，充满青春气息。这是一个年轻的群体，处于青春成长阶段，充满青春气息，无论男女，几乎都拥有令人惊叹的自然美，是典型的都市俊男美女，茅盾在这里又一次对人的自然美倾注自己的热情并作了令人惊叹的丰富审美表现。林佩珊几乎集中了少女一切的美，“正当发育的体格显得异常圆匀”[③]，有“俊俏的眼光”[④]，“声音晶琅琅”，“语调又温柔又圆浑”[⑤]，行动“就像一阵清风似的”[⑥]，她出现的时候是在“钢琴旁边坐着……随手翻弄着一本琴谱”[⑦]，突显她的内在修养与生活情趣，是典型的现代都市青春美少女。女性如此，男性亦不例外，范博文有“最能吸引

① 《中国当代文学研究资料·茅盾专集》第一卷·下册，福建人民出版社 1983 年版，第 827 页。
② 陈思和：《中国现当代文学名篇十五讲》，北京大学出版社 2003 年版，第 336 页。
③ 《中国新文学大系 1927—1937·小说集六·子夜》，上海文艺出版社 1984 年版，第 418 页。
④ 同上书，第 302 页。
⑤ 同上书，第 420 页。
⑥ 同上书，第 438 页。
⑦ 同上书，第 301 页。

二十岁左右多愁善感的女郎们的爱怜的一张脸”[①]，等等，现代都市新青年是一群拥有令人无可挑剔的自然美的年轻一代。其次，就个性而言，他们率真，易激动，想象丰富，意志脆弱，关心现实也止于关心。他们率真。这在张素素身上有很明显的表现，当聚集在吴公馆里的人们不愿谈论吴老太爷的真实病情时，张素素却对着林二小姐“低声然而郑重地说：‘佩珊！我想老太爷一定是不中用了’”[②]，面对大学教授李玉亭说话的含糊吞吐，她说，“大凡教书的人总是那么灰色的，大学教授更甚”[③]；他们易激动。当得知吴老太爷将死时，张素素“扑到林佩珊面前……一边乱跳，一边很痛苦地叫道：‘我心里难过极了！想到一个人会死，而且会突然的就死，我真的难过极了！我不肯死！我一定不能死！’”[④] 他们不掩饰自己真实的内心世界；他们想象丰富但意志脆弱。范博文是其典型，如吴荪甫所说，“博文虽然是聪明人，会说俏皮话，但是气魄不大”[⑤]，面对林佩珊，他总是吞吞吐吐，不敢直接表达自己的爱情；他们关心现实也止于关心。面对现实，从政治、经济到文化他们各有主张，杜学诗主张“只有把中国放在强有力的铁掌中，不许空谈，才有办法”[⑥]，吴芝生“始终坚持的意见是生产分配的问题不解决，中国或世界总不免于乱”[⑦]，范博文则认为一切“都是金钱的罪恶”[⑧]，所有这些都是在理想主义支配下止于口头讨论。第三，就人生态度而言，他们都有颓废倾向。最明显的表现就是游戏人生，这特别表现在他们对待爱情这一问题上。他们有爱情，但一受外力影响就立即中止，不再执着，更没有痛苦。如范博文对林佩珊的恋情就因吴荪甫不同意而中止，没有任何痛苦；林佩珊与杜新箨同居，但杜新箨对人生的认识是“人生游戏耳”[⑨]；大学教授李玉亭的“灰色”情绪让“需要强烈刺激”

---

① 《中国新文学大系 1927—1937 · 小说集六 · 子夜》，上海文艺出版社 1984 年版，第 421 页。

② 同上书，第 301 页。

③ 同上书，第 302 页。

④ 同上书，第 304—305 页。

⑤ 同上书，第 416 页。

⑥ 同上书，第 438 页。

⑦ 同上。

⑧ 同上。

⑨ 同上书，第 757 页。

的张素素失望[①]，但“李教授打听出素素的父亲差不多快把一份家产化完，所以他也失望了”[②]。他们对男女之间关系的认识是，“当今之世，不但男择女，女亦择男；不但男子玩弄女子，女子亦玩弄男子”[③]，由此，现代都市新青年的人生态度相对于传统而言已发生根本性变化，他们超越传统却又在瞬间远离甚至抛弃传统。第四，就知识结构而言，他们是跨文化的一代，有全新的文化观念，自信又表现出明显的文化“失根”现象。现代都市新青年受中西文化双重教育影响，有留学背景，他们视野开阔，对人生充满自信，但是，年轻与跨文化也让他们表现出明显的弱点或不足。他们什么都懂，既传统又西化，但什么都知之不深，既无传统也无西学根基，表现出明显的文化“失根”现象，这在杜新箨身上表现最为明显。就教育背景而言，他是“法国留学生”却落得个“万能博士”[④] 的称号，所学杂多最终也就归结于无；就人生观而言，“那就是他自己方式的巴枯宁主义——‘什么都看不惯，但又什么都不在乎’”[⑤]，与现实生活脱节；就行动而言，“当他躺在床上的时候，他有异常多的理想，但当他离开了床，他就只有他那种‘什么都看不惯，但又什么都不在乎’的气质”[⑥]，面对现实只有批判而无行动，等等这些都是文化“失根”的重要表现。又如范博文，他有所谓诗人气质，但从他常常当众发表看似与众不同的演讲式的谈话来看，这种不得体同样是文化失根的表现。所有这些表明，处在青春成长过程中的现代都市新青年在获得中西双重文化视野的同时还没有在两种文化之间作出明确的选择与融合，也就没有形成属于自己的思维与实践能力，文化失根现象是现代都市新青年的重要特点。第五，就思维方式而言，他们具有世界视野与超前的社会发展理念。尽管现代都市新青年表现出文化失根现象，但他们毕竟是中西文化交流的产物，他们的思维方式与行为方式以及关于社会发展理念等等都在一定程度上世界化，这是深受传统影响的前辈甚至包括像吴荪甫这样受西方文化影

---

① 《中国新文学大系 1927—1937·小说集六·子夜》，上海文艺出版社 1984 年版，第 425 页。

② 同上书，第 426 页。

③ 同上。

④ 同上书，第 436 页。

⑤ 同上。

⑥ 同上。

响的人所不能及。如范博文以“诗人”眼光对现代社会的批判性认识，“因为金钱，资本家在田园里造起工厂来，黑烟蔽天，损坏了美丽的大自然；更因为了金钱，农民离开了可爱的乡村，拥挤到都市里来住龌龊的鸽子笼，把做人的性灵汩没”①，这显然是生态发展观念，为当今的人类所重视并付诸实践；再如杜新箨关注西方资本主义经济的运行方式并试图劝说吴荪甫“一个厂里，股东就是工人，工人就是股东”②，认为这是消除工潮的办法，而这正是现代西方资本主义探索的结果。由于他们没有登上社会舞台，他们的认识与观念也只能停留在认识与观念这一层面，也因此被社会生活中坚这一群体所忽视，如在吴荪甫看来，“这班年青人喜欢发空议论，他是向来不以为然的”③。第六，他们对“群众运动”有特殊的认识，这特别表现在杜新箨身上。当吴芝生、张素素参加群众集会示威却被宏大的场面所吓怕后与范博文、杜新箨展开关于群体运动作用的争论时，范博文以“运动”的“过来人”自居否定群众运动的作用，“我是亲身参加了五年前的五卅运动的……那才可称为示威运动……我老实是觉得今天的示威运动太乏”④，杜新箨则直接否定群众运动的作用，“翻遍了古今中外的历史，没有一个国家曾经用这种所谓示威运动而变成了既富且强。此等聚众骚扰的行径，分明是没有教育的人民一时间的冲动罢了！败事有余，成事不足！”⑤之所以如此，原因在于杜新箨对旨在夺取政权的群众运动与西方民主集会的误解，“就是整天占据南京路，也不算什么了不得呀！这种事，在外国，常常发生”⑥。但是，他对群众运动历史作用的否定是出于他对“古今中外的历史”的理解，事实也是如此，“群众运动”对于政权的变更有直接作用，对于改变现实是否有作用则完全是另一回事。

现代都市新青年这一形象群的意义与社会生活中坚那一形象群相比即使不是同等重要也不可忽视。如果说以吴荪甫等人为代表的社会生活中坚

① 《中国新文学大系1927—1937·小说集六·子夜》，上海文艺出版社1984年版，第438页。

② 同上书，第655页。

③ 同上。

④ 同上书，第508页。

⑤ 同上书，第509页。

⑥ 同上。

这一形象群是“子夜”时分中国社会生存状态的审美表现，那么，现代都市新青年就预示着“子夜”过后的中国。他们所表现出的弱点或不足与他们处在成长过程之中，特别是还没有登上社会舞台并开始真切的人生密切相关。

5. 现代都市女产业工人。《子夜》从第二章开始，主要在第十二、十三、十四、十五章，用几乎占《子夜》五分之一的篇幅，通过现代工人与资本家也就是所谓劳资双方的紧张关系而不是日常生活与情感表现的方式塑造了可以称作是“现代都市女产业工人”这一形象群。有人将其与今天的“外来妹”作比并认为这一形象群“茅盾没有写好，但是茅盾很努力地想把这部分人写好的”[①]，“没有写好”也许正是这一形象群直到今天未能引起人们足够关注的直接原因。

但是，无论是从现实生活还是审美的艺术表现来看，现代都市女产业工人这一形象群在《子夜》中恰好得到了如其所是的表现，这是因为她们是以“几乎无事的悲剧”（鲁迅语）方式进入社会，原本丰富的心灵与情感世界被直接的物质生存需要紧紧束缚而无法展开，以致面对这样一个特殊的女性群体我们很难展开“美”的艺术想象。她们大多正当青春时期，理应有属于年轻人的生活、思想与情感要求，但我们却无法看到她们正常的生活与健全的精神世界，《子夜》所表现的正是也只能是她们失去青春、失去女性所具有的先天优雅姿态的“挣扎”，为生存而“挣扎”是这一形象群最为突出的悲剧生存状态与审美特征。

这一形象群中的人物众多，可以分为两类，一类是作为直接管理者屠维岳的内线式人物薛宝珠、王金贞、阿珍、姚金凤等，她们为最基本的物质生存需要作出的行为选择突显其悲剧性；另一类是工人何秀妹、钱巧林、朱桂英、陈月娥、周二姐、张阿新等，她们的悲剧性则在其独立意志与苦苦挣扎中表现出来。这其中突出表现了朱桂英这一形象，透过她可以发现这一形象群所具有的特殊审美意义：首先，被物质生存需要和繁重劳动压抑损毁的女性美。现代都市女产业工人在严峻的生活现实面前依然表现出她们特有的女性美，首先是女性特有的自然美。《子夜》中的交际花

① 陈思和：《中国现当代文学名篇十五讲》，北京大学出版社2003年版，第338页。

以及现代都市新青年中的女性都有令人惊叹的自然美，这在现代都市女产业工人这一形象群身上同样存在，只是她们的美被直接的物质生存需要及她们所从事的繁重劳动严重压抑和损毁，但即便如此，她们的美依然不可阻挡地透露出来，这典型表现在青年女工朱桂英身上，“这是一个二十来岁剪发的姑娘，中等身材，皮肤很黑，可是黑里透俏，一对眼睛尤其灵活”[①]，这样的美被刚愎自用不异于吴荪甫的屠维岳发现并被强烈吸引，“向来就喜欢找机会和她七搭八搭”[②]，以至吴荪甫也知道他这一情况；其次是她们的独立意志。朱桂英与其他女工一样住的都是草棚，时时受到物质生存的威胁，“想到厂里要把工钱打八折的风声，她心里又急又恨，像是火烧”，但当屠维岳想用“跳升”“管车”的方式利用她时，她“轻声地然而坚决地说：谢谢屠先生！我没有那样的福气”[③]；再就是她们的生活勇气与生活理想。面对艰难的物质生活和繁重的劳动，特别是面对屠维岳等人的威胁，年轻的朱桂英也有脆弱的一面，但“从穷困生活中磨练出勇敢来的十九岁的她却不肯随随便便就只想到死，她并且想到她应该和别人活得一样舒服”[④]，面对艰难的生活表现出坚韧的意志，透露出女性特有的美。其次，为生存已开始了集体而不再是个人的反抗。这些站在机器旁的现代女工们外表依然柔弱却告别了传统女性的弱点，面对工厂主的克扣与欺骗，她们不再沉默而是发出了反抗的声音，“现在车间里一片声嚷闹：‘上次要求米贴，被你们一番鬼话哄过去了，今回定要见个你死我活！你们还想克减工钱么？我们要米贴，米贴’”[⑤]；更为重要的是，为生存她们开始了集体而不再是个人的反抗行动，“裕华丝厂车间里全速转动的几百部丝车突然一下里都关住了。被压迫者的雷声发动了！女工们象潮水一般涌出车间来，象疾风一般扫到那管理部门前的揭示处，冲散了在那边探头张望的几个职员，就把那刚刚贴出来的扣减工钱的布告撕成粉碎了”[⑥]；同时，这样的反抗行动不再是一时的冲动而是为共同目的的持久行为，“工

① 《中国新文学大系1927—1937·小说集六·子夜》，上海文艺出版社1984年版，第610页。

② 同上书，第611页。

③ 同上。

④ 同上书，第614页。

⑤ 同上书，第337页。

⑥ 同上书，第625页。

人们就象鬼迷了一般……工人们都象鬼迷了一般”①，她们身上再也看不到传统女性的忍辱负重、甘受凌辱与痛苦。如果说五四追求个性解放与婚姻解放让女性在反抗父权与夫权的行动中走出家庭，走出男权世界，那么，当她们站在现代生产的机器旁边，面临新的压迫时，她们开始了新的集体反抗，由此反映出现代而不再是传统女性面临的新的命运，这是中国妇女命运的历史性转折与变化。再次，也最为重要的是她们走出了传统却依然不能掌握自己的命运。这特别表现在：一是她们最基本的物质生存需要没有保障。她们的生活条件极为恶劣，生活处境极为艰难，朱桂英的母亲感到了生活的沉重压迫，“这年成——我们穷人，只有死路一条”②，她终日以泪洗面，“老太婆是常常哭的”③，这并非天性而是生活压迫的结果；二是她们的尊严无法得到保护。作为女性，最明显的是很容易受到性侵害，吴荪甫很清楚屠维岳这些人在厂里和女工“吊膀子”④，但视而不见；三是她们的劳动权益得不到保障。经济不独立，就根本谈不上什么做人的权利，她们的命运也就根本不在自己手里。她们要承担繁重的劳动任务，还要受到延长工作时间、克扣工钱甚至解雇的威胁。当吴荪甫经营的工厂处境艰难时，直接的办法就是将损失转嫁到工人身上，“开除工人，三百到五百，取消星期日加工，延长工作时间一小时……工钱打九折”⑤。由于经济不独立，作为同一个群体，她们之间不断分化，如阿珍等人屈服于屠维岳等人的威压成为内线式人物，对女工这个群体的要求与行动构成直接威胁，从而直接增加了工人运动的复杂性。

无论从时代、审美还是艺术来看，《子夜》对这一群体的关注本身就具有不可替代的意义与价值：首先，就时代而言，这一群体的存在是现代社会生活的重要现象与重要构成部分，对这一群体的关注才有可能是对现代社会生活的整体关注；其次，就审美而言，这一形象群在《子夜》中与“交际花”以及“现代都市新青年”中的女性相比照而存在，她们共同构

① 《中国新文学大系 1927—1937·小说集六·子夜》，上海文艺出版社 1984 年版，第 337—338 页。

② 同上书，第 614 页。

③ 同上书，第 613 页。

④ 同上书，第 406 页。

⑤ 同上书，第 589 页。

成现代中国女性特别是青年女性的生存状态与命运，在五四之后给“女性解放”提出了新的课题；再次，就艺术结构而言，这一形象群的出现使现代都市上流社会与底层同时得到表现。

6. 初期工人运动领导者。《子夜》在塑造现代都市女产业工人形象群的同时塑造了可以称为“初期工人运动领导者”这一形象群，他们主要有玛金、蔡真、苏伦、克佐甫等。受时代特别是政治意识形态影响，这一形象群的意义曾经被极度放大，特别是其中的克佐甫被看作是“李立三派的影子”[①]，与政治意识形态直接联系在一起，由此，对这一形象群的认识实质上集中在路线之争而不是人物自身的审美意义，其认识深度极其有限。

如果说“现代都市女产业工人”形象群难以引起人们的审美兴趣，那么，“初期工人运动领导者”这一形象群就几乎难以引起人们的注意，这是因为：首先，就艺术结构而言，这一形象群在《子夜》中所占篇幅很少，只在第十三、十四、十五三章中出现，特别是克佐甫，在第十五章“跑了进来”[②]，短暂的命令与教训式的谈话结束之后“站起来就先走了”[③]，此后不再出现。这首先就决定了这一形象群的性格很难获得充分的审美表现；其次，从审美表现方式来看，由于把他们置入紧张的工人罢工运动过程而不是日常生活境域之中，他们的心灵与情感的特殊性与丰富性很难获得表现，尽管茅盾努力表现他们生活化的一面，如蔡真的性冲动、苏伦试图对玛金实施性侵犯等，但与前几类人物形象群相比非常单薄，难以引起读者的注意和关心；再次，就艺术与生活的关系或艺术的真实性而言，这一形象群在现实生活中存在的时间极为短暂，自1927年第一次国共合作失败后共产党独立领导工人运动到《子夜》创作完成不过五年时间，无论思想、情感还是行为都没有成熟，无法为审美的艺术创造提供更多的想象空间；第四，就作家生活经历与体验来看，如果说茅盾对现代都市女产业工人不熟悉，那么，对初期工人运动领导者这一群体的生活与精神世界就更加隔膜，对这一形象群最终只能是有限的审美表现。

---

① 《中国当代文学研究资料·茅盾专集》第二卷·下册，福建人民出版社1985年版，第988页。

② 《中国新文学大系1927—1937·小说集六·子夜》，上海文艺出版社1984年版，第681页。

③ 同上书，第686页。

但是，与“现代都市新青年”相比，初期工人运动领导者们同为年轻人，同处现代都市却生活在完全不同的世界，他们的人生也因此完全不同，毫无疑问他们是“子夜”时分的中国一个极其特殊的群体，有其不可忽视的审美意义：1. 他们是年轻的知识分子，对工人运动充满热情。初期工人运动领导者们是一群年轻的知识分子，玛金和蔡真“是两个剪发的年青女子”，克佐甫“是一位不到三十岁的青年”[①]，苏伦更年轻。他们都有一定知识，对工人运动充满热情。玛金与蔡真出现的时候是“坐在桌子边低着头，在那昏暗的电灯光下写什么东西”[②]，“玛金工作很努力，吃苦耐劳”[③]，克佐甫与苏伦出现的时候是“一先一后跑了进来”[④]。他们全身心投入自己的工作，克佐甫与玛金、蔡真、苏伦等人讨论罢工问题时已是晚上“七点半”，而“八点半……要走”[⑤]，他显然是在不停地组织工人运动。他们试图融入工人这个群体，如蔡真“穿着短到腰际的白洋布衫和黑大布脚管裤子，像一个丝厂女工”，但“那文绉绉的脸儿和举动表明了她终究还是知识分子”[⑥]，仅从外在形象来看就与工人之间存在距离。2. 理论修养和生活经验双重不足，独立思考能力还没有形成。初期工人运动领导者们是一群年轻的知识分子，这决定了他们作为工人运动领导者不成熟的重要一面。首先是理论修养不足。作为年轻的知识分子，他们对工人运动的认识及理论的接受不可能全面，更没有转化为自己的工作能力与智慧。玛金面对现实问题时“思想素来不很敏捷，一时间她还只感到而已，并不能立刻分析得很正确”[⑦]，蔡真所讲的都是“从克佐甫那里屡次听来，现在已成为她的思想公式了”[⑧]，而克佐甫的满口“主义”与教训态度正是理论修养不足的重要表现。其次是生活经验有限。因为是年轻的知识分子，决定了他们与工人之间的隔膜，很难体验到她们的艰辛，更难深入她们的心灵，如

① 《中国新文学大系 1927—1937・小说集六・子夜》，上海文艺出版社 1984 年版，第 681 页。
② 同上书，第 620 页。
③ 同上书，第 624 页。
④ 同上书，第 681 页。
⑤ 同上书，第 681—682 页。
⑥ 同上书，第 621 页。
⑦ 同上。
⑧ 同上书，第 622 页。

玛金作为“总罢委的代表”站出来对罢工工人讲话时“虽然努力‘肃清’那些‘公式’和‘术语’，可是她那些话依然是‘知识分子’的，不能直钻进女工们的心”[①]。第三是独立分析问题的能力还没有形成。由于理论修养与生活经验双重不足，初期工人运动领导者们还没有形成独立分析与判断问题的能力。如玛金面对现实问题时，“在学识经验两方面都不很充足的她，感是感到了，说却说不明白”[②]，而从教条出发的蔡真与克佐甫基本上不思考问题，问题也就更为严重。第四是行动上要么是命令主义要么是无条件服从。由于理论与经验的双重不足，初期工人运动领导者在具体行动上要么表现出居高临下的命令主义，要么是无条件服从。克佐甫以命令者的形象出现和离开，而玛金在克佐甫与蔡真的“主义”面前只好服从，“任何牺牲都得去干”[③]，这是初期工人运动领导者不成熟的重要表现，其结果都将导致工人运动失败。3. 年轻的情怀与人性的光辉。初期工人运动领导者是一群年轻人而不是革命机器，这决定了他们拥有年轻人特有的生活情感与愿望，更为重要的是，面对革命过程中的牺牲，他们表现出人性的光辉，让人看到他们不那么丰富却生动完整的精神世界。首先，他们有年轻人的生活情趣。特殊而紧张的工作决定了初期工人运动领导者们的生活情趣即便有也无法像常人那样表现出来，玛金出现的时候是不停地写，而蔡真出现的时候“眼睛好像睡眠不足，她的脸色白中带青”，但是，就是在如此紧张的生活中，他们依然流露出年轻人特有的生活情趣，如蔡真在紧张之余常常与玛金嬉戏，她出现的时候是“懒洋洋地伸一个懒腰……站起来，又伸一个懒腰”[④]，苏伦在克佐甫离开之后作为年轻人的情趣也就完全表现了出来。其次，她们有常人的情感。他们年轻，向往爱情。苏伦出现的时候正处在失恋的情感纠结之中，他没有掩饰自己的苦闷，“虽然恋爱这件事，我们并不看成怎样严重，可是总不免有点难过呀”[⑤]，这是年轻人正常的感受。玛金同样渴望爱情，当苏伦“抓住了玛金的手，一边就

① 《中国新文学大系 1927—1937·小说集六·子夜》，上海文艺出版社 1984 年版，第 645 页。

② 同上书，第 622 页。

③ 同上书，第 688 页。

④ 同上书，第 621 页。

⑤ 同上书，第 690 页。

把自己的脸贴到玛金的脸上”时，“玛金不动，小声儿笑着”[1]，这是对异性和爱情的渴望。蔡真更是常常表达自己的青春冲动，苏伦对青春冲动有明确表达，这就是“性的要求和革命的要求，同时紧张”[2]，他在玛金面前表现出的性冲动正是青春情感的表现。再次，也最为重要的是，他们的内心世界充满人性光辉。作为初期工人运动领导者们面对牺牲无所畏惧，但这并不意味着他们对牺牲无动于衷，苏伦在与玛金私底下交谈时说，“近来许多同志的损失，虽然是为主义而牺牲，但是我想来总觉得很凄惨似的呀!”[3] 这简短的一句很容易被忽略的话语流露出一个年轻人强烈的生命意识与情感，显示着他的内心世界充满了人性的光辉，仅此一点极大丰富了初期工人运动领导者的形象。

此外，由于是年轻的知识分子，初期工人运动领导者们不仅表现出理论与生活体验的双重不足，更为重要的是对自己所从事工作的认识有时候会因为看不到前景而情绪化。如苏伦在私底下对革命的认识令人惊异，“什么工作！鬼工作！命令主义！盲动！我是看到底了……看到底：工作是屁工作！总路线是自杀政策，苏维埃是旅行式的苏维埃，红军是新式的流寇”[4]，尽管这是在性冲动甚至有些癫狂的特殊时刻的表达，但毫无疑问是对潜藏在内心的认识与不满情绪的宣泄，这是工人运动进程中特别是低潮时期看不到工人运动前景时最危险的思想与情感因素，这一审美表现是对初期工人运动领导者精神世界另一面令人惊叹的深刻认识。如果说对他们生活情趣与愿望的表现丰富了这一形象群，那么，对他们精神世界这一面的表现就让我们看到了这一形象群思想世界的复杂性。

正是以上这六大人物形象群而不仅仅是吴荪甫等少数几个典型人物构成了《子夜》宏大、复杂、多视阈审美的艺术世界，以审美而不再是社会学与政治学的方法直接面对这六大人物形象群，《子夜》的复杂性就会随之而来，由此也就可以看出曾经对《子夜》艺术价值的否定多少是有些简单化；同时，这六大人物形象群中的不少人物本身都是极其复杂的艺术典

① 《中国新文学大系 1927—1937·小说集六·子夜》，上海文艺出版社 1984 年版，第 690 页。

② 同上书，第 689 页。

③ 同上书，第 690 页。

④ 同上书，第 691 页。

型，值得深入细致的分析；再就是，《子夜》中还有不少可以称为“边缘人物”的艺术形象，如吴荪甫的保镖老关、戴生昌码头的小职员福生、《子夜》中唯一被从形体到行为丑化的年轻人曾家驹、曾沧海的小姨太太阿金、进城之后广结人缘且行为不端的冯云卿的姨太太、朱桂英经常啼啼哭哭的母亲及性情急躁的弟弟小三子等等，他们的出现使《子夜》中的人物更加多样化，与其他人物形象群一道共同构成上海这个现代都市的“全家福”，具有丰富多样的审美意义。

三 《子夜》中人物形象群的来源、塑造方法及艺术意义

《子夜》众多不同形象群中的人物固然各不相同，就是同一形象群中的人物也各有其突出的性格特征因而常常成为典型。《子夜》之所以能够以形象群的方式塑造如此众多的人物形象有其深刻的生活与艺术原因，除与茅盾丰富的人生经历特别是大革命失败后“经验了动乱中国的最复杂的人生的一幕”[①]，也就是曾经隐藏着的各种复杂社会矛盾和问题以及人与人之间的复杂关系在动荡的时代暴露出来之后对他的精神世界产生强烈冲击，从而让他重新开始认识社会和人生；对时代的密切关注以及“遇事好寻根究底”[②]，也就是追问事情的真相和本质而来的深刻认识；对中外文学包括各种艺术技巧广泛自觉的批判性接受与理解；《子夜》创作之前茅盾个人创作特别是人物形象塑造方面经验的积累；他对新文学将近十五年发展经验与教训的反思与自觉超越等因素的“综合”性影响有密切关系之外，还有这样一些直接原因：

（一）日常交往中的着意观察：《子夜》中人物形象群的来源。《子夜》中众多来自不同生活领域和阶层的人物形象群并非作者的虚构与想象而是有其真实的生活来源：一是作者的直接交往与着意观察。关于《子夜》的创作茅盾在时隔五十年之后的一九八〇年这样说，“一九三〇年秋……我常到卢表叔公馆去，跟一些同乡故旧晤谈。他们是卢公馆的常客，他们中有开工厂的，有银行家，有公务员，有商人，也有正在交易所中投机

① 《中国当代文学研究资料・茅盾专集》第一卷・上册，福建人民出版社 1983 年版，第 331 页。

② 同上书，第 611 页。

的"[1]，这些人无疑会成为《子夜》中人物形象群的重要原型：首先，他们是茅盾的"同乡故旧"，因此有着天然联系，对他们的性格、心理、行为等特性也就有先在的认识和理解；其次，"他们是卢公馆的常客"，因为这一社会关系，这些人与茅盾之间的关系更进一步密切，面对茅盾时他们的精神世界一定呈开放状态，从而对他们的认识也会进一步深入；第三，茅盾此时已开始创作，因此是以审美的视野与心理着意与这些人"晤谈"，由此，这些人一开始就会被原型化；第四，这些人来自不同行业或生活领域，也因此各具不同的个性，他们是以群体的方式或者说"原型群"而非单个"原型"进入茅盾的视野从而进入《子夜》的创作。此外，茅盾还特别谈到他的弟弟沈泽民夫妇"一九三一年四月下旬……去鄂豫皖苏区"[2]前后的情况，他们与《子夜》中的人物形象也一定存在密切关系。二是通过身边人间接认识。茅盾仍然是在时隔五十多年的一九八〇年这样说，"'五卅'运动前后，德沚从事于妇女运动，她工作的对象主要是女学生、中小学教师、开明家庭中的少奶奶、大小姐等等小资产阶级知识分子。她们常到我家中来，我也渐渐与她们熟悉，对她们的性格有所了解。大革命时在武汉，我又遇到了不少这样类型的女性。她们有知识分子的共同特点，但性格又不相同"[3]，同时他还特别谈到因与"顾仲起"这个人的认识而对妓女这个特殊人群有所认识[4]，通过间接交往认识的这些人物直接或间接成为《子夜》人物形象群的原型。三是因创作需要而着意观察不同行业中人。茅盾说他是"经验了人生才来做小说"，但还有另一面，这就是因创作需要而去着意观察不同生活领域或行业中的人。《子夜》创作过程中就出现这一情况，因为要写证券交易，茅盾通过特殊关系"参观上海华商证券交易所"[5]，在参观交易所的同时他"再一次参观了丝厂和火柴厂"[6]，原因在于他是"第一次写企业家，该把这些企业家写成怎样的性格，是颇费踌躇

① 《中国当代文学研究资料·茅盾专集》第一卷·上册，福建人民出版社1983年版，第695页。

② 同上书，第675页。

③ 同上书，第613—614页。

④ 同上书，第614—615页。

⑤ 同上书，第715页。

⑥ 同上书，第702页。

的"[1]，"参观"的过程也是获得原型或原型群的过程，而"颇费踌躇"则是指认识和把握那些实业领域人物的性格及其内心世界过程的复杂与困难，原因在于现实生活与审美表现之间的距离过大而无法轻易跨越。

（二）原型性格的"综合、分析"：《子夜》中人物形象群的塑造方法。生活经历与体验不等于创作，原型不等于人物形象，在原型与艺术形象之间存在着复杂的艺术化过程。关于这一艺术化过程茅盾曾说，"小说中人物描写的经验，我算是有了一点。这就是把最熟悉的真人们的性格经过综合、分析，而后求得最近似的典型性格"[2]，这是《子夜》人物形象群的塑造方法之一。他的言说有这样几个方面值得注意：一是典型源于"最熟悉的真人们"，也就是在现实生活中真实存在并与他自己有密切关系的人物；二是他特别提到真人"们"，这不仅指众多原型，更指众多原型形成的不同原型群，正是不同原型群的存在才有《子夜》不同人物形象群的出现；三是人物形象群与原型群之间"性格"的"最近似"，也就是人物形象是原型的"再现"，这实质上就是对原型性格的直接运用，如"吴荪甫的性格就是这样创造的……部分取之于我对卢表叔的观察，部分取之于别的同乡之从事于工业者"[3]，吴荪甫的性格尽管还有"部分取之于别的同乡之从事于工业者"，也就是"综合"了"别的同乡之从事于工业者"的性格，但核心性格特征当来自于"卢表叔"这个原型。

另一人物形象群的塑造方法则是众多原型不同性格特征的"综合"，如茅盾所说，"周仲伟的性格在书中算是另一种典型，我同样是综合数人而创造的"[4]，他所说的"另一种典型"也就是不同于吴荪甫等人以某一原型为核心，而是"综合"众多原型的性格特征塑造而成，这也就是鲁迅所说的"杂取种种人，合成一个"[5]，但与鲁迅所说不同的是，茅盾要"杂取"的不仅是个别原型而且可能是原型群，也就是某一生活领域的某一类人物的性格。

---

① 《中国当代文学研究资料·茅盾专集》第一卷·上册，福建人民出版社1983年版，第702页。

② 同上。

③ 同上。

④ 同上。

⑤ 吴子敏、徐迺翔、马良春编：《鲁迅论文学与艺术》（下册），人民文学出版社1980年版，第976页。

（三）在生活、作家、作品与接受者之间：《子夜》中人物形象群的艺术意义与价值。《子夜》中人物形象群的创造具有多方面审美意义与价值：首先，人物形象群是纷繁多样的社会生活特别是现代社会不同生活领域或阶层中众多不同群体生存状态与精神世界的审美表现。一部长篇小说也完全可能通过一两个典型人物对某一时代某一领域的生活有所表现，但这一表现与现实生活本身的丰富性与多样性相比一定非常有限，只有当以人物形象群的方式来表现现实生活时，现实生活本身的丰富性与多样性才能获得相应表现。就《子夜》而言，不仅众多不同的人物形象群本身具有丰富的审美意义，更重要的是通过不同人物形象群我们可以感受到30年代的中国特别是上海这个现代都市不同领域和阶层生活的丰富性与多样性。其次，人物形象群的塑造是作家个人审美想象力、人物、语言、结构等艺术才能的重要综合性表现。小说艺术成就与小说艺术形式、容量之间没有必然关系，但是，真正能够全面充分展示作家个人艺术才能的一定是长篇小说。就人物形象塑造而言，一部作品中塑造一两个人物形象与塑造众多不同人物形象群对作家个人艺术才能要求的不同不言而喻。《子夜》中如此众多的人物形象群不仅是作家对生活多方面认识的表现，更是作家个人多方面艺术才能的重要表现。再次，人物形象群是长篇小说作品自身艺术魅力的重要构成因素与表现。人物形象的数量不能决定作品艺术成就的高低，但没有一定数量人物形象的长篇作品很难给人以丰富、复杂、多样的审美感受。《子夜》中众多不同的人物形象群，不同形象群中各不相同的人物使得这部作品具有无限丰富的艺术魅力。第四，就小说艺术的接受而言，拥有众多不同人物形象群的长篇小说不仅能让同一接受者获得多样的审美感受，也只有这样的长篇小说才能满足不同接受群体的不同审美需要。茅盾历来关注小说艺术接受者的“量”，“我相信我们的新文艺需要一个广大的读者对象”①，这不仅指不同作品有不同接受者，更重要的是同一作品拥有不同类型的接受群体。《子夜》出版之后茅盾对它的接受非常在意，不仅在意它出版的总量，“《子夜》出版后三个月内，重版四次；初版三千

① 《中国当代文学研究资料·茅盾专集》第一卷·上册，福建人民出版社1983年版，第345页。

部，此后重版各为五千部；此在当时，实为少见”[①]，他更在意《子夜》不同类型的接受者，“向来不看新文学作品的资本家的少奶奶、大小姐，现在都争着看《子夜》，因为《子夜》描写到她们了……我的表妹……向来不看新文学作品，但她却看了《子夜》，而且以为吴少奶奶的模特儿就是她……此外，电影界中人物以及舞女，本来看新文学作品是有选择的，也来看《子夜》”[②]。从时隔近五十年之后茅盾的这些言谈中不难看出，他不仅在意而且非常“得意”《子夜》拥有“大批的读者”[③]，“得意”《子夜》的男女老少“咸宜”，相对于此前新文学作品的接受及影响局限于青年学生这个狭小群体而言，《子夜》可以说是一个巨大的跨越与突破。因为面对同一作品不同类型读者的出现本身就是对作品艺术价值的肯定。

由此，仅就众多不同人物形象群的塑造而言《子夜》就具有非常丰富、复杂的审美意义与价值。80年代之后出现的对《子夜》艺术成就的否定性认识与评价无疑受到时代特别是意识形态视阈的限制，现在需要的是在审美视阈中重新认识《子夜》的审美意义与价值进而认识茅盾卓越的艺术才能与成就以及他对中国现代文学发展的“茅盾式”的贡献。

---

① 《中国当代文学研究资料·茅盾专集》第一卷·上册，福建人民出版社1983年版，第723页。
② 同上。
③ 同上。

第二章　细节及细小的问题:《子夜》的艺术世界

长达三十多万字的《子夜》如同所有长篇小说那样有着无数的细节及细小的问题，诸如人物的一颦一笑、举手投足以至如交际花徐曼丽第一次出现在吴公馆时的眼神为何这样而不是那样地指向她面前的某个人物，在看似利益驱动着眼神的背后是否还潜藏着人性中诸如对异性深层隐秘的需要；某个人物的某一行为或某一细小事件为何这一刻而不是那一刻发生，如吴老太爷为何没有在进上海途中的任何一刻任何地点而是到达吴公馆后在亲人的惊愕与痛哭声中离去，这是否与中国民间关于死亡信仰的潜在甚至直接影响相关。客死异乡在中国人看来本就不可接受，因而作者有意无意地不再让这样一位有深厚文化修养且有持久坚定个人信仰但饱受病痛折磨的老人在临别之际无人送终而是亲人齐聚；甚至某个人物的某一根发丝为何这样而不是那样飘动，如刘玉英大清早起来前往赵伯韬的住处试图探听商业秘密时，从黄浦江上飘过来的五月清晨的凉风吹着这位西洋型美少妇的头发和裙衣时，竟没有让这样一位行为与道德背离的女性头发散乱如弃妇从而有意无意地丑化这一形象，相反，带给人们的感觉竟是那样的清丽俏雅，晨风中刘玉英的身体所散发出的自然美压倒、排除、占有了一切，作为交际花所有与道德相冲突的行为在晨风的吹拂下竟荡然无存，带给人们是无尽的美感，这是否与人性中某种隐秘的决定性因素如对异性自然美的终极需要有关，等等。这样一些看起来无关紧要的细节及细小问题与它所在的文化息息相关并且就是文化本身的表现，它们如同基因一样成为小说艺术的根本构成要素从而不可动摇地决定着小说艺术世界的构成状态，其本身的意义常常十分难解因而成为小说艺术阅读活动的最终障碍。如王妈在与吴荪甫发生性关系时的“一声荡笑”如何解释就相当困难，类似这样的细节及问题毫无疑问是审美的艺术阅读活动必须面对并予以清楚解释的对象。不对这样一些看起来无关紧要甚至初看起来没有什么意义的细节及细小问题作出深入合理的审美解释和分析，阅读活动就完全有可能始终徘徊在艺术世界的大门之外，始终无法进入正是由这些不起眼的细节及细小问题所构成和主导的艺术世界，就完全有可能无所谓审美感受和认识可言。

由此，包括哪怕是看起来十分拙劣的微型小说在内的任何艺术作品，只要提供甚至暗示了一个哪怕在常识看来残缺的感性艺术世界就完全有可能存在永远让人无法解释的细节及细小问题，而对这样一些细节及细小问题理解和解释的深度也许最终决定着对作品审美理解的深度以及阅读活动所获得的审美愉悦或快感的程度。这里将要提及或解释的不过是《子夜》无数细节及细小问题中可能相对有趣也相对容易解释得多的细节及问题而已，并且这里所呈现的完全有可能是无数可能的理解或解释之中不那么尽如人意的理解和解释，其意仅在提醒在阅读类似《子夜》这样的艺术作品的过程中不能只顾着寻找可能与《子夜》的艺术世界本身毫不相关的“民族工业出路”这类所谓社会问题之后以为万事大吉便扭头就走。面对包括《子夜》在内的所有艺术作品时我们所要做的也许就在于对那些模模糊糊但开口便语塞的细节和细小问题作出粉碎性的合理解释，从而不至于使阅读活动停留在模糊的感觉层面，也许只有这样的阅读活动才能给我们带来由衷的审美愉悦。

一　长途旅行、都市污染与生活经验缺失：吴老太爷之死

“吴老太爷”是《子夜》开篇集中表现的重要人物形象，他为何进城生命即告结束是面对《子夜》时需要回答并且与《子夜》的艺术结构及逻辑进程密切相关的首要问题。但是，如同《子夜》众多被忽略的有意味也就是具有丰富审美意义的人物形象和问题一样，吴老太爷这一形象一直未能引起人们的注意，他死亡的原因更是没有人在意，之所以如此，是因为：1. 研究主体思维方式问题。都知道艺术是“有意味的形式”[①]，语言艺

① 参见［美］苏珊·朗格《情感与形式》，刘大基、傅志强、周发祥译，中国社会科学出版社1986年版，第33—52页。

术当然也不例外，但在小说艺术审美阅读过程中却鲜见对类似“吴老太爷为何进城生命即告结束”这样一些具体而细小的实事或现象作有意味的审美解释，常常以为这样的问题无关宏旨而弃之不顾，一窝蜂似的只对那些诸如现代性之类的所谓大问题感兴趣并产出一批注解式的所谓成果。事实上这样的细节或问题往往构成直接的阅读障碍，不对这样的问题作出合理的解释就无法进入作品所在的艺术世界，而要对类似这样的问题作出合理的解释事实上也并非想象的那么简单，它需要在对作品整体理解的基础上深入这一问题的内部并对事理作出细致的逻辑分析。2. 作品本身的问题。就《子夜》本身来看：首先，由于吴老太爷刚进入上海不久生命即告结束，其性格、心理与行为的表现相对有限并且对其他人物或作品整体表现不构成直接影响，人们因此对其存在的意义与死亡的原因不太在意。其次，关于《子夜》中的人物人们历来把目光主要集中在吴荪甫等少数几个所谓典型人物身上，热衷于所谓“民族工业出路”而不是现代社会生活境域中“人”的问题的讨论，从而极大忽略了包括吴老太爷在内的众多人物形象在作品中的存在，更不要说吴老太爷死亡原因等等“有意味”问题的讨论。再次，关于吴老太爷的死亡原因，《子夜》中借范博文这个人物之口所极力强调的疾病本身及精神原因有其合理性：一是极力强调城乡生活环境的差异对吴老太爷所构成的影响，“老太爷在乡下是多么寂静……今天突然到了上海，看见的，听到的，嗅到的，哪一样不带有强烈的太强烈的刺激性[①]”；二是强调吴老太爷的年龄及身体本身的脆弱，“依他那样的身体，又上了年纪……患脑充血[②]”，死亡有其必然性；三是强调传统与现代文化冲突的影响，“老太爷在乡下已经是‘古老的僵尸’……现在既到了现代大都市的上海，自然立刻就要‘风化’”[③]。所有这些分析都有其合理性，于是人们不再深究。

但是，仅仅强调疾病本身及精神作用对吴老太爷死亡所构成的影响显然是对这一问题的简单化，原因在于：1. 就身体状态而言，尽管吴老太爷

① 《中国新文学大系 1927—1937・小说集六・子夜》，上海文艺出版社 1984 年版，第 303 页。
② 同上。
③ 同上书，第 309 页。

患有“半肢疯，半个身子简直不能动”[①]，但进入上海之前并没有恶化更没有死亡迹象，否则吴荪甫等人就不会轻易让其进城。2. 就到达上海“云飞码头”时的身体及精神状态而言，“虽然路上辛苦，老太爷的脸色并不难看，两圈红晕停在他的额角”[②]，并没有死亡迹象。他的意识也非常清醒，当他见到自己的儿女亲戚时，“他不作声，看看儿子，女儿，女婿，只点了一下头，便把眼睛闭上了”[③]，这有些容易让人误解，会以为吴老太爷的表现就是因为身体虚弱，其实这是看到儿女们齐聚之后的愉快和满意，他的“只点了一下头，便把眼睛闭上了”是他的涵养所致，是不言之言。3. 就疾病本身而言，吴老太爷患的是慢性病，他长期生活在宁静的乡下小镇，生活简单，信仰单纯，这都有利于病情的稳定。4. 就吴老太爷的心理承受力而言，他曾遭受连续打击，“二十五年前习武骑马跌伤了腿，又不幸而渐渐成为半身不遂的毛病，更不幸而接着又赋悼亡”[④]，此外，“第二代的‘父与子的冲突’又在他自己和荪甫中间不可挽救地发生”[⑤]，他从等等这样一些生活困境中走了过来，毫无疑问有很强的心理承受力，精神不可能轻易被外来影响或刺激所击垮。更重要的是，此时他已年过六旬，经历过时代和人生的风雨，对人生及命运一定有深深的感受和理解，固守《太上感应篇》即是其重要表现。所有这些都表明吴老太爷很难因疾病本身或单纯的精神刺激而死，因此对吴老太爷的死亡而言仅仅强调疾病本身及精神原因显然不够。

事实上，吴老太爷之所以一进上海不久生命即告结束，除精神受到刺激之外还有其非常直接的外在原因，这主要是：

（一）旅行时间、环境、方式的不断变化与吴老太爷的难以适应。吴老太爷到上海之后不久生命即告结束，其首要原因在于年迈病弱的吴老太爷从家乡，严格说来是从他的书斋到上海吴公馆的过程中，旅行时间、环境和旅行方式的不断改变让他无法适应从而对他的身体构成潜在甚至直接

① 《中国新文学大系 1927—1937 · 小说集六 · 子夜》，上海文艺出版社 1984 年版，第 287 页。

② 同上书，第 288 页。

③ 同上。

④ 同上书，第 290 页。

⑤ 同上书，第 291 页。

伤害并最终导致其死亡。虽然吴老太爷刚到云飞码头时“脸色并不难看”，但这并不意味着长途旅行对他的身体就没有影响，只是这一影响暂时没有表现出来而已。

吴老太爷从他的书斋到上海这一旅行过程所经历的时间、环境与方式的不断变化主要表现在这样几个方面：1. 旅行时间的交替：从白昼到夜间。吴老太爷从家乡到上海首先经历了从白昼到夜间这两个完全不同的时段，这会引起旅行环境与心境质的变化。吴老太爷出发的具体时间作品没有交代，但从人们通常的行为习惯来看一定是“赶早”也就是尽早出发，因为从他的家乡到上海毕竟有“二百多里水路”①，这在那时的交通条件下已是相当长的距离，当他到上海时“太阳刚刚下了地平线”②。显然，白天旅行过程中因主体能够直接观察周围环境的变化并与外界直接交流，身体与心理能够不断调适从而获得平衡，能够适时判断与目的地之间的距离从而获得安全感，这对于病弱年迈且多年不出门的吴老太爷特别重要。夜间行车则完全不同，因自然光线的消失而无法看清周围环境从而无法把握与外界的关系，主体处于被动状态从而会产生压抑感、焦虑感、不安全感甚至恐惧感，即使在都市也是如此，这从吴老太爷的乘车过程可以看出，其间的情绪和行为反应不只是都市生活现象所引起，夜间行车本身的压抑感、焦虑感、不安全感甚至恐惧感以及对都市陌生感的汇聚是其情绪和行为反应的重要原因。此外，就白昼而言则经历从早晨到中午再到傍晚的时间变化，这样的变化对旅行主体的身心同样会构成多方面复杂影响。2. 旅行环境的多重变化。旅行环境是指旅行过程中主体所置身或穿行其中的自然与社会环境。吴老太爷从家乡到上海经历了包括自然环境、社会环境和心理环境在内的旅行环境的显著变化，这些变化一定会从不同方面对吴老太爷的身心产生影响：一是自然环境的变换：从陆地到河道再到陆地。吴老太爷从家乡到上海的旅行过程中经历了从陆地到河道再到陆地这一地理环境的交替变化。从他的书斋到双桥镇的码头是陆地，从双桥镇码头到上海的“云飞码头”之间是河道，从“云飞码头”到吴公馆又回到陆地。陆

① 《中国新文学大系 1927—1937·小说集六·子夜》，上海文艺出版社 1984 年版，第 365 页。

② 同上书，第 285 页。

地与河道对置身其中的旅行者而言有明显不同：首先是安全感不同。陆地与河道两种不同的地理环境给予旅行者的安全感截然不同，陆地的安全感远大于河道或水路，普通人对此都有明确感觉，病弱的吴老太爷对此感觉就一定更加明确和突出。其次是温度和湿度不同。陆地与河道的湿度及散热能力不同决定了其间旅行感觉的不同。就吴老太爷当天的旅行情况来看，“天气骤热”，大部分时间行驶在河道，一定会感到潮热，这对他的身体影响一定不小。再就是自由度不同。陆路旅行的自由度远大于水路。在陆路旅行，主体可以自由支配自己的行动，可以随时中止或继续自己的行程，但水路则不同，没有码头就无法靠岸，旅行无法随意中止，具有受迫性，会产生压抑与焦虑情绪。二是生活与社会环境的变化：从田园到都市。吴老太爷旅途环境最大的变化当是一天之内从他长期生活的书斋到书斋之外的乡村小镇再到“东方大都市上海”[①] 这一重要变化，实质是经历了从绝对属于自我的封闭私人空间到自由的田园再到杂多开放的都市这一重要变化。从吴老太爷“二十五年来，他就不曾跨出他的书斋半步”[②] 这一生活状态可以看出，他置身其中的书斋是绝对属于自我的私人空间，双桥镇是田园中的小镇，而上海则是大都市。吴老太爷一天之内经历了生活与社会环境的巨变，这对他的身体和精神都提出了要求，他必须适应并承受不同环境所带来的压力，但从吴老太爷的身体、年龄、生活习惯以及信仰等实际情况来看，他显然难以承受。三是心理或精神环境的根本改变：从家园到异乡。吴老太爷从他的书斋出发到上海的吴公馆，从心理或精神环境来看可以说是经历了从家园到异乡这一根本改变，这对他的身心具有整体深层性影响，最重要的是在异乡无法获得安全感甚至失去自我。双桥镇这一生活环境对于吴老太爷而言不只是熟悉，而是早已与自己的生命融合为一，是他的生活与精神家园，尽管他与这一不断变化的环境之间也存在一定冲突，但这不能改变家园这一性质也就无法改变他对这一环境的归属与依恋感，在家园他是主人。因此可以说，他自从在双桥镇码头上船甚至离开自己书斋的那一刻起就会产生别井离乡的情绪，特别是因为这次可

① 《中国新文学大系 1927—1937·小说集六·子夜》，上海文艺出版社 1984 年版，第 290 页。

② 同上书，第 290—291 页。

能要“长住在上海”[①]，这会加重吴老太爷的别离情绪。而上海对于吴老太爷而言本身就是异乡，他也因此成为客人，即使是在子女那里也是如此，更重要的是他与吴荪甫实质上是与现代生活方式之间早已产生冲突，这会进一步拉开他与上海这个都市之间的距离和亲近感从而强化他即将置身异乡的感觉。由此，吴老太爷从家乡到上海实质上经历了从家园到异乡，从主人到客人这一心理环境的根本变化，使得他无法轻易适应都市生活环境及要求，更无法轻易在异乡把握自我，这对吴老太爷显然极为不利。3. 旅行方式的变化：从人力到轮船到汽车。这里所说的旅行方式主要是指交通工具。吴老太爷从他的书斋直到上海吴公馆，就交通工具或旅行方式而言经历了三次明显变化：一是人力抬。从书斋到双桥镇码头这一过程是人力，“坐卧都要人扶持，半步也不能动的他……只好让他们从他的‘堡寨’里抬出来，上了云飞轮船”[②]。这里有这样一些问题需要注意：首先是抬的路程有多远；其次是这一过程会延续多长时间；再就是这一方式对吴老太爷心理与身体的作用或影响。吴老太爷被人抬着走了多远作品没有交代，但一定不会很短，原因在于像他这样的家庭不可能把房子建在码头附近。同时，即便吴老太爷的家离码头不远，这一过程也一定会延续较长一段时间。这是因为那个年代的远行本身就是一件大事，会让亲友邻里牵挂；吴老太爷的年龄及身体会让亲友邻里更加关心；吴老太爷的家世、本人的经历以及吴荪甫的影响等等会进一步加深亲友邻里的牵挂，等等。这些原因让吴老太爷从自己的书斋到码头这段行程一定是慢行，其间走走停停，与亲友故旧道别，从而拉长行程的时间；再就是被抬的这一过程很重要，它的速度相对于车船而言较慢，并且一定会经过小镇某些较为热闹的地段，吴老太爷因此可以与抬他的人以及前来送行的亲友故旧有所交流，从而是对吴老太爷的精神安慰，有利于他释放离别情绪从而不断适应室外环境，缓解对长途旅行的焦虑并为随之而来的长途旅行做较好的心理准备。二是乘船。从吴老太爷的家乡双桥镇直到上海“铁马路……行驶内河的小火轮的汇聚处”的“云飞码头”[③]，其间的距离是二百多里水路，吴老太爷所乘

① 《中国新文学大系 1927—1937·小说集六·子夜》，上海文艺出版社 1984 年版，第 294 页。

② 同上书，第 291 页。

③ 同上书，第 285 页。

交通工具是轮船，陪伴他的是蕙芳和阿萱及船员。行走在水路上的吴老太爷相对而言会缺乏陆路所具有的安全感；长时间行走在河道上因无法与外界交流，会变得压抑和焦虑；轮船相对于汽车较平稳，但如果速度快就会“颠得利害”[①]，同时，与其他轮船相遇时也会引起颠簸，等等，这些都会引起吴老太爷的不适从而对他的身体和心理构成潜在甚至直接伤害。三是乘车。到上海之后吴老太爷再次回到陆地旅行，所乘交通工具是“一九三〇式的雪铁笼汽车”[②]。其间的行程从“云飞码头”经“外白渡桥”穿过“南京路”直到“静安寺”附近的吴公馆，几乎从东到西穿过上海老市区，从当时汽车的速度及夜间交通状况来看至少需要一到两个小时，现在因为人流及堵车等原因则需要更长时间。此时家人齐聚，吴老太爷心理获得一定安慰，但随之而来的都市生活景象的反复强烈刺激完全取代了这一精神安慰。乘车的舒适度受速度、路面及具体交通状况等多种因素影响，行进状态极不确定，这些都需要甚至迫使病弱的吴老太爷适应或接受。从实际情况来看，无论是汽车行进的速度还是舒适度都远远超出吴老太爷的身体与心理承受力，这无疑会对他的身体与心理构成直接伤害。

（二）都市光、声、空气污染对吴老太爷身体的直接伤害。吴老太爷进入都市之后不久生命即告结束还与早已存在但我们现在才意识到的光、声、空气等都市污染有直接关系。“机械的骚音，汽车的臭屁，和女人身上的香气，霓虹电管的赤光”[③]，这实际上就是我们现在所说的都市光、声、空气污染，这对吴老太爷的身体毫无疑问会构成严重伤害，“一切梦魇似的都市的精怪，毫无怜悯地压到吴老太爷朽弱的心灵上，直到他只有目眩，只有耳鸣，只有头晕！直到他的刺激过度的神经像要爆裂似的发痛，直到他的狂跳不歇的心脏不能再跳动”[④]，这是吴老太爷死亡的重要原因。

首先是光污染对吴老太爷构成的直接伤害。吴老太爷在“太阳刚刚下

① 《中国新文学大系1927—1937·小说集六·子夜》，上海文艺出版社1984年版，第287页。

② 同上书，第285页。

③ 同上书，第294页。

④ 同上。

了地平线”之后进入上海这个拥有“三百万人口的东方大都市”[1]，生活、娱乐、广告等设施发出的光构成了都市夜间的基本色调，这对于吴老太爷而言经历了一次重要的心理变化。这就是当太阳下了地平线时大自然逐渐进入安宁状态，这与吴老太爷在乡下的体验相一致，他需要这一状态，但是，当他进入都市时这一安宁状态被强行打破，实质上也就打破了吴老太爷的心理习惯与心理需要。当这些光的强度及辐射范围超过人的身体与心理所能承受的限度就会构成我们现在所说的光污染。吴老太爷进入上海时所遭遇的光污染主要有这样几个大的来源：一是城市生活设施所发出的强光。一进入市区，“吴老太爷向前看。天哪！几百个亮着灯光的窗洞……光秃秃的平地拔立的路灯”[2]，这些单个光源本身对人体不会构成大的影响，但当它们汇聚成片从而改变自然现象和状态时就会超出人的生理与心理承受力从而构成污染；二是交通工具发出的强光。“外白渡桥的高耸的钢架，电车驶过时，这钢架下横空架挂的电车线时时爆发出几朵碧绿的火花”[3]，“长蛇阵似的一串黑怪物，头上都有一对大眼睛放射出叫人目眩的强光”[4]，交通工具发出的光的强度、不确定性及不稳定性常常会超出人的生理与心理极限，一当与之接触就会产生强烈影响；三是工商业广告发出的不同色彩的光。“向西望，叫人猛一惊的，是高高地装在一所洋房顶上而且异常庞大的霓虹电管广告，射出火一样的赤光和青燐似的绿焰：Light，Heat，Power!”[5]，工业广告发出的光具有色彩怪异多样、强度大、辐射范围广、闪烁不定并在一定范围内改变自然现象等特点，它的目的就是要引人注意，与之接触一定会对人构成影响；四是家庭及娱乐场所发出的强光。当吴老太爷接近吴公馆时，“蓦地车又转弯，眼前一片雪亮，耀的人眼花”[6]，进入吴公馆时“他看见满客厅是五颜六色的电灯在那里旋

---

① 《中国新文学大系 1927—1937・小说集六・子夜》，上海文艺出版社 1984 年版，第 290 页。
② 同上书，第 291—292 页。
③ 同上书，第 285 页。
④ 同上书，第 292 页。
⑤ 同上书，第 285 页。
⑥ 同上书，第 296 页。

转，旋转，而且愈转愈快。近他身旁有一个怪东西，是浑圆的一片金光”[1]，此外还有一些不知名的设施发出的强光对吴老太爷构成直接影响，“不知从什么高处射来的一道红光，又正落在吴老太爷身上，象是浴在血水中了”[2]；五是光的色彩、强弱、明暗的变化。单纯稳定的光照可以回避，但色彩、强弱、明暗不断变化的光就会对人构成直接威胁。当吴老太爷穿过市区时，他基本上一直处在“不断的红绿灯光的映射中”[3]，“夜晚”作为重要的让人安宁的自然现象因此消失。

都市夜间弥漫的灯光与吴老太爷长期生活的乡下构成强烈对比，色彩、强弱、明暗不同的光及其闪烁变化对吴老太爷的适应性构成严重挑战从而对他的身体与心理构成直接影响，迫使他适应和接受，但这显然已远远超过吴老太爷的承受能力并对他的身体构成直接伤害。

其次是噪声污染对吴老太爷身体构成的直接伤害。对吴老太爷身体构成直接伤害的又一重要因素是噪声污染。三百万人口的大都市，生活设施、交通工具、工业生产、娱乐场所等发出的声音汇聚在一起不再是浅吟低唱而是令人不安的噪声，对置身其中每一个体的身心都会构成严重威胁，只不过因不同个体的身体与心理承受力不同其反应也就不同而已。年迈病弱的吴老太爷对噪声一定非常敏感，对他的伤害也一定非常明显。

吴老太爷进入上海之后在不同的空间遭遇不同类型噪声的影响，主要是：1. 都市生活、交通、娱乐设施发出的巨大噪声对吴老太爷的影响。吴老太爷从“云飞码头”到吴公馆的过程中首先遭遇到娱乐场所、交通工具等发出的巨大声音的影响，“太阳刚刚下了地平线……风吹来外滩公园里的音乐，却只有那炒爆豆似的铜鼓声最分明，也叫人最兴奋”[4]，这类娱乐场所发出的巨大声音在市区特别是南京路一带一定更加密集。娱乐场所发出的声音对于年轻人或娱乐爱好者而言无论多大可能都是乐音因而会让他们兴奋，但对于吴老太爷而言无论如何都只能是伤害。比娱乐场所发出的

① 《中国新文学大系 1927—1937·小说集六·子夜》，上海文艺出版社 1984 年版，第 297—298 页。

② 同上书，第 293 页。

③ 同上书，第 294 页。

④ 同上书，第 285 页。

声音更大的是交通工具特别是蒸汽机车发出的轰鸣声，“长蛇阵似的一串怪物……啵——啵——地吼着，闪电似的冲将过来……啵——啵——地吼着，吼着”①，这无疑是严重的噪声污染，对吴老太爷产生了直接而严重的影响，“他的耳朵里灌满了轰、轰、轰！轧、轧、轧！啵、啵、啵！叫人心跳出腔子似的猛烈嘈杂的声浪”②。此外还有那时市区普遍存在的工业生产发出的噪声。都市的噪声让年轻的四小姐也无法忍受，“只觉得乱烘烘地叫人头痛”③，蕙芳尚且如此，吴老太爷就更难以承受，他被这样一些声音所笼罩，“不知经过多少时候，吴老太爷悠然转过一口气来”④，噪声使吴老太爷进入都市之后身体与精神持续处于极度紧张状态，这本身就是伤害。2. 在相对安静环境中发出的尖锐声音对吴老太爷的影响。吴老太爷所遇噪声的另一影响是在相对安静的环境中所发出的声音，这主要是：一是高速行进时汽车的马达声。当汽车行进在安静“平坦的静安寺路上”⑤时，道路周边的环境相对安静，但汽车高速行进时马达发出的声音就会很清晰地突出出来，它持续存在并有高低变化，这对吴老太爷而言就是噪声。二是宁静环境中尖锐的喇叭声及开关门时的撞击声。当汽车靠近吴公馆时，都市的喧嚣为宁静所取代，但此时汽车的喇叭声以及开关门时的撞击声再次对吴老太爷构成影响。当汽车快到吴公馆时，“车上的喇叭突然呜呜地叫了两声”⑥，车到公馆门口的时候“汽车上的喇叭又是呜呜地连叫三声，最后一声拖了个长尾巴”⑦，然后是“咕——的一声，汽车停下”⑧，同时还有开关大门的声音，“两扇乌油大铁门霍地荡开……砰——的一声，铁门就关上了”⑨，这些声音短时间内在相对宁静的环境中不停地交替变换，宁静的环境中的噪声会更清晰、有力，更有穿透性，它在此前闹市区混合型噪声影响的基础上再次以非常清晰的方式对吴老太爷构成影响，这对长途

① 《中国新文学大系1927—1937·小说集六·子夜》，上海文艺出版社1984年版，第292页。
② 同上。
③ 同上书，第294页。
④ 同上书，第292页。
⑤ 同上书，第294页。
⑥ 同上书，第295页。
⑦ 同上书，第296页。
⑧ 同上。
⑨ 同上。

旅行且病弱的吴老太爷而言可说是“雪上加霜”。3. 相对封闭的吴公馆内的噪声对吴老太爷的影响。吴老太爷再一次遭遇噪声污染影响是在相对封闭的吴公馆这一特殊环境中，此时的噪声对吴老太爷的影响有这样几个主要特点：一是它发生在长途旅行的终点。此时吴老太爷的精力消耗殆尽，并且是在持续遭受噪声等污染影响之后再一次对吴老太爷构成影响；二是如果说在开放的环境中遭受噪声污染的程度有限，那么在相对封闭的环境中的噪声因距离近而对置身其中的个体具有逼迫性，让个体无法回避；三是此时的噪声不同于此前由某一物体发出的较为单一的具有可辨的方向性的声音，而是人声与生活设施发出的声音的混合，表现为“嘈杂”，对人的影响也就具有笼罩性。此时的噪声主要有这样几个来源：一是亲人的急切问候。当吴老太爷到达公馆时，搀扶他的二小姐等人吴老太爷本已有些排斥，她们不时发出的“艳笑”① 因为距离太近也就成为“噪声”，而当吴老太爷进屋时，“满客厅的人！迎面上前的是荪甫和竹斋。忽然又飞跑来两个青年女郎，都是披着满头长发，围住吴老太爷叫唤问好。她们嘈杂地说着笑着，簇拥着老太爷到一张高背沙发椅里坐下”②，这些直接面对吴老太爷发出的声音因为距离太近，特别是此时的问候并非老太爷的急需，因而成为噪声。二是室内娱乐发出的声音。也许是为了表示自己的热情和敬重，吴荪甫等人没有因为吴老太爷的到来而中止娱乐活动，相反，“都在那里疯狂地跳，跳……狂荡的艳笑”③，同时，跳舞一定有音乐，如果是爵士乐那就更是噪声。三是吴公馆里的生活、娱乐设施发出的声音。如吴老太爷“身旁有一个怪东西，荷荷地响着”④，此外还有“一架华美硕大的无线电收音机”⑤ 也一定不会闲置。所有这些都与吴老太爷最急切的安静休息这一需要相悖，对吴老太爷构成直接伤害。

再就是，空气污染对吴老太爷的身体构成直接伤害。吴老太爷进入上海不久生命即告结束与他乘车进入市区之后在车厢、市区、吴公馆等特定

---

① 《中国新文学大系 1927—1937・小说集六・子夜》，上海文艺出版社 1984 年版，第 297 页。

② 同上。

③ 同上书，第 298 页。

④ 同上书，第 297 页。

⑤ 同上书，第 300 页。

环境中遭受空气污染的直接伤害密不可分：1. 车厢内的空气污染。吴老太爷乘坐的汽车以现在的眼光来看一定存在空气污染问题，原因在于：（1）新车本身存在污染。吴老太爷所乘的是“一九三〇年式的雪铁笼汽车”，即便是在已经意识到污染这一问题的今天，新车车厢内因不同材料使用所造成的污染问题仍然无法避免，有的甚至很严重。吴老太爷所乘的这辆车车厢内也一定或多或少存在污染问题并在行进过程中不断表现出来；（2）车内人多，空气不流通。吴老太爷乘坐的汽车包括司机在内一共五人挤在里面，“四小姐蕙芳和七少爷阿萱都进了老太爷的车子。二小姐芙芳舍不得离开父亲，便也挤在那里。两位小姐把老太爷夹在中间，阿萱坐在二小姐的对面”①，这样一来，车厢内的空气质量不可能太好；（3）女性化妆导致车厢内空气污染。这主要是二小姐芙芳身上散发出的浓香以及化妆品的粉尘污染车厢空气，“芙芳……拿出手帕来抹一下嘴唇。一股浓香直扑进吴老太爷的鼻子，痒痒地似乎怪难受”②，同时，她在车厢内化妆，“二小姐……打开她的红色皮包，取出一个粉扑，对着皮包上装就的小镜子便开始化起妆来”③，强烈刺激的气味加上粉尘无疑会对车内构成污染；（4）汽车发动和行走时产生的尾气或多或少会渗漏到车厢内，对车厢构成污染；（5）市区污染的空气会进入车厢，加重车厢内的空气污染。因此，吴老太爷进入上海之际首先遭到来自车厢内的空气污染对他构成的无法回避的持续性影响和直接伤害。2. 市区空气污染。吴老太爷置身其中的上海是“三百万人口的东方大都市”，生活、交通及工业生产等活动造成的污染已相当严重。当汽车进入市区时，“吴老太爷猛睁开了眼睛，只见左右前后都是像他自己所坐的那种小箱子——汽车”④，从这里可以看出当时的市区交通已非常拥挤，空气中弥漫着汽车尾气——“汽车的臭屁”⑤。此外，蒸汽机车的运行、工业生产以及日常生活产生的废气等对空气的污染本身就不可忽视。同时，当天天气骤热会加重空气污染，对吴老太爷的影响当非

① 《中国新文学大系 1927—1937 · 小说集六 · 子夜》，上海文艺出版社 1984 年版，第 289 页。

② 同上书，第 293 页。

③ 同上书，第 294 页。

④ 同上书，第 292—293 页。

⑤ 同上书，第 294 页。

常明显。当汽车走在“平坦的静安寺路上……四小姐惠芳象是摆脱了什么重压似的松一口气”[①]，年轻的惠芳尚且如此，污浊的空气对吴老太爷的影响就不难想象。3. 吴公馆内的空气污染。吴公馆同样存在室内空气污染问题，原因在于：一是大概因为吴老太爷的到来，吴公馆里是“满客厅的人”[②]，当天天气骤然变热，室内空气就不可能好到哪里；二是亲友们急于问候，“围住了吴老太爷叫唤问好”[③] 并且“嘈杂地说着笑着，簇拥着老太爷”[④]，这一行为只能直接加重吴老太爷身边的空气污染，让他产生窒息感；三是室内有人正在跳舞，“疯狂地跳，跳”[⑤]，剧烈运动会加剧空气污染。虽然吴老太爷“身旁有一个怪东西……吹出了叫人气噎的猛风”[⑥]，但其作用只是搅动而不是净化空气，也因为它的搅动，让人无法轻易感到空气的污浊。

可以说，吴老太爷自坐上汽车那一刻之后直到吴公馆就一直没有呼吸过新鲜空气，而新鲜空气对吴老太爷的重要性直到吴老太爷生命垂危之际吴荪甫才模模糊糊地意识到。当吴公馆里一群人围着已经不省人事的吴老太爷时，“荪甫……喝道：‘挤得那么紧！单是这股子人气也要把老太爷熏坏了’”[⑦]，此时的吴荪甫更多的是出于紧张情绪的宣泄，而不是新鲜空气对于吴老太爷生命意义的强调，即便如此也为时已晚。

（三）吴荪甫等人照料病弱老人经验与常识的缺乏。吴老太爷进城不久生命即告结束还与吴荪甫等人缺乏照看病弱老人的经验与常识有重要关系，这主要表现在：

1. 未能把握吴老太爷长途旅行的节奏。吴老太爷从乡下到上海，其间“二百多里水路”，再加上市区的路程当接近三百里，这样的距离就是在今天来看也算是中长途旅行，对年迈病弱的吴老太爷而言就是绝对的长途旅行了。从旅行的具体情况来看，吴荪甫等人显然未能把握好吴老太爷长途

① 《中国新文学大系 1927—1937·小说集六·子夜》，上海文艺出版社 1984 年版，第 294 页。

② 同上书，第 297 页。

③ 同上。

④ 同上。

⑤ 同上书，第 298 页。

⑥ 同上书，第 297 页。

⑦ 同上书，第 299 页。

旅行的节奏，由此导致吴老太爷体力与精力消耗超过他的承受能力，这主要表现在：一是行程安排不当。吴老太爷从乡下到上海近三百里路程，中途未能得到休息，更不要说良好休息。如果安排吴老太爷中途休息，第二天到达上海，他的旅行就会由长途变成短途，旅途的劳顿就会大大减轻，对吴老太爷身体的伤害就会大大降低甚至完全消除。但是，吴老太爷自出他的书斋之后直到吴公馆一直马不停蹄，没有得到任何休息，特别是到上海的云飞码头时，本应好好休息一下的吴老太爷上岸不久就“已经由云飞的茶房扶出来坐上藤椅子了……一八八九号的车子开到了，藤椅子也上了岸，吴老太爷也被扶进汽车里坐定了”①，接着车就开走了。这可以说是吴老太爷生命的转折点，如果此时吴老太爷能够得到较长时间的休息甚至就在码头附近过夜，他的生命一定不会那么快结束。退一步说，就是到了吴公馆之后如果能够得到良好的休息，哪怕是不急于下车而是在车上静坐一会儿，情况也许就会大不相同。但是，到吴公馆时不仅没有给吴老太爷任何喘息的机会，更没有人提醒照看吴老太爷的动作要小心。此时的吴老太爷已是精疲力竭，当林佩瑶过来搀扶他时，他已无力言语，只是“集中全身最后的生命力摇一下头”②，显然需要停顿或安静休息，哪怕就在车上，“可是谁也没有理他”③，也就是谁都没有考虑到这重要的一点，这样的行动节奏显然大大超出了吴老太爷身体的承受力，对哪怕是吴荪甫都不合适。二是车船行进速度控制不当。吴老太爷年迈病弱，吴荪甫等人如果稍有经验或常识就会交代要控制车船行进的速度，但是，两百多里水路一天赶到，吴老太爷所乘轮船的行进速度一定不会慢，与芙芳来回乘船时的速度当差不多。进入市区时除交通拥堵外，汽车几乎一直是“发疯似的向前飞跑”④，“旋风般向前进”⑤，特别是到了“平坦的静安寺路上开足了速率，半英里一分钟”⑥，高速行进时的噪声、惯性、颠簸、转弯及刹车等行为和

① 《中国新文学大系 1927—1937·小说集六·子夜》，上海文艺出版社 1984 年版，第 288—289 页。

② 同上书，第 297 页。

③ 同上。

④ 同上书，第 291 页。

⑤ 同上书，第 294 页。

⑥ 同上。

现象引起的震荡等都会大大超出吴老太爷身体的承受力，对他的身体构成直接伤害。三是照看吴老太爷的动作力度不当。吴老太爷从书斋出发时被人抬到码头，这一过程当没有什么伤害，乘船时活动少，不需要太多扶持，在云飞码头时因为码头本身的环境，也因为福生的前后照应，吴老太爷是被抬上了岸，没有受到伤害。但到吴公馆时就不同，吴老太爷下车时，没有一个人问一问老太爷的感觉如何，是不是需要休息，天气如此骤热需不需要喝水等，缺乏应有的关心。同时二小姐芙芳与吴少奶奶的动作力度明显不当，“二小姐挽住老太爷的左臂，阿萱也从旁帮一手，老太爷身不由主的便到了披发头的旁边了，就有一条滑腻的臂膊箍住了老太爷的腰部”①，让他下车，然后是“半扶半抱……上五级的石阶，走进那间灯火辉煌的大客厅”②，这些行为动作都没有考虑吴老太爷此时的身体状况，完全超出他的身体与心理承受力，具有逼迫性。

2. 未能安排安静舒适的环境，让吴老太爷得到良好休息。如果稍有经验或常识，吴老太爷到来之前吴荪甫等人至少要考虑这样一些问题：一是长途旅行之后急需安静舒适的环境休息；二是年老病弱需要安静舒适的休息；三是长期住在乡下，习惯安静。吴荪甫完全有能力做到，但从实际情况来看他却没有注意到这些，未能让吴老太爷到来之后立即得到安静舒适的环境休息，这表现在：一是吴老太爷休息的方式安排不当。吴老太爷经过一整天的旅途奔波，基本上都是坐着，长时间单一姿势本身就会让正常人感到疲劳，心理紧张，更不要说吴老太爷。因此，当吴老太爷到达吴公馆时最需要的是在安静的环境中躺下好好休息，但他进屋后却是在“一张高背沙发椅里坐下”③，这显然不利于吴老太爷消除疲劳，而是继续消耗他的体力，对他的身体构成伤害。这一不当方式直到吴老太爷出现问题时吴荪甫才突然意识到，“在这沙发上不是办法，我们先抬爸爸到那架长沙发榻上去罢”④，但显然为时已晚。二是对吴老太爷问候的时间与方式不当。吴老太爷进吴公馆时急需安静休息，但此时是“满客厅的人！迎上前的是

① 《中国新文学大系 1927—1937·小说集六·子夜》，上海文艺出版社 1984 年版，第 297 页。

② 同上。

③ 同上。

④ 同上书，第 299 页。

荪甫和竹斋。忽然又飞跑来两个青年女郎，都是披着满头长发，围住了吴老太爷叫唤问好”[①]，如果仅仅是问好可能还不存在问题，“她们嘈杂地说着笑着，簇拥着老太爷”[②]，这看似应当的举动恰好不是吴老太爷最急切的需要，热情问候的时间与方式和吴老太爷此时安静休息的需要构成直接冲突，再次严重干扰了吴老太爷本已极度不安的内心世界。三是室内活动安排不当。也许是习以为常，也许是有意为之，吴老太爷到达吴公馆时，吴荪甫不是从吴老太爷的实际情况出发让他安静休息而是举行家庭舞会，不仅“都在那里疯狂地跳，跳”[③]，而且“她们身上的轻绡掩不住全身肌肉的轮廓……无数高耸的乳峰，颤动着，颤动着，颤动着的乳峰”[④]，这不仅与吴老太爷此时的需要大相径庭，而且与吴老太爷的观念相冲突，更重要的是此时的吴老太爷已无法回避这一切，这就再次对吴老太爷的身心构成双重伤害。

3. 未能提前向医生了解或咨询，准备必要药物特别是急救药物和急救方法。吴荪甫等人照料病弱老人经验与常识的缺乏还表现在：(1) 没有提前向医生了解或咨询，没有准备必要药物特别是急救药物。吴老太爷的年龄及身体状况本身就提醒吴荪甫，在他到来前应该对他的身体状况有所了解，同时对偏瘫这样的疾病及其护理方法应向医生咨询，准备急救药物以备万一。丁医生可以随叫随到，他有这样的条件但没有这样做，显然是缺乏这方面的经验。如果就吴老太爷的身体情况提前向医生咨询，吴老太爷的行程就不会安排得那么紧；一路上会得到合理的照顾；进吴公馆后会立即得到安静舒适的休息；会提前准备一些必要的药物特别是救急药物，懂一些基本的急救措施和方法；遇到意外情况时不至于慌张。但从吴荪甫等人的反应来看，他们没有任何准备，如吴荪甫把吴老太爷的病看作“发痧”[⑤]，于是要“冰袋”降温，这不仅判断有误，而且此时“冰袋”也不在手边。杜竹斋则是“慌慌张张地把他那个随身携带的鼻烟壶递过去”[⑥]，这

① 《中国新文学大系 1927—1937·小说集六·子夜》，上海文艺出版社 1984 年版，第 297 页。

② 同上。

③ 同上书，第 298 页。

④ 同上。

⑤ 同上书，第 299 页。

⑥ 同上。

显然都是缺乏常识的表现。(2) 不懂任何救急措施或方法。当吴老太爷病发时，从吴荪甫等人的反应可以看出他们没有任何急救措施或方法，当吴荪甫发现吴老太爷没有死亡时，“把老太爷抱起来……放在一张刻丝蓝绒垫子的长而且阔的沙发榻上”[①]，然后只是等丁医生到来。(3) 没有请医生到家里或提前与医生预约。就吴荪甫的能力与条件而言，完全可以请丁医生提前到吴公馆以便在吴老太爷到来时及时观察他的身体状态，至少提前与丁医生预约，让他有所准备，但从事发当时来看，他完全没有考虑到。

4. 对吴老太爷的生命随时可能结束没有任何心理准备。吴荪甫等人缺乏照看病弱老人的经验与常识还表现在他们对年迈病弱的吴老太爷生命随时可能终止缺乏应有的心理准备。吴老太爷年事已高且长期患病，即使没有任何外界影响，他的生命随时都有可能终止，吴荪甫等人对此应有必要的心理准备，出现意外情况时也就能从容应对。但实际情况恰好相反，当吴老太爷发病时，“吴少奶奶蓦地惊叫了一声，茶杯掉在地下”[②]，如果说吴少奶奶因为年轻，这一反应算是正常，那么“二小姐捧住了吴老太爷的头，颤抖着声音叫。竹斋伸长了脖子，挨在二小姐肩下，满脸的惊惶。抓住了老太爷左手的荪甫却是一脸怒容，厉声斥骂那些围近来的当差和女仆”[③]，等等这些行为，一方面固然与吴老太爷突然濒临死亡引起的痛苦、紧张和恐惧有关，另一方面则表现出他们对吴老太爷的生命随时都有可能中止没有心理准备。如果他们有必要的心理准备就不会过分紧张，就会针对吴老太爷的病情采取相应的措施。

因此，吴老太爷之所以进入上海之后不久生命迅速走向终点，除他身体本身脆弱以及作品借人物之口极力强调的精神因素影响外，还与吴荪甫等人缺乏照看病弱老人的生活常识密切相关。如果他们有相关生活经验和常识，然后针对吴老太爷的身体及精神状态来安排吴老太爷的行程，吴老太爷的生命如此迅速地中止就完全有可能避免。

吴荪甫等人之所以缺乏照料病弱老人的常识，原因在于：一是长期生

① 《中国新文学大系 1927—1937・小说集六・子夜》，上海文艺出版社 1984 年版，第 299—300 页。

② 同上书，第 298 页。

③ 同上书，第 298—299 页。

活在都市，身边没有老人需要直接照看，缺乏相关经验；二是母亲早逝，无人提醒他们要注意老太爷的某些重要问题；三是长期与吴老太爷分开生活，对吴老太爷的身体特别是他的观念的真实状态缺乏深切了解；四是吴荪甫等人本身正处盛年，生活优越，精力旺盛且主要精力用于事业，很难意识到生命本身的脆弱；五是父子之间长期存在的冲突也会使吴荪甫自觉或不自觉地失去关心和照看吴老太爷的意识与心情，当然这并不能阻隔父子之情。

“吴老太爷为何一进上海生命即告结束”这一问题是《子夜》众多“有意味”的问题或细节之一，这些具体而细小的问题或细节是《子夜》也是所有小说艺术世界具有奠基意义的构成要素，对类似这样一些问题深入的审美解释是对《子夜》艺术世界的审美接近与阅读活动本身的充实，也是对此前意识形态化解读以及由此而来的对《子夜》种种误解的回避。

二　同与异：吴老太爷与阿萱父子视野中的都市女性身体

吴老太爷与阿萱及芙芳、惠芳同车进入上海市区途中，女儿芙芳及另一位无名都市女性的身体引起了吴老太爷激烈的情绪反应，更重要的是，当他发现阿萱在贪看同一都市女性身体时他的情绪反应更加激烈。这是《子夜》开篇不久一个非常突出的细节，稍不注意就会忽略，但如果在此稍加逗留就会发现这一细节具有丰富复杂的审美意义。都市女性身体及吴老太爷的情绪反应和都市与乡村之间的生活距离，与吴老太爷及阿萱的精神世界等因素的影响密切相关，通过对这一细节的深入认识可以发现吴老太爷与阿萱父子之间不仅存在代际差异，精神发展阶段及发展状态更是存在重要差异。

（一）现代都市与乡村、传统与现代生活的差异：吴老太爷视野中现代都市女性身体呈现的状态。当吴老太爷进入上海这个现代都市时，除现代都市种种生活设施及其发出的声光等因素对他的身体构成影响之外，现代都市女性的身体对吴老太爷的精神影响更为重要。与吴老太爷长久身居的乡下截然不同的是，现代都市女性出现在他面前时不再是抽象的人和女性，而是以与男性构成明显差异的身体特别是性征部位直接呈现在他的面前，这一身体的呈现具有这样几个特点：一是近乎裸露。他首先是在车厢内看到女儿芙芳身着夏季装的身体，“他的眼光本能地瞥到二小姐芙芳的身上，他第一次看清楚了二小姐的装束；虽则尚在五月，却因今天骤然闷热，二小姐已经完全是夏装：淡蓝色的薄纱紧裹着她的壮健的身体”[①]，“薄纱”与“紧裹”的结果是身体轮廓更加突出和透明，因此近乎裸露。车窗外的另一位无名都市女性的身体更是如此，“一位半裸体似的只穿着亮纱坎肩，连肌肤都看得分明的时装少妇”[②]，这与吴老太爷在乡下生活时见到的女性已完全不同。进入吴公馆之后，现代都市女性的身体特别是性征部位以非常密集的方式向吴老太爷涌现，“她们身上的轻绡掩不住全身肌肉的轮廓”[③]，这与吴老太爷在进入上海途中看到的芙芳以及那位高坐在黄包车上的少妇的身体差不多，近乎裸露。二是毫不掩饰女性身体性征部位。与乡下女性截然不同的是，呈现在吴老太爷视野中的都市女性对自己作为女性的身体性征部位毫不掩饰，女儿芙芳“一对丰满的乳房很显明地突出来，袖口缩在臂弯上，露出雪白的半只臂膊”[④]，而另一位都市女性更是如此，她“高坐在一辆黄包车上，翘起了赤裸裸的一只白腿，简直好象是没有穿裤子”[⑤]，芙芳的“上半身”与车窗外无名都市女性的“下半身”正好构成了完整的现代都市女性身体，以静的方式共同呈现在吴老太爷面前。而女性身体的性征部位在吴公馆则以近乎舞蹈的动的方式向吴老太爷呈现，“高耸的乳峰，嫩红的乳头，腋下的细毛！无数的高耸的乳峰，颤动着，颤动着的乳峰，在满屋子里飞舞了”[⑥]，这就在芙芳及那位街头少妇身体的基础上把整个女性特别是其身体的性征部分毫无保留地呈现在吴老太爷面前，完全可以说是都市女性身体的舞蹈，是女性性征部位在吴老太爷面前的最后呈现。三是身体的呈现状态与伦理道德无关。呈现在吴老太爷视野中的现代都市女性身体实质上是现代都市生活的常态，曾经的伦理道德对传统女性身体的束缚在现代都市女性这里已荡然无存，身体所呈现的状态只与都市生活以及个人感觉和需要相关，有时还与时尚及潮流有

① 《中国新文学大系1927—1937·小说集六·子夜》，上海文艺出版社1984年版，第293页。

② 同上。

③ 同上书，第298页。

④ 同上书，第293页。

⑤ 同上。

⑥ 同上书，第298页。

关。正因为这样，芙芳在迎接自己的父亲到来时丝毫没有意识到父亲的年龄及观念与自己的差异，着装也就没有任何考虑。车窗外的那位都市女性的身体所呈现的状态就更加生活化，而在吴公馆里跳舞的那群女性无论是吴老太爷的亲人还是其他人，她们的行为已完全是生活的常态，决定身体呈现状态或个人行为方式的不再是伦理道德而是直接的生活需要或个人感觉，丝毫也没有想到因为吴老太爷这样一位久居乡下、恪守传统伦理道德的人物的到来而对身体特别是其性征部位有所掩饰，相反，她们完全有可能想借此机会展示自己身体的美，从而使身体成为特殊的公共资源，现代都市女性身体的表现已与传统伦理道德毫无关系。

（二）吴老太爷与阿萱视野中都市女性身体的异同。进入吴老太爷视野中的现代都市女性的身体同时也进入了阿萱的视野，一次是在抛球场，“吴老太爷眼珠一转，又瞥见了他的宝贝阿萱却正张大了嘴巴，出神地贪看那位半裸体的妖艳少妇呢”[①]，另一次是在吴公馆，现代都市的女性身体以密集的动感方式进入吴老太爷视野的同时也进入了阿萱的视野，此时吴老太爷发现阿萱带着“满是邪魔的……眼光”[②] 看吴公馆里的女性身体。这里需要注意的是吴老太爷与阿萱虽然看到的是同一位或同一群都市女性，但因为两人的年龄及生活经历的根本不同，同一都市女性的身体在两人的视野中相同的只是时间、地点以及都市女性客观呈现出来的身体，而同一身体对他们而言其意义也许根本不同：1. 少女与少妇。现代都市女性在都市的夜色中进入吴老太爷的视野时，他立即区分出少女还是少妇，这与吴老太爷作为成人的生活经历或性经历有直接关系。但阿萱就不一定，他看到的完全有可能只是一位女性，以他的经历他完全不知道女性因生活经历的不同会区分为少女与少妇这两个相邻但极不相同的阶段，性经历是其唯一原因并通过形体的变化表现出来，这对于阿萱而言是一片空白。2. 身体的整体与局部。吴老太爷看到的是都市女性身体的整体与细部，他从那位少妇的上半身看到下半身，从衣着看到身体，从整体看到细部并很快作出判断。阿萱则因为自己的年龄及经历，虽然那位少妇的身体也呈现在他面

① 《中国新文学大系 1927—1937・小说集六・子夜》，上海文艺出版社 1984 年版，第 293—294 页。

② 同上书，第 298 页。

前，但他的视线及意识完全有可能只是停留在她整个人身上，也就是停留在她的整个身体上，很难像吴老太爷那样把她的身体区分得那么清楚。年轻且久居乡下，都市女性身体对他而言更像从未见过的异物。3. 现实的身体与好奇或审美对象。吴老太爷看到的是都市女性实在的身体并认定她的衣着“妖艳”[①]，妖艳与女性应遵守的道德操守相背离。但“妖艳”的衣着在阿萱看来因为从未见过，充其量只是感到奇怪。特别是在吴公馆，阿萱当是第一次看到男女在一起跳舞这样的场景，面对这一场景，他完全有可能只是感到吃惊、好奇，完全有可能把眼前的景象当作审美对象，而不是吴老太爷所想象的那样带着对异性的强烈欲望来看眼前的女性，他甚至有可能完全没有注意到她们的身体特别是其性征部位，而只是注意她们的行为和场面以及气氛，纯粹在审美。因此，那位女性的身体在阿萱的视野中完全有可能只是好奇或审美的对象。4. 身体与性。吴老太爷认定现代都市女性的衣着“妖艳”并且是“半裸体”，这样的女性身体首先让他联想到的是性并且超越道德规范，“万恶淫为首”是吴老太爷的第一反应。但这一都市女性身体在阿萱的视野中也许仅仅是女性的身体，阿萱的生活经历还无法让他将眼前的这一女性身体与性联系在一起。这是因为阿萱与吴老太爷长期住在乡下，受吴老太爷思想观念的直接影响甚至束缚，两性之间的关系被吴老太爷的道德观念严格规范，阿萱在进入都市之前还无法意识到两性关系的存在，虽然他在进入上海之前不久曾见过兵与女人之间的关系，“两星期前开来了一连兵，刚到关帝庙里驻扎好了，就向商会要五十个年青女人——补洗衣服；商会说没有，那些八太爷就自己出来动手拉”。[②] 但这并没有激起或唤醒阿萱的性意识。因此，出现在阿萱视野中的都市女性的身体只是与此前他所见过的完全不同，在吴老太爷看来衣着的“妖艳”及“半裸体”的衣着状态在阿萱看来充其量只是让他感到好奇，他的“张大了嘴”[③] 这一对于十九岁的男子来讲本不应有的表情正是阿萱对眼前的景象深感好奇的直接表现，而吴老太爷认定的满是邪魔的眼光则是阿萱第一次面对一大群都市女性集体起舞时的好奇与惊愕。

① 《中国新文学大系 1927—1937·小说集六·子夜》，上海文艺出版社 1984 年版，第 294 页。

② 同上书，第 295 页。

③ 同上书，第 293 页。

(三)吴老太爷面对都市女性身体的多重反应及其原因和意义。吴老太爷进入上海途中对包括女儿芙芳在内的都市女性身体有着不同的反应,不同的反应有着不同的原因及意义。首先,伦理意识与吴老太爷对呈现在他视野中女儿芙芳身体的反应。当吴老太爷在狭小的车厢内看到女儿身着夏季装的身体特别是其性征部位时,他的反应是“一种说不出的厌恶,突然塞满了吴老太爷的心胸”[①],并且这厌恶感迫使“他赶快转过脸去”[②]。吴老太爷的这一反应并非偶然而是伦理意识作用的结果,原因在于他把所看到的女儿身体的性征部位与性紧密联系在一起,他的情感与行为反应实质上与原始性禁忌有密切关系,“原始社会的……乱伦禁忌……一直延续到后世,延续到现代,以习俗、道德、法律形式固定下来”[③],因此可以说,吴老太爷面对女儿的身体时所产生的情绪与行为反应实质是乱伦禁忌作用的结果。同时,吴老太爷在看到女儿的身体特别是其性征部位之后,他的行为是回避而不是对女儿的直接提醒,更不是如在乡下对惠芳那样直接规范。从这里可以看出吴老太爷虽然恪守传统伦理与道德意识,但无论是年龄、身体还是自身所处的时代都与眼前的生活现实拉开了极大距离,他已意识到自己在现代都市生活面前的无能为力。因此,吴老太爷虽然情绪反应激烈,但只要深入到这一情绪背后就可以深切感受到他无能为力背后的忧伤,曾经因为生活观念的差异可以父子决裂,现在同样是生活观念的差异却在女儿面前无能为力与退让。

其次,传统道德意识与吴老太爷对都市女性身体的反应。如果说吴老太爷面对早已都市化了的女儿芙芳身体时的情绪与行为反应是传统伦理禁忌作用的结果,那么,面对现代都市女性身体的反应则是基于传统道德对个人行为的要求和规范。当吴老太爷看到高坐在黄包车上的在他看来是半裸体似的妖艳少妇时,他的反应是“‘万恶淫为首!’这句话象鼓槌一般打得吴老太爷全身发抖”[④],面对都市女性的身体,吴老太爷首先想到的是他所恪守的道德原则,也就是传统道德对男女之间性行为的严格规范,超越

① 《中国新文学大系1927—1937·小说集六·子夜》,上海文艺出版社1984年版,第293页。

② 同上。

③ 刘达临编:《中国古代性文化》,宁夏人民出版社1993年版,第90—92页。

④ 《中国新文学大系1927—1937·小说集六·子夜》,上海文艺出版社1984年版,第293页。

这一规范就是淫乱，而这在传统道德看来是导致社会生活混乱的首要原因。这一道德原则之所以此时“象鼓槌一般打得吴老太爷全身发抖”，原因就在于此前身居乡下的吴老太爷可能仅仅是从《太上感应篇》等经典看到以及民间传言中听到“万恶淫为首”之类的训戒，在乡村生活中并没有见到，但现在呈现在他眼前的常态则似乎向他表明，他长期执守的训戒在上海这个现代都市已是常态并且就在自己的眼前，现实生活与传统道德瞬间形成的激烈冲突让他难以承受。同样，面对现代都市女性身体特别是性征部位的暴露，吴老太爷虽然情绪反应激烈，但他依然是回避而不是试图干预或以语言等某种方式发泄心中的激愤，表面激烈的背后是一个垂暮老人面对因现实生活巨大变化而来的万般无奈和无限忧伤。

再次，传统与现代生活观念及生活方式的冲突与吴老太爷对吴公馆中女性身体的反应。如果说芙芳及吴老太爷看到的那位都市女性的身体是以静的方式向吴老太爷显现，那么，当吴老太爷进入吴公馆后，都市女性的身体特别是其性征部位则可以说是以动的方式向他炫耀，“在满屋子里飞舞”，这样以极其动感的方式出现在他面前的女性身体不再允许他静静地观看并表现自己的情绪，而是以动的方式向他直接显现并让他产生幻觉，“突然吴老太爷又看见这一切颤动着飞舞着的乳房象乱箭一般射到他胸前，堆积起来，堆积起来，重压着重压着，压在他胸脯上，压在那部摆在他膝头的《太上感应篇》上”[①]，吴老太爷此时产生幻觉的原因在于：一是此前都市女性的身体是以单个的方式出现在他面前，尽管女性身体与他的观念产生冲突，但他还能以自己的观念特别是放在膝头的《太上感应篇》这个观念的集聚物予以抵抗，但此时的女性身体则是群体集合并且以舞动的方式向他呈现，他的观念已无力对抗眼前的现实。二是经过一整天的旅途劳顿，他的身体已极度虚弱，他的幻觉的产生一方面是他眼前女性身体的舞动所致，另一方面则是身体本身虚弱的表现，身体虚弱让他产生幻觉。面对眼前的现实，吴老太爷的情绪反应已不再是此前的愤激，而是认定眼前的现实已不是他的观念所在的世界，而是邪魔的世界，“‘邪魔呀!’吴老

① 《中国新文学大系1927—1937·小说集六·子夜》，上海文艺出版社1984年版，第298页。

太爷似乎这么喊”[①]，他面对的已不再是此前单个的女性身体，而是另一个完全不同于自己观念的世界。面对这样的世界，他全然无力并最终在这样的世界的重压之下离开他所在的世界。吴老太爷完全从自己的观念出发来判断出现在自己眼前的生活世界，那些已是现代都市生活常态的生活现象及生活方式在他看来与传统观念及生活方式绝对冲突并把它们看成“邪魔”，这表明吴老太爷与呈现在他面前的现代都市生活之间存在根本无法调和的距离，而他的死亡则表明传统道德观念及生活方式在现代生活面前已失去生存空间，面对现代生活已无能为力。

（四）焦虑与误解：吴老太爷对阿萱行为的关注及情绪反应的原因和意义。吴老太爷在进入上海的过程中，他对出现在眼前的都市生活现象特别是女性身体之所以如此在意，其重要原因可能不在于他的观念与现实之间能否调和，更重要的是这个现代都市能否让惠芳和阿萱这两个他身边曾经的金童玉女，在进入这个都市之后继续保持他们曾经的生活与精神状态，从而让传统观念通过他们能够在这个现代都市里安身。因此，当吴老太爷面对现代都市女性的身体时，一方面是激烈的情绪反应，另一方面则更加关心阿萱面对都市女性身体时的情绪和行为反应。吴老太爷对阿萱面对都市女性身体时的情绪和行为反应的密切关注先后有两次，一次是在抛球场，当吴老太爷看到高坐在黄包车上的都市女郎时，他不是试图彻底看清那位女性的衣着到底如何，而是很快将注意力转移到阿萱身上并且发现他“正张大了嘴巴，出神地贪看那位半裸体的妖艳少妇”[②]，阿萱的这一行为给吴老太爷留下的记忆持续到吴公馆，“紧抓住了这位老太爷的觉醒意识的第一刹那却不是别的，而是刚才停车在‘抛球场’时七少爷阿萱贪婪地看着那位半裸体似的妖艳少妇的那种邪魔的眼光”[③]。吴老太爷的行为有其客观性，那就是他发现阿萱“正张大了嘴巴”，但紧随他的这一观察行为的是他的两个主观判断，一是认为阿萱“在贪看”、“贪婪地看”那位半裸体的妖艳少妇，二是认为阿萱看都市女性时是带着“邪魔的眼光”。面对阿萱的这一行为，吴老太爷的情绪反应远远超过他自己面对都市女性身

① 《中国新文学大系 1927—1937・小说集六・子夜》，上海文艺出版社 1984 年版，第 298 页。

② 同上书，第 293—294 页。

③ 同上书，第 294 页。

体时的情绪反应，“老太爷的心卜地一下狂跳，就象爆烈了似的再也不动，喉间是火辣辣地，好象塞进一大把的辣椒”[1]。另一次对阿萱的关注是在吴公馆，此时的人群相对密集，空间相对封闭，吴老太爷的身体已极其虚弱，但此时的吴老太爷仍然没有放弃对阿萱的注意，由此足见吴老太爷对阿萱第一次面对如此密集的都市女性时，他的精神及行为反应的变化，当他看到吴公馆舞动着的女性身体的同时，再一次发现阿萱带着“满是邪魔的……眼光”[2] 在看吴公馆里的女性，吴老太爷所说的“邪魔”是通过眼神所表现出的对异性的强烈欲望。

吴老太爷对阿萱行为性质的判断显然超出了阿萱此时的可能，也就是说，刚刚进入上海这个都市的阿萱，无论是面对街头单个还是吴公馆群体密集的都市女性及其身体，他很难说是带着吴老太爷所认定的那样对异性的强烈欲望，这是因为：一是阿萱长期生活在生活观念与方式相对保守的乡下小镇，受外界的影响较小，对异性的认识完全有可能还没有开始。二是吴老太爷对阿萱长期以来的观念引导，使得他长期生活在传统观念所笼罩的世界里，对异性保持明确的距离，对异性的意识还没有觉醒，更不要说欲望。三是刚刚进入都市时，面对与乡下形成巨大差异的都市女性，引起他情绪反应更多的当是惊奇而不是欲望，欲望必须在自己能够把握欲望对象与自己之间关系的前提下才能被激起，否则，要么是敬畏，要么是忽略或不在意。事实也是这样，阿萱在进入上海之后，与惠芳很快表现出对异性的渴求明显不同，他的精神世界几乎一直处于童年阶段，如一次当吴荪甫发现阿萱在玩什么镖时就这样说，“十七八岁的孩子，还干这些没出息的玩意儿！都是老太爷在世的时候太宠惯了你”[3]，从吴荪甫所说可以看出，由于曾经在乡下长期生活，特别是吴老太爷对阿萱观念的影响以及对他有意无意施加的爱，阿萱的行为与他的年龄存在距离，呈现出弱化状态。处于这一状态下的阿萱很难意识到异性的存在，更谈不上对异性的强烈欲望。直到后来，他才开始与林佩珊打打闹闹，对异性的意识才开始渐渐觉醒。因此，吴老太爷对阿萱面对都市女性及其身体时反应的判断与阿

---

① 《中国新文学大系 1927—1937 · 小说集六 · 子夜》，上海文艺出版社 1984 年版，第 294 页。

② 同上书，第 298 页。

③ 同上书，第 597 页。

萱的实际状态有距离。

事实上，吴老太爷对阿萱进城之际面对都市女性及其身体时行为及情绪反应的关注有其复杂原因，是对阿萱个人未来的关心，深层则是对传统伦理道德在都市未来命运的焦虑和担忧，这主要表现在：首先，吴老太爷对阿萱行为的关注是基于对传统伦理道德在现代都市面前失去生存空间的担忧。吴老太爷之所以对阿萱的行为如此关注，其重要原因就在于他担心进城之前还是传统伦理道德延续希望的阿萱在进城之际就将传统抛弃。在吴老太爷看来事实正是这样，阿萱在面对异性时立即表现出对感性生活的强烈渴求，他的“张大了嘴巴，出神地贪看”都市女性身体即是其重要表现，这让吴老太爷深感失望，他因此担心“刚进上海这‘魔窟’”，曾经在乡下时他的“‘金童玉女’就变了”[①]，也就是立即抛弃传统进入现代生活世界，曾经在他看来纯洁的道德生活被直接的生活欲望所取代和占有，这无疑会让恪守传统的吴老太爷深感失望。其次，吴老太爷对阿萱个人行为的关注还基于直接的生活原因，是对自己因生活观念及方式的不同会陷入孤独与焦虑。吴老太爷与吴荪甫因为生活观念的差异早已产生冲突，进城之际仅从坐在身边的芙芳的衣着就可以看出她也早已都市化，而如果阿萱一进城就加入他们的行列，传统在他这里就中断延续，他会因此陷入孤独境地。因此，对阿萱面对异性时情绪与行为的关注实质是对自己是否会陷入孤独境地焦虑的表现。在他看来，进城之前的阿萱还是自己身边的金童，进城之际他的注意力就全然转向女性身体为象征的都市感性生活与欲望世界，阿萱进城之际给吴老太爷的记忆是“贪婪地看着那位半裸体似的妖艳少妇”[②]，自己在阿萱这里已开始变得不重要了，这无疑会让吴老太爷感到焦虑和不安。再次，吴老太爷对阿萱进城之际行为关注的原因还在于对他所在的大家庭失去应有尊严和价值的担忧。吴老太爷所在的家庭可以说是世家旺族，秉承良好传统道德教育，但如果生活环境一当改变个人及家庭所秉承的传统就立即消散，那就意味着曾经的精神世界与行为选择极不稳定且具有虚幻性，只是他的个人想象而已，这就会让他从内心深处感

① 《中国新文学大系 1927—1937·小说集六·子夜》，上海文艺出版社 1984 年版，第 296 页。

② 同上。

到悲凉，无论是现实生活还是精神世界，他都处在极其孤独的境地，这样的情形他当然不愿意看到也无法接受。特别是如果阿萱进城之际思考的不是如何保持乡下的生活传统而是立即投入感性生活世界，仅仅在他的儿女们看来，他曾经的教育就彻底失败，这有损他的尊严。

吴老太爷进城之际对阿萱面对现代都市异性时情绪反应与行为表现的关注是《子夜》无数细节之一，这样的细节本身往往蕴含复杂丰富的审美意义，对这样的细节的深入分析和审美的理解是长篇小说审美阅读的重要环节，也是进入长篇小说艺术世界的重要途径。不对艺术世界中的细节作充分的审美感受和理解就完全有可能始终漂浮在小说艺术世界之上，根本无法进入由无数细节构成的小说艺术世界。

三　欲望的世界与边界：《子夜》中交际花的身体表现方式及其审美意义

《子夜》中令人深思也令人难以理解的是作为现代都市生活产物与特殊标志的“交际花”这一人物形象群，对这一形象群的审美特性予以集中、深入的认识和分析迄今少见，特别是对交际花身体的大量丰富表现更少关注，而交际花身体的直接显现是《子夜》非常突出的审美特征，交际花的身体是欲望的世界也是道德的边界。《子夜》中有明确交际花身份的是徐曼丽，年轻、新寡、富有的刘玉英“一心一意盘算着怎样也做个‘徐曼丽第二’”[①]，青春少女冯眉卿进入都市之后就开始了自己的“烂污”行为，这三个女性共同构成了《子夜》也是中国现代文学史中非常复杂特殊的人物形象群。《子夜》在对交际花这一形象群的精神世界特别是其欲望作多方面表现的同时对她们的身体也作了多视阈的审美表现，不同视阈中交际花的身体表现方式不同，审美意义也大不相同。

（一）父亲或父辈窥视：女性身体与道德世界。《子夜》中包括交际花在内的女性身体首先是通过父亲或父辈窥视这一与人类普遍道德相冲突因而令人颤栗的方式来表现，由此，伦理道德与审美意识相互纠缠，产生极为强烈的审美震撼：首先，因为窥视者是父亲或父辈，窥视行为与人类基

① 《中国新文学大系 1927—1937·小说集六·子夜》，上海文艺出版社 1984 年版，第 563 页。

本道德直接冲突。《子夜》中对包括交际花在内的女性身体特别是其性征部位的窥视行为发生在父女之间并与性心理和性行为直接相关，父亲对女儿身体的窥视这一行为不只是与传统伦理道德相冲突，而且与人类的基本伦理道德如乱伦禁忌相冲突。《子夜》中首先窥视女性身体的正是“虔奉《太上感应篇》”[①] 的吴老太爷对其女儿身体的窥视，他的窥视行为至少有两次或两个时间段，一次是他在家中窥视十四岁的女儿惠芳，发现“十四岁的她已经和‘妇人’一样长大，吴老太爷不许她再到香市那样的男女混杂的地方”[②]，吴老太爷的这一行为有这样几个地方值得注意：一是此时的窥视行为不可能只有一次而完全可能是持续的观察；二是因为吴老太爷早已“赋了悼亡”，他也就担负起了母亲的责任，负责保护和规范惠芳的行为以免受到伤害。但作为父亲和男性，受伦理和性别意识的双重制约，他不可能对惠芳面陈己见，于是只好通过窥视的方式观察惠芳的成长及身体或生理的变化；三是窥视的结果是发现惠芳已经成长发育得像“妇人”，也就是有性经历并对形体产生影响的成熟女性，窥视的结果与性心理直接联系在一起；四是窥视之后直接规范惠芳的行为，不许她进入男性世界，从而试图阻止她过早与性行为发生关系。另一次是从乡下进城之际在车厢内近距离窥视女儿芙芳的身体，看到她“一对丰满的乳房”[③]；到吴公馆下车之际看到的是林佩瑶“两片嘻开的嘴唇”，女性的这些特殊部位都与性直接相关，对女性这些身体部位的窥视受性意识直接支配并激起性意识及欲望。如果说在乡下对惠芳身体的窥视行为是因为生活中的责任所引起，那么进入上海之际对女儿身体的窥视行为则是在吴老太爷个人信仰的支配下发生，窥视的结果与他恪守的“万恶淫为首”的观念产生根本冲突。吴老太爷进城之后不久即猝死与他对包括自己女儿在内的都市女性身体的窥视引起的生理与精神反应有密切关系。《子夜》中交际花的身体最令人震撼的表现是冯云卿利用女儿实施美人计的过程中对女儿身体的先后两次窥视。因为是父亲并且有一定文化知识修养，是“前清时代半个举人”[④]，传

① 《中国新文学大系 1927—1937·小说集六·子夜》，上海文艺出版社 1984 年版，第 290 页。

② 同上书，第 429 页。

③ 同上书，第 293 页。

④ 同上书，第 468 页。

统伦理道德与个人行为规范在他的意识中毫无疑问存在并与窥视行为产生直接冲突。但又因为窥视行为是在直接功利目的驱使之下发生，就是看女儿的身体是否能够满足赵伯韬的要求从而探取商业秘密，于是窥视行为在强烈的伦理道德意识与直接的功利目的之间相互纠缠。《子夜》中对交际花身体窥视的另一行为发生在作为父辈的吴荪甫与既是表侄女又是交际花的刘玉英之间，吴荪甫在与刘玉英合谋利用美人计的过程中窥视刘玉英的身体。因为是表侄女，受伦理道德意识影响，吴荪甫和刘玉英面对面时有所忌讳，但因为是交际花，他们又都突破伦理意识的规范，因为有直接功利目的，伦理意识被进一步突破。

其次，窥视空间的私密性与窥视距离的逼近。窥视行为的发生及其持续性与所在空间的开放和私密有直接关系。开放空间中的窥视行为受他人也就是道德的直接或潜在干预而无法持续，私密空间的窥视行为则因为道德原则的暂时退出使得这一行为可能会持续进行。《子夜》中父亲或父辈对身为交际花的女儿或表侄女身体的窥视行为都在非常私人化的空间内并且是距离逼近的状态下发生。冯云卿两次对女儿身体的窥视都是在女儿的房间，第一次是在试图利用女儿实施美人计以探听赵伯韬的商业秘密之前窥视女儿的身体，"冯眉卿正在自己房里写一封信……这时候，房门上的旋锁响一下，她的父亲进来了"[①]，第二次是女儿实施美人计回家之后，他"踱到女儿房外来。房门是虚掩着。冯云卿提起喉咙咳了一声，然后推门进去"[②]，这样的空间具有极度私密性，也就是几乎不可能被外界或伦理道德原则干扰。同时，窥视的距离非常逼促，第一次冯云卿是"站在眉卿面前"[③]，第二次则是"站在女儿身后"[④]，两次都是在私密的空间里近距离窥视女儿的身体。吴荪甫在与刘玉英合谋利用美人计时是在"旅馆"[⑤]，这样的空间更加私密并且为身体窥视乃至性行为的发生留下了足够的余地。窥

① 《中国新文学大系 1927—1937·小说集六·子夜》，上海文艺出版社 1984 年版，第 492—493 页。

② 同上书，第 574 页。

③ 同上书，第 493 页。

④ 同上书，第 54 页。

⑤ 同上书，第 580 页。

视的距离也更近，他“站在刘玉英面前，站得很近”①。空间的私密性与距离的逼近使得窥视行为得以发生，因为空间的私密性与距离的逼促，窥视者的欲望与本能在窥视行为发生的过程中与伦理道德之间的冲突就会变得非常激烈，伦理道德的边界随时都有可能被突破。

再次，直接窥视女性性征部位。因为空间的私密性与距离的逼近，同时窥视行为都是在利用女性使用美人计这一直接功利目的驱使之下发生，女性身体特别是其性征部位的状态是达到功利目的的首要条件，因而窥视行为是在性意识及直接功利目的支配下发生，窥视目标或焦点具有直接强烈的选择性，直接指向女性性征部位。冯云卿就是这样，先后两次对女儿身体的窥视都直指女性性征部位。第一次在女儿房间时是“正对着眉卿那半扭转的上身所特别显现得隆起的乳房了”②，直接的功利目的使得作为父亲的冯云卿的窥视行为并不是关心女儿的身体发育状况，而是要通过身体特殊部位探明身体与性之间的关系，窥视的结果是“他好象已经实地查明了这女儿已是妇人身”③，此时功利目的取代欲望与本能，但功利背后恰好是一个过来人的淫乱意识，他深知男性对女性身体的需要并且深知性行为发生之后对女性身体所产生的影响。同时，这里还隐含着冯云卿的担忧与焦虑，在看到女儿身体状态之后他一定知道与赵伯韬的需要之间存在的距离，赵伯韬需要的是“原生货”，因此，他担心和焦虑的是冯眉卿的身体现状能否满足赵伯韬的要求，由此能否探听到他所需要的秘密也就是问题。第二次窥视女儿身体是在美人计实施之后全面窥视女儿身体并直指女儿身体性征部位，“冯云卿站在女儿身边，看着她的一头黑发，看着她的雪白后颈，看着她的半扭着的细腰，又看着她的斜伸在梳妆台脚边的一对浑圆的腿”④。冯云卿在女儿全然不知的情形下全面窥视女儿身体直至隐私部位，其窥视行为显然不是关心更不是审美，而是在直接功利目的及性经验驱使之下对女儿身体的验证，目的是要看女儿的身体是否能让赵伯韬感到满意，在此基础上能否完成他安排的任务。吴荪甫在面对刘玉英时则直

① 《中国新文学大系1927—1937·小说集六·子夜》，上海文艺出版社1984年版，第577页。

② 同上书，第493页。

③ 同上。

④ 同上书，第575页。

接被刘玉英因性意识引起的表情与行为所直接吸引，“刘玉英刚才那笑，那脸红，那眼波，那一切的诱惑性，他把不住心头一跳”[①]，这当是在身体窥视之后对性意识作用下的表情与性倾向或性心态的准确把捉。

第四，窥视过程伴随强烈性幻想。在私密空间与距离逼近状态下发生的窥视行为如果持续下去毫无疑问会指向性行为本身从而与人类普遍道德规范相冲突。《子夜》中的冯云卿对女儿以及吴荪甫对表侄女刘玉英身体窥视的直接结果是产生强烈性幻想。因为窥视者是父亲，性幻想因此伴随着乱伦意识，但因为伦理道德以及直接的现实目的的制约，使得性幻想或乱伦意识很快被阻止。冯云卿在窥视女儿身体时产生了强烈性幻想以至乱伦意识，“他看着女儿那一对好象微笑的亮晶的眼睛，又看着她那仿佛微有波动的胸脯，他立刻想象出了最不体面的一幕。而紧接着又来了他自己作主角的同样最不体面的一幕”[②]，但乱伦意识很快被伦理道德意识所阻止，“似乎有人在他耳边说：‘那个倒不是结发，随她胡调去；可是这个，却是你亲生的骨血呢!’他忍不住打了一个冷噤，心直跳，险一些掉下眼泪。这都是刹那间的事”[③]，冯云卿面对女儿产生性幻想是《子夜》中非常令人震撼的艺术表现，完全值得深入研究从而对人性特别是人的原始状态展开深度认识。吴荪甫在与刘玉英面对面时同样产生强烈性刺激，但这样的刺激被直接的功利目的所压抑，“他这神思摇惑仅仅一刹那，立刻他的心神全部转到了老赵的公债”[④]，但这一刺激产生的反应随后不断表现出来并对他构成强烈冲击，“刘玉英那妖媚的笑容，俏语，眼波，一次一次闯回来诱惑他的筹划大事的心神。这是反常！他向来不是见美色而颠倒的人”[⑤]。其实这并不意外，异性的刺激触动的是人的本能，本能只能被压抑但无法消除，它会寻找自身合适的途径表现出来。吴荪甫面对刘玉英时所受性刺激的最典型表现就是在梦中与刘玉英发生性行为，“荪甫又看见自己在一家旅馆，躺在床上，刘玉英红着脸，吃吃地笑，她那柔软白

① 《中国新文学大系 1927—1937·小说集六·子夜》，上海文艺出版社 1984 年版，第 580 页。

② 同上书，第 494 页。

③ 同上。

④ 同上书，第 580 页。

⑤ 同上书，第 599 页。

嫩的手掌火一般热，按在他胸前，一点一点移下去，移下去了……梦中一声长笑……吴荪甫猛睁开眼来，窗纱上全是斑剥的日影，坐在他身边的是穿了浴衣的少奶奶”[①]，吴荪甫的一系列反应表明窥视行为一定会引起性幻想，这幻想可以暂时被压抑但一定会通过不同方式表现出来。

（二）男人围观：女性身体与欲望世界的显现。《子夜》中交际花身体表现的另一方式是男人集体围观，这同样是《子夜》令人震撼的艺术表现。作为特殊的人物形象群，交际花是在男人集体围观中出现并在围观中结束，欲望世界也在围观中显现。徐曼丽和刘玉英都在不同环境中被男人围观，其中对徐曼丽的三次围观最为典型，每一次集体围观行为的发生都有不同的时空背景，支配围观的意识也大为不同：

1. 道德化围观与交际花的形体表现。第一次对交际花徐曼丽的围观发生在吴公馆并且是在吴老太爷的丧礼上，因为时间特殊，场所公开，对徐曼丽的围观也因此被道德意识所支配，是对交际花作为女性自然形体与精神的双重围观，此时的交际花是作为女性而非交际花出现，围观者欣赏的是徐曼丽作为女性的自然美以及她的精神气质，对女性的欲望被抑制。当徐曼丽在吴公馆出现时，“第一个发见她的是周仲伟。这矮胖子就跳起来，举起一双臂膊，嘴里‘啊哟’了一声，在空中乱舞，嘻开了大嘴巴，喊道：全体起立欢迎！交际花徐曼丽女士”[②]，由此开始了对徐曼丽的集体围观。从周仲伟的行为可以看出，徐曼丽与这一群商人之间的交往已非一日，他们彼此之间的熟悉程度也非一般，周仲伟的手舞足蹈是交际花这个特殊异性的出现引起的兴奋之情的表现，“全体起立”则是围观行为的开始。但由于时空的限制，此时的围观受道德意识支配，看到的是徐曼丽的形体及其自然美，“猛的一阵香风，送进了一位袒肩露臂的年青女子。她的一身玄色轻纱的一九三〇年式巴黎夏季新装，更显出她皮肤的莹白和嘴唇的鲜红。没有开口说话，就是满脸的笑意；她远远地站着，只把她那柔媚的眼光瞟着这边的人堆”[③]，在道德意识支配下，被围观的徐曼丽的身体与精神尚未分离，身体、着装连同动作、表情共同构成徐曼丽作为女性而

① 《中国新文学大系 1927—1937·小说集六·子夜》，上海文艺出版社 1984 年版，第 737 页。

② 同上书，第 322 页。

③ 同上。

非交际花的正常形象，围观者欣赏的是徐曼丽身体所表现出的自然美。值得注意的是，此时男人们在道德意识作用下，其视线或意识主要聚集在徐曼丽的“上半身”并且关注的主要是其面部表情。

2. 欲望化围观与交际花的身体表现。同是周仲伟这群男人，在开放的空间个人行为道德化，但在相对私密的空间里就被强烈的欲望所支配，对徐曼丽的围观很快被欲望或性意识所取代，对徐曼丽自然形体的欣赏也很快转向肉体特别是性征部位的围观，此时的徐曼丽也因此是作为交际花而非一般女性这一身份出现，交际花实质上就是欲望的符号或化身。作为交际花的徐曼丽非常清楚男人的本性，一当环境合适，她就会放弃自己道德化的形象，在男性面前有意识地展露自己的身体特别是其性征部位并由此控制男性。这表现在同是吴公馆，一当进入相对私密的“弹子房”这一空间时，她一是有意站在高处跳舞，以身体和舞姿吸引男性，“交际花徐曼丽女士赤着一双脚，袅袅婷婷站在一张弹子台上跳舞哪”[①]；二是有意显露下半身以勾起男性的欲望，“她托开了两臂，提起了一条腿——提得那么高”[②]；三是欲掩弥彰式地显露女性性征部位，她“飞快地旋转，她的衣服的下缘，平张开来，像一把伞，她的白嫩的大腿，她的紧裹着臀部的淡红印度绸的亵衣，全都露出来了”[③]，作为女性最隐秘的部位呈现在男性面前，引起的反应只能是欲望的不断膨胀。面对女性身体，在欲望支配下男人围观的方式呈现多样化并以此满足自己的欲望：一是旁观与欲望满足。“朱吟秋，孙吉人，王和甫，陈君宜他们四个，高高地坐在旁边的看打弹子的高脚长椅上，拍手狂笑”[④]，“高高地坐在旁边”是与女性身体拉开一定距离并有利于观看女性身体，“拍手狂笑”则是围观的同时让欲望得到充分的宣泄。二是公开窥视与欲望满足。当徐曼丽开始“慢慢地跳”时，周仲伟“这位火柴厂老板曲着腿，一蹲一蹲地学虾蟆跳。他的嘴里‘啧——啧——’地响着”[⑤]，与旁观者不同，周仲伟是在公开“偷窥”。之所以如此，原因

① 《中国新文学大系 1927—1937·小说集六·子夜》，上海文艺出版社 1984 年版，第 344 页。

② 同上。

③ 同上。

④ 同上。

⑤ 同上书，第 345 页。

在于以周仲伟的形体与经济实力，他对徐曼丽的欲望可能永远无法得到满足，与徐曼丽交往的众多商人中周仲伟可以说是唯一一位对徐曼丽大献殷勤却连肢体接触的机会都没有的人，他也许深知自己的不足，于是只好通过窥视其身体及隐私部位以满足自己的欲望。三是身体接触与欲望满足。这主要是有着军人身份的雷鸣，因为身份特殊，他似乎无法像其他商人那样直截了当地公开满足自己的欲望，于是他先后两次以身体接触这一既公开又隐秘的方式满足自己的欲望。当徐曼丽第一次在吴公馆出现时，雷鸣第一个上前与徐曼丽握手，在握手的过程中徐曼丽不乏性暗示，“徐曼丽……走到雷参谋跟前，抓住了他的手，紧握一下，又轻轻揾着约有四五秒钟，然后蓦地摔开”[①]，从这里可以看出雷鸣与徐曼丽之间的交往和接触已有时日。因此，当他在吴公馆的弹子房看徐曼丽跳舞时，有意识地通过肢体接触来满足自己的欲望也就非常自然，“徐曼丽像燕子似的从她所站的弹子台跳到另一张弹子台上去了……可是就在那时候，徐曼丽似乎一滑，腰肢一扭，屁股一撅，很像要跌倒；幸而雷鸣抢上前去贴胸一把抱住了她”[②]，“贴胸抱住”显然是有意识的身体密切接触，而这样的身体接触显然是在此前密切接触的基础之上进一步体验身体接触带给他的快感。当集体围观突然受到惊扰而不得不中止时，“徐曼丽赤着脚在弹子台上急得乱跳乱嚷”[③]，此时又是雷鸣上前与徐曼丽的身体再次亲密接触，“雷参谋乘这当儿，抱起了徐曼丽也追出来，直到暖花房旁边”[④]，雷鸣反复与徐曼丽肢体接触这一行为的意义并不简单，完全有可能是有意识地反复体验身体接触带来的性快感，实质是变相的公开寻乐。雷鸣披着军人的外衣，不仅与交际花交往密切，最后与徐曼丽“臂膊挽着臂膊”[⑤]，欲望得到满足，还在相当大的程度上利用了军人的身份，特别是以战场与现实生活之间往来的特殊经历骗取了林佩瑶的情感。

3. 性意识支配下的围观与交际花的身体表现。吴荪甫等商人们对徐曼

① 《中国新文学大系 1927—1937・小说集六・子夜》，上海文艺出版社 1984 年版，第 322 页。

② 同上书，第 345 页。

③ 同上。

④ 同上。

⑤ 同上书，第 709 页。

丽身体的第三次围观是在黄浦江的轮船上，当吴荪甫的事业遭遇困境时，他邀集一批人借徐曼丽生日之机趁着夜色在黄浦江的轮船上与徐曼丽嬉戏并围观其身体，“今晚上的行乐胜事是他发起的；几个熟朋友，孙吉人，王和甫，韩孟翔，外加一位女的，徐曼丽。今晚上这雅集也是为了徐曼丽”[①]。与前两次相比，这次围观具有这样几个重要特点：一是时间为晚上；二是在江中的轮船上；三是吴荪甫处于极度失意状态；四是与前两次围观具有偶然性相比，此次活动完全是有意识地进行，围观也就具有明确的目的性。从这些可以看出，此次围观是在非常特殊且非常私密又极度开放的空间里集体围观交际花身体，同时，由于吴荪甫处于失意状态，围观的目的是寻求纯粹的性刺激以缓解精神压力。他们先是借酒寻乐，当“韩孟翔……那一满杯的香槟酒……直泼到……徐曼丽头上，把她的蓬松长发淋了个透湿”[②] 时，韩孟翔在众人的笑声中去吮徐曼丽头发上的酒。这样的行为很快转向身体隐私部分的观看并寻求纯粹性刺激，“吴荪甫转换了方向了；他觉得眼前这件事的刺激力已经消失，他要求一个更新奇的……提议要徐曼丽来一套狐步舞”[③]，这也正是徐曼丽的意愿，“她想施展她特有的魔力”[④]，徐曼丽以跳舞出场也以跳舞收场，在跳舞的过程中有意识地显露自己身体的隐私部位以吸引男人们的注意力从而达到控制他们的目的。徐曼丽“站在这桌子上，金鸡独立……刚刚站直了，伸起一条腿，风就吹卷她的衣服，倒剥上去，直罩住了她的面孔”[⑤]，这显然是带着强烈的性意识有意识地直接观看女性身体隐私部位。如果说这样的观看还停留在精神层面，那么，当这些人“在铜人码头上了岸以后，他们到徐曼丽那里胡闹了半点钟”[⑥]，这“胡闹”一定是欲望的极度满足。

4. 性满足之后的肉体围观。值得注意的是，徐曼丽的身体不管在什么样的状态下被围观，似乎始终被道德的幕帐所遮掩，她的身体特别是其隐私部分始终没有显露出来，这一空间正好留给了刘玉英，刘玉英的出现使

① 《中国新文学大系 1927—1937·小说集六·子夜》，上海文艺出版社 1984 年版，第 716 页。

② 同上书，第 717 页。

③ 同上书，第 718 页。

④ 同上书，第 720 页。

⑤ 同上书，第 721 页。

⑥ 同上书，第 722 页。

得女性的肉体得到全面显露。与徐曼丽不同，刘玉英一开始就是在欲望支配下被男人围观，是纯粹的肉体展览。当李玉亭意外撞进赵伯韬所住的旅馆时，赵伯韬在欲望满足之后，在非常私密的空间内与李玉亭围观沐浴后的刘玉英的身体，“玉英……不要你装扮，就是那么着出来罢”[①]，刘玉英的身体对于赵伯韬而言没有任何隐私，他之所以让沐浴后的刘玉英不需装扮就那样出来，目的是通过围观寻求别样刺激。出现在李玉亭面前的刘玉英的身体是女性隐私部位的直接显露，“一大幅雪白的毛布披在她身上……异常高耸的乳房在毛布里面跳动。一张小圆脸……鲜红的嘴唇……赵伯韬……伸手就在那女人的丰腴的屁股上拧一把”[②]，刘玉英的身体欲掩弥彰，“高耸的乳房”、“鲜红的嘴唇”、“丰腴的屁股”，进入李玉亭视野的是女性身体隐私部分的暴露，而刘玉英的身体在欲望满足后的赵伯韬看来则是纯粹的娱乐。如果说被围观的徐曼丽的身体指向“性”但却更多地指向身体的自然美，那么刘玉英的身体就基本上与性联系在一起，指向纯粹的欲望满足。

（三）交际花身体互看：女性身体与欲望满足可能性的审视。《子夜》中交际花的身体通过男性窥视与围观得到表现的同时还通过交际花互看其身体得到表现，交际花互看其身体是《子夜》又一让人感受深刻的艺术表现手法，在表现交际花身体的同时表现了特殊的女性心理，实质是对欲望满足可能性的审视。相对于异性之间互看身体容易受道德评价或欲望支配而言，正常情况下同性之间的身体互看就少了道德屏障，女性身体也就能够得到进一步显现。交际花的身体互看行为发生在冯眉卿和刘玉英之间，冯眉卿对刘玉英身体的自然美有较长时间的着意观看并留下深刻记忆，而刘玉英则是在赵伯韬所住的旅馆偶然与冯眉卿相遇并注意其身体性征部位。由于这两人成长的环境大不相同，自身的年龄及自然条件也有差别，她们互看其身体时的心理也就很不相同：1. 比较、欣赏与期待：冯眉卿对刘玉英身体自然美的着意观看及欲望的被激活。由于从乡下进城，也由于刘玉英身体本身即使在同性面前所显现出的无法抗拒的自然美，相对单纯

① 《中国新文学大系 1927—1937 · 小说集六 · 子夜》，上海文艺出版社 1984 年版，第 517 页。

② 同上。

的冯眉卿一开始就带着比较与欣赏的心理对刘玉英的身体予以长时间的观看，对刘玉英身体那些构成并表现女性自然美的特殊部位特别在意。首先，冯眉卿对刘玉英的身体有长时间的着意观看和毫不掩饰的欣赏。冯云卿在何慎庵的支使下试图利用女儿实施“美人计”的过程中，女儿冯眉卿当着父亲的面表达自己对刘玉英身体从整体到细部的记忆与欣赏，她首先注意到刘玉英的形体美，在她看来刘玉英“象西洋女人”，这是自然形体与气质融为一体带给冯眉卿的整体感觉和印象。也许正是在这样一种与自己相比无法消除的巨大差异的作用下，冯眉卿对刘玉英的身体开始了持续的着意观看，对构成女性身体自然美的主要部位特别在意，“她的嘴唇生得顶好看。胸脯高得很，腰又细”[①]，冯眉卿毫不隐晦自己对刘玉英身体所表现出的自然美的欣赏。“嘴唇”是人体五官的重要构成部分，在五官中它的动静开阖幅度最大因此最能引人注意，并且是五官给人的最后感觉与印象，对五官整体是否和谐具有决定性意义。“胸脯”则是女性青春、成熟、健康、性感与否的重要表现与标志，是女性身体自然美的重要构成因素。“腰”在人体中部，它由直观而来的粗细这一判断决定身体的比例是否均衡协调，并进一步决定能否将身体的上半身和下半身明确区分开来，从而给理性和欲望以明确的引导。从冯眉卿在父亲面前的无障碍表述来看，刘玉英的身体在冯眉卿的意识中已达到完美程度，其深层意义则是冯眉卿的欲望因此被激活。女性身体的这几个关键部分如果通过男性来表现常常会被欲望所主导，女性身体也因此会性器官化从而招致道德评价，但如果舍弃这几个关键部分，女性身体就会抽象化。因此，《子夜》通过同性之间的观看使女性身体的几个直接指向性的关键部分得到表现，这是《子夜》又一突出艺术特征，它超越了道德与欲望障碍，艺术地表现了女性的身体及其自然美。其次，极力寻找刘玉英身体的缺陷，从而寻找竞争优势。作为女性，源于本能或竞争，只有当自己的自然形体达到自己所认定的相对完美境地才能获得自信或自信的前提。刘玉英的身体在冯眉卿看来已达到完美境地并毫无疑问潜在或直接对她构成压迫，因此，冯眉卿在欣赏刘玉英身体美的同时自觉不自觉地寻找其身体存在的缺陷从而为自己

① 《中国新文学大系 1927—1937·小说集六·子夜》，上海文艺出版社 1984 年版，第 496 页。

寻找竞争优势。她首先注意到刘玉英的年龄比自己“大三四岁”[①]并因此获得一定心理优势，年龄大也就意味着“老”，而“老”与身体的自然美直接对立，但仅仅大三四岁这个年龄对刘玉英而言似乎不是问题，她没有因此失去自然美也没有失去竞争优势。不过，这三四岁却让她们处于两个不同的生理与人生阶段，一个是青春少女，一个则是少妇，两者有根本的不同，刘玉英对此非常清楚，也正是因为处在两个不同的生理与人生阶段，冯眉卿在赵伯韬那里成为刘玉英的直接竞争者，对她的存在空间构成直接威胁。冯眉卿也一定知道刘玉英已婚并且新寡这个对女性来说的致命伤，但这对刘玉英而言同样不是问题，她的自然美让对女性十分挑剔的赵伯韬也放弃考虑她的这一缺陷。最重要的是冯眉卿发现刘玉英“鼻梁旁边有几粒细白麻子”[②]，这是刘玉英身体存在的不足或缺陷，但这一缺陷并不严重，“不留心是看不出来的”[③]，因此对刘玉英身体的整体美不构成威胁，更谈不上破坏性影响。由于年龄、婚姻与女性身体的自然美之间不存在必然关系，冯眉卿最终并没有从身体这一层面在刘玉英面前获得多少优势，她能做的似乎只有欣赏。2. 担忧与恐惧：刘玉英对少女冯眉卿身体的审视。与冯眉卿这个进城少女对刘玉英的长久密切注视与欣赏不同，冯眉卿一开始并没有进入刘玉英的视野。当刘玉英在赵伯韬的住处偶然与冯眉卿相遇并看到她的身体时，激起的是基于竞争而来的担忧和恐惧，实质是担心自己欲望满足可能性的消失。首先，刘玉英对冯眉卿身体的关注具有偶然性。刘玉英是在毫无准备的情况下在赵伯韬的住处与冯眉卿相遇，“刘玉英定了定神，蹑着脚尖走到床头去一看时，几乎失声惊喊起来。那不是别人，却是好朋友冯眉卿！”[④]虽然她们是“好朋友”，但此时的冯眉卿已对刘玉英构成直接的威胁，“原来是这十六七岁的小姑娘害她在大华空守了一夜”[⑤]，从这里可以看出刘玉英对冯眉卿的年龄优势非常注意并由此开始审视冯眉卿的身体。其次，刘玉英关心的是冯眉卿身体的隐私部分，实

① 《中国新文学大系 1927—1937・小说集六・子夜》，上海文艺出版社 1984 年版，第 495 页。

② 同上书，第 496 页。

③ 同上。

④ 同上书，第 559 页。

⑤ 同上。

质是关心自己身体的优势是否存在。当冯眉卿在床上“翻了个身，懒懒地把她的一双腿竖起来。她让她的睡衣滑落到腰部……裸露了她的大腿”[①]，当冯眉卿“跑到月台上来了。风戏弄她的宽大的睡衣，一会儿吹胖了，一会儿又倒卷了起来，露出她的肥白的屁股”[②] 时，受同性之间竞争意识的支配，刘玉英目光集中在冯眉卿的“大腿”与“屁股”，而女性身体的这些部位与性直接联系在一起。经过审视之后刘玉英发现冯眉卿不仅有年龄优势，身体同样存在优势，对男性具有吸引力。再次，竞争中的担忧和恐惧。刘玉英之所以如此关心冯眉卿身体的隐秘部分，就在于冯眉卿的身体让刘玉英在赵伯韬那里开始丧失优势，这引起刘玉英的担忧，“虽则刘玉英往常是这么想的：只要照旧捞得到钱，老赵有一万个姘头，也和她刘玉英不相干。可是现在她心里总不免酸溜溜”[③]，“心里总不免酸溜溜”正是竞争优势开始动摇或丧失时引起的不愉快情感，是基于竞争的担忧和恐惧，也是刘玉英自信心开始动摇的表现。但是，她对冯眉卿出现的担忧和恐惧很快转移，“她完全没有闲心情来吃这种无名之醋”[④]，也就是不在短时间内与冯眉卿展开直接的竞争并试图从情绪和情感上压倒对方，这一方面是由于她有当务之急，要在赵伯韬这里探听商业秘密，而根本原因则是因为刘玉英在冯眉卿面前的优势地位并没有根本动摇。她有更大的欲望，“因为自己的‘冒险’有了意外的成功，正在一心一意盘算着怎样也做个‘徐曼丽第二’，而且想比徐曼丽更加巧妙地拿老赵完全‘吃住’”[⑤]，而她之所以想“做个‘徐曼丽第二’”首先源于她对自己的自信，特别是对身体所拥有的自然美的自信，由此也可以看出作为交际花的徐曼丽仅凭自己的性别差异特别是自然美就已从男人那里获得了巨大利益。《子夜》正是通过刘玉英对冯眉卿身体的注视，让女性身体最隐秘的部分得以艺术化地表现从而避免实写带来的负面效应。

（四）交际花的身体自视：女性身体与欲望满足方式的自我肯定。《子

① 《中国新文学大系 1927—1937·小说集六·子夜》，上海文艺出版社 1984 年版，第 560 页。
② 同上书，第 561 页。
③ 同上书，第 559—560 页。
④ 同上书，第 563 页。
⑤ 同上。

夜》还通过交际花自视其身体这一特殊方式来表现女性的身体，这就是刘玉英在交易所对自己汗湿的乳房的看或自我审视。当刘玉英从赵伯韬的住处匆匆赶到交易所时，“一看自己身上的月白纱衣已经汗透，胸前现出了乳头的两点红晕，她忍不住微笑了”[①]，这是《子夜》中很容易被忽略但富有审美意义的细节，完全值得注意并予以尽可能深入的分析：一是《子夜》写女性的“乳房”在中国文学发展史中已是革命性的变化[②]，而这里则把读者的视线聚集到“乳头的两点红晕”上，把接受主体的思维与想象引向女性身体一个特殊的点，是对女性身体隐秘部分终极探秘式的表现。二是作为女性，当看到自己身体上半身最为敏感的隐私部位暴露在他人面前时，在传统看来她应当感到羞怯，理应及时掩饰或干脆起身以离开他人的视线，避免他人窥视，女性身体特别是性征部位不可轻易示人。但刘玉英这时的反应或表现完全不同，“她忍不住微笑了”。三是因为她是在交易所这个人头攒动的特殊环境中看到自己身体敏感部位暴露出来而不及时处理，作为交际花，刘玉英的行为特别是她“微笑”的意义就变得复杂起来：首先，她的“微笑”是对自己女性身份及生存方式的认定。刘玉英看到自己表现女性重要特征的身体部位后之所以“微笑”，是身体的这一特殊部分让她绝对意识到自己的女性身份及其对男性的吸引力和控制能力。她在挤进交易所的那一刻不仅忘记自己的存在，更忘记了自己的女性身份，交易所没有为她预留任何空间，当她停下来看到自己身体重要部位之后才重新意识到自己的存在及女性身份。因为意识到自己的女性身份，在男性密集的场所她立即意识到女性的生存方式有别于男性，这就是她所说的“她知道女人生财之道，和男子不同；男子利用身外的本钱，而女子则利用身上的本钱”[③]，她进交易所时认为是“她‘收获’的时期到了”[④]，她

① 《中国新文学大系 1927—1937·小说集六·子夜》，上海文艺出版社 1984 年版，第 566 页。

② 参见陈建华《革命与形式：茅盾早期小说的现代性展开 1927—1939》，复旦大学出版社 2007 年版，第 220—259 页。另参见［德］顾彬《二十世纪中国文学史》，范劲等译，华东师范大学出版社 2008 年版，第 112 页有关马利安·高利克（Marian Galik）关于女性乳房意义的论述，此外还可参见［法］萨特《存在与虚无》，陈宣良等译，生活·读书·新知三联书店 1987 年版，第 397—466 页。

③ 《中国新文学大系 1927—1937·小说集六·子夜》，上海文艺出版社 1984 年版，第 565 页。

④ 同上。

的所谓“收获”就是利用身体控制男性以达到自己的目的，于是她不再在人群中挤来挤去而是静坐在旁边审视那些正在挤来挤去的男人们的命运是如何被自己所控制，她的微笑正是因意识到对男性的控制之后而来的快感的表现。其次，她的“微笑”是对自己发现的生活真相的肯定。刘玉英看到自己的身体并引发“微笑”的另一意义在于，正是交易所的拥挤让她通过身体特殊部位确认自己女性身份的同时转过来看清了生活的真相，这就是生活中的大多数被少数所控制，“她想来这里是发狂般的‘市场’，而那边，‘市场’牵线人的赵伯韬或吴荪甫却静静儿坐在沙发里抽雪茄，那是多么‘滑稽’”[①]，她看到“证券市场”被少数人操纵的情形，实质上是看到了生活中多数人的命运被少数人操纵或控制的真相或本质。在她看来，这一真相似乎只有她一人清楚，或者说已被她识破，“眼前那些人都在暗里，只她在明里”[②]，她的“微笑”是对自己这一清醒认识的肯定，在认清生活的真相之后决心选择做生活中的“唯一”，那就是去控制生活中的少数。再次，也最重要的是她的“微笑”是对自己控制男性能力的认定。刘玉英之所以在看到自己身体敏感部位之后发出微笑，一个重要原因在于，她在确认自己的女性身份之后进一步确认了自己控制男性的能力，“乳头的两点红晕”意味着她作为女性先天具有的对男性的吸引力，“红”晕而不是暗淡无光意味着她既有少妇的成熟又有少女的魅力，由此对男性具有无形的控制能力，“她自己呢，现在握着两个牵线人的大秘密在手心”[③]，当她在交易所听到冯云卿与他人交谈的结果后，她进一步认定了自己对男性的控制能力，“看明了这一切，听清了这一切的刘玉英，却忍不住又微笑了。她看一看自己的手掌心，似乎这三人三条心而又是‘合做’的一伙儿的命运就摆在她的手掌心。不，岂但这三位！为了那编遣公债而流汗苦战的满场人们的命运也都在她的手掌心！”[④] 她再一次“微笑”是对自己控制生活中少数的能力的终极认定，由此，她的微笑也是对眼前这个世界，被她掌握秘密的世界的嘲笑，生活中的多数被少数所控制，而她是

① 《中国新文学大系 1927—1937·小说集六·子夜》，上海文艺出版社 1984 年版，第 566 页。

② 同上。

③ 同上。

④ 同上书，第 567 页。

控制少数的唯一者，控制方式则是直接的女性身体，并且几乎不费任何力气。

《子夜》通过父亲窥视、男人围观、交际花身体互看、交际花身体自视等方式对交际花这个特殊女性群体因而也就是对女性本身的身体作了多方面审美表现。值得注意的是，交际花的身体无论如何表现，无论是指向自然美还是指向欲望乃至性，都只是单纯的艺术表现而没有道德评价更没有道德化的批判，这是《子夜》非常突出且令人震撼的艺术特征。这不仅仅是自然主义写作方法作用的结果，而是现代意识与观念对传统突破与超越的主要表现，在整个新文字发表进程中都非常突出，很值得深入研究从而认识“子夜”及茅盾小说艺术的意义与价值。

第三章　通俗文学的影响及表现：《子夜》的艺术世界

把《子夜》与通俗文学联系在一起一定令人感到困惑，而如果说《子夜》是披着新文学外衣的通俗小说或通俗小说的变体那就更是匪夷所思，茅盾这样的新文学作家怎么可能与他曾经批判过的通俗文学联系在一起。但事情可能往往就是这样出人意料，深入《子夜》的艺术世界会发现它从审美表现的内容到人物形象再到艺术结构与通俗文学如《海上花列传》之间就存在明显的相通之处：一是作品表现的空间都是上海，“将镜头对准‘现代大都会’……上海”[①]；二是人物形象“以商人为主角，也以商人为贯串人物”[②]；三是叙事方法，《子夜》的集焦、交叉等叙事方法与《海上花列传》的“‘穿插闪藏’结构法”[③] 相通；四是如果从茅盾与上海之间的地域及生活关系来看，《子夜》如《海上花列传》一样也可以说是“沪人写沪事”[④]；五是人物形象群的构造，如果说《子夜》有六大人物形象群外加众多边缘人物，《海上花列传》则有“五组主要人物”[⑤]，等等，这些都是其明显表现，其中的“沪事”也就是上海这个现代都市及其社会生活可以说是通俗文学与《子夜》共同的背景。特别值得注意的是，就茅盾而言，《子夜》之前的小说创作涉及的地域有武汉、四川的成都及泸州等，《子夜》之所以构成重大时代及历史影响是否与作者对上海这个现代都市

---

① 范伯群：《中国现代通俗文学史（插图本）》，北京大学出版社 2007 年版，第 14 页。

② 同上。

③ 同上书，第 15 页。

④ 同上。

⑤ 同上书，第 23 页。

本身以及以这一现代都市为表现对象的通俗小说艺术如《海上花列传》等特别熟悉有关就需要深入研究。显而易见的是《子夜》与《海上花列传》从艺术表现对象到人物及艺术表现手法等确有诸多相通之处，相信把《子夜》改为名《新海上花》离《子夜》内容本身不会太远。《子夜》与通俗文学之间关系的深层表现则是“才子”“佳人”的叙事模式、对社会生活中存在的种种黑幕的审美表现以及女“侦探”形象的出现等。不仅如此，《子夜》乃至茅盾的其他小说与通俗文学之间也许存在千丝万缕的更深更广的内在联系。

尽管通俗文学在五四新文化运动之后受到严厉批判，但那是个相对自由的时代，这个影响巨大的小说样式并未因此终止其发展，更没有因此降低其影响，相反，它与后起的新文学呈直接的竞争态势并且仅从读者接受这一层面而言就对新文学的发生与发展构成直接持续的笼罩性压力，“在30年代通俗小说的中兴期，《蜀山剑侠传》还只出版了一小半，便风靡海内……相比之下，新文学界虽然已有《子夜》、《家》、《骆驼祥子》等杰作问世，但从气魄上，从文本意义的丰富性上以及对各自小说类型发展的推动力上，持平而论，尚不能与《蜀山剑侠传》相比”①。由于中国现代通俗文学在相当长的时期内“被作为‘逆流’加以批判”②，人们有意识地遮蔽了通俗文学的巨大艺术和社会影响力从而忽视对通俗文学艺术的关注与深入的研究。通俗文学之所以能够产生如此巨大的影响，能够吸引数量如此众多不同阶层的读者，除五四之后批判的“游戏”、“消遣”等因素外，一定有其内在的艺术原因，“章回体的旧派小说，起自民间，从口头文学发展为纸面抒写，内容形式颇为群众所喜闻乐见。而在民国时代，电影、戏剧、评弹以及其他曲艺，都采用这种故事性传奇性较强的小说作为素材以改编脚本，再表演说唱，这就更加在群众中扩大了它的影响”③，从这里可以看出，通俗文学一是来自民间，必然为民间大众广为喜爱和接受，一开始就拥有广大的读者群；二是从口头文学发展而来，自觉利用民间传统艺

---

① 范伯群、孔庆东主编：《通俗文学十五讲》，北京大学出版社2003年版，第341页。

② 范伯群：《中国现代通俗文学史（插图本）》，北京大学出版社2007年版，第1页。

③ 魏绍昌编：《中国现代文学史资料丛书（甲种）·鸳鸯蝴蝶派研究资料》上卷，上海文艺出版社1984年版，第270页。

术形式从而延续了传统，满足并保护了读者审美的心理需要与阅读习惯，不至于像新文学那样一开始就与大众的心理需要与阅读习惯相悬隔；三是因为多种形式的改编，接受方式多样化，社会影响巨大；四是通俗文学本身种类极其丰富，仅以小说来看就有“以社会、言情、武侠、侦探为四大门类”[①]，不同门类的小说从内容到人物再到情节都有其不同的艺术特性，共同构成通俗文学丰富的审美艺术世界，这本身就为初兴的新文学所无法企及。不仅如此，新文学在相当长的时期内处于接受外来影响和艺术的摹仿阶段，完全属于自己的艺术创造至今也没有见到。

通俗文学诸多重要艺术特性及影响一定会引起新文学作家的密切注意并自觉不自觉地融入其创作之中。茅盾就是如此，“旧派小说的集中地是上海”[②]，茅盾的出生地与上海相近；他自少年时代开始阅读通俗文学，在“十一二岁时……读《七侠五义》一类的书……过后两三年……读了一些侦探小说”[③]；后在上海工作和生活，在相当大的程度上可以说是进入了由通俗文学构建的艺术与生活氛围之中，这必然受其影响。茅盾后来对通俗小说艺术价值予以明确充分的肯定，“如果有什么准备写小说的年青人，要从我们旧小说堆里找点可以帮助他‘艺术修养’的资料，那我就推荐《儒林外史》，再次，我倒也愿意推荐《海上花》”[④]，把通俗文学与古代经典相提并论，不经意地把通俗文学的艺术价值提高到经典的地位从而予以最充分的肯定。对《海上花列传》艺术价值的肯定不只是茅盾，在他之外“至少有四位大师级的文学家——鲁迅、胡适、张爱玲……刘半农——都给予它高度评价。最先评价它的是鲁迅”[⑤]，由此可见通俗文学并不是人们在相当长的时间内所认为的那样被新文学作家们所排斥，而是一开始就在他们的意识与情感中占有重要地位。如今人们已明确意识到“《海上花列传》从题材内容、人物设置、语言运用、艺术技巧，乃至发行渠道等方面都显

① 范伯群、孔庆东主编：《通俗文学十五讲》，北京大学出版社2003年版，第66页。

② 魏绍昌编：《中国现代文学史资料丛书（甲种）·鸳鸯蝴蝶派研究资料》上卷，上海文艺出版社1984年版，第270页。

③ 《中国当代文学研究资料·茅盾专集》第一卷·上册，福建人民出版社1983年版，第371页。

④ 同上书，第374页。

⑤ 范伯群：《中国现代通俗文学史（插图本）》，北京大学出版社2007年版，第18页。

示了它的原创性才能。作为中国文学转轨换乘的鲜明标志，它可以当之无愧”[①]，这也是对通俗文学艺术价值的整体肯定。

正因为对通俗文学的关注，茅盾在开始新文学活动之后就对新文学读者的数量也就是对新文学的存在空间予以密切关注，试图从读者接受层面与通俗文学展开竞争，“我相信我们的新文艺需要一个广大的读者对象，我们不得不从青年学生推广到小资产阶级的市民”[②]，而要实现这一愿望就必须注意新文学自身的艺术技巧，“为要使新文艺走进小资产阶级市民的队伍，代替了《施公案》,《双珠凤》等，我们的新文艺在技巧方面不能不有一条新路；新写实主义也好，新什么也好，最重要的是使他们能够了解不厌倦”[③]，茅盾的这一表述非常重要，他强调的是新文学要具有让读者“不厌倦”的艺术魅力，对于那时的中国小资产阶级的市民而言最能“使他们能够了解不厌倦”的则是通俗文学而不是与他们存在文化隔膜的西方文学，更不是初兴的新文学，而通俗文学之所以能够吸引数量如此众多的市民，除题材、内容外就是自身的艺术技巧。

尽管茅盾声称“我觉得我开始写小说时的凭借还是以前读过的一些外国小说”[④]，也就是说，是外来文学艺术直接影响他的创作，但这并不意味着他与本民族文学资源特别是通俗文学的影响无关。因此，深入认识《子夜》中通俗文学因素的存在与表现，不仅是对茅盾与中国现代通俗文学之间关系的重要认识，也是对新文学发生及发展过程中与通俗文学之间相互影响、彼此融合而不是此前我们所认定的那样绝对排斥、彼此拒绝这一重要关系的认识，从而认识新文学与通俗文学之间关系的复杂性与多层性。

一　才子佳人、黑幕与侦探：《子夜》与现代都市生活复杂性和隐秘性的审美表现

只要深入《子夜》的艺术世界并将其与同期中国现代长篇小说以及中国现代通俗文学艺术相比较就会发现，它不仅在人物形象的塑造上自觉运

① 范伯群：《中国现代通俗文学史（插图本）》，北京大学出版社 2007 年版，第 15 页。

② 《中国当代文学研究资料·茅盾专集》第一卷·上册，福建人民出版社 1983 年版，第 345 页。

③ 同上。

④ 同上书，第 373 页。

用了通俗文学才子佳人这一典型叙事模式，而且通过不同人物对社会生活核心领域存在的种种黑幕予以审美的艺术表现，同时，它还将侦探小说的艺术要素融入其中以营造特殊紧张的情节与氛围，这可以说是《子夜》与通俗文学之间关系的明显表现。

（一）《子夜》中的才子佳人与现代都市生活风情的审美表现

通俗文学对《子夜》影响最突出的表现当是才子佳人这一典型叙事模式的运用。与同期中国现代长篇小说《倪焕之》、《家》、《骆驼祥子》等作品中所表现的“被污辱被损害”的人物相比，《子夜》六大人物形象群中的不少人物都可以看作是其所在生活领域或环境中的精英，是典型的才子、佳人或英雄、美人，如吴荪甫与林佩瑶这两人就明显是按照通俗小说中的才子佳人模式来表现：一是两人都有良好家庭背景。吴老太爷“祖若父两代侍郎，皇家的恩泽不可谓不厚”①，林佩瑶则“禀受了父亲的名士气质”②；二是林佩瑶有强烈的英雄崇拜情节并向往欧洲古典式的生活，她“满脑子是俊伟英武的骑士和王子的影象，以及海岛，古堡，大森林中，斜月一楼，那样的‘诗意’境地”③；三是他们都接受了良好的现代教育。这里的才子当然已不再是寒窗苦读满腹诗书的儒生而是驰骋现代商场等重要生活领域的精英，佳人也不再是传统的大家闺秀或小家碧玉，而是首先以自然的形体美显示其存在价值的现代都市女性。才子与佳人之间的关系也发生根本变异，被深度物化和情欲化而不再是曾经单纯的佳人对才子的仰慕或纯粹的精神依附，传统的道德评判在这一关系中已失去效用。需要注意的是，尽管生活在同一都市，不同领域或环境中的精英或才子佳人有不同的审美表现，他们共同丰富了《子夜》的艺术世界。《子夜》中的才子佳人主要有这样几大类：

1. 社会生活核心领域中的才子佳人或英雄美人及其审美意义。《子夜》首先出现的才子是曾经或正处在作为社会生活核心的经济领域的社会生活中坚以及围绕他们而存在的佳人，他们是《子夜》中最为重要的人物形象群，也是才子佳人叙事模式的典型表现。其中的“才子”有两

① 《中国新文学大系 1927—1937·小说集六·子夜》，上海文艺出版社 1984 年版，第 290 页。

② 同上书，第 360 页。

③ 同上书，第 359—360 页。

类：一类是曾经的社会生活中坚，他们曾经辉煌但已经或正在退出社会生活中心，是曾经的“才子”。他们是进入暮年的吴老太爷、在社会变革与动荡中失去曾经优越生活地位的乡村地主曾沧海，以及进城后在公债场上失败的乡村地主冯云卿等。曾经“英年浩气”的吴老太爷不仅“习武骑马”，而且“是顶括括的‘维新党’……普遍于那时候的父与子的冲突，少年的吴老太爷也是一个主角”[①]，在“习武骑马跌伤了腿，又不幸而渐渐成为半身不遂的毛病，更不幸而接着又赋悼忘”[②] 之后潜心信奉宗教；地主曾沧海“这位五十多岁的老乡绅，在本地是有名的‘土皇帝’”[③]，五十来岁时竟占人之妻为妾，他行将退出生活的舞台；“将近五十岁的冯云卿……半年前……尚安坐家园享福。前清时代半个举人”[④] 的他，在乡下时也娶了“姨太太”，可以说是曾经的“才子”与现在的“佳人”走到了一起，进城之后试图翻身，走进陌生的金融领域并遭遇重大挫折。另一类则是正活跃在社会生活核心的经济领域的吴荪甫、赵伯韬、杜竹斋、唐云山、周仲伟、陆匡时、朱吟秋、陈君宜、孙吉人、军人雷鸣等等，他们是《子夜》中最重要的人物形象群，活跃在现代都市中的商界等核心生活领域并表现出特殊才能：首先，他们是和平时代的“才子”或“英雄”，在社会生活核心的经济领域取得了重要成就。《子夜》中最为突出的人物形象是吴荪甫、赵伯韬、周仲伟、杜竹斋等，他们都以自己的方式取得了不凡的个人成就。吴荪甫“是20世纪机械工业时代的英雄骑士和‘王子’！他们不象中古时代的那些骑士和王子会击剑，会骑马，他们却会打算盘，坐汽车”[⑤]，杜竹斋、赵伯韬、尚仲礼是“金融界三巨头”[⑥]，白手起家的周仲伟成了光大火柴厂的老板，等等。与通俗小说中才子往往出自世家名门不同的是，他们社会地位的获得在相当大的程度上是个人努力的结果而不是世袭。《子夜》中的吴荪甫、赵伯韬、周仲伟等人都不是上海人，吴荪

① 《中国新文学大系1927—1937·小说集六·子夜》，上海文艺出版社1984年版，第290页。

② 同上。

③ 同上书，第365页。

④ 同上书，第468页。

⑤ 同上书，第360页。

⑥ 同上书，第329页。

甫的家乡在双桥镇，赵伯韬操的“粤腔普通话”[①] 表明他是广东人，周仲伟是安徽人，“穷光蛋出身”[②]，用现在的话来说他们都是“海漂”一族，到上海后凭个人努力与才智取得了不凡的成绩。特别是周仲伟，作为“民族资本家”，是典型的白手起家。军人雷鸣同样如此，他“上无父母，下无兄弟姊妹”[③]，曾经是个“穷学生”，但他凭个人努力，“到广东，进了黄埔……从连长到团长……在成千上万的死人堆里爬过”[④]，在炮火中取得了个人成就。其次，他们是“才子”，有世界文化视野与丰富的知识修养，有特殊的个性与才能。吴荪甫、赵伯韬、周仲伟等人作为新时代的“才子”，不再只是靠四书五经和琴棋书画赢得异性的情感，而是在社会生活核心的经济领域表现出自己特殊的才能。吴荪甫个性非常突出，有很强的个人才能。他游历过欧美，有较开阔的世界文化视野。赵伯韬是公债场上的一位魔王，具有左右金融市场走向的能力，不仅对自己所在的金融领域非常熟悉，还深知金融与政治之间的关系，有特殊的交往能力，他“神通广大，最会放空气，又和军政界有联络”[⑤]，也就是不仅与社会重要阶层建立关系，并且善于制造舆论使他人对实际情况无法判断从而达到自己的目的。再次，他们有宏大的生活理想或强烈欲望。社会生活核心领域的这些“才子”们不仅有很强的个人能力，还有非常宏大的生活理想或强烈的欲望，这特别突出地表现在吴荪甫与赵伯韬两人身上。吴荪甫有宏大的个人生活理想，他的行为已不止于为个人或家庭谋福利，而是要振兴民族工业，有发展民族工业的伟大志愿，并且要在自己的家乡双桥镇实验自己的这一理想，把家乡造成模范镇。与吴荪甫类似，白手起家的周仲伟口口声声要发展民族工业，最后走向失败则是事与愿违。与吴荪甫刚好形成对照的是赵伯韬，作为金融领域的重要人物，他的欲望特别强烈，这不仅表现在对金钱的无限占有，还表现在对异性的占有上，他“是大户多头，各项公债他都扒进。然而还扒进各式各样的女人”[⑥]。在对待异性这一问题上吴

① 《中国新文学大系 1927—1937·小说集六·子夜》，上海文艺出版社 1984 年版，第 325 页。

② 同上书，第 698 页。

③ 同上书，第 362 页。

④ 同上。

⑤ 同上书，第 325—326 页。

⑥ 同上书，第 323 页。

荪甫并不异于赵伯韬，只是表现方式不同而已，他与交际花徐曼丽等人长久交往并常常公开寻乐。周仲伟、雷鸣等人都同样如此，从他们与交际花徐曼丽等人密切相处就可以清楚看出。第四，也是最表层的是他们都拥有大量的财富、优越的生活环境与良好生活状态。如吴荪甫出门时可以说是前呼后拥，有三辆一九三〇年式的雪铁龙汽车，有带“勃朗宁”[①] 的保镖，吴公馆是五开间三层楼的一座大洋房并且有占地八九亩的园子，有三十多男女仆人，室内的陈设豪华时尚，有钢琴，有“一架华美硕大的无线电收音机”[②]，有“荷荷地响着”的电风扇，等等，赵伯韬、杜竹斋等人的生活状态与吴荪甫一定不相上下。巨大的财富是吸引“佳人”靠近他们的最直接原因。

围绕在社会生活中坚这群“才子”周围的“佳人”有两类，一类是与他们共同生活的女性，如吴荪甫的亲人中的女性几乎都是“佳人”，其中吴少奶奶是典型。她形体的美通过吴老太爷的到来折射出来，吴老太爷到达吴公馆时，“两三个人形跳着过来，内中有一位粉红色衣服，长身玉立的少妇，袅着细腰抢到吴老太爷的汽车边”[③]。而她的神情与精神世界的美则通过军人雷鸣获得表现，婚后的她与少女时代一样清丽秀媚，让雷鸣难忘曾经的恋情。她不仅美丽而且有新时代的文化修养，曾“在教会女校读书……享受着‘五四’以后新得的‘自由’……读了莎士比亚的《海风引舟曲》（The Tempest）和司各德的《撒克逊劫后英雄略》（Inanhoe）……禀受了父亲的名士气质”[④]，从她送给雷鸣的白玫瑰和《少年维特之烦恼》可以看出她的浪漫情怀。当然，现实生活中的她早已现代化了，“迥不同于中世纪的美姬”[⑤]。另一类围绕在社会中坚这群才子周围最显眼的“佳人”则是穿行在现代都市中的交际花，主要有徐曼丽、冯眉卿、刘玉英。排除意识形态与道德评价，她们是不折不扣的“佳人”。能够在上海这样的现代都市中成为交际花，其首要条件是她们拥有令人惊叹的自然美，自

① 《中国新文学大系 1927—1937・小说集六・子夜》，上海文艺出版社 1984 年版，第 286 页。
② 同上书，第 300 页。
③ 同上书，第 296 页。
④ 同上书，第 359 页。
⑤ 同上书，第 360—361 页。

然美不只是自然形体，还有她们因对自己自然形体的充分自信而来的女性特有的神情带给无论同性还是异性的特殊美感。徐曼丽不仅“一张粉脸”，“皮肤莹白和嘴唇的鲜红”，而且神情“娇媚”，一颦一笑尽显女性美，“没有开口说话，就是满脸的笑意”[①]；刘玉英“是一位西洋美人型的少妇”，比她年轻的冯眉卿都认为“她的嘴唇生得顶好看。胸脯高得很，腰又细，走路象西洋女人”[②]，她妖媚的笑容，俏语，眼波，一次一次闯回来诱惑向来不是见美色而颠倒的吴荪甫筹画大事的心神，用赵伯韬的话说，“她不是人，她是会迷人的妖精”[③]，这不是单纯性的满足，而是一个成熟、拥有先天形体与神情美的女性带给他人特殊的美感；冯眉卿在这三位当中最年轻，“十七八岁的女郎……十分可爱的红嘴唇”，“水汪汪的一双眼睛”[④]，她的行为处处透露出无限青春的气息。其次是时尚，有一定才艺，善应酬。交际花们追求的不再是一般的穿着打扮而是走在国际时尚潮流的前沿，徐曼丽在五月就是“一身玄色轻纱的一九三〇年式巴黎夏季新装”，能“袅袅婷婷站在一张弹子台上跳舞”，有“圆熟的应酬”[⑤] 能力，还懂几句英国话；刘玉英有一定素质，“是一个十分聪明的女子。十七岁前读过几年书……对于交易所证券市场的经络，那她更是‘渊源有自’”，特别圆熟的应酬能力让人感觉“有说谎的天才”[⑥]；冯眉卿更是着意追求时尚，有“一头烫成波浪形松松地齐到耳根的长头发……身上是淡青色印花的华尔纱长旗袍，深黄色绸的里子，开叉极高，行动时悠然飘拂”。衣着打扮时尚，日常用品更是如此，“琴书，手帕，香水瓶，小粉扑，胭脂管，散散落落点缀了满房间”[⑦]，尽管知之不多但写信时不仅用中文还用英文，一开始就显露出少女天生的应对能力。

这个群体中的才子佳人们的生活与行为既公开又隐秘，既光彩照人又杂乱污浊，既令人向往又让人望而却步。他们不再单纯，不再追求超拔于

① 《中国新文学大系 1927—1937 · 小说集六 · 子夜》，上海文艺出版社 1984 年版，第 322 页。
② 同上书，第 496 页。
③ 同上书，第 520 页。
④ 同上书，第 470—471 页。
⑤ 同上书，第 345 页。
⑥ 同上书，第 557 页。
⑦ 同上书，第 493 页。

尘世的生活理想而是踏着金钱的小舢板在欲望世界的风浪中颠簸。他们创造生活也制造混乱，传统道德界限已被他们突破，精神世界被无边的欲望所占有，从而构成特殊的现代都市生活风情。现代都市生活的复杂性与多样性通过他们获得了令人难以轻易把握的审美表现，实质则是对这样一些被认为是现代都市精英的才子佳人们灵魂复杂性的难以把握。

2. 现代都市新青年与新生代才子佳人及其审美意义。如果说人们因吴荪甫这一群体的年龄关系不再以“才子”而是直接以个人成就来判断他们的社会价值，那么，《子夜》中跃跃欲试想登上社会生活舞台的一群可以说是新生代“才子佳人”，其中的范博文、杜学诗、杜新箨、李玉亭、吴芝生、张素素、林佩珊等与社会生活中坚这一群体相比，有明显不同的鲜明个性、气质与才能：首先，他们年轻、美丽、时尚、充满青春气息。现代都市新青年这一群体与吴荪甫所在家庭有亲缘关系，用现在的话来说可以称为“富二代”，他们正处于青春成长阶段，充满青春气息，无论男女，都拥有令人惊叹的自然美，是典型的俊男美女。他们有着良好的生活环境，优越的生活条件。张素素出现在吴公馆的时候衣着时尚名贵，“穿苹果绿色 Grafton 轻绡”[①]，丰满的胸脯显示正当青春的她发育良好。林佩珊几乎集中了少女一切的美，正当发育的体格显得异常圆匀，有俊俏的眼光，声音晶琅琅，说话时语调又温柔又圆浑，行动就像一阵清风似的，无论是形体还是行为都是十足的佳人。女性如此，男性亦不例外，范博文“眉浓而长，配着也是长长的聪明毕露的眼睛；可是整个眉与眼合起来，又有抑郁牢骚的神情夹在锋芒机警中间。总之是最能吸引二十岁左右多愁善感的女郎们的爱怜的一张脸”[②]，等等，现代都市新青年拥有令人无可挑剔的自然美。其次，作为新一代，他们都受过良好的文化教育，视野开阔，思想自由。林佩珊出现的时候是在“钢琴旁边坐着……穿淡黄色衣服……随手翻弄着一本琴谱”[③]，既时尚又有艺术修养。年轻的李玉亭是经济学教授，范博文和吴芝生是社会学系大学生，杜学诗是工程科的大学生。最典型的是杜新箨，他是留学生，“刚刚从法国回来”，虽然他

① 《中国新文学大系 1927—1937・小说集六・子夜》，上海文艺出版社 1984 年版，第 298 页。

② 同上书，第 421 页。

③ 同上书，第 301 页。

被称为“万能博士”[①]，“在法国的三五年中，他进过十几个学校，他试过各项的学科：园艺，养鸡，养蜂，采矿，河海工程，纺织，造船，甚至军用化学，政治经济，哲学，文学，艺术，医学，应用化学，一切一切，他都热心过几个星期或几天”[②]，表现出文化失根现象，但从另一方面来看，作为年轻一代，他对新事物有着强烈的兴趣，尽管浅尝辄止，但毕竟涉及了现代科学诸多领域，一开始就拥有开阔的视野和广阔的思维空间。现代都市新青年已不同于吴荪甫，他们处在新的时代，思想自由开放。张素素对四小姐惠芳所说的“你的事，他没有权力干涉，你有你的自由”[③] 是他们这代人自由思想的集体表达。再次，他们已开始思考社会与人生，有着新的社会发展理念。现代都市新青年虽然还没有登上社会生活的舞台，但他们已开始思考社会与人生，表现出思想的独立性。吴老太爷刚进上海就死亡被看作怪事，但李玉亭却说“我的眼睛就要在这怪事中看出不足怪”[④]，他从吴老太爷的个人行为与时代社会之间的脱节，乡村世界与现代都市特别是上海之间存在的距离得出吴老太爷死亡的必然结论，并断言“内地还有无数的吴老太爷”“一到了上海就也要断气”[⑤]，对生活中的个别现象能够展开文化思考。张素素在吴公馆看到吴老太爷的《太上感应篇》后“猛的问道：‘玉亭，你看我们这社会到底是怎样的社会?’”[⑥] 这样的话题出自一个青春少女之口，其象征意义大于这一话题本身，表明年轻的女性已开始关注并将走上社会生活的前沿。作为年轻一代，现代都市新青年的思维方式已不同于吴荪甫这些人，他们已有了西方文化关于社会发展的新理念。范博文以“诗人”的眼光对现代社会予以批判性认识，“因为金钱，资本家在田园里造起工厂来，黑烟蔽天，损坏了美丽的大自然；更因为了金钱，农民离开了可爱的乡村，拥挤到都市里来住龌龊的鸽子笼，把做人的性灵汩没”[⑦]，这显然是生态发展观念，为当今的人类所重视并付诸

① 《中国新文学大系 1927—1937・小说集六・子夜》，上海文艺出版社 1984 年版，第 436 页。

② 同上。

③ 同上书，第 747 页。

④ 同上书，第 303 页。

⑤ 同上书，第 306 页。

⑥ 同上。

⑦ 同上书，第 438 页。

实践。杜新箨在吴荪甫陷入危机时对他说，“一个厂里，股东就是工人，工人就是股东”[①]，认为这是消除工潮的办法，这是现代西方资本主义探索的结果，他在留学期间显然已注意到西方资本主义发展方式的合理性，而这直到20世纪90年代之后才被中国社会真正意识到并开始逐渐运用。现代都市新青年作为新的一代，他们从内到外都表现出全新的面貌，成为上海这个现代都市全新的风景。

3. 初期工人运动领导者中的才子佳人及其审美意义。《子夜》对才子佳人叙事模式的运用还突出地表现在“初期工人运动领导者”这一形象群上。现代中国工人运动到20世纪30年代初可以说还只是刚刚开始而且处于非公开状态，工人运动领导者们过着紧张的“战斗”生活，很难与才子佳人联系起来，但《子夜》在表现这一特殊生活领域的人物时仍然将“才子佳人”的形象投射进来，由此，我们在作品中看到的初期工人运动领导者并不是形象高大的男性以及男性化了的女性而仍然是一些稚气未脱的“才子佳人”，这主要表现在：首先，作为工人运动领导者，他们不是富有理论与经验的长者而是一群稚气未脱的年轻人。蔡真和玛金是“两个剪发的年青女子”[②]，玛金有“一对很有精神的黑眼睛”[③]。作为女性，她们不仅走出了家庭，而且走到了社会生活的最前沿，直接参与生活中的重大事务，脱离了闺秀气。她们首先从形象上极力靠近工人，“穿着短到腰际的白洋布衫和黑洋布大脚管裤子，像个丝厂女工”[④]，实质上是极力靠近自己所在的生活领域，但她们自身的修养决定了她们的外在表现与工人之间存在无法轻易消除的差异，“她那文绉绉的脸儿和举动表明了她终究还是知识分子”[⑤]，她们的美也不再如交际花那样通过形体而是精神世界来表现。克佐甫是一位不到三十岁的青年，他的教训与命令的姿态与“左”倾理论影响固然有关，但同样表现出他这个年龄段心理与行为的不成熟甚至幼稚。跟他“同来的青年”苏伦“略胖一些，眼睛很灵活”[⑥]，他的神情让人

---

① 《中国新文学大系1927—1937·小说集六·子夜》，上海文艺出版社1984年版，第665页。

② 同上书，第620页。

③ 同上书，第621页。

④ 同上。

⑤ 同上。

⑥ 同上书，第682页。

亲近，“时常很聪明地微笑”①。其次，他们有知识、智慧与能力，是工人运动领导者，更是现代知识分子，是“才子”与“才女”。他们年轻却成为工人运动领导者本身就表明他们不仅有知识而且有特殊的能力或才能。蔡真和玛金出现的时候“都坐在桌子边低着头，在那昏暗的电灯光下写什么东西”②。克佐甫“一张清白的瘦脸，毫无特别记认，就只那两片紧闭的薄嘴唇表明了他是有主意的”③，克佐甫是工人运动领导者这一形象群中的主要人物，这里所说的“有主意”也就是有决断能力，只是他的决断与教训、命令扭结在一起，掩盖了他作为决策者在关键时刻能够起领导作用的重要一面。同时，从开口闭口都是理论教条来看，他的理论修养当较为丰富，而从“蔡真觉得克佐甫总是什么都对的”④ 这一反应来看，他还有特殊的语言表达能力甚至才能，能够对他人产生影响。与他一同出现的“苏伦也算是半个‘理论家’，口才是一等……头脑清楚，说话不专用‘公式’”⑤，从这些表现可以看出他们是工人运动领导者中的“才子”。再次，作为年轻知识分子，他们的才能还表现在他们在复杂的生活面前有自己独立的情感与判断能力。作为工人运动领导者，他们都还年轻，理论与实践都未能成熟，容易被某种理论教条所牵引，如蔡真就全盘接受了克佐甫的教条，更重要的是接受了他那种教训与命令的行为方式。也正因为年轻和不成熟，他们的教条主义并没有让他们的形象变得可憎。同时，他们的精神世界并没有被教条主义完全占有，他们中的一些人仍然有自己独立的判断能力，这特别表现在玛金与苏伦两人身上。当克佐甫的理论教条“已成为蔡真思想的公式……被陈月娥死死记住，又转而灌给了张阿新何秀妹”⑥时，玛金却“稍稍有点不同；她觉得那‘公式’中还有些不对的地方”⑦，虽然不能表达但她在独立思考与判断，她“学识经验两方面都不很充足”⑧

① 《中国新文学大系 1927—1937 · 小说集六 · 子夜》，上海文艺出版社 1984 年版，第 688 页。

② 同上书，第 620 页。

③ 同上书，第 681—682 页。

④ 同上书，第 682 页。

⑤ 同上书，第 688 页。

⑥ 同上书，第 622 页。

⑦ 同上。

⑧ 同上。

但“她常想从实际问题多研究”[①]，这并不容易，当一个时代或某一生活领域被某一思想所统治时，超越这一生活或思想状态需要也必定会付出代价。苏伦的独立判断能力表现更为明确，当被克佐甫当众批评“工作很坏！……带着右倾色彩……做了群众的尾巴”[②]时，私下他却明确表达了个人对工人运动“左”倾冒险行为的认识，“老实说，我也常常觉得那样不顾前后冒险冲锋，有点不对。但有什么办法呢？你一开口提出了反对的意见，便骂你是右倾机会主义，取消主义；而且还有大帽子的命令压住你！命令主义！”[③]他的独立认识与判断能力特别表现在他对“左”倾冒险主义支配下的工人运动的否定性认识，“我是看到底了……工作是屁工作！总路线是自杀政策，苏维埃是旅行式的苏维埃，红军是新式的流寇”[④]，尽管他的这一认识是在冲动的时候表达出来，但显然是早已存在并且被压抑。更为重要的是，初期工人运动领导者并非冷血机器，而是充满了深厚的人道主义情怀，这特别表现在苏伦身上，面对工人运动所付出的牺牲，他说，“近来许多同志的损失，虽然是为主义而牺牲，但是我想来总觉得很凄惨似的呀”[⑤]，这不是对革命意义的怀疑，而是生命意识的觉醒。在革命与生命之间已有了朦胧的价值比较和思考，仅此就丰富了这一形象的内心世界，而这也是他们作为才子的重要表现。

4. 现代都市产业工人与现代都市生活底层中的才子佳人及其审美意义。现代都市产业工人的表现在《子夜》中占有重要地位，但此前的研究可以说几乎忽略了这一重要内容。其中的女性与“交际花”们一样是现代社会发展特别是“女性解放”的产物，不同的是她们走出了传统却站在现代生产的机器旁边，为生活所迫承受着繁重的劳动，并与因享有先天优越自然条件而走进上流社会的“交际花”的生存状态形成强烈对比，是不折不扣的弱势群体。现代都市女产业工人这一群体或先天缺乏自然美，或自然美被某种因素如朱桂英肤色的“黑”所掩盖，或被繁重的劳动侵蚀，很

---

① 《中国新文学大系 1927—1937・小说集六・子夜》，上海文艺出版社 1984 年版，第 622 页。

② 同上书，第 682 页。

③ 同上书，第 688 页。

④ 同上书，第 691 页。

⑤ 同上书，第 690 页。

难说有“美女”更不要说有“佳人”存在。现代产业工人从事的劳动偏重体力，他们中间同样很难有“才子”存在。但是，茅盾在表现这一群体时同样有意识地运用了“才子佳人”这一人物构建方式，使得这一群体同样有才子与佳人存在，原本只有机器生产的单调声音和因沉重劳动发出的叹息之外不再有任何审美趣味的生活也因此充满了特殊的男女风情，这主要表现在：(1) 被“移植”到女工中的“才子”屠维岳。初期的现代产业工人中很难有知识型的劳动者，更不要说“才子”，但作者在表现这一群体时不是用一位长者来管理他们，而是有意识地将比吴荪甫年轻却是吴荪甫翻版或“克隆”的屠维岳这样一位“才子”置入他们中间，在那些因各种原因失去美的外表的女工眼中如星星般耀眼，他的能力或才能也因此被突显出来。因为屠维岳的到来使得现代都市女产业工人被忽略的“美”通过这样一位特殊人物得以重新发现。如果说社会生活中坚与交际花以及现代都市新青年这几个群体中的“才子”与“佳人”是天然地聚集到一起，那么对于现代都市女产业工人而言则是“才子”来到她们中间发现了“佳人”的存在，由此“才子”与女工中的“佳人”构成了一道特殊的风景，使得现代都市产业工人的生活不再只是凄惨，而是也沾染了才子佳人的生活情调。曾经从阶级意识出发对屠维岳这一形象的分析有些简单化，主要是批判，对他表现出的类似今天工厂“主管”这一既懂技术又懂管理的能力，特别是他年轻但一开始就表现出的个性未能给予应有的关注：首先，屠维岳的出身不一般，由此他的个人气质与行为也不同寻常，这是“才子”的典型表现。“这屠维岳也是已故老太爷赏识的‘人才’”[①]，吴老太爷的“赏识”固然是对屠维岳自身能力的认识，但更多的则是源于他对屠维岳所在家庭的认同，“这位屠维岳的父亲好像还是老太爷的好朋友，又是再上一代的老侍郎的门生”[②]，由此将屠维岳纳入自己的意识与情感之中。从吴老太爷对屠维岳的情感表现可以看出他的家庭不一般，在这样的家庭环境中成长起来的屠维岳也就先天拥有不一般的气质与行为方式。也正因为这样，他第一次与吴荪甫这样一位自视甚高的人物面对时能够表现出大

① 《中国新文学大系 1927—1937·小说集六·子夜》，上海文艺出版社 1984 年版，第 404 页。
② 同上。

家庭出身特有的气质，言谈与行为有度，“屠维岳鞠躬，却不说话；他毫没畏怯的态度，很坦白地回看吴荪甫”[①]。屠维岳之所以能有这样的行为举止，一方面是因为有吴老太爷这个中介，另一方面，也更重要的是曾经的家庭生活环境给予了他一种平等看待甚至俯视一切的心态，特别是“他的白净而精神饱满的脸儿上一点表情也不流露，只有他的一双眼睛却隐隐地闪着很自然而机警的光芒”[②]，这显然与他从所在家庭获得的教养有密切关系，在未获得外界确定信息从而把握正在自己眼前的对象的时候不让自己的意识、情感表现出来，这是自我控制的同时审视周围世界能力的重要表现，这样的能力只有出身于那些大家庭或有教养的家庭才能较好获得并在自己的行为中表现出来。单就这一点来看屠维岳就是典型的“才子”。其次，对复杂社会生活有明确的认识与判断力。屠维岳虽然年轻，但在管理工厂的过程中获得了对复杂的社会生活明确的认识与判断能力，这特别表现在他对工人运动也就是对工人现实生活与精神要求以及这一要求对未来社会将要发生的影响的认识和判断。一是他对工人特别是女工人有自己的认识，“女工们也是活的人，她们有思想，有感情，尤其糟的是她们还有比较复杂的思想，烈火一般的感情”[③]，这很不容易，作为一个生产管理者，屠维岳本应只是让这些人按规定操作机器，对她们的内心世界不会有多少关注，但他却注意到女工人们的精神世界，这是屠维岳认识能力的特别表现；二是他认识到，随着时代与社会的发展，就是处于底层的工人对生活也同样提出了要求，“无论什么人总是要生活，而且还要生活得比较好”[④]，并且认为这是工人运动“顶厉害的煽动力量”[⑤]；三是他认识到工人运动的不可避免并由此导致时代的变动，“大雷雨之前必有一个时间的平静，平静得一点风也没有”[⑥]，因此，面对工人罢工他极力主张和平解决而不是吴荪甫那样试图硬性镇压，而当吴荪甫执意要用武力时，他表明自己并不是不想用武力，而是要留到最后才用它，这是因为在他看来工人们彼

① 《中国新文学大系 1927—1937·小说集六·子夜》，上海文艺出版社 1984 年版，第 404 页。

② 同上。

③ 同上书，第 451 页。

④ 同上书，第 407 页。

⑤ 同上。

⑥ 同上书，第 408 页。

此之间的性格与行为存在差异，可以用分化的手段来解决他们的不同要求从而消除罢工。此外，他在具体管理过程中运用种种手段使得工人们沿着他设定的路径往前走却不知情，排除善恶的道德评价，这同样是屠维岳个人能力的重要表现。再次，遇事冷静且有很强的应变能力。第一次见面给吴荪甫留下的印象是屠维岳这个年轻人很倔犟，但事实上，他遇事冷静且有很强的应变能力，这是他个人能力与才能的重要表现。这一方面源于他的自信，另一方面则是对他所面对的事物有充分的认识与把握能力。他遇事冷静，这在他初次与吴荪甫见面时就已表现出来，面对吴荪甫，“屠维岳很自然很大方地站在那里，竟没有丝毫局促不安的神气”[①]，之所以这样，一个重要原因是他对吴荪甫这样刚愎自用的人的性格心理有所认识，“从这脸色，从这眼光，屠维岳看得出他自己将有怎样的结果”[②]，他的这一表现让吴荪甫有些意外，“在吴荪甫真还是第一次遇到呢；他不由得暗暗诧异”[③]，吴荪甫的“诧异”实质上是从屠维岳身上看到了自己，看到了自己这样自信的人竟还有同类。于是他转过来欣赏屠维岳的这一表现，“他喜欢这样镇静胆大的年轻人”[④]，吴荪甫的“喜欢”有复杂的原因，一方面是他的事业只有这样的人才能胜任，另一方面是屠维岳本身的“自信”但不“自大”，即不把自己的能力看作世间的唯一从而小视一切，不至引起人反感，再就是他毕竟是吴老太爷引荐过来，伦理关系使得他难以从情感上对屠维岳产生排斥。屠维岳的冷静特别表现在吴荪甫身陷罢工工潮之中，当“保镖老关跳在车沿踏板上，满脸杀气，拔出手枪来了……对准了密集的女工”[⑤] 时，“突然人堆里冲出一个人来，像闪电一般快，将老关的手膀子往上一托。砰！——这一枪就成为朝天枪”[⑥]，同时“立即转身对那汽车夫大声叫道：‘蠢东西！还不打倒车么？打倒车’”[⑦]，这一细节特别表现出屠维岳的冷静沉稳，在混乱中依然保持清醒的认识与应变能力。

① 《中国新文学大系 1927—1937 · 小说集六 · 子夜》，上海文艺出版社 1984 年版，第 400 页。

② 同上书，第 406 页。

③ 同上书，第 405 页。

④ 同上。

⑤ 同上书，第 651 页。

⑥ 同上。

⑦ 同上。

第四，屠维岳还有很强的协调能力。这特别表现在他在吴荪甫面前替工人说话，在工人面前替吴荪甫解脱。一方面如实反映工人的生活要求与愿望，另一方面则直接减轻自己的工作压力，在自己与吴荪甫及工人之间回旋，避免了三方相互冲突。屠维岳给吴荪甫的第一印象是“聪明能干，又有胆量；但他又是倔强”①，屠维岳要在吴荪甫、工人及自己的对手之间寻求生存空间和出路，如果真的“倔强”就很难有出路，事实上他有很强的协调能力，能够在吴荪甫与工人之间很好地满足他们的愿望并消除他们各自的疑虑。他一方面在吴荪甫面前非常坦率地将自己的想法与打算表达出来，如他对工会处境的认识，“我说工会这东西，在三先生眼睛里，也许是见得有点力量，可是在工人一方面，却完全两样……我不如明明白白说，他们打算暗中得三先生的谅解，可是面子上做出来却还是代表工人说话”②，特别是他在吴荪甫面前替工人提出了直接的生活要求，“每月的赏工加半成，端阳节另外每人二元的特别奖”③，他的协调能力突出表现在他能够在吴荪甫面前直接提出自己的工作要求。当吴荪甫决定“要收服这个年青人为臂助”④ 并决定给他加薪时他没有接受，吴荪甫很快意识到并授予他“自莫干丞以下所有厂中稽查管车等人，均应听从屠维岳调度，不得玩忽”⑤ 的管理权力之后，他“接过那信笺看了一眼，又对吴荪甫凝视半晌，这才鞠躬说：‘从今天起，我算是替三先生办事了’”⑥。他在工人面前同样没有直接表现他的“倔强”而是极力协调，在工人罢工之际，他“摆出最好看的笑容来……用最庄重最诚恳的声调来，对那一百多女工训话”⑦，他的所谓“训话”不是教训，而是一方面替自己诉苦，“我姓屠的，到厂里也两年多了，向来同你们和和气气……我没有摆过臭架子……我自己也是穷光蛋；有法子帮忙你们的地方，我总是帮忙的”⑧，另一方面替吴

① 《中国新文学大系 1927—1937·小说集六·子夜》，上海文艺出版社 1984 年版，第 406 页。
② 同上书，第 408 页。
③ 同上书，第 409 页。
④ 同上书，第 410 页。
⑤ 同上书，第 411 页。
⑥ 同上。
⑦ 同上书，第 673 页。
⑧ 同上。

荪甫说好话，“吴老板借钱，押房子，想尽方法开车，不肯就关厂，就为的要顾全大家的饭碗”[①]，他的话融人情与事理于一道，很好地表现了他的协调能力。因此，无论是透过吴荪甫还是置身于工人之中，屠维岳都有非常突出的个人能力与才能，与吴荪甫等人一样是不折不扣的现代“才子”。(2) 被繁重劳动掩盖的“佳人”。与交际花及现代都市新青年中的女性相比，同样走出传统走出家庭，但成为现代都市产业工人的女性而言一般很难有自然美，更谈不上有“佳人”，但事情恰恰就是这样，就是在现代都市女产业工人中间不仅有“美女”更有“佳人”存在，也就是她们不仅拥有自然美，还有不同于交际花及现代都市新青年中女性的精神世界的美，只是她们的自然美不像交际花们那样外显，而是被多种原因所掩盖，她们的精神世界只有在接近她们的时候才能有所感觉，但她们的美还是被屠维岳这样一位“才子”发现了。在众多的女工中，《子夜》突出表现了朱桂英这位“佳人”。首先，她有隐藏着的令人惊异的自然美。在屠维岳看来，“这是二十来岁剪发的姑娘，中等身材，皮肤很黑，可是黑里透俏，一对眼睛，尤其灵活”[②]。相信还有许多女工与朱桂英一样，她们的自然美被“很黑”的皮肤所掩盖，皮肤之所以很黑，无疑有两个原因，一个是先天如此，一个是繁重劳动所致，但她的美仍然无法被这黑的肤色所掩盖，特别是她那“水汪汪的一对眼睛”给屠维岳留下了深刻的记忆。其次，她不只是有隐藏着的自然美，还有“贫贱不移”的品质，这是她不同于交际花及现代都市新青年中的女性非常重要的地方。当屠维岳一方面当面夸赞朱桂英的“手艺很不差……人又规矩”[③]，另一方面试图以“跳升”“管车”[④]为条件分化工人时，她经过思考，“终于主意定了，昂起头来，脸色转白，轻声地然而坚决地说：谢谢屠先生！我没有那样福气”[⑤]，在紧张时刻她仍然是“轻声”而非大声，突显了她的女性美，她的回答更显示出她的内在气质，与作为欲望化身的交际花们形成了强烈对比。再次，面对生活的困

① 《中国新文学大系 1927—1937 · 小说集六 · 子夜》，上海文艺出版社 1984 年版，第 674 页。

② 同上书，第 610 页。

③ 同上书，第 611 页。

④ 同上。

⑤ 同上。

境，她有坚强的意志。与众多女工一样，朱桂英住的是草棚，身边还带着衰老且“常常哭”[①] 的母亲，年轻的她承受着生活的重压，当她“想到厂里要把工钱打八折的风声。她的心里又急又恨，像是火烧”[②]，当她的母亲“哽咽着喊道：‘阿英，这年成——我们穷人，——只有死路一条’”[③] 时，她没有被这沉重的叹息及叹息背后苦难的现实生活所压垮，“朱桂英怔怔地望着她母亲，不作声。死路么？朱桂英早就知道她们是在‘死路’上。但是从穷困生活中磨练出勇敢来的十九岁的她却不肯随随便便就只想到死，她并且想到她应该和别人活得一样舒服”[④]，在苦难的现实生活面前对生活依然充满希望，这样的坚韧意志在这样一位年轻女性身上表现出来，实在是非常令人惊异，她的精神世界的美由此得到进一步彰显。

屠维岳这样一位才子被置入工人之中以及朱桂英这一形象的存在表明茅盾在表现现代都市产业工人这一群体时自觉运用了“才子佳人”这一人物结构模式。

（二）《子夜》中的黑幕与现代社会生活深层复杂性的审美表现

《子夜》所受通俗小说影响还表现在它借作品中的一些人物批判性地表现了政治、经济等社会生活重要领域存在的种种“黑幕”，也就是隐藏在社会生活表面现象背后不为人知的实质或真相，这与曾经盛极一时的黑幕小说的影响当存在密切关系[⑤]。茅盾说自己在少年时代曾经迷恋过武侠与侦探小说，盛极一时的黑幕小说他不可能不注意，这是因为它直接针对现实生活中存在并与人人有关的种种弊端，“自都会以至乡僻，达官贵人以至贩夫走卒，权之所在，黑幕之所在也；利之所系，黑幕之所系也”[⑥]，也就是说无论都市还是乡村，凡有利益之争就必有黑幕，而既然是黑幕就必有其隐秘性，“长夜漫漫无明星，大黑幕外有小黑幕，一重黑幕中有再重三重以至无数重之黑幕……夫黑幕中之活剧，黑幕中人见之，黑幕以

① 《中国新文学大系1927—1937·小说集六·子夜》，上海文艺出版社1984年版，第613页。

② 同上书，第614页。

③ 同上。

④ 同上。

⑤ 参见范伯群《中国现代通俗文学史（插图本）》，北京大学出版社2007年版，第221—224页。

⑥ 魏绍昌编：《中国现代文学史资料丛书（甲种）·鸳鸯蝴蝶派研究资料》上卷，上海文艺出版社1984年版，第207页。

外，无所睹也"[①]。这样的黑幕只要在生活中存在，不仅会对他人的生存和生活构成极大威胁，而且会从根本上摧毁人伦道德，"充其弊之所至，足以灭伦纪，颠倒黑白"[②]，更重要的是如果任其存在和发展，还会有亡国灭种的危险，"断送锦绣之山河，荼毒神明之裔胄"[③]，因此，对黑幕的揭露就具有重要意义，"重重黑幕，都已化作透明之质，表里洞彻，毫发毕现……不啻为黑暗社会建无数灯塔，作奸者不敢尝试，涉世者知所趋避，百余万言之福音，有功于世道人心者甚大。黑幕既除，神州遂旦"[④]。

有人认为"凡具有'曝光性质的小说，就称'揭黑小说'或'黑幕小说'"[⑤]，西方批判现实主义小说在对现实生活中存在的种种丑恶现象进行审美表现的同时常常予以激烈尖锐的道德批判，而黑幕小说则往往是将事情的真相原原本本地呈现出来，这就会对大众产生极其特殊的吸引力。不仅如此，黑幕小说的表现对象不只是社会生活的某个领域或某个角落，而是指向"全社会"，凡有黑幕存在之处几乎就有黑幕小说存在，其内容"以'劝善惩恶'相标榜，其实是'惩恶'成为重点的描写流氓帮会"[⑥]。黑幕小说在其初兴之际被赋予了重要的社会责任，有人将其称为"学校以外之教科书"[⑦]，其目的或作用有直接的现实针对性，是"使天真烂漫之少年，忠厚朴实之君子，读之而知所戒备，尤使贫困之士，勿歆小利而隳其身家"[⑧]。由此可见，通俗文学中的黑幕小说带给人们的不只是审美的快感，更重要的是让人们特别是成长中的青少年对社会生活中那些不为人知的"政局之离奇变幻，大人先生之机巧诈伪"[⑨] 这一真相有所了解并有所警醒，从而达到"净化"社会风气的目的，"揭黑的一个很重要的目的是

---

① 魏绍昌编：《中国现代文学史资料丛书（甲种）·鸳鸯蝴蝶派研究资料》上卷，上海文艺出版社 1984 年版，第 207 页。

② 同上。

③ 同上。

④ 同上书，第 207—208 页。

⑤ 范伯群：《中国现代通俗文学史（插图本）》，北京大学出版社 2007 年版，第 227 页。

⑥ 魏绍昌编：《中国现代文学史资料丛书（甲种）·鸳鸯蝴蝶派研究资料》上卷，上海文艺出版社 1984 年版，第 270 页。

⑦ 同上书，第 206 页。

⑧ 同上。

⑨ 同上。

为了改革社会”[1]。现代社会生活相对集中的都市特别是社会生活核心的政治、经济领域永远有不为人知的内幕也就是事情的真相或实质，而这样的内幕与现实生活中每一个体的利益密切相关，对这样的内幕以小说艺术的形式予以审美的表现必然会对日常生活中的个体产生特殊的吸引力，吸引着不同阶层与群体读者的关注，一定会让读者大吃一惊并深深感慨生活原来如此，“宁可信其有，不可信其无”的民间文化心态会促使人们自觉规避生活中可能存在的种种风险。

《子夜》对上海这样一个复杂都市生活的表现，必然会触及生活表象背后存在的种种不为人知的充满罪恶的黑幕，主要有这样几个方面：

1. 政党乱象。《子夜》首先通过曾沧海父子利用民国政党政治存在的种种乱象和弊端投机政治、收聚他人隐私、为自己谋利等行为表现了民国时期存在的政党乱象或政党黑幕：一是流氓可以入党。加入政党就是为实现这个党派的宗旨服务、奋斗甚至献身，但《子夜》中的曾家驹在家中与父亲的小姨太太阿金乱伦，“常逛私娼”[2]，后来在动荡小镇对女性实施性暴力，到上海后，在吴荪甫的工厂试图对女工实施性侵犯，在亲友面前虚夸自己是“镇长”，这样一位“实在还比不上一条‘家狗’”[3] 的社会流氓居然也“进了党”[4]，成为“中国国民党党员”。曾家驹的党证不知从何而来，但从曾沧海的“验证”可以看出党证的真实性，党证上印有“‘某省某县第某区党员证第二十三号’，上面还粘贴着曾家驹的小影……印在党证上面的党部关防的印文”[5]，这充分反映出民国执政党存在的乱象，要么是审查不严，要么是金钱或关系使然，无论是哪一种情况都表明国民党作为执政党内部存在的混乱现象以至不为人知的黑幕。二是入党就是“党老爷”，成为统治者。加入一个党组织理应为组织服务，但在曾沧海这样一些人看来，入党后就“是党老爷”[6]，成为统治者而不是为党尽职的成员。党证或党员身份的性质在曾沧海这里完全变异，成为控制他人的工具。曾

① 范伯群：《中国现代通俗文学史（插图本）》，北京大学出版社2007年版，第234页。

② 《中国新文学大系1927—1937·小说集六·子夜》，上海文艺出版社1984年版，第373页。

③ 同上书，第365页。

④ 同上书，第373页。

⑤ 同上。

⑥ 同上。

沧海这一极其陈旧的意识在民国这样一个崭新的时代一定普遍存在，由此带来的政党乱象也一定不是局部问题，这可以说是精神世界的黑幕。三是入党就是为自己谋利。曾家驹对自己加入国民党到底有何意义完全无知，对国民党的宗旨更是毫不理解，《三民主义》这样的文献他不知为何物，他拿到党证的目的极其卑微，“他这重视党证的心理和曾沧海就有点不同；他知道有了这东西，便可以常常向老头子逼出大把的钱来放开手面化用”[①]，国民党党证或党员身份在他这里竟成为他在家中“谋利”的工具。曾沧海当然不同，当曾家驹成为国民党党员时，作为父亲的曾沧海不是要求儿子按政党的宗旨来要求自己，而是要曾家驹尽快熟悉“地面上的情形”并主动“去钻缝儿”[②]。他说的“地面上的情形”并不是某一地方的政情民意，而是“镇上的私烟灯共有多少？前街杂货店里的三姑娘做的那几户客人？还有，卡子上一个月的私货漏进多少”[③]，也就是他人的种种可以利用的隐私。他说的“钻缝儿”就是主动去掌握他人的隐私以控制他人从而为自己谋利。辛亥革命后他已渐失曾经作为“土皇帝”的优势，但利用权力为自己谋利，或者说只要有权力就可以为自己谋利的心理在他心中早已根深蒂固，已经被新的时代淘汰或抛弃的曾沧海想到的不是如何跟上时代而是如何谋利，“如果这两三年的他，不走黑运，那么，在这繁华的局面下，怕不是早已捞进十万八千么？”[④] 他把自己被时代淘汰看作是“走黑运”，也就不可能跟上时代。而从他在小镇动荡中“打开一个文书箱，把大束田契，借据，存折，都往口袋里塞”[⑤] 这一行为可以看出他在当“土皇帝”时利用手中的权力为自己所谋利益的多少。曾沧海父子的行为折射出国民党作为执政党存在的种种乱象，对这一乱象的披露而不是事实展览是《子夜》开篇不久非常富有艺术魅力的对现实生活中存在的黑幕的审美表现。

2. 官场黑幕。《子夜》还通过冯云卿、何慎庵、李壮飞等人物形象表

① 《中国新文学大系 1927—1937 · 小说集六 · 子夜》，上海文艺出版社 1984 年版，第 373 页。

② 同上。

③ 同上。

④ 同上书，第 375 页。

⑤ 同上书，第 382 页。

现了民国这个特殊时代的政治领域或官场存在的种种黑幕，官员们通过各种方式或手段获取权力，然后利用权力为自己谋利以满足个人的私欲，这构成了《子夜》特殊的艺术吸引力。官场黑幕在《子夜》中表现为进党或进入官场就是并且可以为自己谋利，这被“做过县官的”何慎庵和“革命县长”李壮飞明白道出：一是当官就是为自己谋利赚钱。当官就是四处盘剥，为自己谋利而不是为民造福，如冯云卿对何慎庵所说，“我这样攒积起了几千亩田，不比你做过县官的人弄钱是不费一点力；你在亩捐上浮收一些儿，在黑货上多抽一些儿，你一个月的收入就抵上我的一年”①，冯云卿这样的地主在做过县官的何慎庵面前也自愧不如，认为他“一个月的收入就抵上我的一年”，其数量之大可以想见。李壮飞说得更直接，“三月里弄到手一个县长，到差不满一个月，地方上就闹共匪，把一份差使丢了；一个月工夫，随便你怎么下辣手刮地皮，总捞不回本钱来罢”②，他说的“本钱”就是买官时所费之资。在他看来，用钱买官，当官后再利用权力来赚钱，“羊毛出在羊身上”。当官的目的就是为赚钱，当李壮飞因时局动荡影响而两次丢官时，他感慨道，“这个年头儿，做官还有什么味儿——”③，也就是如果没有钱赚就失去全部意义。二是用钱可以买官，买官为赚更多的钱。“革命县长”李壮飞的县长无疑是花钱买的，具体花多少不得而知，但从他“满花了一万八千元，是一个税局长了”④这一情形来看，花费一定不少。三是花钱买官已成普遍现象。李壮飞在买税局长一职时，并非只有他一人，税局长一职“据说是肥缺，上头交下来的条子，就有十多个”⑤，一个税务官就有这样多的人在争相购买，更大一级的官职就不用说了。官场中上级出卖官职敛财，下级出钱买官盘剥民众已成普遍现象。四是当官就要不择手段为自己谋利赚钱。为自己谋利，“李壮飞不但做县长时候办公事常常用‘革命手段’，就是朋友中间钱财上往来亦善于使用‘革命手段’；所以名为‘革命县长’”⑥，显然，他的所谓“革命

① 《中国新文学大系 1927—1937·小说集六·子夜》，上海文艺出版社 1984 年版，第 474 页。

② 同上书，第 481 页。

③ 同上。

④ 同上。

⑤ 同上。

⑥ 同上。

手段”就是无论面对什么人都会不择手段地为自己谋利，民国官场黑幕由此可见一斑。

3. 战争黑幕。由官场黑幕衍化而来又与官场黑幕有所不同的是战争黑幕，《子夜》对此有特殊表现。战争原本是用来消除地区、民族、国家之间重大矛盾冲突的暴力手段，是不得已而为之的选择。但是，战争这一人类社会生活中的特殊方式背后竟然也存在不为人知的黑幕，这就是在动荡时代某些官员或某种势力为达到某种目的而操纵战争。买官卖官敛财只是官场黑幕的表面现象，或者说人所共知的现象，真正的黑幕则是官员们利用权力操纵战争，进而利用战争操纵金融市场从而实现利益最大化，这可以说是政治生活或官场黑幕中的黑幕。由于战争的爆发通常都会有种种让人甘愿为之冲锋陷阵以至不惜牺牲生命的理由，战争黑幕因此具有极强的隐秘性。《子夜》中的战争黑幕被“做过县官”的何慎庵、“革命县长”李壮飞和“公债市场上的一位魔王”赵伯韬共同道破：一是政府为敛财可以打仗。由于政治对社会生活特别是经济的影响最为直接，“只要政局上起点风潮，公债市场就受到影响”[①]，而政局最大的风潮莫过于战争，因此，政府为达到控制或操纵金融市场以敛财的目的会不惜发动战争。“有钱就有仗打，有仗打就是内地愈加乱做一团，内地愈乱，土财主带钱逃到上海来的也就愈多，政府又可以多发公债——这就叫做发公债和打仗的连环套”[②]，政府发动战争的目的是敛财，“政府发行这两笔债，名义上是想法消弭战争，但是实在呢，今回的战争就从这上头爆发了”[③]，战争的目的不是为解决什么社会矛盾而竟是政府的财政需要。由此，政府为进一步敛财就可以进一步发动战争，并且在这一过程中政府一定是赢家，“别项生意碰到开火就该倒楣，做公债却是例外。包你打一千年的仗，公债生意就有一千年的兴隆茂旺”[④]，也就是政府会借战争之机不断发行公债，而只要公债存在就有投机行为发生，最大的投机者当然只能是政府，这样的秘密被“革命县长”李壮飞所窥见和掌握，当然也就会趁机利用以为自己谋利。

---

① 《中国新文学大系 1927—1937 · 小说集六 · 子夜》，上海文艺出版社 1984 年版，第 483 页。

② 同上。

③ 同上。

④ 同上。

二是政府为多敛财可以多打仗。政治对经济生活的直接影响，政府如果想多敛财就可以多打仗，借打仗之机多发行公债以达敛财目的，“只要政局上起点风潮……我们做公债的，就此有利可图了……老做公债的人，谁不愿意兵头儿多打几仗”①。真正做公债的当然是政府，借打仗之机可以大量发行公债，“你看政府发行公债……上半年是发行了两个七千万，下半年包你就有四个七千万丢到市场上，非就这么着，政府的财政也就干不下——”② 政府财政一当出现严重问题就会想办法维持，最后的办法是战争，通过战争发行公债，把所有有钱人都吸引到这个特殊的市场中来然后破产以供养政府，战争在当权者手里竟成敛财工具，实质上是将人的生命当儿戏。这是战争的秘密也是战争大黑幕。三是政府为敛财可以打败仗。在常人看来，政府发动战争一定会争取胜利，但存在于其中的秘密或黑幕却是政府为达敛财目的有时竟然可以打败仗，“花了钱可以打胜仗，这是大家都知道的。但是花了钱也可叫人家打败仗，那就没有几个人想得到了。——人家得了钱，何乐而不败一仗”③，“花了钱也可叫人家打败仗”是金钱操纵战争的最大“奥妙”④，这一秘密早被公债市场上的魔王赵伯韬发现，他本人也许正是利用了这一秘密而在公债市场上游刃有余。这样的黑幕显然不为一般人所知，就是杜竹斋这样的人物听到这些话时也“几乎不能相信自己的耳朵”⑤，这也就是黑幕之所以成为黑幕的原因所在。黑幕在生活中处处存在，但永远只有少数人知道。因此，揭黑的通俗文学也就具有天然的吸引力。

4. 商场黑幕。除官场及战争黑幕之外，《子夜》还对商界黑幕作了令人惊叹的表现。商业是社会生活的重要领域，获利是参与商业活动个体的直接目的，这一目的能否实现与商业活动是否遵循一定的规则有直接关系。事实是，商业活动往往伴随着恶性竞争这人所共知，最可怕的是被少数操纵而不为外人所知，而这就是商业活动中的黑幕。《子夜》中所表现

① 《中国新文学大系 1927—1937·小说集六·子夜》，上海文艺出版社 1984 年版，第 483 页。

② 同上。

③ 同上书，第 327 页。

④ 同上书，第 326 页。

⑤ 同上书，第 327 页。

的商界黑幕主要是：一是商场永远有圈套陷阱。冯云卿与何慎庵之所以都在公债市场“跌了一跤”[①]，事后何慎庵才发现原来公债市场被人操纵，“我们都是该死；人家做成了圈套，我们去钻……一个大阴谋，全被我打听出来了”[②]，何慎庵所说的圈套就是赵伯韬与韩孟翔等人的合谋陷害，而这实际上是商场的常态。二是商场有秘诀。就公债市场而言，这秘诀之一是越亏越买而且越买越多。因为商场存在黑幕，也就有所谓秘诀，这所谓秘诀实质上就是黑幕所要求的规则或方式。如公债市场的秘诀就被李壮飞一语道破，“做公债投机，全靠一字诀：泼！”[③] 所谓“泼”就是越亏越买，而且越买越多，“比方你做多头，买进十万裁兵，交割下来，你蚀光了；好！你再买进二十万，——就要这么滚上去干”[④]，之所以如此，就因为公债市场幕后的最大黑手政府是这样做，“你看政府发行公债也就是这个滚上去的方法”[⑤]，在公债市场只有跟着政府干才能有收益。秘诀之二是必须与人合谋。李壮飞就对冯云卿说，“做公债的办法，简单一句话，我和你合股打公司；该扒进，该放空，你都听我的调度；亏了本的时候，两个人公摊，赚了钱，你得另外分给我三成的花红”[⑥]。三是商场实际被少数操纵。任何商业行为都涉及无数个体但却常常被少数操纵，没有公平和规则可言。至于这少数是谁，如何操纵就不得而知，这正是商场黑幕。就公债市场而言，被少数操纵这一黑幕被何慎庵发现，“正因为人家是做定了圈套，公债里赚钱是讲究在一个‘做’字，并不在乎碰运气”[⑦]。在何慎庵看来，既然公债市场被赵伯韬等少数所操纵，那么，只要掌握这几个少数的秘密就能够“做”成，因此他极力唆使冯云卿利用女儿运用美人计以探听赵伯韬的秘密。商场被少数操纵这样的黑幕还被交际花刘玉英发现，她看到“交易所里比小菜场还要嘈杂些……七八十号经纪人的一百多助手以及

① 《中国新文学大系 1927—1937 · 小说集六 · 子夜》，上海文艺出版社 1984 年版，第 473 页。
② 同上书，第 474 页。
③ 同上书，第 482 页。
④ 同上。
⑤ 同上。
⑥ 同上书，第 484 页。
⑦ 同上书，第 476 页。

数不清的投机者”[①]，然而，她发现这里的多数正被少数几个所操纵，“她想来这里是发狂般的‘市场’，而那边，‘市场’牵线人的赵伯韬或吴荪甫却静静儿坐在沙发里抽雪茄”[②]。由于掌握了赵伯韬和吴荪甫两个少数的秘密，刘玉英认为自己现在是操纵少数的少数，“现在握着两个牵线人的大秘密在手心；眼前那些人都在暗里，只她在明里”[③]，由此，她认为自己不仅控制了吴荪甫、赵伯韬、冯云卿等人的命运，“这三人三条心而又是‘合做’的一伙儿的命运就摆在她的手掌心”[④]，而且控制了交易所里所有人的命运，“为了那编遣公债而流汗苦战的满场人们的命运也都在她的手掌心”[⑤]，庞大的商场竟被少数甚至最终就“刘玉英”那么一个人所控制，之所以如此，是因为她可以利用自己掌握的秘密让其中任何一个人破产，而这同样是商场黑幕，而且是黑幕中的黑幕。

（三）《子夜》中的侦探与现代都市复杂生活的审美表现

侦探小说作为中国现代通俗文学的重要门类对茅盾同样产生了重要影响并在《子夜》中有所表现，其中的交际花刘玉英和冯眉卿为探听赵伯韬有关公债市场的消息就扮演了女侦探的角色。茅盾明确说自己在少年时代“读了一些侦探小说”，这里需要注意的是：一、茅盾阅读侦探小说的历程。少年时代阅读侦探小说，后来特别是新文学发生之后不可能就不接触，这是因为侦探小说在中国的兴起持续了相当长的时间。二、他所说的侦探小说当包括翻译的侦探小说在内。原因在于一是对中国的侦探小说来说是翻译在先，创作在后，“翻译的侦探小说风行一时，便也出现了中国人创作的以中国社会为背景的中国侦探小说”[⑥]；二是侦探小说翻译量大，“晚清时……留日学生以及国内通日文者，却大量翻译侦探小说”[⑦]；三是有经典翻译，这就是《福尔摩斯探案》；四是杂志刊载传播，

① 《中国新文学大系1927—1937·小说集六·子夜》，上海文艺出版社1984年版，第565页。

② 同上书，第566页。

③ 同上。

④ 同上书，第567页。

⑤ 同上。

⑥ 魏绍昌编：《中国现代文学史资料丛书（甲种）·鸳鸯蝴蝶派研究资料》上卷，上海文艺出版社1984年版，第332页。

⑦ 同上书，第321页。

如“第一部《福尔摩斯探案》登在第一期的《新小说》杂志上”[①]；五是多次翻译再版，发行量极大。侦探小说“翻译种数起初虽不是太多，但发行数量却是惊人”[②]，如《福尔摩斯侦探案全集》“文言译本……民国五年四月中华书局出版（至抗战前已出二十版）……民国十四年（一九二五年），大东书局出版了《福尔摩斯新探案全集》……用白话翻译……一九二七年，福尔摩斯探案又由程小青等以白话全部重译，名《福尔摩斯探案大全集》，世界书局出版”[③]；六是拥有数量庞大的读者，“外国侦探小说……曲折紧张的情节与书中主要人物的机智与冒险行为，可谓与中国武侠小说异曲同工……深为读者所迷恋”[④]。因此，尽管茅盾没有明确说明自己是否阅读翻译的侦探小说，但像《福尔摩斯探案》这类至今仍然有其影响的作品茅盾很难说没有涉猎。三、他所说的侦探小说当然更是指中国人自己创作的侦探小说。如“程小青……模仿柯南道尔的作法，塑造了‘中国福尔摩斯’——霍桑……陆续写了数十部，成为《霍桑探案》……其中《舞后的归宿》和《江南燕》摄制了影片”[⑤]，特别是“中国创作的侦探小说，凡出了名的侦探如霍桑、李飞都有人称之为‘中国的福尔摩斯’”[⑥]，这实质上是借外来作品扩大了中国侦探小说的影响，它们共同营构了侦探小说影响的氛围，茅盾无疑会受此影响。因此，侦探小说对茅盾的影响当包括翻译和中国人自己的创作，也就是受到中国和外来的双重影响。

侦探小说在茅盾的创作中有明显表现，40年代的《腐蚀》可以说就是一部侦探小说。《子夜》所受侦探小说的影响主要表现在：一、《子夜》至少两次明确提到“侦探”一词，一次是李玉亭怀疑吴荪甫“把他看成了老赵的走狗和侦探”[⑦]，另一次是吴荪甫试图利用刘玉英实施美人计时明确提

① 魏绍昌编：《中国现代文学史资料丛书（甲种）·鸳鸯蝴蝶派研究资料》上卷，上海文艺出版社1984年版，第329页。

② 同上书，第328页。

③ 同上书，第329页。

④ 同上书，第328页。

⑤ 同上书，第332—333页。

⑥ 同上书，第336页。

⑦ 《中国新文学大系1927—1937·小说集六·子夜》，上海文艺出版社1984年版，第535页。

到刘玉英“这位女侦探”[①]，“侦探”一词在《子夜》中的出现决非偶然，而是侦探小说影响的结果；二、自觉不自觉地塑造了女侦探形象。交际花刘玉英在探听赵伯韬的私人消息的过程也就是女侦探形象的塑造过程，因此，《子夜》中的刘玉英实际上是交际花与女侦探的双重形象。冯眉卿同样如此，只不过她没有完成父亲交代的任务而已；三、利用侦探小说“曲折紧张的情节与书中主要人物的机智与冒险行为”[②]的方式为《子夜》营造紧张氛围，如刘玉英探听赵伯韬消息的过程就是如此，这一过程就是冒险侦探。不同的是，刘玉英所要侦探的不是某个重大案件而是公债市场的机密，但其紧张气氛不异于侦探行为，这主要表现在：1. 目的明确，单独行动。刘玉英之所以冒险试图从赵伯韬那里探听公债场上的机密，与她本人对生活的认识有直接关系，她认定“这也是一种‘投机’。在这‘投机’上，她预备捞进一票整的”[③]。她把自己欲望的满足寄托在赵伯韬身上，希望从他那里得到关于公债市场的机密，然后出卖机密获利。因为赵伯韬在公债市场的巨大影响力，他的机密本身就有巨大价值，进入公债市场的都希望得到这机密，“一个月来，做公债的人哪一个不在那里钻洞觅缝探听老赵的手法呢”[④]，也就是说，因为有需要，刘玉英才不惜冒险。之所以说她试图从赵伯韬那里探听关于公债市场的机密是冒险，是因为与赵伯韬相处的女性不可胜数，刘玉英并非不可替代，与刘玉英在一起只不过是贪恋她的肉体以满足自己的欲望而已，一当赵伯韬知道刘玉英的动机是探听他个人的商业机密并危及他的个人利益时，那事情就会完全两样。事实也是如此，当刘玉英在赵伯韬的住处遭遇意外，试图用谎言对付赵伯韬时，赵伯韬很快识破并很不客气地对待刘玉英，“‘你倒真有良心，我们不要听了’……说着，赵伯韬指了一下左首的一扇门，就抓住了刘玉英的臂膊，一直推她进去，又把门关上”[⑤]，从这里可以看出，刘玉英在赵伯韬这里只不过是他满足自己欲望的工具，除此而外一无所有。刘玉英心里也许很清

① 《中国新文学大系 1927—1937・小说集六・子夜》，上海文艺出版社 1984 年版，第 580 页。

② 魏绍昌编：《中国现代文学史资料丛书（甲种）・鸳鸯蝴蝶派研究资料》上卷，上海文艺出版社 1984 年版，第 328 页。

③ 《中国新文学大系 1927—1937・小说集六・子夜》，上海文艺出版社 1984 年版，第 565 页。

④ 同上。

⑤ 同上书，第 559 页。

楚自己与赵伯韬之间的关系，因此在与赵伯韬相处的过程中始终没有流露任何感情。正因为这样，刘玉英才不惜单独行动，“在霞飞路的一所五层‘大厦’里进行她的冒险工作”[①]，在行动前她准备了多套方案，在行动时，“心里把想好了的三个对付老赵的计策再温习一遍”[②]，显然，刘玉英的目的非常明确，并且为达目的她做了充分的准备。2. 遭遇意外，巧妙周旋。当刘玉英进入徐曼丽都“不能马上知道”[③] 的赵伯韬的秘密住处时遭遇重重意外，一是赵伯韬的住处另有其人，“门开了。刘玉英笑吟吟的闪了进去，蓦地就一怔；和赵伯韬在一处的，原来不是什么女人，而是老头子尚仲礼”[④]，仅仅这一个意外就把她的计划彻底打破，“她立刻觉得预定的三个计策都不很合式了”[⑤]；二是在赵伯韬的住处，她意外遭遇比她年轻的冯眉卿，“原来是这十六七岁的小姑娘害她刘玉英在大华里空守了一夜”[⑥]，刘玉英看到冯眉卿后之所以“几乎失声惊喊起来”[⑦]，不仅因为冯眉卿与赵伯韬在一起出乎她的意料，更重要的是冯眉卿的出现直接威胁刘玉英在赵伯韬心中的地位，完全有被取代的可能，因此，她试图从赵伯韬这里探听机密就更加充满危险。遭遇意外的刘玉英巧妙周旋，先是用谎言对付赵伯韬，“她心里一乐，几乎笑出声来。她这临时诌起来的谎居然合式，她心里更加有把握了。她决定把她这迷天大谎再推进一些。她有说谎的胆量”[⑧]，但很快还是被赵伯韬识破，“刘玉英把想好的谎话先说了一部分，心里很得意；却不料赵伯韬忽然仰脸大笑起来，尚仲礼也眯细了老眼望着刘玉英摇头”[⑨]，随即赵伯韬将刘玉英推进另一房间。面对年轻的冯眉卿，刘玉英用的就完全是心理战，“妹妹，你得相信我！眉！我今天来，一不是寻你生气，二不是找老赵说话。我是顺路进来看看你”[⑩]，刘玉英用这一

---

① 《中国新文学大系 1927—1937·小说集六·子夜》，上海文艺出版社 1984 年版，第 556 页。

② 同上。

③ 同上书，第 557 页。

④ 同上。

⑤ 同上。

⑥ 同上书，第 559 页。

⑦ 同上。

⑧ 同上书，第 558 页。

⑨ 同上书，第 559 页。

⑩ 同上书，第 563 页。

手法在冯眉卿这里轻松过关。最终，她就在与冯眉卿相处的短暂时间里，用隔墙耳闻的方式获取了赵伯韬的商业机密。3. 获取机密，高价出卖。当刘玉英从赵伯韬那里获取商业机密并顺利脱险之后，她首先想到的就是与赵伯韬“决裂”并出卖机密以获取最大利益，“她咬住嘴唇微笑地想道：老赵，老赵，要是你不答应我的条款，好，我们拉倒”①，刘玉英与赵伯韬除肉体关系外可以说一无所有，因此也就谈不上什么“决裂”。她的所谓“条款”当然是直接的物质或金钱要求，也许她自己已经知道自己的要求过高，赵伯韬很难满足，于是她已为自己找好了出路或退路，她认为赵伯韬的“这点小小的秘密，光景吴荪甫肯出价钱来买的”②，原因很简单，吴荪甫与赵伯韬是直接的竞争对手，但刘玉英并没有把吴荪甫这里看作是自己的唯一出路，她要的是利益最大化，“谁出大价钱，我就卖给谁”③，利益是她选择行动方式的唯一标准。4. 设置陷阱，出卖“朋友”。刘玉英在获取赵伯韬的公债市场机密之后，转过来设置陷阱让“表叔”吴荪甫进入其中，不知情的吴荪甫竟与刘玉英合谋实施美人计从赵伯韬那里探听消息，并交代刘玉英“要防着老赵万一看破了”她的“举动”，并“预先留一个退步”④。当刘玉英看到吴荪甫进入自己的圈套时，她“抿着嘴笑，知道那‘结果’来了，她快乐到胸脯前轻轻跳动”⑤，她的所谓“结果”就是从吴荪甫的举动看出他一定会出高价买自己从赵伯韬那里得到的机密，果然，“吴荪甫……签了一张支票交给刘玉英”⑥。尽管如此，刘玉英最后还是将吴荪甫出卖，“刘玉英！这不要脸的！两头做内线！多少大事坏在这种‘部下’没良心，不忠实”⑦，赵伯韬是刘玉英投机捞钱的对象，吴荪甫同样如此，只是当吴荪甫意识到这一点时为时已晚。从刘玉英单独行动到从赵伯韬那里探听机密再到最后出卖吴荪甫，这一过程及其紧张气氛与侦探小说中的探案可以说是如出一辙。

---

① 《中国新文学大系 1927—1937·小说集六·子夜》，上海文艺出版社 1984 年版，第 564 页。
② 同上。
③ 同上。
④ 同上书，第 578 页。
⑤ 同上。
⑥ 同上书，第 579 页。
⑦ 同上书，第 774 页。

至此，通俗小说中的才子佳人、黑幕与侦探这几大门类在《子夜》这里都留下了清晰的影像，其影响也就不言自明。

二　物化、游戏与被压抑、被损害背后的性泛滥：《子夜》中才子佳人之间关系的多重性及其审美意义

通俗小说中的才子佳人、黑幕与侦探对《子夜》构成影响的程度不同，其审美意义也有质的不同。生活中的种种黑幕在《子夜》中的表现增加了人们对生活复杂性的认识，而侦探形象在《子夜》中的出现更大的意义在于增加作品的艺术吸引力，而如果说用通俗小说中的“才子佳人”来涵盖《子夜》中的人物形象及其相互之间的关系能够成立，那么《子夜》中最为复杂且令人困惑的问题也许不是我们曾经所讨论并无限夸大的所谓“民族工业出路与命运”而是不同生活领域或阶层“才子佳人”所表现出的两性关系，以及由此而来的现代社会生活的复杂性。这一关系已不再是“鸳鸯蝴蝶”式的缠绵悱恻而是在五四追求个性解放与妇女解放的历史背景下向前迈出了极大一步，无论是社会生活中坚还是交际花、现代都市新青年以及初期工人运动领导者、现代都市女产业工人，都呈现出前所未有的或主动或被动的性泛滥状态，对这一关系或状态的理解是对现代中国社会发展进程中的种种现象特别是女性生存状态与命运的深度理解。

《子夜》中首先让人看到的是吴老太爷“赋了悼忘”之后一直独身所表现出的传统两性关系的一端，即在宗教意识或因果报应说引领下的两性关系，是对“欲望”的极端制约甚至禁欲。而另一端则是欲望的满足甚至放纵，它通过乡村地主曾沧海夺人之妻为妾、冯云卿娶姨太太的行为表现出来。如果说吴老太爷、曾沧海及冯云卿是他们所在时代和环境中的“才子”，那么他们处理两性之间关系的方式则可以看作是传统在现代社会的延续。这一关系在现代社会发生了重大变化，《子夜》通过不同生活领域或阶层的“才子佳人”深刻表现了这一变化。

（一）物化、及时行乐与欲望满足背后的性泛滥：社会生活中坚中的才子佳人之间的关系。《子夜》中最引人注意也最为复杂的两性关系是社会生活中坚这一形象群与交际花之间的关系。社会生活中坚这一形象群所拥有的财富及社会地位毫无疑问是吸引交际花的根本原因，而交际花能够吸

引他们注意的首要条件则是她们所拥有的先天的自然美，由此，这一关系一开始就被物化。对于交际花而言，两性关系是作为换取物质生存或生活享受的条件或方式，对于社会生活中坚这一群体而言，与交际花之间的关系则是在婚姻之外及时行乐与欲望的极度满足，而只要行为被欲望所主导，性泛滥在他们之间就不可避免。

尽管《子夜》对交际花徐曼丽的身世没有任何交代，但从她的天生丽质及行为气质来看，她不可能出身于那种一无所有也就是失去生存的最基本物质条件的家庭。即便如此，她还可以像那些女工们一样走进工厂，凭自己的劳动获得生存的物质条件。但她选择了交际花这一特殊生活方式，走到了那些“才子”们的身边并对他们有所依附，这从她出场时的行为以及她对“才子”们议论的敏感可以看出。徐曼丽出场时的表现是表演而不是日常行为，“扭着腰，用小手帕掩着嘴唇，吃吃地笑个不住”[①]，她第一次出场是在吴老太爷的丧礼上，她的行为与她所置身的环境殊不协调，因此，她的表演一方面是已经形成的习惯，另一方面则是她对男性依附性的表现。吴老太爷的丧礼不缺她这样一个人物，她也不是为丧事而来，而是提示那些才子们不至因“悲伤”而将她忘记。因此，她的表演当然不是艺术，只是为引起她所关注的对象的关注而已。她后来的跳舞特别是身体的显露则是在特殊时刻以满足才子们欲望的方式提醒他们注意她的存在与不可或缺，她“赤着一双脚，婷婷站在一张弹子台上跳舞……她托开了两臂，提起一条腿——提得那么高；她用一个脚尖支持着全身的重量，在那平衡光软的弹子台的绿呢上飞快地旋转，她的衣服的下缘，平张开来，像一把伞，她的白嫩的大腿，她的紧裹着臀部的淡红印度绸的亵衣，全都露出来了”[②]，她以女性的身体及行为紧紧将才子们吸引住，这恰好反映出她对才子们的依附性，她以男人需要的行为让自己始终出现在他们的视线之内，实质是让男人们无法摆脱欲望对自己的控制。

如果说交际花与社会生活中坚这一群体之间的物化关系在徐曼丽这里表现得还不是很明确，那么，决心要做徐曼丽第二的刘玉英则将这一物化

---

① 《中国新文学大系 1927—1937·小说集六·子夜》，上海文艺出版社 1984 年版，第 322 页。

② 同上书，第 344 页。

关系作了明确的表达：一是明确利用性别优势与身体获利，“她是一个女人，她知道女人生财之道，和男子不同；男子利用身外的本钱，而女子则利用身上的本钱”[①]；二是获利不是为基本生存需要而是满足欲望。刘玉英不仅衣食无忧而且很富有，但与赵伯韬打交道的时候“认定这也是一种‘投机’。在这‘投机’上，她预备捞进一票整的”[②]；三是为获取利益和满足欲望，传统女性观念被完全搁置，她“常是这么想：只要照旧捞得到钱，老赵有一万个姘头，也和她刘玉英不相干”[③]；四是极度自私，传统道德观念彻底放弃。从赵伯韬那里探听来的消息，她决定“谁出大价钱，我就卖给谁”[④]，显然她已被自己的物欲与情欲所控制，将两性关系作了最明确的物化。

如果说交际花在与社会生活中坚这一群体打交道是为获取利益和满足自己的欲望，那么，社会生活中坚这一群体与交际花之间往来的唯一目的就是获取性的满足，吴荪甫、赵伯韬、周仲伟、雷鸣等人都是如此。我们以前只注意吴荪甫发展民族工业理想这光辉的一面，忽视了他与异性主要是交际花交往时所表现出的人性的重要一面，那就是及时行乐与欲望的满足。吴荪甫在婚姻之外与徐曼丽公开往来，作为交际花的徐曼丽在吴老太爷丧事时到来这一行为当很不一般，一定有特殊的意义。吴荪甫在事业遭遇重大挫折甚至失败的时候仍不忘在黄浦江上与徐曼丽纵情戏谑，“上了岸以后，他们到徐曼丽那里胡闹了半点钟，又访过著名的秘密艳窟九十四号，出了一个难题给那边的老板娘”[⑤]，这最大限度地表明两性关系在他们这里只是及时行乐和满足欲望的方式。在利用自己的表侄女刘玉英的过程中也无法阻止对她身体的欲念，“刘玉英刚才那笑，那脸红，那眼波，那一切的诱惑性，他把不住心头一跳”[⑥]。在失意的时候，“一切不如意，这时候全化为一个单纯的野蛮的冲动”[⑦]，家中的保姆竟成为“最能使他的狂

① 《中国新文学大系 1927—1937·小说集六·子夜》，上海文艺出版社 1984 年版，第 565 页。

② 同上。

③ 同上书，第 559—560 页。

④ 同上书，第 564 页。

⑤ 同上书，第 722 页。

⑥ 同上书，第 580 页。

⑦ 同上书，第 663—664 页。

暴和恶意得到满足发泄的对象"[1]，异性在他这里只是欲望满足的对象。赵伯韬更是如此，他公开表示自己与女性的往来是为满足自己的欲望，"人家说我姓赵的爱玩，不错，我喜欢这调门儿"[2]。不仅如此，他所说的"不大爱过门的女人"[3] 表明女性对于他而言纯粹是用来满足自己的欲望。军人雷鸣虚情假意，一方面向有夫之妇的林佩瑶表达他的情感，似乎是位"痴男"，但当他再次从前线回来时却与徐曼丽"臂膊挽着臂膊"[4]，由此看来，他对林佩瑶的一番表白不会超越自己欲望的界限，等等，这些都表明两性关系在社会生活中坚这一群体看来只是满足自己的欲望，性泛滥也就不可避免。他们也维持婚姻关系，如吴荪甫，但在妻子面前表现出的却是忘于情感，执着事业，以至妻子陷入空虚境地，只好转而思念过去。

（二）游戏背后的性泛滥：现代都市新青年中才子佳人之间的关系。如果说异性对于社会生活中坚这一群体而言只是欲望的满足，那么，对于现代都市新青年这一群才子佳人们来说，两性关系一开始就在被游戏。他们都受过大学教育，其中还有留学归来，传统与他们的距离越来越远，面对两性关系，他们的态度与行为是越来越开放，这主要表现在：1. 就两性关系而言，他们的观念与行为已发生质的变化。用吴芝生的话说就是"当今之世，不但男择女，女亦择男；不但男子玩弄女子，女子亦玩弄男子"[5]，由此，两性关系在他们这里已变得相当随意并呈泛滥趋势。如范博文、吴芝生与林佩珊、张素素等人讨论刚刚进城的"四小姐和七少爷阿萱的性格将来会不会起变化"时"打赌"，赌的是"kiss"[6]，男女之间表达情感的行为在他们这里成为游戏的内容。林佩珊与范博文手拉着手是家常便饭，随意也就是不在意，两性之间的关系也就如手拉手那样，随时可以拉起来随时也可以放开，男女之间表达爱意的"手拉手"在他们这里不过是日常行为甚至无意识的举动，两性之间关系的纽带不再是情感而仅仅因为是异性而已。2. 对爱情不再执着，两性观念相当开放。范博文与林佩珊曾经"亲

---

① 《中国新文学大系 1927—1937 · 小说集六 · 子夜》，上海文艺出版社 1984 年版，第 664 页。

② 同上书，第 518 页。

③ 同上。

④ 同上书，第 709 页。

⑤ 同上书，第 426 页。

⑥ 同上书，第 328 页。

昵与无猜……因为吴荪甫的'不赞成'……因为吴少奶奶的'也不赞成'"[①] 而终止，范博文试图跳进公园的水池来一次"诗意的死"[②]，但很快"一个后悔又兜头扑上他的全心灵"[③]，而这事在林佩珊看来"是照样的无可无不可"[④]，她很快转而与从法国留学回来的杜新箨同居。但当谈及与杜新箨的婚姻关系时，林佩珊却说，"我想来，要是和小杜结婚，我一定心里还要想念别人——"[⑤]，这源于她对生活特别是对婚姻的观察和认识，她曾对她的姐姐吴少奶奶说，"老是和一个人在一处，多么单调！你看，你和姊夫"[⑥]！从感觉出发，婚姻在她看来似乎已不再有什么意义。而杜新箨对人生的认识是"人生游戏耳"[⑦]，在这一观念支配下，爱情或性当然也只是游戏。当林佩珊问杜新箨"我们怎样了局"[⑧] 时，杜新箨的回答是"混到再也混不下去，混到"她"有了正式的丈夫"[⑨]，杜新箨对与林佩珊同居的认识是，"那算得了什么！你依然是你，不曾缺少了什么！"[⑩] 两性关系在他的意识中已完全脱离伦理、情感等精神因素的作用和影响，成为纯身体或生理行为。张素素与教授李玉亭之间的"爱情"也成了问题，"'灰色'的教授自然会使得需要'强烈刺激'的张小姐失望……李教授打听出素素的父亲差不多快把一份家产花完，所以他也失望了"[⑪]。作为年轻一代对于爱情已不再执着，实质上也就无所谓爱情。3. 性观念的开放与性行为的泛滥。现代都市新青年的性观念与行为相当开放，这特别表现在张素素对进城不久的惠芳的引导。四小姐惠芳进城之后精神世界所发生的变化，相当重要的一个原因要归结为张素素的引导，一方面是引导惠芳挣脱吴荪甫的束缚，争取恋爱自由，"四妹……我早就知道你注意博文……你的事，他没有

① 《中国新文学大系 1927—1937·小说集六·子夜》，上海文艺出版社 1984 年版，第 421 页。
② 同上书，第 424 页。
③ 同上。
④ 同上书，第 422 页。
⑤ 同上书，第 440 页。
⑥ 同上书，第 439 页。
⑦ 同上书，第 757 页。
⑧ 同上书，第 756 页。
⑨ 同上。
⑩ 同上。
⑪ 同上书，第 426 页。

权力干涉，你有你的自由……你要反抗荪甫的专制，争得你的自由"[①]，这对惠芳来说是思想启蒙，让她深为感动，"把素素看成了侠客"[②]。而最重要的引导就是将她带到上海郊外的丽娃丽妲村那样一个性观念与行为相当开放的场所，这对于精神处在传统与现代、都市与乡村交界处的惠芳而言是一次直接的性观念与性行为启蒙教育。惠芳来到丽娃丽妲村看到的实质上就是青年男女的放浪行为而不是思想解放，"这边树荫下草地上有男女的浪笑，一只白腿翘起，高跟皮鞋的尖头直指青天；而那边，又是一双背影，挨得那么紧，那么紧"[③]，这情景让刚进城不久的惠芳"心跳得几乎想哭出来"[④]。处在青春期的蕙芳没有也无法拒绝这一生活现象的影响，相反，她对张素素"坚决地说道：'我不愿意再住在家里了！一天也不愿意'"[⑤]，很快，她与吴荪甫不辞而别，"逃走"到"女青年寄宿舍"[⑥]。在现实生活的直接影响下惠芳的观念瞬间开放，紧跟其后的行为就可以想见，性行为泛滥不可避免。由此，进城后的惠芳面对两性关系不是由两性之间接触、交往到爱情、婚姻，而是一步跨入性解放的行列。

（三）被压抑背后的性泛滥：初期工人运动领导者中才子佳人之间的关系。如果说社会生活中坚这一形象群两性之间的关系被物化，是及时行乐与欲望的满足，现代都市新青年中的两性关系已沦为游戏，那么，初期工人运动领导者这一形象群中的两性关系就刚好相反，这一关系受职业与传统道德双重压抑并以扭曲的方式表现出来。所谓扭曲就是两性关系被压抑之后所表现出的性观念的开放与性行为的泛滥，这主要表现在：首先，他们是年轻的一群，有青春的情感以及对异性的欲望。初期工人运动领导者们与现代都市新青年一样，都是处在成长过程中的年轻人，尽管生活环境与境遇不同于现代都市新青年，但他们同样有青春的情感以及对异性的欲望，这特别表现在蔡真身上。作为女性，对异性的情感需要本应表现得含

① 《中国新文学大系 1927—1937·小说集六·子夜》，上海文艺出版社 1984 年版，第 747—748 页。

② 同上书，第 748 页。

③ 同上书，第 750 页。

④ 同上。

⑤ 同上书，第 753 页。

⑥ 同上书，第 759 页。

蓄，但蔡真并不掩饰，她反复通过与同性身体的接触来表达自己的性冲动，“躺在床上的蔡真……把身子沉重地颠了一颠，就坐了起来，抱住玛金，轻轻地咬着玛金的颈脖。玛金不耐烦地挣脱了身，带笑骂道：‘算什么呢！色情狂！’……蔡真……跑到陈月娥跟前，蓦地抱住了陈月娥，脸贴着脸。陈月娥脸红了，扭着身体，很不好意思。蔡真歇斯底里地狂笑着，又掷身在床上，用劲地颠着，床架格格地响”[①]，这显然是难以抑制的性冲动，并且这样的行为表现已持续了相当长的时间，以致同伴们习以为常。她的大胆表现固然是在同性之间，但从苏伦对玛金所说可以看出蔡真在背后无疑存在性的极度宣泄甚至性行为的泛滥，“你不见蔡真近来也瘦了些么？一样的原因。性的要求和革命的要求，同时紧张”[②]。他们当然不只是性的冲动，还需要爱情。当玛金与苏伦单独相处的时候，苏伦表达了自己失恋的痛苦，“‘小黄离开了上海就对我倒戈!’……‘总不免有点难过，玛金，你说不是么？虽然恋爱这件事，我们并不看成怎样严重，可是总不免有点难过呀’”[③]。但这样的伤感持续的时间非常短暂，在新的异性面前很快消失，“‘玛金，玛金！需要一个人安慰我，鼓励我；玛金，你肯么？我需要——’苏伦抬起头来，一边抓住玛金的手，一边就把自己的脸贴到玛金的脸上。玛金不动，小声儿笑着”[④]，由此可以看出，苏伦对爱情的所谓渴望不过是对异性的需要而已，这特别表现在他被玛金的身体所吸引，他指着玛金的乳房说，“玛金！你的奶，就像七生的炮弹尖头一样!”[⑤]对异性的需要不只是初期工人运动领导者中的男性，女性同样如此。当苏伦通过与玛金的身体接触表达对异性的需要时，玛金的行为同样表达了作为青春女性对异性的需要，只是玛金的表现含蓄一些。其次，对异性的欲望与情感被压抑。初期工人运动领导者们正处在青春成长的过程之中，但不同于现代都市新青年的是，他们内心深处对异性的需要被他们从事的工作直接压抑。被压抑的内在需要有两种不同的表现方式，一是蔡真在同伴

① 《中国新文学大系 1927—1937 · 小说集六 · 子夜》，上海文艺出版社 1984 年版，第 681 页。

② 同上书，第 689 页。

③ 同上书，第 689—690 页。

④ 同上书，第 690 页。

⑤ 同上。

们面前直接表达自己对异性的欲望与冲动。她不仅用肢体动作表达了她对异性的欲望与冲动，而且通过言语直接表达了她内心的真实需要，“玛金！玛金！有一团东西在我的心口像要爆裂哟！一团东西！爆裂出来要烧毁了一切敌人的东西！……你摸摸我的脸，多么热！”[①] 蔡真毫不隐晦地表达自己的欲望与冲动。二是对欲望的持续压抑。这突出表现在苏伦这位年轻人身上。在玛金眼中，他平时“从不胡闹”[②]，这当是指他从不与异性“胡闹”，也就是通过非正常的方式寻求性的刺激和满足，因此，玛金平时对他很“敬重”[③]，而这恰恰是自我压抑的重要表现。当环境改变时，苏伦的变化最明显、最突然，也似乎最不可理解。当他与玛金单独相处时，他真实的内心需要很快显露出来，不只是冲动，而且有暴力倾向，这一行为正是压抑程度严重的表现。玛金同样压抑自己的情感与欲望，平时她专注于自己的工作，当与苏伦独处时，她的内心世界的真实需要同样显露出来。当苏伦“笑”玛金“不懂两边工作”时，“玛金的身体在床上动了一下，怪样地看了苏伦一眼，很随便似的说：你不要造谣”[④]，玛金显然已明白苏伦所说的“两边工作”是什么意思，而她的神情的变化则是她内心需要开始显露的表现。当苏伦“一把抓住了玛金的手，一边就把自己的脸贴到玛金的脸上”[⑤] 时，“玛金不动，小声儿笑着”[⑥]，随后当着苏伦的面换衣服并朝着他笑，她内心的真实需要进一步表现出来。但当苏伦试图对她提出进一步的要求时，她的职业、她的道德意识阻止了苏伦也阻止了她自己，“怒叫了一声，猛力一个挣扎，将苏伦推下，赶快跳离床，睁圆了眼睛怒瞅着苏伦”[⑦]，内在的要求再次被压抑。当她“像一阵风似的跑下了楼，跑出了这屋子，跑出了那弄堂”[⑧] 后，“一路上，玛金想起自己和克佐甫的争论，想起了苏伦的丑态，心里是又怒又恨。但立刻她把这些回忆都撇开

① 《中国新文学大系 1927—1937·小说集六·子夜》，上海文艺出版社 1984 年版，第 686—687 页。

② 同上书，第 688 页。

③ 同上。

④ 同上书，第 689 页。

⑤ 同上书，第 690 页。

⑥ 同上。

⑦ 同上书，第 691 页。

⑧ 同上。

了，精神只集注在一点：她的工作，她的使命”[①]，正是“她的工作，她的使命”压抑了她正常的情感要求。对欲望与冲动压抑最典型的表现则是克佐甫，他以“革命机器”的形象出现，形色匆匆，满口理论教条，对待他人只有命令与教训，他的内心世界没有得到任何表现，而这正是他的内心世界被他所从事的职业或事务压抑的结果。因为《子夜》对克佐甫的表现非常有限，我们也就很难认识他对异性的态度，但想必不会离常人太远，更不会离他所在群体太远。再次，两性之间的关系以扭曲的方式表现出来，其行为已呈泛滥状态。由于所从事工作性质的特殊，现实生活不允许初期工人运动领导者们如现代都市新青年那样可以随意与异性相处并随时满足自己的欲望，他们对异性的需要也因此以扭曲而非正常的方式表现出来。蔡真在同性面前不掩饰自己的欲望并以扭曲的方式表现出来，一方面是在同性面前通过语言和肢体动作表现出来，另一方面则表现为与异性纵情宣泄。苏伦对玛金说阿英“近来忙着两边的工作”[②]，他所说的“两边的工作”一方面是“工人运动”，另一方面则是性的满足，实质上是纵欲。蔡真也是如此，“你不见蔡真近来也瘦了些么？一样的原因。性的要求和革命的要求，同时紧张”[③]。如果说她的表现还不典型，那么，平时从不胡闹的苏伦在与玛金单独相处的时候抑制不住内心的冲动，试图在玛金身上寻求欲望的满足，“苏伦突然抢前一步，扑到玛金身上，他是那么猛，两个人都跌在床上了”[④]，他以扭曲的方式表达了自己对异性的渴望。

（四）被损害背后的性泛滥：现代都市产业工人中才子佳人之间的关系。生活在现代都市底层的女产业工人这一群体中的大多数与现代都市新青年一样，正处在青春成长阶段，但自身及直接的生存环境决定了她们中的很多人无法获得正常的两性关系，并且在这背后存在严重的性泛滥与性侵害，由此，她们的两性关系处于被损害状态，具体表现在：一是被剥夺。现代都市女产业工人这一群体与交际花们一样都是现代社会发展的产

① 《中国新文学大系 1927—1937·小说集六·子夜》，上海文艺出版社 1984 年版，第 691 页。

② 同上书，第 689 页。

③ 同上。

④ 同上书，第 690 页。

物，她们都超越了传统的限制，走出了家庭。不同的是：首先，女产业工人大多因自身自然条件的限制站在现代生产的机器旁边而不是都市巨富们的身边。仅就自然条件而言，女产业工人们中间很难有所谓佳人存在，繁重的劳动使她们进一步失去自然美，如姚金凤“瘦长条子，小圆脸儿，有几点细白麻粒”[①]，精神特别是知识修养就更是问题，生存成为她们的唯一需要，她们的人生注定残缺不全。其次，由于行业的限制，纺织工业这一领域的女性往往占绝大多数，性别失衡是常态，这就决定了她们很难有所选择，很难获得满意的两性关系。再就是，生活在都市底层男性的素质决定了她们难有满意的两性关系。出现在她们身边的那些男性要么是从乡村小镇来到都市，像曾家驹那样不仅外形极丑，“野马似的”[②]，而且在乡村乱伦，调戏妇女，进城之后不久就试图对女工朱桂英施暴，失去基本道德规范，要么就是一些流氓打手，无论是生活还是精神上都无法成为女工们的依托。由此，现代都市女产业工人们原本正常的生活要求和愿望一开始就被她们所从事的职业或被她们的生存环境所剥夺。二是被占有。现代都市女产业工人们自身的自然条件及直接生活环境决定了她们很难获得满意的两性关系，出现在她们身边的男性很难让她们满意，这就形成了一个巨大的性别需求空间，这一空间常常被拥有权力的管理者如屠维岳等人所占有，于是女工们的两性关系被进一步扭曲：一种情形是她们中的部分人会试图通过两性关系获得直接的生存空间和利益。如女工中的阿珍就主动向屠维岳靠近并给予性暗示，与屠维岳见面时是用“勾引性的眼光”[③]，这一行为的发生有复杂原因，首先是女工群体性别失衡导致男性的出现会引起她们的注意；其次是像屠维岳这样完全不同于她们的男性出现在她们中间会引起她们的注意和向往之情，不可否认，她们会希望在这样的男性身上获得两性关系的满足；再就是，作为管理者必然会引起女工们向他们靠近并试图以此获取直接的利益。但这并不意味着她们真的愿意如此，仍然是直接的生活环境所迫。另一种情形则是女工们中存在的美被发现。女产业工人自然条件的不足并不意味着自然美在她们这里完全消失，只是被种种

① 《中国新文学大系 1927—1937·小说集六·子夜》，上海文艺出版社 1984 年版，第 451 页。

② 同上书，第 433 页。

③ 同上书，第 606 页。

原因压抑、掩盖而已，一旦被发现同样具有无穷的魅力。如朱桂英就是如此，她先天的自然美被掩盖和压抑，但还是被屠维岳这样的年轻人发现并给他留下了深刻记忆，“这是二十来岁剪发的姑娘，中等身材，皮肤很黑，可是黑里透俏，一对眼睛尤其灵活”[①]，屠维岳发现的不只是自然美更是内在的精神。但是，屠维岳与女工们之间不平等的生存境遇决定了他对朱桂英的自然美只能是欣赏和占有，不可能与她这样一位女工走上正常的生活之路，更不可能像言情小说中的“才子佳人”相见那样一见钟情然后千方百计要将另一方带进富贵的生活境地，这从他与朱桂英面对面时所说的话可以清楚看出，“你不要慌！我同女人是规规矩矩的，不揩油，不吃豆腐！”[②] 从屠维岳所说还可以看出，女工们实际上经常处于被占有状态。三是被暴力侵害。就两性之间的关系而言，女工们更可怕的遭遇是经常遭遇暴力侵害，生活在她们周围的男性除屠维岳这样一位“空降”而来的才子式的管理者外，几乎都是流氓打手如李麻子、桂长林及渣滓曾家驹、吴为成之类。如果说女工们中间有佳人存在，那么这些佳丽们的命运就很值得同情，她们经常会遭受到她们难以接受的对象的暴力侵害，这从曾家驹的大胆行为上可以清楚看出。在一个漆黑的雨夜，当朱桂英挣脱屠维岳的控制试图逃出工厂时，“一个霹雳当头打下来，就在这雷声中跳出一个人来，当胸抱住了她”[③]，试图实施性侵害，而当作为管理者的屠维岳发现是曾家驹之后也只是“钉了他一眼……放开了”[④]，没有也不可能对施暴者有任何惩罚，而这在女工们的生活当中一定是非常常见的现象。在失落、占有与被侵害背后隐藏着的是性泛滥，这里性泛滥行为的本质同样是处在不平等地位的两个阶层，其中一个阶层通过性行为对另一个阶层的恣意压迫与剥削。作为女性，与交际花相比，女工们的命运就更悲惨，一方面要承受繁重劳动，另一方面还得忍受性侵害，并且作为受害者，她们无法获得任何补偿。

《子夜》中“才子”“佳人”之间关系的表现实质是从不同生活领域对

① 《中国新文学大系 1927—1937·小说集六·子夜》，上海文艺出版社 1984 年版，第 610 页。

② 同上书，第 612 页。

③ 同上书，第 612—613 页。

④ 同上书，第 613 页。

人性的探讨，具有丰富复杂的审美和不同的群体意义，是《子夜》艺术世界的重要构成部分。

三　不只是雅与俗：《子夜》与中国现代通俗文学之间关系发生的原因及意义

《子夜》与中国现代通俗文学之间关系的发生有其深刻的时代及艺术原因，通俗文学的一些重要艺术因素在《子夜》中的出现具有特殊的审美意义，它并非我们曾经所认为的那样仅仅是所谓雅俗的融合，而是通俗文学作为本民族特殊的艺术理想和表现方式必然会以不同的方式进入后来的艺术世界从而获得自身的延续和发展。

（一）《子夜》与中国现代通俗文学之间关系发生的原因

《子夜》与中国现代通俗文学之间之所以存在密切关系有其深刻的时代及艺术原因，它与通俗文学曾经产生的巨大影响、通俗文学与新文学之间的共存与竞争关系、上海作为现代都市本身的生活现状以及茅盾本人从事文学活动时的个人状态等因素都有密切关系。

1. 通俗文学的巨大影响及茅盾对通俗文学的接受。我们注意到茅盾开始新文学活动之际对通俗文学的批判却没有注意在这一批判之前他对通俗小说的接受，因此也就忽略了茅盾与通俗文学之间的真实关系。如茅盾自己所说，他在“十一二岁的时候，也读《七侠五义》一类的书……过后两三年……读了一些侦探小说……我的儿童时代就点缀过这么两件事——说得上是被我真真热心‘研究’过”[①]，茅盾所说有这样几点值得注意：一是他在这里说的是通俗文学中的武侠与侦探，而通俗文学中影响巨大的言情、社会与黑幕等门类他不可能不涉猎，他所说的“一类”当有这一意义在其中，由此他受到的是通俗文学的整体性影响；二是他说的“《七侠五义》一类的书”表明他的阅读有一定量，由此一定会受到通俗文学内容及艺术的多方面影响；三是被通俗小说的艺术强烈吸引。他因为阅读通俗小说而迷恋“侠客们的‘袖箭’……犯人和侦探都用的……毒药”[②]，这必然

① 《中国当代文学研究资料·茅盾专集》第一卷·上册，福建人民出版社 1983 年版，第371—372 页。

② 同上。

会反过来刺激他进一步阅读通俗小说，由此，精神世界在少年时代就深受通俗文学影响并被它的艺术世界所占有。出身于“一个大家庭”[①]的茅盾之所以在自己的成长阶段精神世界被通俗小说所吸引，与通俗文学的传播方式、通俗文学的历史与文化渊源有密切关系。新文学发生之前的民国初年，影响中国人精神世界的是通俗文学，“旧派小说……在民国初年的一段时期，呈现了极其繁荣的景象”[②]，其直接表现就是巨大的发行量，“旧派小说……在数十年间所出版的数量，是惊人的”[③]，巨大的发行量表明通俗小说对大众有着强烈的艺术吸引力并在相当大的程度上满足了他们的精神需要，因而拥有数量庞大的读者。同时，通俗文学还着意满足不同领域和阶层读者的审美趣味，“旧派小说生长在”上海“这样的环境里，自然也不能不随波逐流，以求适应……随着读者的口味而时相转换，汇成潮流”[④]，用现在的话来说，通俗文学可以说是订单式生产，量身打造，这就完全有可能将读者的精神世界紧紧占据。再就是，由于“在民国时代，电影、戏剧、评弹以及其他曲艺，都采用这种故事性传奇性较强的小说作为素材以改编脚本，再表演说唱，这就更加在群众中扩大了它的影响”[⑤]，也就是说，通俗小说不仅以纸质的形式面向大众，还通过当时所能为大众接受的各种艺术形式予以广泛传播，通俗文学的艺术魅力被充分发现和放大，由此形成强大的艺术氛围并对人们的精神世界产生持续影响。

通俗文学影响之所以如此之大，与它自身的文化渊源有密切关系。通俗文学不仅内容和形式来自民间，与大众的精神世界存在天然的内在联系，“章回体旧派小说起自民间，从口头文学发展为纸面抒写，内容、形式，颇为群众所喜闻乐见”[⑥]，而且有着久远的传统，在与新文学竞争的过程中表现出特有的艺术生命力，“五四运动以后，新文学为壮大自己的力量，扫清前进道路上的障碍，曾经对旧派小说施以猛烈的打击。可是，由

① 《中国当代文学研究资料·茅盾专集》第一卷·上册，福建人民出版社 1983 年版，第 351 页。

② 魏绍昌编：《中国现代文学研究资料（甲种）·鸳鸯蝴蝶派研究资料·史料部分》上卷，上海文艺出版社 1984 年版，第 268 页。

③ 同上书，第 271 页。

④ 同上书，第 270 页。

⑤ 同上。

⑥ 同上。

于它的源远流长，在社会上已经有了一定的基础，故一时不易衰败”[①]。由此，通俗文学的兴盛并非偶然现象，而是有其深刻的文化原因，是大众持续审美选择的结果，成长过程中茅盾的精神世界受通俗文学艺术影响并表现在后来的小说创作中也就因此有其深刻的时代与艺术原因。

2. 通俗文学的上海背景与茅盾本人的上海生活体验。《子夜》或茅盾之所以与通俗文学存在密切联系，还与通俗文学的上海背景以及茅盾本人的上海生活经历有密切关系，“旧派小说的集中地是上海”[②]，也就是说，通俗文学之所以长盛不衰，除本身的艺术原因之外还有上海这个现代都市为其提供的直接的现实生活基础和环境，它集中了现代生活中的种种现象因而也是现代文化的汇集，“解放前的上海，特别又是有‘租界’时的上海，是失意者的‘逋逃薮’，得意者的‘安乐窝’，五方杂处，九流三教，乌烟瘴气，光怪陆离”[③]，也就是无论什么人都能够在这里找到他的现实与精神的安身之所，对这一杂多生活现象本身的“照相”式的表现如黑幕之类的实写就能够吸引无数人的注意，而如果是审美的艺术表现就更是如此。正因为上海这个现代都市本身就存在种种令人注意的生活现象，通俗小说因此获得了深厚的现实生活基础和丰富多样的表现内容及对象。通俗小说中种种生活现象自不必说，仅就《子夜》中众多的“才子佳人”而言就不再是作者“在顾影自怜，慨叹怀才不遇之余，少不得生出种种‘飞花艳想’”[④]，而是实实在在的现代都市上海生活的表现。“才子佳人”可以说是现代都市上海广泛存在的人物和生活现象，在中外文化交汇的背景下，20年代的上海是各界“才子”云集，紧随他们身后的“佳人”自然是成群结队，正是这样一些重要群体的存在使得上海这个都市的生活变得多姿多彩。茅盾的出生地浙江无论自然还是人文都与上海相近，并且于“一九一六年八月初……到上海”[⑤]，开始在这个现代都市生活，距《子夜》的创作近二十年之久，其间对上海这个现代都市的生活会有全面深入的感受、体

① 魏绍昌编：《中国现代文学研究资料（甲种）·鸳鸯蝴蝶派研究资料·史料部分》上卷，上海文艺出版社1984年版，第269页。

② 同上书，第270页。

③ 同上。

④ 胡益民、李汉秋：《清代小说》，安徽教育出版社1997年版，第206页。

⑤ 《中国当代文学研究资料·茅盾专集》第一卷·上册，福建人民出版社1983年版，第396页。

验和认识，《子夜》的创作与这一生活体验、感受和认识毫无疑问存在直接关系。通俗小说中的那些人和事在现实生活中以不同的方式存在和显现，是上海这个现代都市日常生活的常态，对这个都市的表现也因此离不开这样一些本质化了的人和事。

3. 以创作谋生，必须寻求大众的接受。《子夜》与通俗文学之间关系发生的原因还与茅盾以文为生的生活情形有密切关系，因为以文为生就必须如通俗文学那样寻求大众的支持，其途径就是在不脱离新文学为人生等基本宗旨的前提下尽可能满足大众而不仅仅是精英知识分子的审美趣味，而大众审美趣味的满足在通俗文学那里已有很好的表现，完全值得深入思考和借鉴运用。茅盾当然不能也不可能走通俗文学的老路，但通俗文学中经过长期发展并为大众所稳定接受的艺术因素完全可以加以运用从而一开始就能拉近作品与读者的距离。1927 年大革命失败之后茅盾“从牯岭回到上海”①，这是他个人生活之路的重要转折，如他所说，“马上面临一个实际问题，如何维持生活？找职业是不可能的，只好重新拿起笔来，卖文为生”②，1928 年到“日本仍是卖文为生”③，而且是“忙于卖文为生”④。直接的现实生活压力即使不是茅盾走上创作道路的重要原因也是最为直接的原因，这就迫使他思考自己的作品如何能够最大限度地被“大众”而不是少数“精英”，为当前而不是为未来的读者所接受。因此，他首先对“革命文学”进行反思，“我很愿意我很希望，被压迫的劳苦群众‘能够’做革命文艺的读者对象……事实上是……劳苦群众并不能读……即使你朗诵给他们听，他们还是不了解。他们有他们真心欣赏的‘文艺读物’，便是滩簧小调花鼓戏等一类你所视为含有毒质的东西”⑤，茅盾认识到中国普通读者的教育程度及传统审美趣味与理想对他们的深刻影响，超越大众精神状态和要求的文艺只能远离他们并被他们拒绝，也就因此失去最基本的生存基础和空间。

---

① 叶子铭编：《茅盾自传》，江苏文艺出版社 1996 年版，第 181 页。

② 同上。

③ 同上书，第 209 页。

④ 同上书，第 211 页。

⑤ 同上书，第 197—198 页。

4. 新文学大众接受的局限性与茅盾的自觉选择。新文学发生之后在相当长的一段时间内，包括鲁迅的作品在内的接受者局限于青年学生，与大众之间存在距离，直到 30 年代前后依然如此。茅盾非常注意这一现象，"现在的'革命文艺'则地盘更小，只成为一部分青年学生的读物，离大众更远。所以然的缘故，即在新文艺忘记了描写它的天然的读者对象"①。从"革命文艺"的现实处境茅盾认识到，创作必须注意读者的接受状态，必须面对最大可能的读者对象文艺才有可能生存和发展，"现在为'新文艺'——或勇敢点说，'革命文艺'的前途计，第一要务在使它从青年学生中间出来走入小资产阶级群众，在这小资产阶级群众中植立了脚跟"②，在茅盾看来，不只是革命文艺需要面对最大可能的读者群，就是整个新文学也应如此，"我相信我们的新文艺需要一个广大的读者对象，我们不得不从青年学生推广到小资产阶级的市民，我们要声诉他们的痛苦，我们要激动他们的热情"③。他从读者角度出发对革命文学及新文学的反思一开始就为他自己的创作调整了一个重要方向，即必须面对最大可能的读者群并从他们的教育程度与审美趣味出发来创作，而要在短时间内让新文学能够吸引尽可能多的读者，其艺术手法就根本不可能是与中国文化本身极其隔膜的左拉和托尔斯泰，而只能是早已为大众所认可的通俗文学，借鉴通俗文学的艺术手法在他看来或许才是新文学与大众接近的最便捷方式。

因此，《子夜》中的通俗文学影响与茅盾从事文学创作之际面临的直接现实生活问题有关，正是现实生活需要迫使他走上文学创作之路的同时也迫使他一开始就思考文学与读者之间的关系，从而自觉地运用或借鉴通俗文学一些经过时间与读者选择的艺术表现方式，试图增加作品的艺术魅力从而尽可能拉近其作品与读者的距离。由此，《子夜》中出现的才子佳人、黑幕、侦探等审美表现内容和人物结构模式当是茅盾从中国读者的传统审美趣味和自己的个人现实需要出发自觉选择与运用的结果。

（二）《子夜》与中国现代通俗文学之间关系的意义

通俗文学中的一些重要艺术表现对象和艺术方式在《子夜》中的出现

---

① 叶子铭编：《茅盾自传》，江苏文艺出版社 1996 年版，第 199 页。

② 同上。

③ 同上书，第 200 页。

有其特殊审美意义和价值：首先，通俗文学艺术表现方式的运用扩展了《子夜》审美的艺术表现对象和空间。仅就小说艺术审美表现对象而言，通俗小说中的“才子”“佳人”这一人物形象模式本身就是对现实生活特别是都市中的精英或核心群体的审美把握，现实生活中的故事往往由这一群体演绎而来，这样的故事反过来最能吸引大众的注意，因此，才子佳人这一人物表现模式的运用本身就能扩展小说艺术表现的对象和生活空间。当《子夜》把目光朝向上海这个现代都市中的精英群体，特别是“资本家的少奶奶、大小姐”[①] 时，毫无疑问扩大了新文学的表现对象，不再只是写底层民众的呻吟，还有上流社会的奢华甚至浪荡。同时，对社会生活阴暗面的直接揭露而不是道德审判与通俗小说中的黑幕有明显的相通之处，这类问题永远会受生活中人的关注，对社会生活阴暗面而不仅仅是人的深层精神世界的直接表现同样扩大了《子夜》的审美表现对象和空间。

其次，通俗文学艺术表现方式的运用极大增加了《子夜》的可阅读性，从而吸引了原本是通俗文学的读者群体的注意。《子夜》的出版与通俗小说有相似之处，一是数量相对当时的新文学而言可以说是非常巨大，“出版三个月内，重版四次；初版三千部，此后重版各为五千部；此在当时实为少见”[②]，这就大有通俗小说那样被广为阅读之势；二是吸引了不同领域的读者。茅盾非常在意《子夜》的读者群体，当《子夜》不断再版之后他这样说，“究竟这大批的读者是谁呢？是不是爱好新文学的青年学生”[③]，这实质是关心《子夜》是否超越了新文学的接受范围，为一般大众所关注和接受，因为“当时，新文学的读者以他们为最多”[④]，如果是这样，那就表明《子夜》没有突破此前新文学的艺术成就。事实是《子夜》吸引了新的读者群体的注意，“向来不看新文学作品的资本家的少奶奶、大小姐，现在都争着看《子夜》……此外，听说电影界中人物以及舞女，本来看新文学作品是有选择的，也来看《子夜》”。茅盾之所以如此关注《子夜》接受群体的变化，实质上在他看来《子夜》已将通俗文学的读者

① 《中国当代文学研究资料·茅盾专集》第一卷·上册，福建人民出版社 1983 年版，第 723 页。

② 同上。

③ 同上。

④ 同上。

吸引了过来，或者说《子夜》已如通俗文学那样走进了非新文学读者的视线，这无论对他本人还是新文学都是一种突破；三是《子夜》之所以能够吸引不同读者群体特别是资本家的少奶奶和大小姐的注意，原因就在于“《子夜》描写到她们了”[①]，既然写到这些人当然会受到这些人的关注，而这对于将视线始终朝向社会底层被损害的阶层的新文学而言本身就是一种超越，扩大了新文学的表现对象并与通俗文学接近，这些生活中的“佳人”们原本是通俗小说的表现对象，现在进入了新文学所在的艺术世界，当然会引起她们的注意甚至惊讶。

再次，通俗文学表现方式的运用意味着通俗文学所拥有的民族文学艺术资源在《子夜》这里获得了延续和发展。长期以来人们对通俗文学持绝对排斥心态，认为这类艺术无一是处，通俗就是低俗。事实是，通俗文学之所以能够如此长盛不衰并广为大众所喜爱和接受一定有其自身的艺术原因，它一定切中了本民族的深层精神需要因而是属于本民族的审美表现方式，因此也就是本民族的重要艺术资源。仅就才子佳人小说而言，“以青年男女诗简唱和、私订终身为基本故事构架的才子佳人小说，在中国可谓源远流长”[②]，这类小说之所以能够长久被人们接受，其重要原因在于它以审美的想象方式表现了普通人的生活理想和愿望，这样的理想既来自现实又超越现实，本身就是生活但又离普通人很远，因此时至今日仍然是中国人普遍追求的理想生活状态，这也许就是这类小说之所以长盛不衰的根本原因。就这类小说的接受者来看大致有三种情形：一是“才子佳人”的人生理想失落之后通过艺术来满足自己的愿望，如鲁迅所说“闭上眼睛”来补救生活的缺陷[③]，这是对现实生活感到失望之后通过纯粹的想象来满足自己的精神需求；二是即将进入生活中的人们试图通过艺术寻求或发现自己的人生理想并按这一理想去生活，把艺术当作生活的指南，是现实生活中的浪漫主义者；三是纯艺术欣赏者，通过这类艺术获得特有的审美愉悦。由此看来，无论哪一类接受者都能够从这类小说中寻求精神的满足，这一定与才子佳人小说本身的艺术性有关。此外，通俗小说中的黑幕与侦

① 《中国当代文学研究资料·茅盾专集》第一卷·上册，福建人民出版社1983年版，第723页。

② 胡益民、李汉秋：《清代小说》，安徽教育出版社1997年版，第197页。

③ 鲁迅：《坟·论睁了眼看》。

探之所以如此受到欢迎，同样与它们本身的艺术因素有直接关系，同样是因为它们以不同的方式表现并满足了本民族追求真善美的这一深层精神需要。生活中永远存在不为一般人所知的阴暗面，而如果这样的内容被审美地予以表现就一定会引起人们的注意。虽然说黑幕小说在后来的发展中有其恶劣的一面，但它对生活阴暗面的关注和直接呈现有其不可替代的意义，这类小说在1949年之后中断发展，但在80年代之后实质上在以揭露生活阴暗面的报告文学等艺术形式那里得到了延续和发展。而侦探小说不仅案件本身往往就能引人注意，并且其艺术性同样非常引人注意。虽然中国通俗文学中的这个小说门类是受外来影响的结果，但它同样与外来侦探小说有质的不同，融入了本民族的艺术和心理习惯。因此，我们曾经把新文学与通俗文学两者对立，并认为通俗文学从俗而新文学求雅，但新文学在其发生与发展的过程中也许一开始就有人注意到通俗文学对大众的巨大吸引力，从而有意“向大众通俗文学作家学习能够吸引‘俗众’的经验”[①]，茅盾也许就是这样，一开始就作出了自觉的艺术选择，注意吸收和运用通俗文学中被广为接受和喜爱的艺术手法以丰富自己的创作，从而使新文学能够如通俗文学那样走向大众从而获得并显示自身的发展，这在《子夜》中获得了特殊的表现。

① 范伯群、孔庆东主编：《通俗文学十五讲》，北京大学出版社2003年版，第16页。

第四章　困境及影响：1949 年之后中国现代长篇小说的修改

——以茅盾及《子夜》为中心

完成并定型于 20 世纪 30 年代前后的中国现代长篇小说特别是其中具有经典意味的名著如《倪焕之》、《子夜》、《家》、《骆驼祥子》、《死水微澜》、《暴风雨前》、《大波》等，在时隔二十甚至近三十年之后的 1954 年前后被当时的人民文学出版社等出版机构要求修改之后重印①。这是中国现代长篇小说在 1949 年之后经历的一次跨时代集体修改，具有非同寻常的重要意义：首先，它是对中国现代文学具有支撑意义的载体因而也就是对中国现代文学史本身的直接改变，与后来中国现代作家文集、全集等文献的整理出版过程中形形色色的修改一道，共同构造了一部伪“中国现代文学史”，直接影响后来的人们对中国现代文学本身的整体感觉、认识与评价。其次，这样的修改不在于量的大小，而在于是否是对作家自己所认为的“点睛”之笔也就是具有创造性的审美想象与表现内容的修改，如果是这样，修改在作家本人看来就一定是对作品的整体摧毁，由此直接导致后来的读者对作品本身的艺术价值及作家的艺术才能产生误解。第三，它使得 1949 年之后中国现代文学在当代中国与世界的传播、接受、研究以及中外

① 注：1. 此处所说的“完成并定型”是指某一作品出版之后经历了较长的时间，作家本人无意对其再作修改，这一作品至少在作者本人看来即使存在某种缺点也已“完成并定型”。2. 据金宏宇教授研究，“从 1950 年到 80 年代初，出现了三次长篇小说的修改浪潮，比较重要一点的作品无论是 30、40 年代的旧作还是 50 年代以后的新作几乎都有修改本”（金宏宇：《中国现代长篇名著版本校评》，人民文学出版社 2004 年版，第 9 页），但是，从他在该书第 9—17 页所列修改的长篇小说作品可以看出，完成于 30 年代前后的长篇小说特别是其中名著的修改，无论是作家面临的修改困境、具体修改的难度还是修改之后对作品本身及中国现代文学所产生的影响，特别是作家本人所受五四新文化精神影响的深度以及与 1949 年之后新的时代之间的距离，等等，显然大不同于其后特别是完成于 1950 年之后的当代中国长篇小说的修改，因此，这里重点讨论完成并定型于 30 年代前后的长篇小说特别是其中的名著。特别需要指出的是，完成于 40 年代末的长篇小说在 1949 年之后不乏“趋时”（鲁迅语）式的主动修改。

文学文化交流也许一开始就偏离了现代文学本身，由此得出的对中国现代文学的认识和结论也许一开始就失去了历史的根基，因而是对中国现代文学的误认，我们今天关于中国现代文学诸多认识和结论的根基是否牢靠就完全值得也需要怀疑。第四，此次对中国现代文学作品的修改可以说为1949年之后中国现代作家文集或全集整理出版过程中专家学者以及现代作家的亲人们对中国现代文学所作的种种修改开了一道先河，那就是对历史不是严格尊崇而是可以根据某种个人意愿、偏好甚至某个时候从天而降的情绪或“当下”某种现实需要任意改动，面对历史首先必须绝对尊重历史这一基本原则或历史观在这里被全然倒置。第五，此次修改引起了小说版本的混乱，但修改行为的性质及其所引起的结果决不仅仅是版本问题那么简单。

此前对这一重要问题和现象虽有所关注但存在根本性认识问题，由于1949年之后中国现代长篇小说的修改对中国现代作家及现代长篇小说本身、对中国现代文学在当代中国及世界的传播、接受与研究等等都产生了无法估量的深刻历史与世界性影响，因此，很有必要对这一现象予以深入研究，从而认识中国现代文学在1949年之后的存在状态；认识中国现代作家进入当代之后所面临的现实生活和精神困境；深切理解中国现代长篇小说跨时代集体修改对中国现代文学在当代中国与世界的接受所构成的扭曲性影响，从而让当代中国与世界读者面对中国现代文学时以“初版本”为基点重回这一历史本身，真切感受和重新认识中国现代文学存在的真实状态；感受中国现代作家曾经的艺术理想、才能和艺术追求；认识原本就是在世界性艺术视野与环境中生成的中国现代文学所具有的历史与世界艺术价值，真切感受现代中国文学本身的艺术魅力。

一　迄今为止对这一问题关注与研究存在的主要问题

有研究者注意到1949年之后中国现代长篇小说跨时代集体修改这一重要现象并对修改的具体情形作了非常艰辛的研究[①]，但对这一问题本身并

① 注：据孙中田先生介绍，境外学者如日本的是永骏早在20世纪60年代就注意到中国现代长篇小说如《子夜》的修改问题并对其作了深入细致的研究。孙先生本人则在80年代对《子夜》的修改问题予以关注和研究并得出了不少重要认识和结论，具体情况请参见孙中田著《〈子夜〉的艺术世界》，上海文艺出版社1990年版。对中国现代长篇小说修改问题作全面细致深入研究的是金宏宇教授，但他关于修改原因或动机的主要观点值得商榷。具体情况请参见金宏宇著《中国现代长篇小说名著版本校评》，人民文学出版社2004年版以及《中国现代长篇小说的修改本》，《文学评论》2003年第5期。

由此对现代作家的审美创造能力和才能、艺术追求乃至人格等问题产生了深度误解，主要表现在：1. 修改行为之所以发生，是因为中国现代作家在 1949 年之后审美创造能力随着时代转折而衰退甚至衰竭。“在 50 年代新的历史语境中，那些业已成名尤其是长期生活于国统区的长篇小说作家都有些手足无措。为谁写、写什么、怎么写都成了问题。他们写不出新的长篇，只好不惜代价去修改旧作。”[①] 这是对修改行为发生原因的明显误解，更是对中国现代作家特别是长篇小说作家在 1949 年之后审美创造能力的误解：首先，中国现代文学作家们在 1949 年的审美创造能力远未衰退更没有衰竭，“现代文学发展至 1949 年，不过短短三十二年时间，许多作家的创作正处在形成自己艺术风格的探索过程之中”[②]，如茅盾、巴金、老舍、李劼人等正处人生与创作的盛年。其次，即使是“长期生活于国统区的作家”在 1949 年之后也并没有“手足无措”，相反，此时大多已过知天命之年，历经时代风云变幻的他们对这个新的时代转折都有非常清醒的认识，不同的作家在“新的历史语境中”非常迅速地作出了不同的人生与艺术选择，他们或走上仕途，或走进书斋，或逃亡，或流亡，等等[③]，李劼人对此有非常清晰的表述。再次，1949 年之后他们并不是写不出长篇，只能说在短时间内写不出长篇。所谓“短时间内”就是 1949 年到来不久或者说一两年内。事实是那些决定在新的时代继续写作的作家如巴金、老舍等人正试图以各自不同的方式深入并表现新的生活，1949 年之后老舍转向话剧，有大量创作如《茶馆》、《龙须沟》等，60 年代初即有《正红旗下》（未完成）等小说创作。第四，也是最重要的，当中国现代作家得知自己时隔多年的长篇旧作需要修改重印时，一开始是试图拒绝而不是“不惜代价去修改”。作为作家，他们对包括长篇小说在内的文学作品的艺术性有深刻的认识，对自己曾经的创作都有十分明确充分的自我肯定，没有哪位真正的艺术家会“不惜代价去修改”自己的旧作。2. 修改行为之所以发生，是因为中国现代作家试图通过已完成并定型作品的修改走进新时代。

① 金宏宇：《论中国长篇小说的修改本》，《文学评论》2003 年第 5 期。另见金宏宇《中国现代长篇名著版本校评》，人民文学出版社 2004 年版，第 18 页。

② 李城希：《论“未完成的中国现代文学”》，《学术界》2002 年第 5 期。

③ 同上。

“小说家们修改旧作的主要动因，迎合一种新的文学规范，表现新的国家意识形态……一旦旧作有了重印的机会，他们就会认真修改。”[①] 这里的“迎合”二字可以说是对中国现代作家的人格或精神世界独立性的重要误解，是对艺术规律特别是修改行为本身复杂性的误解。事实恰好相反，中国现代作家深受五四新文化运动影响并具有开阔的世界文化视野及经典创造的宏大艺术追求，修改行为之所以发生正是修改要求无法拒绝之后的无奈选择，而不是有投机之嫌的“一旦有了重印的机会，他们就会认真修改”，似乎修改仅仅是为了让旧作能有机会多印几本。相反，叶圣陶、茅盾、巴金、老舍等人在得知旧作必须修改后重印时都试图拒绝。3. 修改行为之所以发生，是因为中国现代作家“悔其少作”（鲁迅语）。现代作家“进入50年代以后”为曾经的“小资产阶级的自我表现”式的“写作感到愧疚，所以一旦旧作有了重印的机会，他们就会认真修改”[②]。这一认识深度误解了中国现代作家的宏大艺术理想和追求，误解了中国现代作家对自己曾经的艺术创造能力及其结果的充分自信。对于曾经的创作他们不仅没有“感到愧疚”，相反，对其艺术价值都有充分明确的自我肯定。同时，这一认识暗含着现代作家不懂艺术规律，认为只要是自己的作品就可以任意修改。从1949年之后中国现代长篇小说修改的具体情形来看，包括叶圣陶、茅盾、巴金、老舍、李劼人等人在内，没有哪一位作家认为已完成的作品可以按新的时代要求任意修改，相反，他们深知艺术创造过程具有不可逆性，创作一当完成，作家本人根本不可能重返曾经的创作境域与状态，而长篇小说自我完善式的修改严格说来只有重回曾经的创作境域和状态之中才能真正进行。由此，当早已完成并定型的中国现代长篇小说特别是其中的名著在1954年前后要求必须修改时，沐浴五四自由之风的中国现代作家们一开始就陷入了深深的困境，在现实生活的直接要求甚至命令与必须遵循的历史与艺术规律之间他们陷入从未有过的两难境地。

---

① 金宏宇：《论中国现代长篇小说的修改本》，《文学评论》2003年第5期。另参见金宏宇《中国现代长篇名著版本校评》，人民文学出版社2004年版，第18—19页。

② 同上书，第19页。

二　1949 年之后中国现代长篇小说修改面临的多重困境

如果不深入 1949 年之后中国现代长篇小说修改的具体情形之中就很容易认为当新的时代对中国现代作家提出要求，直接间接经过第一次文代会洗礼的中国现代作家也意识到这一要求的迫切性，自身审美创造能力已衰退甚至衰竭但又愿意主动“迎合新的文学规范”并试图通过旧作修改这一途径或方式进入并满足新的时代要求，于是修改行为就可以畅顺甚至恣意进行。事实远非如此，1949 年之后，当中国现代作家得知自己的长篇旧作必须修改重印时，他们普遍如李劼人那样深感“大吃一惊”① 的同时一开始就陷入无法跨越的历史与艺术困境，这主要表现在：

1. 不必修改与必须修改：作家的自我肯定与修改要求之间的矛盾，1949 年之后中国现代长篇小说修改的困境。1949 年之后中国现代长篇小说修改困境的首要表现是现代作家对作品艺术价值的自我肯定与修改要求之间的矛盾。中国现代作家如叶圣陶、茅盾、巴金、老舍、李劼人等对自己在 30 年代前后完成的长篇小说的艺术价值都有非常明确充分的自我肯定，在他们看来，早已完成并定型的长篇旧作本身的历史与艺术特性决定了这一作品即使存在某种缺陷也根本不应且没有必要修改。1933 年茅盾在《子夜》出版之际就这样说，“此书在构思上，我算是用过一番心的”②，他所说的“用过一番心”就是指《子夜》审美创造的超越性，是超越历史与时代的创新之作，这是对《子夜》艺术价值明确充分的自我肯定。时隔七年的 1939 年，当人们再一次问及《子夜》“是怎样写成的”时，他这样说，“这一个题目在《子夜》的后记上我已经说过了，诸位看了那篇后记，已可知道一个大概”③，这是用曾经肯定《子夜》艺术价值的方式再度肯定《子夜》的艺术价值，这本身就透露出茅盾对《子夜》艺术价值的充分自信。直到 80 年代，茅盾在谈及《子夜》时仍然从读者接受的角度肯定《子夜》的艺术价值，“我一向认为：大家一致赞扬的作品不一定好，大家一致抨击的作品不一定坏，而议论分歧的作品则值得人们深思。《子夜》正

① 《李劼人全集》第九卷，四川出版集团，四川文艺出版社 2011 年版，第 249 页。

② 《中国当代文学研究资料·茅盾专集》第一卷·下册，福建人民出版社 1983 年版，第 827 页。

③ 同上书，第 858 页。

是这样”[1]，从这里可以看出，茅盾显然注意到了小说艺术读者接受过程中的一个重要现象，这就是艺术质量不高的作品受时代环境、某一时代思潮、创作潮流、审美的民族习惯等种种因素的影响完全能够获得大量读者的认同，如近代以来盛行的通俗文学，或在某种思潮影响下的初期创作就是如此，而同样受各种各样因素的影响，有些艺术质量很高的小说作品完全有可能让人无法接受，更无法理解其深层意蕴，这在外来小说艺术的接受过程中常常出现。通常情况下，一部作品在不同读者那里有不同的反应或争论才是正常，因为不同才能引人深思。从这样的读者接受状态出发，茅盾非常明确地肯定《子夜》是一部能够引起不同读者产生不同认识的作品，他以此明确肯定《子夜》的艺术价值。时隔近半个世纪，《子夜》出版之际的读者反应一直深深印在他的脑海中，“《子夜》出版后三个月内，重版四次；初版三千部，此后重版各为五千部；此在当时，实为少见……向来不看新文学作品的资本家的少奶奶、大小姐，现在都争着看《子夜》……此外，听说电影界中人物以及舞女，本来看新文学作品是有选择的，也来看《子夜》”[2]。从当时的读者反应可以看出，首先，从短期内不断重版及其数量来看，《子夜》一开始就吸引并不断吸引大量读者；其次，从“向来不看新文学作品的资本家的少奶奶、大小姐，现在都争着看《子夜》”的情况来看，《子夜》超越了此前新文学的社会接受范围，从而扩大了中国现代文学的艺术与社会影响；再就是《子夜》引起了不同艺术领域读者的关注和接受，如“电影界中人物以及舞女，本来看新文学作品是有选择的，也来看《子夜》”，这意味着《子夜》的艺术价值获得了不同生活领域读者的认可。从前后长达六十年之久且跨越不同时代的言谈中可以清楚看出茅盾对《子夜》艺术价值的自我肯定。值得注意的是，他始终没有谈及1954修改版《子夜》的艺术价值。

与茅盾相比，叶圣陶、巴金、老舍、李劼人等对自己的长篇小说的艺术价值的肯定有过之而无不及。巴金对《家》的肯定伴随他的一生，《家》问世于1931年，1933年单行本发行，时隔五年的1936年，巴金明确表

① 《中国当代文学研究资料·茅盾专集》第一卷·上册，福建人民出版社1983年版，第717页。
② 同上书，第723页。

示，“这次重读自己的作品，我有不少感想。我的确喜欢这本书”①，1937 年他再一次这样说，“《家》我已经读过了五遍。这次我重读我五六年前写成的这本小说，我简直抑制不住自己的感情”②，而时隔二十年之久的 1953 年，当人民文学出版社要求巴金修改《家》时他仍然这样说，“现在，在二十二年以后，在我所攻击的不合理的制度已经消灭了的今天，我重读这本小说，我还是激动得厉害”③，也就是说，虽然时代环境已发生根本性变化，但他自己依然为《家》的艺术世界所感动，这是对《家》艺术价值的明确肯定。虽然他意识到作品存在的缺陷并紧接着作了“检讨”④，但检讨之后再一次肯定了《家》的艺术价值，“我请求今天的读者宽容地对待这本二十七岁的年轻人写的小说。我自己很喜欢它，因为它至少告诉我一件事情：青春是美丽的东西”⑤，1957 年他几乎再一次重复表达自己这一感觉，“我最近重读了《家》，我仍然很激动。我自己喜欢这本小说”⑥，直到“文革”刚刚结束的 1977 年他再一次这样说，“今天我重读我的这部旧作，我仍然十分激动”⑦，在经历了严峻的时代和坎坷的人生之后，对《家》艺术价值的肯定一直稳定存在于巴金的情感与意识之中。与 1953 年明显不同的是，他不再“检讨”，也没有不必要的“谦虚”，这本身就是对《家》的艺术价值的充分肯定。他之所以“激动”也就是对《家》的艺术价值始终予以肯定当有至今仍然不为人所知的深层个人原因，但其首要原因当在于他对《家》这部小说艺术的极度满意，这从他在《家》出版之后五年内五次重读自己这部作品可以清楚看出，他创造了一个全新的艺术世界，反过来被自己创造的艺术世界所持续感动。其次，他所说的“激动”还指作品把自己带回到曾经的青少年时代，“我在这里看见了我的童年和少年”⑧，这里流露出巴金强烈的生命意识。《家》的表层意义是反封建，深层则是

① 《巴金全集》第一卷，人民文学出版社 1986 年版，第 436 页。

② 同上书，第 452 页。

③ 同上书，第 454 页。

④ 同上。

⑤ 同上。

⑥ 李存光编：《中国现代文学史资料汇编（乙种）·巴金研究资料》上卷，海峡文艺出版社 1985 年版，第 393 页。

⑦ 《巴金全集》第一卷，人民文学出版社 1986 年版，第 457 页。

⑧ 同上书，第 436 页。

对青春与生命在封建时代特别是在各式各样的强权之下无声无息消失的沉重叹息，正因为这样，巴金才说，《家》“至少告诉我一件事情：青春是美丽的东西”，自己曾经创造的艺术世界让他感受到生命的存在及其意义。再就是他的“激动”是对表现在作品中的个人情感的再度认同和肯定。《家》有他青春时代的情感与记忆，“书里面我个人的爱憎实在太深了”①，这样的情感在他的记忆中不仅没有淡化和改变，相反伴随着巴金的整个人生，正是这样一些重要因素使得巴金对《家》的艺术价值始终给予明确充分的肯定。

老舍对《骆驼祥子》等作品的自我肯定更为直接，时隔作品问世八年之久的1945年他曾这样说，“1937年1月，《祥子》开始在《宇宙风》上出现，作为长篇连载……假如没有这个把握，我是不敢一边写一边发表的……当我刚刚把它写完的时候，我就告诉了《宇宙风》的编辑：这是一本最使我自己满意的作品……近来，《祥子》好象转了运，据友人报告，它已被译成俄文、日文与英文”②，八年来对早该遗忘的旧事的清晰记忆并带着自我欣赏甚至几分得意口吻的表达本身就表明老舍对自己作品的持续充分肯定。他所说的有这样几点值得注意：一是创作过程极其顺畅。《骆驼祥子》的创作过程是“一边写一边发表”，这本身就是自信的充分表现，它表明作品的构思早已成熟，表达过程只是显现早已成熟的审美艺术构思而已。老舍的这一创作过程完全如鲁迅所说“静观默察，烂熟于心，然后凝神结想，一挥而就”③，审美的艺术构思早已成熟，表达不存在任何障碍。二是作品完成之际就意识到并对其艺术价值予以明确的自我肯定。“刚刚把它写完的时候”老舍就肯定《骆驼祥子》“是一本最使我自己满意的作品”，也就是审美的艺术构思呈现和完成之际他就确认了作品的艺术价值，这显示出老舍对《骆驼祥子》艺术价值的极度自信。三是作品已跨越国界被境外读者所接受。“被译成俄文、日文和英文”，从语言所覆盖地域来看，

① 《巴金全集》第一卷，人民文学出版社1986年版，第454页。

② 曾广灿、吴怀斌编：《中国现代文学史资料汇编（乙种）·老舍研究资料》（上），北京十月文艺出版社1985年版，第609页。

③ 吴子敏、徐迺翔、马良春编：《鲁迅论文学与艺术》（下册），人民文学出版社1980年版，第977页。

《骆驼祥子》已突破人类最重要的几种语言障碍，进入人类最重要的生活区域并被阅读和接受，这是对《骆驼祥子》艺术价值的进一步肯定，这表明老舍的自我判断有其充分的合理性，在他看来，能够使他自己满意就一定能够让读者满意。老舍之所以对《骆驼祥子》的艺术价值如此自信，其原因在他本人看来有这样几点：一是长久的审美艺术构思。老舍之所以对《骆驼祥子》的艺术如此自信，其首要原因在于作品经过了较长时间的审美艺术构思，并在构思的过程中走向成熟，“故事在我心中酝酿得相当的长久，收集的材料也相当的多，所以一落笔便准确，不蔓不枝，没有什么敷衍的地方”[①]，他说的“酝酿”就是审美的艺术构思，从他的相关回顾可以看出，他所说的“相当的长久”是从最初听到有关北平车夫故事的“1936年春天”到“开始把祥子写在纸上”的1936年“夏天”[②]，其间大约半年时间，这时间并不太长，但老舍之所以说“相当的长久”是因为此时老舍已有十多年的创作经历，这样的时间跨度对于一个已经走向成熟的作家而言是一个较长的过程。此外，作品表现的是他早已熟悉的北京及人力车夫生活，这样的构思过程相对而言，也是一个较长的过程。二是写作过程未受任何外在因素的干扰。“我开始专以写作为业，一天到晚心中老想着写作这一回事”[③]，意识纯粹指向审美的艺术构思和表达，从而保证审美构思与表达过程的纯粹性、连续性与稳定性。三是个人叙事风格发生重要转变。由此前的幽默转向朴实的叙事，“故事刚一开头的时候，我就决定抛开幽默而正正经经的去写”[④]，结果在他自己看来是通篇“文字……极平易”[⑤]。他说的“抛开幽默”并不仅仅是抛开幽默，实质是超越所有小说艺术流派的影响开始以完全属于自己的艺术方式来表现生活世界，这是对完全属于个人的艺术方式的认定，是个人艺术走向成熟的重要表现。“正正经经的去写”并不是放弃审美的想象虚构等重要艺术手法，而是指按照现实生活的本质去表现生活，同时真实表达自己对生活本质的认识和判断。

① 曾广灿、吴怀斌编：《中国现代文学史资料汇编（乙种）·老舍研究资料》（上），北京十月文艺出版社1985年版，第609页。

② 同上书，第607—608页。

③ 同上书，第609页。

④ 同上。

⑤ 同上书，第610页。

因为长久的艺术构思、写作过程未受任何干扰以及个人艺术风格发生重要转变，老舍对《骆驼祥子》的艺术价值充分自信。1951年老舍“检讨”自己的创作时，他从思想内容、艺术技巧等方面再一次对《骆驼祥子》予以充分肯定，“《骆驼祥子》因为是长篇，又比《上任》、《月牙儿》，无论在思想上与描写上，都更明确细致了些”[①]，在他看来，《骆驼祥子》的思想内容不存在任何问题，如果说有问题，那就是在曾经的那个时代他的思想还没有发展到后来要求的革命化程度，“可是，我到底还是不敢高呼革命，去碰一碰检查老爷们的虎威”[②]，而这严格说来是时代而不仅仅是个人的局限，与作品本身的审美表现无关。就艺术技巧而言，“《骆驼祥子》，则根本谈不上什么技巧，而只是朴实的叙述。它的好处也许就在此：朴素，简劲有力”[③]，老舍在这里不仅是对《骆驼祥子》艺术的肯定，也是对个人艺术的发展进程的肯定。在他看来，到《骆驼祥子》的创作为止，他的小说叙事已达到了无技巧也不需要技巧的境界。老舍对《骆驼祥子》等作品的自我肯定可以说是溢于言表。值得注意的是，老舍在这里所说的“检讨”是对自己此前创作内容与艺术得失的反思而不是后来政治运动中自我批判式的检讨。同样，他的这一行为是否为“文革”中的不幸遭遇埋下隐患值得深思，“文革”所要深层否定的就是个人独立意志与自由精神。

李劼人也是如此，20世纪50年代在回顾自己的创作历程时对《死水微澜》三部曲的艺术价值作出了充分的自我肯定，《死水微澜》“这部小说有二十五万字，我用二十几天就写成功了……《暴风雨前》……写好……我又寄出去，也出版了……《大波》里的事情本有首尾，我自己又参加过，还怕写不出来吗？……我也再没有拿给周太玄看就寄出去了”[④]，从作者的言谈中可以清楚地看出《死水微澜》三部曲的创作过程非常顺畅，结果当然也令他自己满意。之所以这样，其原因在于他对生活本身的熟悉以及长久的审美艺术构思，“这些事在心里积蓄了很久，考虑不下十年，人物故事

① 曾广灿、吴怀斌编：《中国现代文学史资料汇编（乙种）·老舍研究资料》（上），北京十月文艺出版社1985年版，第630页。

② 同上。

③ 同上书，第626—627页。

④ 《李劼人全集》第九卷，四川出版集团，四川文艺出版社2011年版，第248—249页。

早就熟悉”[①]，由于长久的艺术构思，审美的艺术表达也就非常顺畅，“提笔时只是作些安排，所以能一气呵成”[②]，这实质上是经过历练的个人艺术才能至此已走向成熟的重要表现。由此，早已完成并定型的长篇旧作在他们自己看来即便存在某种他们已经意识到的瑕疵也根本无需修改。

中国现代作家对自己作品艺术价值的自我肯定具有非同寻常的意义：首先，面对自己的作品他们在审视之后毫不犹豫地予以肯定，实质上是对自己艺术才能的充分肯定，这是五四高张自我与个性精神的延续与直接表现。老舍说“‘五四’给了我一个新的心灵”[③]，这“新的心灵”的核心就是人的独立意志与个性精神，是对专制之下奴性的反抗与巨大超越。其次，中国现代作家是在世界文化与艺术视野中对作为人类艺术重要构成部分的中国现代文学价值的自我肯定而不是孤芳自赏甚至夜郎自大，这从老舍 1946 年在纽约时的观感可见一斑，“老实说，中国话剧，不论在剧本上还是在演技上，已具有了很高的成就。自然我们还有许多的缺陷，但是假若我们能有美国那样的物质条件，与言论自由，我敢说：我们的话剧绝不弱于世界上任何人”[④]。1946 年老舍到美国，至此，他先后游历了欧洲及美国等发达资本主义国家，他的视野已是充分的世界化，他是从小说特别是长篇小说创作转向话剧之后谈话剧，包括小说在内的中国文学艺术在他的意识中也一定如此，只要努力并且环境允许，中国艺术就“绝不弱于世界上任何人”，这是在人类意识与世界视野中的自我价值确认，显示了走向世界不久的中国人前所未有的自信。再次，这是走向世界的现代中国知识分子独立与自信的重要表现。面对自己创作的艺术价值，他们没有因为艺术之外的任何原因欲言又止而是大胆地自我肯定，充分表现出作为现代中国知识分子重要构成部分的中国现代作家在走向世界的进程中精神世界的独立性。

但是，1954 年前后，当他们自己肯定的作品被人民文学出版社等官方出版机构要求修改并重印时，他们一定意识到了这是新的时代对他们曾经自我肯定的作品的直接否定，深层是对他们艺术才能与独立精神的否定，

① 《李劼人全集》第九卷，四川出版集团，四川文艺出版社 2011 年版，第 248 页。

② 同上。

③ 胡絜青编：《老舍写作生涯》，百花文艺出版社 1981 年版，第 87 页。

④ 同上书，第 238 页。

这毫无疑问会让他们一开始就陷入旧作不必修改与必须修改的困境之中。

2. 不宜修改与必须修改：长篇旧作的历史特性与修改要求之间的矛盾，1949 年之后中国现代长篇小说修改的困境。已完成小说特别是长篇小说是特定时期作家艺术才能的表现，从语言到人物形象到艺术表现方式都承载了特定的时代风情并成为特定的时代符号与记忆，随着时间的不断推移和时代的不断发展而成为历史。由此，对已成历史的作品即使是非常微小的改动都有可能改变作品的历史存在状态，在改变历史的同时也掩盖了作家特定时期的艺术能力从而欺骗后来的读者或历史，这与艺术对真善美的追求直接背离。仅从作品的语言来看，“任何语言都是一定社会历史的产物。有些词汇可能具有较长的生命力。有些却在悄悄地粘合社会、历史变迁的印迹”[①]，如果对这样的语言进行修改，“一则，会使作品失去历史的风貌，二则又会破坏作品的风韵、格调”[②]，也就是仅仅是作品中特定时代语言的修改就会让作品失去历史感，破坏作品原有的艺术风格，而如果是思想内容及艺术表现方式的修改就完全有可能根本改变作品的原初状态。同时，某一时期的作品特别是长篇小说是作家特定时期艺术能力和才能的特定表现，与此前此后的创作都会形成一定甚至重要差别从而显示作家创作的发展历程。严格说来，无论哪种形式的修改都有可能掩盖作家特定时期的真实创作能力与状态，改变特定时期的创作与其前后创作之间的关系。

因此，已完成长篇小说本身的历史与艺术特性决定了它的不宜修改，而这与修改要求之间显然存在矛盾。当中国现代作家们得知自己的长篇旧作必须修改时，在历史与艺术意识的作用下他们立即陷入已完成作品的不宜修改与必须修改这一困境，不修改就与时代要求相背离，而修改则是对已完成作品本身的历史与艺术特性从而是对作品原初面貌的破坏，这一困境从茅盾等人的表述中可以清楚看出。《子夜》修改前后茅盾一言未发[③]，但其面临的困境从《蚀》的修改可以想见。关于《蚀》的修改茅盾曾这样说，“当一九五四年人民文学出版社打算重排这三本小说的时候，曾建议

① 孙中田：《子夜的艺术世界》，上海文艺出版社 1990 年版，第 230 页。

② 同上。

③ 注：查人民文学出版社 1984 年版《茅盾全集》小说卷中的前言、后记、日记、书信、年谱等，均未见茅盾关于《子夜》修改的片言只语。

我修改其中的某些部分；那时候，我觉得不改呢，读者将说我还在把‘谬种流传’，改呢，那就失去了本来面目，那就不是一九二七——二八年我的作品，而成为一九五四年我的‘新作’了。这矛盾似乎颇不易解决”[①]，茅盾所说有这样几个重要之处：一是从出版社“建议”他“修改其中的某些部分”可以看出新的时代对他提出了明确的修改旧作的要求，“某些部分”表明修改有一定量并且一定是分布在作品的不同部分；这些不同部分无论是不是作品的核心内容，对它们的修改一定会影响作品的原初状态甚至改变作品的性质。二是茅盾意识到长篇小说一经发表就成为历史，而如果从一个时代进入另一个时代就一定会产生各种各样的审美或非审美问题，自己近三十年前的作品毫无疑问带有深深的时代印记也带有本人特定时期的艺术特点及缺陷，这是旧作历史性所致的正常现象。但如果把这一现象看成“谬种”而加以消除那是缺乏历史意识，更重要的是，如果着意消除这样的“谬种”，那就会在破坏作品本身历史与艺术性的同时粉饰作家个人特定时期的艺术缺陷，让“旧作”成为“新作”从而欺骗后来的读者，让读者对作品本身及作家个人艺术才能产生误解，从而与艺术对真实与真诚的追求直接冲突。三是面对这一问题，茅盾一开始就陷入长篇旧作修改与否的困境，不修改就与新的时代相冲突，而修改就是对旧作的历史与艺术特性的改变。《蚀》是茅盾最初的小说创作实践，面临修改时即陷入这一困境，而《子夜》是茅盾的代表作，修改时面临的困境就可想而知。

茅盾面临的这一困境是当时的中国现代作家修改长篇旧作时面临的普遍困境，他们的认识也基本一致。叶圣陶1957年修改自己的旧作时就这样说，“内容如果改动很大，那就是新作而不是旧作了。即使改动不大，也多少要变更写作当时的思想感情”[②]，在叶圣陶看来，旧作的任何修改都会改变作品的原貌，他特别强调“写作当时的思想情感”，这实质是强调作品的历史性。

从叶圣陶、茅盾的言说可以看出，面对旧作的修改作家们首先考虑到的就是已完成作品的历史与艺术特性。作为艺术品的小说特别是长篇小说

① 《茅盾全集》第一卷，人民文学出版社1984年版，第426页。

② 刘增人、冯光廉编：《中国现代文学史资料汇编（乙种）·叶圣陶研究资料》，北京十月文艺出版社1988年版，第262—263页。

一当完成并定型就不宜修改，任何形式的修改都是对作品原初状态的改变从而改变历史。

3. 无法修改与必须修改：长篇小说艺术本身的系统性与修改要求之间的矛盾，1949 年之后中国现代长篇小说修改的困境。长篇小说特别是“三部曲”式作品本身宏大艺术构思与审美表现的内在连续性与系统性；从最初的艺术构想到审美创造最终完成这一过程的复杂漫长；其间那些近乎天赐神降因而不可复现的灵感、神奇想象、神妙也就是具有创造性的语言表达等重要艺术特性决定了长篇小说创作一当完成并定型，即便是作家本人也无法按某种新的意图对其进行修改，即使是艺术本身完善式的修改也要求作家在原初审美意图支配下重返曾经的创作过程与状态之中，而这显然不可能。

因此，1949 年之后中国现代长篇小说的修改还面临着由长篇小说本身艺术的复杂性而来的无法修改与必须修改这一矛盾所带来的困境，这从李劼人在修改《死水微澜》三部曲特别是其中的《大波》时遭遇的困境可以清楚看出。李劼人对 1949 年这个时代转折及新的时代对艺术的要求或规范有非常自觉的认识，“解放后，在‘百花齐放、百家争鸣’的文艺方针提出来以前，我不打算动笔。我觉得今天写作不能象以前那样了，今天有今天的一套。我过去学的文艺理论是资本主义理论，不适用了”[①]，从这里可以看出，李劼人在一个新的时代刚刚到来之际即已认识到这一时代的巨大转折以及与前一时代的巨大差异，“今天有今天的一套”，也就是新的时代从思想到个人行为有新的时代要求。因为这一认识，他在 1949 年之后决定告别写作，“不打算再干这个行道了”[②]，选择了全新的生活方式，“干行政工作”[③]。原因很简单，“因为怕犯错误”[④]，他说的“怕犯错误”是指因无法准确理解和掌握新的时代要求和新的文艺理论，不能按新的时代要求反映或表现新的时代。李劼人的这一决断背后实质上隐含着无限复杂的个人认识和情感而不仅仅是怕犯错误，与其说是怕犯错误，不如说是在一个新

① 《李劼人全集》第九卷，四川出版集团，四川文艺出版社 2011 年版，第 248—249 页。

② 同上书，第 249 页。

③ 同上。

④ 同上。

的时代还未展开之前对这一未知时代及其可能状态充满敬畏。他的选择“干行政工作”实质上是放弃此前作为作家的特殊身份，放弃作为作家对生活的独立认识与审美表现，放弃作为作家的独立个性与生活方式；从《死水微澜》三部曲的修改特别是《大波》的重写可以看出，1949 年之后的李劼人仍然具有旺盛的写作能力，告别写作意味着他放弃了可预期的小说艺术审美创造成就；放弃了通过小说艺术审美创造实现个人价值这一途径，开始与他人的行为保持一致，从而保证自己能够跟上这个不断展开的新的时代，在跟上时代的过程中甘愿将自己消隐于大众之中。在一个新的时代刚刚到来之际，与那些对新的时代充满向往并试图展示自我相比，这样的决断本身就是个人智慧、认识能力以及对个人行为精确控制能力的直接表现。如此的放弃不仅需要相当的智慧与勇气，还特别需要对个人理想、愿望甚至欲望的极强控制能力。

尽管李劼人试图在新的时代放弃曾经的自己，但他不可能从此前的历史中消失，也无法瞬间远离刚刚开始的新时代。因此，时隔五年的 1954 年，当人民文学出版社要求修改《大波》时他说，“一翻原来的作品，我又出汗又脸红。不行，得重写！重写就必须考虑来龙去脉，丢掉前面那一部分，气就贯不下来”[①]，他所说的有这样几点需要注意：一、《大波》是李劼人曾经充分肯定的作品，而现在之所以让他自己“又出汗又脸红”，与其说是时隔多年之后看到自己作品的艺术缺陷，不如说是旧作与新的时代之间距离的显而易见让他感到紧张不安。二、从出版社要求他将《大波》“大大修改一下重印”[②] 可以看出，他之所以感到紧张就在于这一距离之大并且必须消除，而要消除这一距离在他本人看来必须重写而不是一般的修改就能完成。三、如果《大波》是一部相对独立的作品，与其他作品之间不存在艺术的相互关联问题，重写也许不会遇到太多的困难，正因为《大波》是三部曲式的作品，而且是最后一部，重写首先就要考虑长篇小说特别是三部曲式作品艺术本身的内在连续性与复杂性，也就是他所说的“必须考虑来龙去脉”，否则就如他所说的“气贯不下来”，也就是会失去

① 《李劼人全集》第九卷，四川出版集团，四川文艺出版社 2011 年版，第 249 页。

② 同上书，第 243 页。

内在的连续性与系统性以及由此而来的艺术风格。长篇小说的重写本身就相当困难，而如果是三部曲式作品的修改就会困难重重。李劼人最初明显低估了这一困难，也就是低估了三部曲式作品之间的内在联系对重写所构成的种种困扰，试图就事论事式地直接重写《大波》，但显然不成功，最终在“去掉重新写成的十几万字初稿”之后决定“还是从《死水微澜》起按顺序修改”[①]，“十几万字”本身就已具备长篇的规模，在那个以纸笔书写的年代对年过六旬的李劼人而言实在是充满痛苦的决断之举，由此可见长篇小说特别是三部曲式作品重写的困难。这里所说的“顺序”是三部曲内在的艺术逻辑、情感发展状态、审美想象和审美认识演进秩序，“按顺序修改”实质上就是试图重返《死水微澜》、《暴风雨前》、《大波》三部曲曾经的创作过程与状态之中，并从起点处开始按曾经的审美表现的内在艺术逻辑、情感发展状态、审美想象和审美认识演进的路径来加以修改，但即便如此修改仍然非常困难。如“《死水微澜》因为基础不错，改的只有十分之一，不很费劲”，对于二十五万字的长篇小说而言，“十分之一”的修改实质上已是相当大的改动，之所以“不很费劲”，一方面固然是因为作品本身的基础不错，也就是艺术本身表现的成功，《死水微澜》是三部曲中“最为成功的一部”[②]，修改相对轻松；另一方面，也许更为重要的是因为它处在三部曲的起点处，与后面两部作品之间内容与艺术的关联要少很多，或者说它受后两部作品所表现的内容、人物及内在的艺术逻辑、情感和认识的限制要少很多，这样才使得修改相对容易。《暴风雨前》就不同，不仅“改了三分之二”[③]，这实在是等于重写，并且难度明显增加，如因为“用在书中的只有一句话”就“翻了二十多万字的文件，搜集了许多证据，拜访了十几个人”[④]，之所以如此慎重，就因为他意识到作品本身表现的是历史事实，涉及历史的“是非问题，轻率不得，武断不得”[⑤]。而《大波》最终也因为根本无法修改而只好重写，然而，重写过程极其艰难，

① 《李劼人全集》第九卷，四川出版集团，四川文艺出版社2011年版，第249页。

② 朱栋霖等主编：《中国现代文学史》（上册），高等教育出版社1999年版，第150页。

③ 《李劼人全集》第九卷，四川出版集团，四川文艺出版社2011年版，第249页。

④ 同上。

⑤ 同上。

“一九五四年写的那一遍，不好，就丢掉了。一九五五年又写了第二遍，十多万字，看后觉得仍不好，也丢掉了。现在在写第三遍”①，从1954年开始到“现在”的1957年②已历时四年之久，从反复重写可以看出李劼人所遭受的困境，直到1962年李劼人去世，《大波》的重写前后历时八年但最终未能完成。由此足见长篇小说特别是三部曲式小说的重写事实上根本不可能，其重要原因就在于它处在三部曲的最后，无论是所表现的内容、人物还是内在的艺术逻辑、情感和认识的变动都要受前两部作品的限制，每一处修改或重写所致的变动都要考虑与前两部作品之间的内在联系。这样一来完全可以说每一处修改或重写都需要“一步一回头”甚至“一步几回头”，以确认“这一步”修改或重写艺术与逻辑的合理性。从李劼人反复重写又反复丢掉可以看出，他试图进入曾经的创作过程与状态但显然不可能，而由于修改要求的必须满足，于是在试图进入与无法进入曾经的创作过程与状态之间反复往来但终究失败。这一持续不断的重写过程对他构成了极大的精神压力，在1949年之后不久即已开始的对知识分子各式各样的批判运动以及60年代前后基本生存需要难以满足的环境中，重写对他而言已成为最直接的现实困扰与日益突出的精神折磨，或者说已成为他沉重的现实负担与精神枷锁。从重写的过程与状态来看，李劼人已深深陷入了长篇小说特别是三部曲式作品的不可修改与必须修改的困境之中。

与李劼人不同的是，叶圣陶、茅盾、老舍等人在意识到长篇小说的不可修改性之后由于采取了“执中”的方法才得以勉强摆脱这一困境。同时，相对于李劼人的《死水微澜》三部曲对辛亥革命等重要历史事件的表现而言，叶圣陶、茅盾、巴金、老舍等人的长篇小说则是对现实生活审美表现的纯艺术作品，受直接的历史与现实生活的实事性限制要小很多，其修改也因此相对容易。再就是，与巴金、李劼人的三部曲式作品不同，叶圣陶、茅盾、老舍等人的长篇小说都是相对独立的单篇作品，不需要考虑三部曲式作品内在的彼此联系，修改相对容易。而巴金之所以一开始就拒绝《家》的修改，也许就是因为意识到三部曲式作品修改的复杂性，所以

① 《李劼人全集》第九卷，四川出版集团，四川文艺出版社2011年版，第250页。

② 同上书，第251页。

一开始就试图回避或摆脱修改必然面临的困境。《蚀》也是三部曲，之所以能以“执中”的方式加以修改，其重要原因也许就在于它是三部中篇而非长篇，其容量和艺术的复杂性相对于长篇而言要小很多，否则，无论茅盾如何“执中”，其修改如同李劼人那样，也许一开始就会陷入无法摆脱的困境之中。

4. 费时修改旧作不如另创新作：长篇小说修改所需时间和精力与修改要求之间的矛盾，1949 年之后中国现代长篇小说修改的困境。1949 年之后中国现代长篇小说的修改还面临一个重要困境就是，旧作必须修改，然而按新的时代意图修改旧作需要的时间和精力难以预料甚至如李劼人那样没完没了。这对于那些打算搁笔不再写作的现代作家而言也许不是问题，但对于那些在新的时代还打算继续写作的巴金、老舍等人来说，用这样的时间和精力去另创新作毫无疑问会更有意义，但现实显然不允许，这让他们一开始就陷入费时修改旧作不如另创新作的矛盾和困境之中。

这里有两种情况，一是作品完成之后作家本人在对作品感到满意的同时明确意识到作品存在的某种艺术缺陷，但不愿费时费力修改。老舍就是如此，虽然他对《骆驼祥子》非常满意，但早在 40 年代他就这样说，“《祥子》自然也有许多缺点。使我自己最不满意的是收尾收得太慌了一点。因为连载的关系，我必须整整齐齐的写成二十四段；事实上，我应当多写两三段才能从容不迫的刹住。这，可是没法补救了，因为我对已发表过的作品是不愿再加修改的”[①]，50 年代初他再次重复自己的这一观点，“作品一经发表，即似‘嫁出去的女儿，泼出去的水’，我不再注意它们”[②]，由此可以看出老舍非常清楚自己作品的缺陷或不足但无意修改。老舍之所以说不愿意修改有多重客观原因：首先，就《骆驼祥子》总体艺术而言他给予了明确充分的肯定，他所说的缺点是在总体肯定的情况下的缺点，这样的缺点对作品的内容及艺术本身不构成根本性影响，也就是不影响作品本身审美表现的深度和完整性。其次，他所说的《骆驼祥子》的“缺点”并不是他本人艺术能力而是“连载”这一客观原因造成，而且仅仅是“收尾收

① 曾广灿、吴怀斌编：《中国现代文学史资料汇编（乙种）·老舍研究资料》（上），北京十月文艺出版社 1985 年版，第 610 页。

② 同上书，第 625 页。

得太慌了一点”，对作品内容及艺术影响的程度也就不可能太深。再次，从他自己对作品缺陷的“补救”方式来看，“多写两三段才能从容不迫的刹住”，由此看来他所说的“缺点”本身并不严重。老舍对于已发表作品之所以“不愿再加修改”还有多重更为重要的主观原因：一是尊重作品的历史特性。在他看来，如果作品存在根本问题当然就不可能发表或出版，有问题但不是根本问题并且“一经发表”，就应将作品最初面貌交给读者，这并不是从此不再负责，他说的“从此不再注意”并不是真的不注意，这从他对《骆驼祥子》发表后各种反应的注意就可以看出，他说的“不再注意”意在尽可能让读者自己去认识和理解并作出自己的判断，不再对读者的反应进行任何干预。二是尊重艺术规律。任何艺术无论是在作者本人还是接受者看来都可能存在某种缺点甚至缺陷，这本身也许就是艺术的规律，同时，艺术缺点或缺陷的出现有其深层复杂的原因，像《骆驼祥子》就因为连载的原因“收得太慌”，等等这样一些问题或缺陷即便费时费力修改也难以消除甚至根本无法消除。三是意识到珍惜时间和精力就是珍惜有限的艺术生命。艺术生命对每一个艺术家而言都极其有限，在有限的艺术生命过程中去努力创造是艺术家近乎本能的追求。因此如果因为作品存在某种缺点或缺陷就与其纠缠，这实质上是浪费艺术生命，这是老舍不愿再注意已发表作品的重要原因，原因就在于与其费时费力修改旧作不如另创新作。

这里有一点值得注意的是，老舍所说的对于已发表作品不愿修改是在 1954 年也就是新的时代要求发出之前，此时的他还没有意识到修改的时代要求作为改造知识分子方式的深层意义，因此所表现出的仍然是在五四独立与个性精神影响下的个人立场。当 1954 年人民文学出版社等出版机构要求修改中国现代长篇小说时，老舍当然需要面对新的时代要求对《骆驼祥子》进行修改，在多重困境中修改《骆驼祥子》所费去的时间和精力与另创新作之间的得失只有他自己知道。

另一种情况则是，作家本人对自己的作品艺术价值予以肯定的同时也意识到了艺术上的某些缺陷，它同样对作品不构成整体性影响因而在作者本人看来那些缺陷并不重要。但是，由于时代转折使得旧作与新的时代特别是意识形态之间存在的距离越来越明显，这样的问题不是艺术而是观念所致，这样的旧作就根本无法修改，更无法按新的时代要求修改，如果修改，所需要的时间和精力将会没完没了，《家》就是这样。1953 年《家》面临修改之际，巴金这样说，“《家》……这样的作品当然有许多的缺点：不论在当时看，在今天看，缺点都是很多的。不过今天看起来缺点更多而且更明显罢了”[①]，这里有两点值得注意：一是他所说的“不论在当时看，在今天看，缺点都是很多的”是指小说艺术本身的缺点或缺陷，这也可以说是小说艺术本身的重要特点。任何艺术作品即使再完美都有其不可避免的缺点甚至缺陷，但这样的缺点只要不对作品构成根本性影响，在作家本人看来就无需修改也无法修改。二是他所说的“不过今天看起来缺点更多而且更明显”则是在新的时代特别是意识形态等因素作用下旧作与新的时代之间存在的距离被突出出来，这一并非因艺术而是时代原因所致的问题根本无法通过艺术的方式如修改来解决。面对这一问题，巴金“本想重写这本小说”但“终于放弃了这个企图”[②]，“重写”在这里就是因无法修改之后试图对作品进行根本修改，而“放弃了这个企图”则表明无论是修改还是重写都无法进行。巴金之所以放弃重写的企图，除作品本身无法修改这一原因之外，直接原因还在于他“还想用以后的精力来写新的东西”[③]，在费时费力修改旧作与另创新作之间，巴金作出了明确的选择。面对旧作与新时代之间的距离，如果真的动手修改不知会耗费多少时间和精力，仅从巴金将《家》中的“底”换成“的”字来看就不知要耗费多少时间和精力[④]，并且这样的修改不仅无益反而有害，它首先破坏了作品特殊的历史感，而如果是意识形态等内容的修改对作品会产生多大程度的破坏就更无法知晓。李劼人重写《大波》前后费时竟长达八年之久且最终未能完成就是明显表现，更重要的是修改前后所费的时间和精力在今天看来完全是浪费。如果用长达八年的时间和精力来另创新作那毫无疑问完全是另外一种境况，即使没有成功之作也不会像重写那样艰难。

① 《巴金全集》第一卷，人民文学出版社 1986 年版，第 454 页。

② 同上。

③ 同上。

④ 李存光编：《中国现代文学史资料汇编（乙种）·巴金研究资料》（上卷），海峡文艺出版社 1985 年版，第 445 页。

三　1949 年之后中国现代长篇小说修改困境形成的原因

如果没有触及中国现代作家的灵魂并与他们内心深处对艺术的理想和追求产生冲突，或者说艺术如果在中国现代作家的内心深处不是目的而仅仅是达到某种生活目的或愿望的手段，1949 年之后中国现代长篇小说的修改对于他们而言就根本无所谓困境可言，他们完全可以按新的时代要求迅速对自己的旧作进行修改甚至直接将其“涂红”，也就是按当时的时代或意识形态要求，如同文革中有人将鲁迅塑造成“身在上海，心向陕北”[①]这一形象那样任意展开想象，被要求修改的每一部长篇小说如《倪焕之》、《子夜》、《家》、《骆驼祥子》、《死水微澜》、《大波》等等都为这样的修改留下了足够的艺术空间。中国现代作家之所以未作如此选择，在巨大的时代转折面前仍然珍视与新的时代存在明显距离的旧作并使自己在旧作修改之初即陷入困境，就是在后来日益严峻的知识分子思想改造运动中，他们也没有回过头来将旧作按修改要求而不是艺术本身进行彻底修改。之所以如此，有其深层复杂的内在原因，这主要是：

1. 修改要求与中国新文学理想之间的矛盾。1949 年之后中国现代长篇小说的修改之所以陷入困境，其首要原因就是修改要求与中国现代作家的新文学理想之间存在无法调和的矛盾。中国现代作家在新文学发生之初就开始了对艺术的超越性追求，那就是抛弃一切直接的现实功利目的，努力创造具有人类意义与价值的经典。

梁启超在倡导诗界革命、文界革命、小说界革命时就以欧洲文学为参照，为中国文学确立了全新的理想和发展方向，“寄语某君，自今以往，更委身于祖国文学……苟能为索士比亚、弥尔顿，其报国民之恩者，不已多乎”[②]，在这一理想支配下，梁启超极力强调艺术的开创性，“今日不作诗则已，若作诗，必为诗界之哥仑布、玛赛郎然后可”[③]，为中国现代作家确立了全新的目标、理想和艺术境界。梁启超这里所说很值得注意：一是对文学艺术作用和价值的超越性认识。他意识到了直接的现实行为固然能

---

① 石一歌：《鲁迅的故事》，上海人民出版社 1973 年版，第 116 页。

② 王运熙主编：《中国近代文论选（近代卷）》（下），江苏文艺出版社 1996 年版，第 282 页。

③ 同上书，第 286 页。

够改变现实生活，但艺术对现实生活的影响同样不可低估，“报国民之恩者，不已多乎”，艺术的价值在他这里被突显出来。二是欧洲文学开始进入中国人的视野并将其作为努力的目标。梁启超把视线投向自文艺复兴以来的西方文学及文学巨人身上，将索士比亚、弥尔顿等经典作家及其作品作为中国艺术努力的目标和方向。三是极力强调艺术的开创性，“今日不作诗则已，若作诗，必为诗界之哥仑布、玛赛郎然后可”，对中国的文学艺术创造提出了极高的要求。

中国新文学发生之初即直陈这一理想并被深受梁启超影响的陈独秀、胡适等五四新文学发起者和参与者们清晰表达。陈独秀在新文学发生之初就这样说，“欧洲文化，受赐于政治科学者固多，受赐于文学者亦不少……吾国文学界豪杰之士，有自负为中国之雨果、左拉、歌德、霍普特曼、狄更斯、王尔德者乎”[①]，在陈独秀看来，推动欧洲文化繁荣发展的动力一方面来自于政治和科学，另一方面就是文学。正是因为雨果、左拉等欧洲作家创造了具有人类意义的经典，极大丰富了人类审美的艺术世界，从而推动了欧洲文化的发展，文学的作用在五四新文化运动开始不久就被突出出来。陈独秀像梁启超一样热切期待中国也有如雨果、左拉等欧洲那样具有宏大艺术理想与杰出艺术才能的作家出现，这一认识为中国现代文学作家们所普遍认同和接受。胡适倡导新文学的目的就是“要前空千古，下开百世……为大中华，造新文学”[②]，这一试图将创造历史并影响未来历史发展的宏伟理想成为中国现代作家不断探索与创造的最重要也最根本的内在动力。胡适本人就是在这一理想的直接驱使下不惜放弃自己熟悉的古典诗词艺术，因而放弃完全能够成为一位表达工稳的辞章家而尝试新诗，中国文学就因为他自觉而又勇敢的尝试开启了一个全新的时代，他本人也成为梁任公所说的“诗界之哥仑布”。鲁迅在留日时期就对欧洲文学极力推崇[③]，他心中的理想文学是欧洲的悲剧、喜剧，理想的作家是卢梭式的“疯子”[④]，也就是极具超越现实的个性且具有特殊的艺术创造才能。茅盾在开

① 王运熙主编：《中国现代文论选（现代卷）》（上），江苏文艺出版社1996年版，第14页。
② 胡适：《尝试集·自序》，安徽教育出版社1999年版，第21页。
③ 参见鲁迅《坟》中的《文化偏至论》及《摩罗诗力说》，人民文学出版社1973年版。
④ 鲁迅：《坟·再论雷峰塔的倒掉》，人民文学出版社1973年版。

始文学创作之前对欧洲文学有较为全面的认识并阅读了大量作品，“我觉得我开始写小说时的凭借还是以前读过的一些外国小说”[①]，他所说的“外国”主要是英国等欧洲国家，他表示“我爱左拉，我亦爱托尔斯泰”[②]，认为“这两位大师……的作品……震动了一世了”[③]，欧洲经典作家作品所达到的艺术境界一开始就成为茅盾向往和追求的目标，“我敢代国内有志文学的人宣言：我们的最终目的，是要在世界文学中争个地位，并作出我们民族对于将来文明的贡献”[④]，这与胡适的表达如出一辙，要想在世界文学中争个地位，就必须创作出具有人类意义的文学经典，只有这样才能“作出我们民族对于将来文明的贡献”。直到新时期，在又一个新的时代来临之际，他以30年代中国文学为例极力强调青年作家要创造经典，“我想现在是真正迎来了‘百花齐放、百家争鸣’的局面……形势很好。当然，已开的花朵能否经得住时间的考验，还难预言。30年代的时候，也出现过许多作品，但留下来的却不多”[⑤]，从茅盾所说可以看出，“百花齐放、百家争鸣”在他看来是相对自由的艺术创造环境，在这样的环境中小说创作努力的目标和方向就应当指向经典，也就是创造出他所说的“能经得住时间考验”的作品。他所说的“经得住时间的考验”有多重意义，一是小说艺术的价值必须经过时间也就是不同时代读者的检验才能最终确立；二是“经得住时间的考验”且能“留下来的”的作品才是具有经典意义的作品；三是“经得住时间考验”的经典之作才是创作应当努力的目标和方向。老舍说是“五四”让他“献身文艺写作”[⑥]，也就是把文学创作作为人生意义与价值的实现方式。在创作之前他同样对欧洲文学有广泛的阅读，经典意识也随之不断生成。在他看来，欧洲“近代是小说的世界，每一年都产出几本可以传世的作品”[⑦]，他所说的“传世的作品”就是艺术经典，是老舍向往和追求的艺术目标和境界。老舍对经典有自己的独立认识，认为“从

① 《中国当代文学研究资料·茅盾专集》第一卷·上册，福建人民出版社1983年版，第373页。

② 同上书，第331页。

③ 同上。

④ 茅盾：《我走过的道路（上）》，人民文学出版社1981年版，第187页。

⑤ 《中国当代文学研究资料·茅盾专集》第一卷·上册，福建人民出版社1983年版，第176页。

⑥ 胡絜青编：《老舍写作生涯》，百花文艺出版社1981年版，第87页。

⑦ 同上书，第110—111页。

古至今，那些能久传的作品，不管是属于哪一派的，大概都有个相同之点，就是它们健康，崇高，真实。反之，那些只管作用趋时，而并不结实的东西，尽管风行一时，也难免境迁书灭”[①]，他所说的“作用趋时”就是将艺术工具化而作为通往或实现各式各样现实生活目的的手段，从他的言说可以看出，他极力强调创造经典也就是“能传久的作品”，他不仅为自己确立了努力的目标，而且还为自己规定了艺术的路径，那就是努力创造“健康，崇高，真实”的具有经典意义而不是趋时的作品。沈从文在全民抗战这一特殊背景中的表达具有典型意义，抗战期间发生过“与抗战无关”的重要论争，就在论争处于“一边倒”即几乎一致反对梁实秋的情况下，沈从文发出了这样的声音，“与战事好象并无关系，与政治好象并无关系，与宣传好象更无关系，可是这作品若写好，它倒与这个民族此后如何挣扎图存，打胜仗后建国，打败仗后翻身，大有关系！”[②] 极力强调艺术自身价值的重要。1942 年 10 月 25 日，也就是《在延安文艺座谈会上的讲话》发表之后的第六天，在强调艺术为政治服务的背景下沈从文再一次强调艺术自身价值的重要，要“使文学作品价值，从普通宣传品而变为民族百年立国的经典”[③]，等等这些表明“经典意识与经典作品的创造成为中国现代文学进程中不可动摇的理想与追求”[④]。

在经典意识作用下，中国现代作家们经过不懈的努力，在短短的三十二年时间内创造出了《倪焕之》、《子夜》、《家》、《骆驼祥子》、《死水微澜》、《围城》等毫无疑问具有经典意义的长篇作品，他们以各自不同的审美理想和方式表现了作为人类一部分的现代中国人的生存状态和精神世界，如叶圣陶对时代转折之际知识分子追求和人生际遇的表现，茅盾对现代都市生活特别是那些浮浪男女之间关系的表现，巴金对封建大家庭内部矛盾特别是对女性精神折磨的表现，老舍对北京底层市民生活与精神世界的表现，李劼人对辛亥革命这一重大历史事件引起的社会变动及人的精神世界变化的表现，等等，不仅作家本人对此给予充分自我肯定，问世之初

① 胡絜青编：《老舍写作生涯》，百花文艺出版社 1981 年版，第 111 页。

② 《文学运动史料选》（第四册），上海教育出版社 1979 年版，第 255 页。

③ 同上书，第 290—291 页。

④ 李城希：《重新认识“中国现代文学史”》，《文学评论丛刊》2009 年第 12 卷第 1 期。

即得到中国与世界读者的认同和接受。

1949年之后，文学艺术面临全新时代使命的同时也不断远离艺术创造的使命本身，自由的中国现代文学精神中止了它的表现。但是，已稳定存在于新文学作家心中的经典意识以及对经典创造的不懈追求很难在短时间内消失，甚至根本就不可能消失，它会沉留在现代作家们的内心深处。同时，1949年之后的中国现代作家大多处于人生与创作的盛年，对经典创造的向往和追求会自觉不自觉地影响甚至支配他们的精神活动。正因为这样，中国现代长篇小说的修改要求在相当大的程度上就是对现代作家们经典意识与追求的直接否定，修改行为是对已成经典的直接破坏，是对无论人生还是创作都正处盛年的他们进一步探索、追求与创造热情的直接熄灭，深层是对存在于他们内心世界的自由精神的消除。正是强烈的经典意识与经典创造的理想和追求与修改要求之间的冲突使得1949年之后中国现代长篇小说的修改一开始就陷入深层精神困境之中。

2. 修改要求与中国现代作家业已形成的个性和风格之间的矛盾。修改要求与作家已经形成并在作品中表现出的艺术个性、才能和风格之间的矛盾是1949年之后中国现代长篇小说修改陷入困境的又一重要原因。

中国现代作家在短暂面向世界的过程中就形成并表现出各自不同的艺术个性和风格，“茅盾较多地吸取了欧洲文学的现实主义及自然主义的创作方法，巴金却较多地吸收了法国资产阶级人文主义和俄国民主主义对旧制度批判的巨大热情。因此，茅盾的作品就常常偏重于客观的描绘，而巴金的作品则常常偏重于情感的抒发”[①]，老舍的作品表现出“独具一格的老舍式的幽默”[②]，沙汀在“抗战爆发之后……其杰出的成就使作家得以跻身于抗战后最杰出的讽刺小说家之列”[③]，其他如赵树理、路翎、钱钟书、张爱玲等长篇小说作家都已形成并表现出明确的个人艺术风格，所有这些让中国现代文学在刚开始不久就异彩纷呈。

风格的形成与时代转折有密切关系，时代转折对作家的艺术个性、才能及艺术风格具有重要影响。重大时代转折对艺术风格的形成或作家艺术

① 朱栋霖等主编：《中国现代文学史》(上)，高等教育出版社1999年版，第177页。

② 同上书，第183页。

③ 同上书，第264页。

个性及艺术才能所构成的影响主要有两种情形或表现：一是正处于成长或创作之初的艺术家在新的时代面前，个人艺术能力、才能会被前所未有地激发出来，表现出极强的创造能力，如鲁迅、郭沫若等之于五四新文化运动，1949年之后新生的艺术家之于新中国，1979年之后的作家艺术家之于改革开放，等等。另一种情况则是当新的时代到来，已经走向成熟的艺术家会陷入前所未有的困境之中，曾经表现出的个人艺术能力和才能在新的时代面前会受到抑制，全新的社会生活方式与状态让他们感到无所适从，对新的时代无从表现。如鲁迅在30年代不再有《呐喊》、《彷徨》式的创作，这一现象在1949年之后的中国现代作家身上表现尤为突出，面对突然到来的新时代他们无从下手。这是因为曾经熟悉的生活领域及其审美表现与新的时代要求之间存在矛盾，已经形成的艺术风格与新的时代要求不相符，曾经引领他们思考社会与人生的世界观与方法论在新的时代要求面前失去效用，新的时代有新的规则或要求，也就是李劼人所说的“今天有今天的一套”。

风格的形成与作家自觉的艺术追求直接相关，也就是与作家自觉追求艺术个性与艺术才能直接相关。如老舍阅读了大量中外各流派小说，在回顾自己的小说创作历程时他这样说，“在我的长篇小说里，我永远不刻意的摹仿任何文派的作风与技巧；我写我的”[①]，他说的“不刻意的摹仿”实质上是对不同流派可能带来的制约性影响的自觉超越，“我写我的”是超越不同艺术流派限制之后的独立创造，是从自己对生活的感受和理解出发并按自己的审美意图表现生活，只有这样才能最终形成完全属于作家个人的艺术个性和风格。因此，老舍说“由于多读的关系，我知道摹仿一派的作风是使人吃亏的事”[②]，“由于多读”就是在阅读过程中对不同艺术流派自觉或不自觉地展开比较和认识，会强烈意识到不同艺术流派有各自不同的艺术内容、个性及风格，这样的艺术内容、个性及风格都有其存在的意义与价值，都能引起读者阅读的兴趣并对读者的精神世界产生影响，很难有价值的轻重大小之分。因此，老舍所说的“摹仿一派的作风使人吃亏”

① 胡絜青编：《老舍写作生涯》，百花文艺出版社1981年版，第111页。

② 同上。

有复杂意义：一是如果摹仿会让人的视野受制于某一流派，无法看到这一流派之外的世界，个人艺术能力就不可能有大的发展；二是如果受制于某一流派而无法超越其限制，最终无法创造属于自己的作品；三是即使摹仿成功，也不过是摹仿，而艺术需要的就是创造。同时由于缺乏个人的独创性，最终结果就只能是他所说的“境迁书灭”从而浪费人生。老舍的这一认识是他追求独立艺术个性与风格的重要表现。从老舍等人的言说可以看出，艺术风格形成的背后是作家个人独立个性与特殊艺术才能的直接表现，没有独立个性就不可能有所谓艺术风格，作家独立艺术个性是风格的核心。

但是，1949 年之后长篇小说的修改要求是对现代作家已经形成并表现出的多样艺术个性和风格的漠视与否定，是对已经形成并表现在作品中的艺术风格的直接破坏，实质上是对各具个性的作家们的精神世界的否定，这与现代作家们自由的艺术追求之间构成根本冲突。事实也是如此，如果不顾及历史与艺术规律而按变幻的时代要求任意改动旧作，就“会破坏作品的风韵格调”①，这里所说的“风韵格调”就是作品所表现出的艺术个性和风格，如果因为修改而使作品失去自己的“风韵格调”，这样的修改毫无疑问是对历史与艺术的整体破坏。

3. 修改要求与长篇小说艺术自身的独立性与封闭性之间的矛盾。1949 年之后中国现代长篇小说的修改之所以陷入困境，第三个重要原因在于修改要求与长篇小说艺术自身的独立性和封闭性之间的矛盾。长篇小说艺术的所谓独立性是指作品一当完成就获得了自身的生命，如巴金所说，“任何一部作品发表以后就不再属于作家个人”②，巴金所说的“不再属于作家个人”具有丰富的意义，首先是指作品一经发表就会产生作家本人无法控制的“社会影响”③，作品的命运掌握在读者而不再是作家的手里；其次是指作品一当完成并发表就获得了独立于作家本人的艺术生命，包括作家本人在内的任何修改都可能是对艺术生命本身的破坏；再就是作品一经发表就开始进入历史并随着时间的推移不断获得历史感，这样的历史感同样为

① 孙中田：《〈子夜〉的艺术世界》，上海文艺出版社 1990 年版，第 230 页。

② 《巴金全集》第一卷，人民文学出版社 1986 年版，第 2 页。

③ 同上。

作家本人所无法控制。长篇小说艺术的封闭性首先是指创作过程的不可逆性，即过程的不可复现，而艺术作品自身完善式的修改则必须回到这一过程之中才能进行，除此之外的其他任何修改都只能是对作品历史性与艺术性的破坏。同时，长篇小说艺术的封闭性还指长篇小说艺术自身严密的系统性。长篇小说特别是三部曲式的作品本身就是一个宏大严密的系统，一当生成就构成自身的生命系统，对其中任何一个构成要素的变动都会影响到整个系统的存在状态。再就是，长篇小说的封闭性是指任何长篇小说的创作都有其明确的创作意图并且是这一意图的审美表现，作品一当完成，这一意图就不可更移，更不可能为其他任何意图所取代。所有这些都表明长篇小说创作一当完成就很难修改。老舍就这样说，“我的写作的态度是：在下笔的时候，永远很用心，不肯敷衍了事……可是，作品一经发表，即似‘嫁出的女儿，泼出的水’，我不再注意它们”[①]，老舍这里所说就涉及作者与长篇小说创作两个阶段之间的关系，在创作过程中也就是“下笔的时候”作者可以按自己的审美意图对作品进行精心构建和精确表达，而当作品完成并且“一经发表”之后作者与作品之间的关系就已经断开，也就是作者不再有能力驾驭作品，这一关系表明老舍意识到长篇小说创作过程的不可逆性以及作品本身的系统性和独立性。他所说的“不再注意”的背后是他认识到自己对已完成作品的无法注意和无能为力。写作过程中作家有精心构建与表达的能力和权力，也就是尽可能赋予作品以生命的能力与权力，但作品一当完成并且发表就获得了自身的独立性，作家本人无法也不允许随意对待已完成的作品，也不可能重回哪怕是刚刚过去的创作过程，无法轻易对已成系统或已获得生命的作品作任何随意的变动。老舍所说的“不再注意”是意识到已完成作品自身的独立性与封闭性之后对待作品的自觉行为，实质是已完成作品的独立性与封闭性对包括作家本人在内任何加诸其上的行为的拒绝。

由此，1949年之后中国现代长篇小说的修改要求显然是对艺术自身独立性与封闭性的漠视，它要求作者对时隔多年的旧作所在的艺术世界按新

① 曾广灿、吴怀斌编：《中国现代文学史资料汇编（乙种）·老舍研究资料》（上），北京十月文艺出版社1985年版，第625页。

的时代要求或意图进行再度干预，这样的硬性修改或干预只能是对作品本身艺术世界的破坏。就中国现代长篇小说本身而言，无论是《倪焕之》、《子夜》、《激流三部曲》、《骆驼祥子》、《死水微澜》三部曲还是《围城》、《淘金记》等等都有其明确的创作意图，其核心是对“人”的审美表现，都有其相对完整的艺术世界，具有自身的独立性与封闭性，不可能按其他任何意图来加以修改。如茅盾曾说《子夜》是“有了大规模描写中国社会现象的企图”[①]之后的创作，长期以来特别是 20 世纪 80 年代之后人们对《子夜》的认识往往从这句话出发，把《子夜》看作是回答 30 年代所谓社会问题的“社会剖析小说”。事实是，包括《子夜》在内的茅盾所有小说表现的都是生活在现代社会中各式各样的人物及其灵魂，所要表现的核心是“人”而不是什么社会问题，他自己曾明确说“‘人’——是我写小说的第一个目标”[②]。就《子夜》中的人物形象而言，它所要表现或批判性表现的就是作品开篇所说的“上海的借善骗钱的‘善棍’”[③]，吴荪甫、赵伯韬、冯云卿、周仲伟等社会生活中坚均属此列，这一对《子夜》而言带有纲领性的表述一直为人们所忽略，由此把《子夜》看作是所谓“社会剖析”而不是对人特别是现代都市中人灵魂的拷问。之所以如此，一个重要原因在于“茅盾用叙事形式提出的现代人的问题似乎只能从‘欧洲’出发才能得到理解。如果不对西方现代派有深入的了解，是不可能对茅盾有公允评价的”[④]，而西方“现代派文艺在思想内容上有两个突出的特点：一是反映资本主义文明的危机；一是反映资本主义制度下人的异化”[⑤]。“文明的危机”在《子夜》中就有突出表现，地主曾沧海面对儿子的乱伦行为想到的不是如何制止儿子有违伦理道德的行为而是考虑出事后如何护住自己的脸面，冯云卿为摆脱困境在何慎庵的支使下不惜利用女儿实施“美人计”，新寡的刘玉英本身很富有但她自认为看清社会生存的法则竟而直接

---

① 《中国当代文学研究资料・茅盾专集》第一卷・下册，福建人民出版社 1983 年版，第 827 页。

② 《中国当代文学研究资料・茅盾专集》第一卷・上册，福建人民出版社 1983 年版，第 372 页。

③ 《中国新文学大系 1927—1937・小说集六・子夜》，上海文艺出版社 1984 年版，第 290 页。

④ ［德］顾彬（Wolfgong Kubin）：《二十世纪中国文学史》，范劲等译，华东师范大学出版社 2008 年版，第 106 页。

⑤ 赵乐甡、车成安、王林主编：《西方现代派文学与艺术》，时代文艺出版社 1986 年版，第 21 页。

从男人身上打主意，等等这些都表明传统伦理道德在现代社会特别是都市已经失去作用，而新的行为规范尚未建立，于是人们只能围绕金钱做文章，让金钱占据自己的全部精神世界。“异化的人”是西方现代派艺术表现的核心也是艺术表现的根本目的，而《子夜》中的商人和妓女们就是现代都市被金钱所奴役的典型，金钱在他们那里不再是物质生活资料而是人生的全部。

但是，对人的灵魂的审美表现与1949年之后的时代要求之间显然存在不可弥合的距离，新的时代要求艺术为政治服务而不是对人的灵魂特别是其负面因素的关注和审美表现。因此，如果要按新的时代要求来修改《子夜》等作品显然非常困难。《家》、《骆驼祥子》、《死水微澜》等都有其明确的创作意图，核心都是对人的表现，也因此形成了作品本身艺术的独立性与封闭性，无法按任何其他意图来加以修改。

四　1949年以后中国现代长篇小说在困境中修改的具体情形

1949年之后，当人民文学出版社等出版机构要求中国现代作家修改时隔多年的长篇旧作时，没有哪一位作家愉快地接受了这一要求，更没有哪一位作家能够按要求将作品修改完成，相反，他们一开始就深陷修改的困境之中。由于修改要求的必须执行，困境中修改的具体情形就值得注意，从中可以看出当时的作家们在修改过程中所承受的压力：

1. 得知修改旧作要求后的第一反应：试图拒绝或变相拒绝。1949年之后，“从五四尤其是30、40年代刚刚成长起来的处在自己创作探索与成熟阶段的作家，在新的时代面前作了不同的人生与艺术选择：一是走上‘仕途’……如郭沫若、茅盾……一是走进‘书斋’，如施蛰存、沈从文、何其芳、冯至等”[①]，十分典型的还有李劼人，1949年之后他也走上了“仕途”。无论是走上仕途还是走进书斋，实质上他们都是以不同方式搁笔，不再打算写作，其中李劼人的表达最为清楚，“解放后，在‘百花齐放、百家争鸣’的文艺方针提出来以前，我不打算动笔”[②]，也就是“告别写

① 李城希：《论“未完成的中国现代文学”》，《学术界》2002年第5期。

② 《李劼人全集》第九卷，四川出版集团，四川文艺出版社2011年版，第249页。

作”。值得注意的是，他说的“不打算动笔”并不是因创作能力衰退甚至衰竭而无法动笔，而是对新的时代要求清醒认识之后作出的人生与艺术选择。在“双百”方针提出来之后，随着各种各样的批判知识分子运动的不断展开，李劼人同样也没有动笔。在这些作家们的意识中，1949 年之前的创作无论对于他们自己还是对于新的时代都毫无疑问已成历史，也就是叶圣陶所说的“冷饭”。而另一部分作家如巴金、老舍、沙汀等人面对新的时代正积极寻找新的艺术表现对象及方式，如巴金所说，“中华人民共和国成立以后，我开始学习马克思主义（但我学得不好）。我想用这支写惯黑暗和痛苦的笔改写新人新事，歌颂人民的胜利和欢乐”[①]，这是在新的时代到来之际自觉的个人艺术选择，从曾经的“反封建”转向“写新人新事，歌颂人民的胜利和欢乐”，从这一自觉的转折中可以看出巴金努力的目标和意向是指向未来。在 1949 年之后新的时代境域中老舍很快找到了自己新的创作方向，“新社会里有多少新人新事可写啊！只要我肯深入生活，无论是工、是农、还是兵，都有取之不尽，用之不竭的写作资料”[②]，这是老舍创作历程的一次根本性转向，从曾经对小市民的生活及其劣根性的批判转向对工、农、兵的审美表现，转向之后的老舍创作非常丰富，1949 年之后“写了不少东西，可是还嫌写的太少”[③]，之所以这样，是出于艺术与生命的双重自觉，“假若我在新社会里不肯前进，冷笑着放下笔墨，我不但失去身份，而且失去生命——写作的生命”[④]，从这里可以看出，老舍自觉地跟上新的时代并且把自己努力的目标和方向指向未来。正因为这样，时代的巨大转折使得此前特别是时隔多年的旧作无论是对于他们自己还是对于新的时代都已成历史，如老舍所说，“现在，我几乎不敢看自己在解放前所发表过的作品”[⑤]，这有多重意义，一是真的不敢看，也就是不愿重新面对曾经构建的艺术世界及其艺术观念，原因就在于曾经的创作如《骆驼祥子》本身毫无疑问有其艺术与社会价值，他本人曾给予充分明确的肯

① 《巴金全集》第一卷，人民文学出版社 1986 年版，第 6 页。

② 胡絜青编：《老舍写作生涯》，百花文艺出版社 1981 年版，第 253 页。

③ 同上。

④ 同上书，第 251—252 页。

⑤ 同上书，第 253 页。

定，但这些创作与新的时代之间已存在极大距离，“那些作品的内容多半是个人的一些小感触，不痛不痒，可有可无”[1]，由《讲话》而来的新的时代评价艺术的标准已发生根本变化，曾经的创作无论是艺术价值还是社会价值在新的时代境域中已无法显现或已经变得不重要甚至有害。二是不必看，也就是不必在新的时代境域中依然逗留甚至沉浸在个人的历史之中，而应当面向未来努力创作出新的作品。

从茅盾、巴金、老舍、李劼人等中国现代作家在1949年之后新的人生或艺术选择可以看出，无论是决定搁笔还是继续写作，他们都把自己的人生或艺术努力方向指向未来，曾经的创作对于新的时代以及他们自己而言都已成历史。因此，当新中国成立四五年之后得知自己时隔多年的长篇旧作必须修改重印时，他们普遍如李劼人“大吃一惊”[2]那样深感意外就不足为怪，同时，他们的第一反应是试图拒绝或变相拒绝这一修改要求而不是如已有研究所说的那样旧作一当有了重印的机会他们就会“认真修改”。

叶圣陶在得知自己的旧作需要修改重印时，他首先选择拒绝，“我常常用炒冷饭的比喻说明旧作不必重印”[3]，叶圣陶所言的真实性值得注意，没有哪位作家不希望自己的作品不断重印特别是跨时代重印从而被不同时代的读者接受，但是，如果按外来意图修改后重印旧作就是另一回事。叶圣陶的谦虚背后是他清醒意识到长篇旧作的历史与艺术特性并希望这一特性不因跨时代修改而受到任何损害，是对修改要求的拒绝。当茅盾接到人民文学出版社修改并重印《蚀》三部曲的要求时，已完成旧作的历史与艺术特性首先驱使他拒绝这一要求。如他所说，《蚀》的创作因为生活问题“是现写现卖……印出来后，自己一看，当然有些不满意，有时是很不满意”[4]，也就是他一开始就意识到作品存在的问题和缺陷。他的“有些不满，有时是很不满”是在整体满意，也就是能够出版并被读者接受这一前提之下对局部审美表现的不满意而不是对作品的整体否定，因此，这样的

① 胡絜青编：《老舍写作生涯》，百花文艺出版社1981年版，第253页。

② 《李劼人全集》第九卷，四川出版集团，四川文艺出版社2011年版，第249页。

③ 刘增人、冯光廉编：《中国现代文学史资料汇编（乙种）·叶圣陶研究资料》，北京十月文艺出版社1988年版，第263页。

④ 《茅盾全集》第一卷，人民文学出版社1984年版，第426页。

缺点或缺陷对于小说艺术而言难以避免，在作家本人看来也没有必要修改，特别是当作品已成历史之后就更没有必要进行修改。因此，茅盾说“当我有了可能修改旧作的时候，我却又有另一种的矛盾心理”[①]，他说的所谓“矛盾心理”就是他深知旧作的修改已成必然，但仍然担心已成历史的旧作因修改而“失去了本来面目”[②]，因此他试图拒绝修改要求，“当时我主张干脆不再重印”[③]，根本原因同样在于希望旧作的历史与艺术特性不因跨时代修改而受到损害，但这显然不可能。对修改要求的拒绝在《子夜》这里有同样表现，“如果从版本学考察，1954 年由人民文学出版社重排印行的《子夜》，修改是比较大的”[④]，但茅盾关于《子夜》这部代表作如此大规模的修改竟不置一词[⑤]，这一“无声”现象背后只能是无法拒绝修改要求后的无奈，是否隐含更深层的时代和个人原因就不得而知。茅盾对修改要求直接并且成功的拒绝是关于《腐蚀》的修改。同样是 1954 年，当“人民文学出版社将重排《腐蚀》，问我对原书有无修改。我在考虑了这几年来我所听到的关于《腐蚀》的几种意见……以后，终于不作任何修改”[⑥]，这是对修改要求的明确成功的拒绝。

对修改旧作要求的拒绝在其他现代长篇小说作家中同样有明显表现。巴金 1953 年面对《家》的修改要求时这样说，“这次人民文学出版社重印《家》的时候，我本想重写这本小说。可是我终于放弃了这个企图。我没法掩饰二十二年前自己的缺点。《家》已经尽到了它的历史任务了。我索性保留着它的本来的面目”[⑦]，这是对修改要求的明确拒绝。从这里可以看出，巴金所说的“二十二年前自己的缺点”当是《家》的审美表现与新的时代要求之间无法调和的矛盾，也是出版社对他明确提出的修改内容和要求，而这一要求在巴金看来无法满足，原因在于《家》所表现的那个时代

① 《茅盾全集》第一卷，人民文学出版社 1984 年版，第 426 页。

② 同上。

③ 同上。

④ 孙中田：《〈子夜〉的艺术世界》，上海文艺出版社 1990 年版，第 223 页。

⑤ 注：关于《子夜》1954 年修订版，茅盾没有任何言说，茅盾 1954 年前后的日记、书信以及 80 年代的回忆录中均未见与《子夜》修改有关的内容，参见《茅盾全集》第 36、38 卷，人民文学出版社 1984 年版。

⑥ 《中国当代文学研究资料·茅盾专集》第一卷·下册，福建人民出版社 1983 年版，第 898 页。

⑦ 《巴金全集》第一卷，人民文学出版社 1986 年版，第 454 页。

与新时代之间的距离或冲突根本无法通过修改而只有重写才能予以消除。但重写显然不可能，他无法回到那个已经消逝或仅存在于他个人精神世界的那个时代，更无法回到曾经的创作的过程和状态，无法重新驾驭内容与结构庞大的三部曲，也就是无法打破长篇小说完成之后所具有的独立性与封闭性并进入小说所具有的艺术世界从而按新的时代要求来修改或改变作品的存在状态，因此他只好选择拒绝，“索性保留着它的本来面目”，也就是对已成历史的作品所拥有的历史性予以本真地保留并在新的时代完整呈现出来。巴金在这里所说的“索性”这一具有情绪化的表达背后当是他反复尝试对作品进行修改但最终无法进行之后深感无奈、焦虑、疲惫的表现，面对需要修改的旧作他无计可施，如他自己所说，作品一经发表就真的不再属于作家个人，作家根本无法处置，更不要说随意处置。

叶圣陶对修改要求的拒绝很有意味，“《倪焕之》原有三十章。1953年人民文学出版社准备把它重印，有几位朋友向我建议，原来的第二十章和第二十四章到末了儿的七章不妨删去。我接受了他们的建议”①，但时隔五年的1958年，叶圣陶却将删去的部分悉数补上重印，“现在编文集，又有好几位朋友向我劝告，说还是保存原来面目的好，人家要看的是你那时候写的东西什么样儿。我想这有道理，就把删去的八章补上了”②。从一删一补这一行为可以明显看出叶圣陶对曾经修改旧作要求的不满，曾经的直接删除显然不是他的意愿，删除内容本身现在看来没有任何问题，对没有问题的内容直接删除不仅没有缘由而且直接破坏作品的完整性。他的悉数“补上”是对曾经无法拒绝修改要求的迟到表达。而老舍在40年代反复说“我对已发表过的作品是不愿再加修改的”③，“作品一经发表，即似‘嫁出的女儿，泼出的水’，我不再注意它们”④，对已发表作品不愿再加修改如前所述是真，但对已发表作品不再注意就不可能，没有哪一位作家不关注自己作品的命运，《骆驼祥子》发表后的读者反应老舍非常在意，之所以

① 刘增人、冯光廉编：《中国现代文学史资料汇编（乙种）·叶圣陶研究资料》，北京十月文艺出版社1988年版，第264页。

② 同上。

③ 曾广灿、吴怀斌编：《中国现代文学史资料汇编（乙种）·老舍研究资料》（上），北京十月文艺出版社1985年版，第610页。

④ 同上书，第625页。

这样说是试图回避对作品的修改，其原因就在于外在的修改要求对作品的艺术性可能造成直接破坏。同时，面对《骆驼祥子》的修改要求他还试图从读者反应角度来回避，他反复说《骆驼祥子》“已出过好几版”[①]，“出过好几版”的意思是这一作品的读者群随时间的推移在不断扩大，这本身就已说明作品的内容及艺术即使存在某种问题或缺陷也早已为读者所接受和认可，无论是在作者还是读者看来都没有修改的必要。老舍试图从读者反应来拒绝修改要求，尽管这一要求最终未能满足。

从现代作家面对修改要求时的最初反应可以看出，当得知自己的旧作需要修改，他们深感意外的同时首先是试图拒绝。

2. 修改要求无法拒绝之后修改行为的“执中”：思想内容根本不动，在语言文字上下功夫。尽管现代作家们在得知自己的长篇旧作需要修改时的第一反应是试图拒绝，但这样的修改要求显然是一个新的时代而不是出版社向他们提出，因此不能不接受，如茅盾所说，当出版社要求他修改并重印自己的作品时他试图拒绝，要出版社“干脆不再重印”自己的作品，但出版社“不以为然”[②]，也就是必须修改并重印以取代原作，从这里可以看出个人要求在时代面前已无足轻重，修改要求本身考虑的也不是艺术本身而是旧作与新的时代之间的关系。而当中国现代作家无法拒绝修改要求之后，他们并非如已有研究所指出的那样“一旦旧作有了重印的机会，他们就会认真修改”，而是采取茅盾所说的“执中”这一修改方法，试图既能满足修改的要求又尽可能保持作品的历史与艺术特性。

茅盾在修改《蚀》三部曲时这样说，“我采取了执中的方法……字句上作了或多或少的修改，而对于作品的思想内容，则根本不动”[③]，这也是叶圣陶、巴金、老舍等人所采用的方法。这里所说的“思想内容”当是指他最初的审美意图及其表现，“根本不动”就是尽可能对原初审美意图及其表现予以保留。“执中”就是在外在修改要求与曾经自我肯定的旧作之间寻求平衡，既能最大限度地保护作品的原貌又能满足修改的时代要求，从而不至

① 曾广灿、吴怀斌编：《中国现代文学史资料汇编（乙种）·老舍研究资料》（上），北京十月文艺出版社 1985 年版，第 633 页。

② 《茅盾全集》第一卷，人民文学出版社 1984 年版，第 426—427 页。

③ 同上书，第 427 页。

于因拒绝修改而与刚刚到来的新时代产生冲突。叶圣陶就是如此，旧作的“改动不在内容方面，只在语言方面”[①]；老舍可以说是在极不愿意的情况下修改《骆驼祥子》，他所做的也就是“删去些不大洁净的语言和枝冗的叙述”[②]；巴金也是这样，在无法拒绝修改要求之后，《家》“改的只是那些用字不妥当的地方，同时我也删去一些累赘的字句”[③]。事实上，在修改之前，《骆驼祥子》和《家》都已反复出版，修改之际所发现的语言问题实质上无论是在他们本人还是读者看来都不是问题，即使是问题也只能说是枝节性问题，丝毫不会影响作品的整体艺术表现。之所以仍然要修改，只是他们在无法回避修改要求之后所采取的“执中”方法的具体表现。

但是，1949 年之后的中国现代作家们面对长篇旧作的修改无论如何“执中”，毫无疑问都将触及作品的思想内容甚至今天看来是其核心的内容，由此改变甚至严重改变作品的原状，给后来的阅读造成根本性误解，特别是直接影响接受者对作品的整体感觉。如《子夜》的修改“从内容上看，重要的修改又主要在性内容”[④]，《骆驼祥子》也是如此，“修订本几乎删尽初版本中较明显的性叙述，共删 12 处”[⑤]，这样的删改不可能不影响作品的内容。其中典型的如吴荪甫与王妈之间涉性内容的删改直接导致后来对吴荪甫形象认识的严重扭曲，如修改本删去了“这脸上有风骚的微笑，这身上有风骚的曲线和肉味”[⑥] 等关于王妈的身体以及王妈在与吴荪甫发生性关系过程中的主动等表现内容，吴荪甫也因此在相当长的时间内背上了强奸老妈子的恶名从而遭遇道德审判。此外就是初期工人运动年轻的领导者苏伦与玛金独处时两人之间性冲动的表现也作了重要删改[⑦]，试图把充满青春冲动及正常欲望的年轻人变成无欲无求的革命机器，直接影响这个特殊人物形象群性格的丰富性。

---

① 刘增人、冯光廉编：《中国现代文学史资料汇编（乙种）·叶圣陶研究资料》，北京十月文艺出版社 1988 年版，第 262 页。

② 曾广灿、吴怀斌编：《中国现代文学史资料汇编（乙种）·老舍研究资料》（上），北京十月文艺出版社 1985 年版，第 633 页。

③ 《巴金全集》第一卷，人民文学出版社 1986 年版，第 454 页。

④ 金宏宇：《中国现代长篇名著版本校评》，人民文学出版社 2004 年版，第 109 页。

⑤ 同上书，第 146 页。

⑥ 《中国新文学大系 1927—1937·小说集六·子夜》，上海文艺出版社 1984 年版，第 664 页。

⑦ 同上书，第 688—691 页。

任何修改都将影响甚至伤及作品的原貌，语言文字的修改只是把这一影响降到最低限度的办法而已。即便是纯语言的修改，这样的语言毕竟是文学语言，一当改动，在改变作品历史状态的同时无疑会伤及作品的内容，如叶圣陶说“文字上的修改，《倪焕之》改动最多”[①]；据有人统计“1954年由人民文学出版社重排印行的《子夜》，修改是比较大的……总计达六百二十余处。修订最多的章节第十五章达六十处，最少的第十九章是三处”[②]；而“1955年，人民文学出版社出版的《骆驼祥子》……做了90余处文字修改，其中全删或删而后改的文字有25处（第二十四章被全删，算一处），其余都是文字上的调换”[③]。仅就“文字的调换”而言，如巴金将《家》中的“底”字全部换成“的”字，《子夜》将“汽车夫”改成“司机”、“看护妇”改成“女护士”等就“淡化了作品的历史感和社会风情”[④]，直接影响后来人对这些作品的历史性理解。

更重要的是，尽管当时的作家们试图以“执中”方式修改自己的旧作，但在具体修改过程中都明显突破了“执中”的原则，如《倪焕之》修改时就在“几位朋友……建议”下直接删去“原来的第二十章和第二十四章到末了儿的七章”[⑤]，《骆驼祥子》“第二十四章被全删”[⑥]，像这样类似截肢手术式的修改就根本不是“执中”而是对原作历史与艺术的大幅度破坏。

有必要指出的是，对已经完成并定型作品艺术完善式的修改人们的认识存在误区，以为这样的修改有其合理性与必要性，但恰好是对旧作历史与艺术破坏的同时还有作伪之嫌，通过修改掩盖了作家在特定时期的艺术能力与创作状态，也就掩盖了作家个人艺术发展历程，无论对作家本人、对读者还是对历史与未来所起到的都只能是破坏作用。如果在未来不断着

---

① 刘增人、冯光廉编：《中国现代文学史资料汇编（乙种）·叶圣陶研究资料》，北京十月文艺出版社1988年版，第264页。

② 孙中田：《〈子夜〉的艺术世界》，上海文艺出版社1990年版，第223页。

③ 金宏宇：《中国现代长篇名著版本校评》，人民文学出版社2004年版，第146页。

④ 孙中田：《〈子夜〉的艺术世界》，上海文艺出版社1990年版，第223页。

⑤ 刘增人、冯光廉编：《中国现代文学史资料汇编（乙种）·叶圣陶研究资料》，北京十月文艺出版社1988年版，第264页。

⑥ 金宏宇：《中国现代长篇名著版本校评》，人民文学出版社2004年版，第146页。

意修改旧作，只能说是作家本人不自信或艺术本身不成熟，不断修改就是不断作伪，这与艺术对真善美的追求完全背离。

中国现代作家在特定历史时期选择“执中”方式修改自己的旧作，其意在最大限度保护旧作的历史与艺术状态，“执中”的修改方式背后依然是作家对作品的自我肯定，正因为这样，没有哪一位作家对自己的作品作了任意修改，更没有作意识形态化的“涂红”。

3. 修改的“机遇”：现代汉语规范化与现代长篇小说中民国话语的“当代化”。如果没有 1955 年汉语规范化问题的提出，中国现代作家“执中”的修改方式与方法能否满足修改的最终要求就很值得怀疑，因为之所以要求修改，实质上就是必须触动作品原有的思想内容，如果仅仅在语言文字上下功夫显然无法满足修改的要求。因此，1955 年汉语规范化问题的提出对中国现代长篇小说的修改而言可以说是一次重要机遇，为长篇小说的修改提供了一条重要出路，“1955 年 10 月全国现代汉语规范化问题学术会议召开，接着《人民日报》发表社论号召作家们注意语言的规范化。这得到了许多作家尤其是资深作家的响应”[①]，之所以如此，一个重要原因就是他们可以名正言顺地在语言上下功夫以满足修改的要求，从而尽量避免因修改伤及作品的思想内容。如巴金，1954 年曾试图拒绝修改《家》的要求，现代汉语规范化要求的提出正好为巴金指出了一条“执中”的修改之路，果然，“一九五七年开始编辑《巴金文集》，我又主动地改了一次《家》，用‘的’字代替了‘底’”[②]。对于《家》这部长篇小说而言，在完全依靠纸笔而不是今天电脑系统搜索替换的年代，仅仅将全部的“底”改成“的”就是一个浩大工程，到底这“底”字在《家》中有多少巴金没有统计，但从作品本身来看只能说“那真是相当的多”，仅仅将这一个“底”字换成“的”无疑瞬间改变了作品的时代气息。但是，如果既要满足修改要求又尽可能不伤及作品的思想内容就没有比这更好的选择了，巴金之所以不顾这一细小而且极其繁琐问题的修改，正是在这里找到了修改的出路，相对于此前对《家》修改要求的拒绝，这样的行为显然是有多重作用

① 金宏宇：《中国现代长篇名著版本校评》，人民文学出版社 2004 年版，第 19 页。

② 李存光编：《中国现代文学史资料汇编（乙种）·巴金研究资料》（上卷），海峡文艺出版社 1985 年版，第 445 页。

或“好处”，一是对修改要求有一个明确并且理由充足的交代，二是把因修改给作品内容和艺术带来的改变或损害降到了最低限度。

叶圣陶非常自觉地按汉语规范化要求修改旧作，他说，“在应该积极推广普通话的今天，如果照原样重印，我觉得很不对”[1]，因此，1957 年至 1958 年之间，三卷本《叶圣陶文集》出版时做了大量语言文字上的规范化修改，如他所说改得“满页朱红”[2]，其中“《倪焕之》改动最多……经过了七个月才编成”[3]。这样的修改在相当大的程度上满足了汉语规范化的要求，“用 50 年代的规范汉语取代了 20 年代的书写语言”[4]，但叶圣陶在长篇小说语言文字上如此精细反复修改的意义并非“主要就是为了推广普通话和汉语规范化”[5]，推广普通话和汉语规范化完全可以用新作或其他方式进行。之所以如此精心修改，其根本意义在于通过语言文字的规范化修改既不伤及作品的内容又能满足修改的时代要求。而正因为有了现代汉语规范化这个难得的机遇，叶圣陶也就得以名正言顺地将《倪焕之》曾经删去的内容“悉数补上”，理由就是那些曾经删去的内容本身并没有问题，只是语言上有些不符合现代汉语规范化的要求而已，现在修改了也就可以了。同时，通过繁复的语言文字规范化可以显示修改长篇旧作的“决心”，避免自己的旧作受到伤害的同时也避免了其他作家因“执中”难有更进一步的作为而受到影响。如茅盾等人在 1954 年修改自己的作品之后就不再问及此事，如果不是语言规范化这一问题被提上日程，他们的修改能否“过关”就是问题。因此，叶圣陶在语言上下功夫，其更重要的意义也许就在于借汉语规范化之机，最大限度避免作品的内容因修改而受到损害，通过语言的反复修改以与时代要求尽量靠近，他的认真态度也会自觉不自觉地转移了出版社对其他作家修改状态及修改程度的注意。同时，叶圣陶、巴金等此时之所以如此积极地修改自己的作品，或多或少与大规模展开的批判胡风集团有关，他们一定意识到旧作的修改已是一项主要政治任务和要

① 刘增人、冯光廉编：《中国现代文学史资料汇编（乙种）·叶圣陶研究资料》，北京十月文艺出版社 1988 年版，第 263 页。

② 同上书，第 264 页。

③ 同上。

④ 金宏宇：《中国现代长篇名著版本校评》，人民文学出版社 2004 年版，第 19 页。

⑤ 同上。

求，是需要并且必须认真对待的时候了。

4. 无法修改后的重写：在修改要求与个人艺术追求之间。1949 年之后现代作家长篇小说修改陷入困境的最重要表现就是旧作无法修改后的重写，这其中最典型的当是李劼人重写《大波》。

叶圣陶、茅盾、巴金、老舍等人之所以最初能够试图拒绝修改自己的作品，其重要原因也许在于他们的作品固然表现了他们所处的时代，但毕竟没有表现那个时代的某一核心历史事件并在新的时代看来对这一事件的认识存在问题，因而并没有与 1949 年之后的时代要求产生根本冲突。如巴金在意识到《家》与新时代之间存在的距离时也表示要重写但最终没有这样做，其深层原因就在于《家》的根本意图是“反封建”，因此，当修改要求无法拒绝时他们还能退而求其次，在尽可能不改变作品原初状态的情形下通过语言修改这一途径满足修改的要求。

但是，如果作品如《死水微澜》三部曲那样是对 1949 年之前的核心政治事件如辛亥革命等问题的直接表现，“将辛亥革命时期的四川社会史诗般地呈现在读者的面前”[①]，并对这样一些重要事件作出了自己的审美判断，而这样的判断与 1949 年之后的认识之间产生重要甚至根本距离时，面对修改要求作家就会陷入深层困境，这就是时代要求的必须满足但又无法如茅盾等人那样通过“执中”的方法修改，而只能是“重写”这一难以想象的方式来满足，这在李劼人重写《大波》的过程中被非常突出地表现出来。

李劼人在得知自己的作品需要修改时之所以“大吃一惊”[②]，一是因为他在 1949 年之后已决定搁笔，不再写作而是以全新的生活方式面对刚刚到来的新时代。于是他以为自己不再写作，别人也就会将曾经身为作家的李劼人遗忘。二是他自己早已认识到时代已经发生根本变化，曾经的创作如《死水微澜》等在他自己看来已随历史远去，同时，他本人处在今天看来也相对偏远的西部，以为不会有人注意他，所有这些直接导致他对修改要求的突然到来毫无心理准备。三是此时的李劼人已年过六旬，特别是从政

① 朱栋霖等主编：《中国现代文学史》（上册），高等教育出版社 1999 年版，第 150 页。

② 《李劼人全集》第九卷，四川出版集团，四川文艺出版社 2011 年版，第 249 页。

已有五年之久，无论是人生阅历还是从政的经历都会让他敏感地意识到修改要求的特殊意义。而《死水微澜》三部曲之所以要修改，特别是《大波》需要重写，其重要原因首先就在于作家本人意识到自己曾经对辛亥革命等问题的认识与新的时代之间存在极大距离，“由于解放后我参加了政治学习（我对政治学习是用了功的），回头再看辛亥革命运动，比前二十年更清楚，更透彻了。这次写《大波》，就想深入运动的本质”[①]，这一距离已被出版社注意到并要求“大大修改一下”[②]，出版社的具体修改要求连同他对自己的作品与时代之间距离的清醒认识可以说给李劼人带来了巨大的精神压力。同时，对知识分子批判的日趋激烈让他意识到修改特别是重写的迫切性。《大波》重写过程中李劼人亲历对胡风和流沙河《草木篇》的批判。其中批判《草木篇》时李劼人一开始还为流沙河辩护，认为“对《草木篇》的批评，使党的事业受影响……对《草木篇》的批评……是很粗暴的”[③]，但结果大出他的意料，他也很快公开检讨[④]，这极大增加了他的精神压力甚至恐惧感，也进一步意识到作品修改或重写的必要性，这或许是李劼人不顾年事渐高并且物质生活日益困难的状态下冒险重写《大波》的最直接原因。由于《大波》的修改在持续巨大的精神压力中进行，与艺术创作需要的自由精神状态完全相反，这样的修改当然也就无法轻易完成或根本就不可能完成。从 1954 年着手修改开始直到 1962 年长达八年的修改过程可以清楚看出，其间他不仅几易其稿，“《大波》现在正在写，一九五四年写的那一遍，不好，就丢掉了。一九五五年又写了第二遍，十多万字，看后觉得仍不好，也丢掉了。现在在写第三遍，已写了十七万字……拿现在写的七章来看，人物形象就很不统一，还得再下功夫改，我是愿意多改的”[⑤]，最终因修改给他带来的巨大精神压力以及体力消耗“在赶写原订第四部时病逝”[⑥]。重写《大波》与《死水微澜》三部曲曾经的创作过程相比可谓大相径庭，曾经的创作非常轻松，

① 《李劼人全集》第九卷，四川出版集团，四川文艺出版社 2011 年版，第 250 页。

② 同上书，第 243 页。

③ 同上书，第 166 页。

④ 同上书，第 168—203 页。

⑤ 同上书，第 250 页。

⑥ 《中国现代文学简明词典》，山东教育出版社 1987 年版，第 181 页。

"《大波》里的事情本有首尾，我自己又参加过，还怕写不出来吗？所以根本就不去构思……就寄出去了"①，重写《大波》所费去的时间和精力远远超过《死水微澜》三部曲。

五 1949年之后中国现代长篇小说修改的性质及影响

1949年之后中国现代长篇小说的修改不仅是中国现代长篇小说本身也是中国现当代文学与文化发展进程中的重要事件和现象，具有非同寻常的意义：对于中国现代作家而言，它是一个新的时代对他们提出的要求，要求他们通过旧作的修改进入新的时代；对于中国现代文学史而言，它是一个新的时代对这一历史核心内容或载体因而也就是对这一历史本身的着意改变，当代中国的历史观在这里发生严重变异，在一定程度上为文革的到来埋下了隐患；对于中国现代小说特别是长篇小说在当代中国与世界的接受而言，这一修改使得中国现代小说因而也是中国现代文学产生世界性误读，由此，对中国现代作家的艺术追求及艺术才能产生误解。因此，这一修改完全不同于作家本人对作品艺术完善式的修改，具有深刻的历史意义及深远的历史影响：

1. 修改的性质：中止或中断中国现代文学精神在当代中国传播的方式。1949年之后中国现代长篇小说的修改有其不可忽略的重要性质：首先，它是中止或中断中国现代文学精神在当代中国延续和传播的重要方式。中国现代文学在1949年因政权交替中断因而是未完成的文学史，但中国现代文学所秉承的以自由审美创造为核心的五四文学精神无疑会以各种各样的方式延续并表现自身②，其中完成并定型于1949年之前的作品特别是长篇小说是中国现代文学精神的重要载体和表现，修改完成并定型于1949年之前的长篇小说其重要作用就是消除存在和表现于其中的中国现代文学精神，从而从根本上中止或中断中国现代文学的发展。其次，它是1949年之后改造由现代进入当代或由民国进入共和国的知识分子的重要手段或方式。仅就中国现代作家这个特殊的知识分子群体而言，对他们的思

① 《李劼人全集》第九卷，四川出版集团，四川文艺出版社2011年版，第248页。

② 参见李城希《论"未完成的中国现代文学"》，《学术界》2002年第5期。

想改造实质上自延安文艺整风运动就已开始，第一次文代会之后时机成熟并正式拉开大幕，郭沫若、周扬、茅盾等人的报告对他们发出了明确的思想改造要求，“毛主席的《在延安文艺座谈会上的讲话》规定了新中国的文艺的方向……深信除此之外再没有第二个方向了，如果有，那就是错误的方向”[①]。如果说这是对中国现代作家思想改造的整体提醒，那么，中国现代长篇小说的修改可以看作是紧随其后改造知识分子的具体方式，“50 年代初长篇小说的修改浪潮是有知识分子的改造运动作为背景的。大量修改本的出现从某种意义上说，正是知识分子改造运动的一种结果”[②]，是对中国现代作家思想改造的直接具体化提醒。再次，它是 1949 年之后不断扭曲的历史意识与历史观的重要表现。1949 年之后中国现代长篇小说的修改开启了历史为我所用而不是尊重历史的先河，对中国现代长篇小说的修改实质上就是对中国现代文学重要载体因而也就是对这一历史本身为我所用式的着意改变，它与后来种种形式的修改一道共同构造了一部伪“中国现代文学史”，极大改变了这一历史的原初形态，尊重历史这一最基本历史意识和观念在这里首先被扭曲，为不久到来的“文革”打开了观念的闸门。

2. 修改的影响：“伪文本”的出现及其多重负面效应。如果把完成并定型的长篇小说初版本称为元文本，那么，1949 年之后中国现代长篇小说修改的最直接结果就是“伪文本”的产生。完成并定型的长篇作品在无论何种因素作用下因修改而产生的所有版本都应视作伪文本，原因在于它改变了旧作的历史与艺术的基本特性。1949 年之后当要求中国现代作家修改并重印其长篇旧作时，茅盾一开始就清醒意识到已完成并定型的小说作品一经修改“就失去了本来面目……而成为……‘新作’了”[③]，而这样的所谓“新作”就是作家本人看来也是伪文本因而对此并不认可。伪文本有各种各样的表现，但主要表现在：最表层的语言、叙事方式乃至结构等因跨时代修改而失去历史感；新的时代审美意图特别是意识形态的渗入甚至直接嵌入，从而背离或取代作者最初的审美意图；修改后的作品艺

① 《文学运动史料选》第五册，上海教育出版社 1979 年版，第 684 页。

② 金宏宇：《中国现代长篇小说名著版本校评》，人民文学出版社 2004 年版，第 19 页。

③ 茅盾：《写在〈蚀〉的新版后面》，《茅盾全集》第一卷，人民文学出版社 1984 年版，第 426 页。

术逻辑被打乱，艺术形象被改变；作家创造性的艺术想象和表现被消除，等等。就《子夜》而言，“如果把《子夜》的初版本同1954年版加以比照，会获取这样的深切的印象：事情经过了二十年，许多地方留下了时代的印迹和作家思想观念、审美经验变易的走向”[①]，修改必然改变旧作的原貌。

然而，由于修改后的重印，修改本或伪文本直接替代初版本或元文本在当代中国与世界流传，对中国现代作家的艺术才能及艺术理想、中国现代文学在当代中国与世界的传播、接受与研究、以中国现代长篇小说为载体的中外文学与文化交流、研究等都产生了直接的弥漫性影响：首先，伪文本的出现让当代中国与世界的读者对中国现代长篇小说艺术本身产生误解。典型的如《家》仅将“底”字换成“的”字，《子夜》将“汽车夫”改成“司机”等就使作品失去原有的历史感；对《子夜》中与吴荪甫相处时佣人王妈“风骚”形象的修改，让本是两厢情愿的男女关系变成了吴荪甫强奸王妈，吴荪甫的形象因此遭遇道德审判，等等。其次，伪文本的出现让当代中国与世界读者对中国现代作家的艺术才能及艺术追求产生严重误解。如20世纪80年代中期开始直至90年代对茅盾及其《子夜》艺术价值的持续否定，“所依据的往往是它的修改本或定本”[②]，其他作家作品的研究也一定是这样。再次，对以中国现代长篇小说为载体的中外文学与文化交流、研究产生重要影响。包括中国现代长篇小说在内的中国现代文学是1949年之后对外文学与文化交流的重要构成部分，这仅从《藤野先生》一文在中日文化交流中所起到的巨大作用就可以清楚看出，用今天的话来说就是文化软实力的重要表现。但是，仅就《子夜》而言，1954年的修改本成为后来对外翻译与传播的重要依据[③]，其中如德译本《子夜》，“1938年德累斯顿威廉—海奈出版社出版了弗朗茨·库恩翻译的《子夜》……到了1978年，联邦德国柏林欧伯尔包姆文学政治出版社又出版了新的版本。这次是在弗朗茨·库恩译本的基础上，由英格里德和汉学

① 孙中田：《〈子夜〉的艺术世界》，上海文艺出版社1990年版，第223页。

② 金宏宇：《论中国现代长篇小说的修改本》，《文学评论》2003年第5期。

③ 参见孙中田《〈子夜〉的艺术世界》，上海文艺出版社1990年版，第218—222页。

家沃尔冈·顾彬参照 1977 年北京版《子夜》校订的”[①]，而 1977 年北京版《子夜》显然与 1954 年修订版《子夜》有关，以严谨闻名于世的德国尚且如此，其他国家特别是当时的共产主义国家如苏联等就更不在话下。《家》、《骆驼祥子》等作品同样如此，修订本成为 1949 年之后中国现代文学对外交流的重要依据[②]，中国现代文学的境外接受和研究因此必然被扭曲。由此，1949 年之后的中国现代文学在当代中国与世界的传播、接受、研究与交流的内容或对象是包括长篇小说在内的被修改之后的混合物而不是中国现代文学本身。

此外，由于修改而不断当代化的中国现代长篇小说与当代文学及文化失去原有的历史与艺术差异或距离，从而让当代读者缺乏因时代的差异而来的历史距离感、陌生感、好奇感，失去对那段特殊历史应有的虔敬之情，当代文学也因此忽视了距离最近的本民族资源；由于修改，让当代中国与世界读者对中国现代作家的精神世界、艺术才能、艺术创造能力缺乏应有的关注和认识的热情；由于修改，人们对中国现代文学史这门课程本身的价值也同样存在负面认识，时至今日“中国现代文学”这门课程的出现不是因这段历史本身的价值而是因 1949 年之后的现实需要的观念依然存在。由此，无论是重新认识中国现代文学本身的艺术价值还是现代作家的艺术理想和艺术才能以及推进中国现代文学对外传播与交流等等，其首要任务就是搁置 1949 年之后因修改而产生的所有伪文本，让人们重新回到中国现代文学初版本所在的历史和艺术世界并深切感受这一历史的原初状态，感受中国现代作家们 1949 年之前自由的心跳。

3. 修改的历史教训：修改行为应当成为深刻历史教训。1949 年之后中国现代长篇小说的跨时代集体修改行为是中外文学与文化发展进程中的重要现象，修改的性质及影响决定了这一行为当成为深刻的历史教训。首先，1949 年之后在改造知识分子大背景之下的中国现代长篇小说的修改给当时的中国现代作家们造成了多大的精神压力今天已无从知晓，但从李劼人修改《死水微澜》三部曲特别是重写《大波》的过程仍然可以感同身

① 参见孙中田《〈子夜〉的艺术世界》，上海文艺出版社 1990 年版，第 220—221 页。

② 参见《巴金全集》第一卷，人民文学出版社 1986 年版，第 457—468 页中《家》的《法文译本序》、《罗马尼亚文译本序》、《意大利文译本序》、《为香港新版写的序》等。

受，修改要求无疑是对现代作家的精神折磨。其次，1949 年之后中国现代长篇小说的修改对中国现代文学原初状态、中国现代文学在当代中国与世界的传播、接受与研究等等到底产生了何等程度的影响无法估计，中国现代文学的世界地位是否因修改而受到影响也无法调查。除长篇小说外，中国现代文学中的中短篇小说在 1949 年之后也作了修改，而且改动不止一次①。此外，包括散文、书信、日记等在内的中国现代文学重要文献在 1949 年之后出版整理过程中作了哪些修改甚至根本改动今天同样无法估计。仅从长篇小说的修改来看，如《子夜》修改本中因对王妈形象的改变引起人们对吴荪甫形象的误解那样，由于对其中一些重要内容哪怕是非常微小的改动就会影响后来读者对作品本身的阅读感受，就能引起后来读者对作家的艺术理想及才能、作品思想内容及艺术价值等产生根本误读。因此，与中国现代文学原初形态相比，由于 1949 年之后对那些在新的时代看起来“违碍字句”的“更正”②，也许我们现在看到的中国现代文学因 1949 年之后的修改以及后来作家文集的整理出版而变得千疮百孔甚至根本就面目全非。如今，随着出版业的不断市场化，随意改编和编选到处都是，如不加注意，中国现代文学作品的出版与流传将更加缺乏历史意识的观照，这毫无疑问将进一步引起中外读者对中国现代文学的误读甚至从根本上失去兴趣。再次，1949 年之后中国现代长篇小说及其他现代文学文献在整理出版过程中的种种修改背后是历史意识与历史观念的根本缺失甚至完全颠倒。对于历史，后来人只有绝对尊重与极力保护而无随意改动、为我所用、任意涂改的权力，所能做的是在绝对尊重并极力保持历史原初状态的前提之下对历史展开批判性认识。在大谈所谓文化软实力的今天也许更是如此，恣意利用包括中国现代文学在内所有历史的现象将更加突出和泛滥，中国现代文学在这样的大背景中完全有可能再一次遭遇有形无形的种种修改。有鉴于 1949 年之后中国现代长篇小说的修改给中国现代作家、中国现代文学史本身所构成的种种影响，尊重中国现代文学史本身，重版、外译包括中国现代长篇小说在内的作品初版本从而让现今的读者走进中国

① 参见《沙汀文集》第七卷，上海文艺出版社 1992 年版，第 32 页。

② 同上。

现代文学史的原初世界就十分必要，这可以说是未来中国现代文学研究需要正视的第一工程，那段完全有可能辉煌灿烂却未能完成的历史及其背后中国人的精神世界需要原本地理解。

2010 年 10 月 10 日初稿

2013 年 4 月 13 日定稿

2013 年 8 月 18 日校毕

2013 年 10 月 10 日三校

参考文献

《中国新文学大系 1927—1937·小说集六·子夜》，上海文艺出版社1984年版。

《茅盾全集》，人民文学出版社1997年版。

《巴金全集》，人民文学出版社1986年版。

《沙汀文集》，上海文艺出版社1992年版。

《李劼人全集》，四川出版集团，四川文艺出版社2011年版。

《中国当代文学研究资料·茅盾专集》第一卷·上、下册，福建人民出版社1983年版。

《中国当代文学研究资料·茅盾专集》第二卷·上、下册，福建人民出版社1985年版。

李存光编:《中国现代文学史资料汇编（乙种）·巴金研究资料》，海峡文艺出版社1985年版。

曾广灿、吴怀斌编:《中国现代文学史资料汇编（乙种）·老舍研究资料》，北京十月文艺出版社1985年版。

刘增人、冯光廉编:《中国现代文学史资料汇编（乙种）·叶圣陶研究资料》，北京十月文艺出版社1988年版。

魏绍昌编:《中国现代文学史资料丛书（甲种）·鸳鸯蝴蝶派研究资料》（上、下），上海文艺出版社1984年版。

《文学运动史料选》第1—5册，上海教育出版社1979年版。

陈平原等编:《二十世纪中国小说理论史料》第1—5卷，北京大学出版社1997年版。

王运熙主编:《中国文论选》（近代卷）（上、下），江苏文艺出版社

1996年版。

王运熙主编：《中国文论选》（现代卷）（上、中、下），江苏文艺出版社1996年版。

陆梅林、盛同主编：《新时期文艺论争辑要》（上、下），重庆出版社1991年版。

叶子铭编：《茅盾自传》，江苏文艺出版社1996年版。

胡絜青编：《老舍写作生涯》，百花文艺出版社1981年版。

乐黛云：《透过历史的烟尘》，北京大学出版社1997年版。

陈子善：《文人事》，浙江文艺出版社1998年版。

石一歌：《鲁迅的故事》，上海人民出版社1973年版。

王晓明：《一个引人深思的矛盾——论茅盾的小说创作》，《中国现代文学研究》1988年第1期。

徐循华：《诱惑与困境——重读〈子夜〉》，《中国现代文学研究丛刊》1989年第1期。

蓝棣之：《一份高级形式的社会文件——重读〈子夜〉》，《上海文论》1989年第3期。

徐循华：《对中国现代当代长篇小说的一个形式考察——关于〈子夜〉模式》，《上海文论》1989年第3期。

王一川：《我选二十世纪中国小说大师》，《文学自由谈》1994年第4期。

葛红兵：《为二十世纪中国文学写份悼辞》，《芙蓉》1999年第6期。

李城希：《论未完成的中国现代文学》，《学术界》2002年第5期。

钟桂松：《二十世纪茅盾研究史》，浙江人民出版社2001年版。

李岫编：《茅盾研究在国外》，湖南人民出版社1984年版。

孙中田：《〈子夜〉的艺术世界》，上海文艺出版社1990年版。

丁帆等著：《中国乡土小说史》，北京大学出版社2007年版。

陈思和：《中国现当代文学名篇十五讲》，北京大学出版社2003年版。

钱理群、吴福辉、温儒敏：《中国现代文学三十年》，北京大学出版社1998年版。

朱栋霖、丁帆、朱晓进主编：《中国现代文学史》，高等教育出版社1999年版。

赵宪章主编：《西方形式美学》，上海人民出版社 1996 年版。

金宏宇：《中国现代长篇名著版本校评》，人民文学出版社 2004 年版。

陈建华：《革命与形式：茅盾早期小说的现代性展开 1927—1939》，复旦大学出版社 2007 年版。

黄健：《意义的重构——中国新文学生成的文化阐释》，中国社会科学出版社 2011 年版。

徐妍：《新时期以来鲁迅形象的重构》，安徽教育出版社 2008 年版。

王德威：《现代中国小说十讲》，复旦大学出版社 2003 年版。

许道明：《海派文学论》，复旦大学出版社 1999 年版。

赵乐甡、车成安、王林主编：《西方现代派文学与艺术》，时代文艺出版社 1986 年版。

［德］顾彬（Wolfgang Kubin）：《二十世纪中国文学史》，范劲等译，华东师范大学出版社 2008 年版。

［美］苏珊·朗格：《情感与形式》，刘大基、傅志强、周发祥译，中国社会科学出版社 1986 年版。

朱熹：《四书章句集注》，中华书局 1983 年版。

张岱年：《中国哲学大纲》，中国社会科学出版社 1982 年版。

胡益民、李汉秋：《清代小说》，安徽教育出版社 1997 年版。

张岱年、方克立主编：《中国文化概论》，北京师范大学出版社 1994 年版。

陈伯海主编：《上海文化通史》，上海文艺出版社 2001 年版。

张仲礼、熊月之、沈祖炜主编：《长江沿岸城市与中国近代化》，上海人民出版社 2002 年版。

刘达临编：《中国古代性文化》，宁夏人民出版社 1993 年版。

刘达临：《20 世纪中国性文化》，上海三联书店 2000 年版。

蔡勤禹：《民间组织与灾荒救治——民国华洋义赈会研究》，商务印书馆 2005 年版。

蔡勤禹、李娜：《民国以来慈善救济事业研究》，天津人民出版社 2010 年版。

范伯群：《中国现代通俗文学史（插图本）》，北京大学出版社 2007 年版。

范伯群、孔庆东主编：《通俗文学十五讲》，北京大学出版社 2003 年版。

吴子敏、徐迺翔、马良春编：《鲁迅论文学与艺术》（上、下册），人民文学出版社 1980 年版。

《鲁迅论创作》，上海文艺出版社 1983 年版。

鲁迅撰，郭豫适导读：《中国小说史略》，上海古籍出版社 1998 年版。

鲁迅：《坟》，人民文学出版社 1973 年版。

胡适：《尝试集》，安徽教育出版社 1999 年版。

［德］黑格尔：《精神现象学》（上、下卷），贺麟、王玖兴译，商务印书馆 1997 年版。

［德］康德：《纯粹理性批判》，邓晓芒译，杨祖陶校，人民出版社 2004 年版。

［法］萨特：《存在与虚无》，陈宣良等译，杜小真校，生活·读书·新知三联书店 1987 年版。

［德］埃德蒙德·胡塞尔：《逻辑研究》第一卷，倪梁康译，上海译文出版社 1994 年版。

［德］埃德蒙德·胡塞尔：《逻辑研究》第二卷第一部分，倪梁康译，上海译文出版社 1998 年版。

［德］埃德蒙德·胡塞尔：《逻辑研究》第二卷第二部分，倪梁康译，上海译文出版社 1999 年版。

［德］埃德蒙德·胡塞尔著，［德］克劳斯·黑尔德编：《现象学的方法》，倪梁康译，上海译文出版社 2005 年版。

［德］埃德蒙德·胡塞尔：《内时间意识现象学》，倪梁康译，商务印书馆 2009 年版。

倪梁康主编：《面对实事本身——现象学经典文选》，东方出版社 2000 年版。

倪梁康：《胡塞尔现象学概念通释》，生活·读书·新知三联书店 1999 年版。

［德］胡塞尔：《纯粹现象学通论》，李幼蒸译，商务印书馆 1997 年版。

［德］胡塞尔：《第一哲学》（上、下卷），王炳文译，商务印书馆 2006 年版。

［德］马丁·海德格尔：《存在与时间》（修订本），陈嘉映、王庆节

译，熊伟校，陈嘉映修订，生活·读书·新知三联书店1999年版。

[美] 约瑟夫·科克尔曼斯：《海德格尔的〈存在与时间〉》，陈小文、李超杰、刘宗坤译，商务印书馆1996年版。

[德] 马丁·海德格尔：《尼采》（上、下卷），孙周兴译，商务印书馆2002年版。

[德] 马丁·海德格尔：《时间概念史导论》，欧东明译，商务印书馆2009年版。

后　记

在王保生老师的持续关心和精心指导下，他五年前布置的这份关于《子夜》重读的作业现在总算做完了。2009 年 5 月间王老师在电话中对我说，可以看看《子夜》，前些年对茅盾否定得太厉害，这不正常，茅盾研究这些年来没有大的进展。但是像《子夜》这样的长篇小说已经过几十年的时间检验，无论人们评价如何，迄今没有也无法被历史遗忘本身就表明它一定有其深意在。他极力强调经典重读的意义和重要性，认为这直接关系文学史的重写，对《子夜》艺术意义的否定实质上就是重写文学史的重要表现。稍一回溯可以发现，同为小说，《红楼梦》等四大经典以及《金瓶梅》等古典小说的研究自评点以来，不仅名家辈出而且形成了不同学术流派，对中国学术、思想、文化的发展产生了多重深远影响。中国现代长篇小说即便是其中具有经典意义的《倪焕之》、《子夜》、《家》、《骆驼祥子》、《死水微澜》、《围城》、《财主的儿女们》等研究就没有这样幸运，不要说形成什么学术流派，就某部小说集中深入的研究都极为少见，这不是中国现代长篇小说本身没有容量，而是我们在相当大的程度上低估了它的艺术复杂性。7 月间，他来武夷山开会，我得以当面向他请教关于《子夜》的重读问题，并向他提出能否就这一问题到中国社会科学院访学进修一段时间，他欣然同意，并要我静下心来好好读一读《子夜》。于是在王老师的精心指导下，我开始集中阅读包括《子夜》在内的茅盾全部小说及相关文献。事实上此举并非急就，因为我哥哥李耀南的缘故，我很早就读了《蚀》，虽然不懂但开篇关于女性身体的表现带来的惊异感至今似乎还在，硕士研究生期间我的导师蒋心焕老师给我开设了中国现代小说史，茅盾小说研究是其重点内容之一，博士期间因为叶子铭老师的影响，对茅盾给予了较多的关注，因此，此次阅读茅盾的小说似乎有重温之感。最初完成关于《子夜》中人物形象群的论文之后交给王老师，他不仅作了非常具体细致的修改，而且在思考问题的方法上给了我很大的启示，后来每一部分的写作他都给予细致入微的指导和精心批改。春节前把书稿寄给王老师，他再次细致批改的同时还就书稿的整体结构提出了非常具体的修改意见，他还特别指出在修改过程中要注意鲁迅曾经对《子夜》的肯定以及茅盾文学奖设立的意义及影响。

书稿完成后我还分别寄给曹顺庆老师和蒋心焕老师，请他们百忙中予以指导以期认识的进一步深化。我博士毕业后到曹老师那里是打算系统加强文学理论的学习并略窥比较文学，到他那里之后发现，古代文论课他让比较文学博士生们在课堂上诵读十三经，西方文论是读伊格尔顿等人的原著，他对传统文化根底特别是读经的强调给了我很深的记忆。此次他看了书稿后除提出切实具体的修改意见外，特别强调要注意中国现代文学史的撰写与话语权之间的关系，如通俗文学的历史与艺术价值长期被压抑正是话语权而不是通俗文学本身的问题，新文学与通俗文学在其发生发展过程中不可能绝对排斥，同一民族的文学本身一定存在内在的同一性。同时，他还强调要注意西方话语世界中的中国现代文学阅读，从比较文学变异学出发，他强调要注意文学作品异域接受的变异特别是他国化等重要问题，由此，对西方有关中国文学的认识和结论要具体分析。

蒋老师曾经给我开设过中国现代小说史，他特别强调对历史转折过程中的问题及现象的认识，他对鲁迅、茅盾、郁达夫、路翎、张爱玲等小说的解释给了我深厚的教益。年过八旬的他看完书稿后，在电话和来信中提出了不少非常具体的修改意见。其中关于《子夜》与通俗文学之间的关系问题他很在意，提醒我在修改时注意中国现代作家如茅盾是如何将通俗文学的艺术手法融入新文学的创作之中而不露痕迹，同时他还指出，新文学与通俗文学之间的关系不止于茅盾，像张爱玲等人与通俗文学之间的关系都很值得深入研究。关于中国现代长篇小说的修改问题，作为亲历者，他认为1949年之后包括小说、戏剧等在内的中国现代文学作品及相关文献都存在不同程度的修改，虽然1959年前后不少作家将曾经修改的作品恢复原貌，但修改对中国现代文学研究产生的影响不可估量，澄清这一历史非一日之功。

三位老师曾经的直接影响以及此次关于书稿修改的宝贵意见我都极力融入修改过程之中，在此谨向他们致以诚挚谢意！特别是王老师，前前后后多次来信，他的热情关心与细致入微的指导给了我很深的记忆，让我知道什么叫踏踏实实。同时，此次访学得以近距离感受和体验中国社会科学院所具有的特殊学术氛围，其影响自不待言。感谢茅盾研究的前贤时俊特别是资料整理者们的辛劳和洞见。感谢倪梁康老师在南京大学时讲现象学的持久影响。

书稿的完成当然并不意味着对茅盾及其小说艺术思考的结束。80年代以来对茅盾小说艺术意义与价值的持续否定无异于身后受难，其程度的严重丝毫不异于生前，只是把痛苦转移到了亲友以及那些曾经对他不乏崇拜之情的人们身上。因此，深入研究茅盾的小说艺术世界不只是审美认识的需要，还涉及直接的历史与现实生活问题，其意义远远超出艺术和学术本身。书稿的些微思考也因此一定非常有限甚至存在不少问题和缺陷，还是那句话，敬请碰巧翻到此书的您一笑之后不吝多多赐教。

再次感谢厦门大学“中央高校基本科研业务费专项资金”的资助，感谢连续几届系内外研究生们的耐心听讲和他们的青春与智慧，其中电子系的李海雄及海洋系的李达（女）同学对小说艺术的特殊阅读给了我很深的记忆。在新加坡大学留学的吴尧为我提供了境外相关研究的信息。感谢《文学评论》编辑部的邢少涛先生及《名作欣赏》编辑部的郭子君女士，他们的热情关心和指导使得书稿中的部分内容得以先期发表。感谢中国社会科学出版社的陈肖静女士，除热情关心本书的出版事宜及繁难反复的校对外，她细致精准的修改完善美化了书稿许多不成熟的思考。

2013年5月20日 厦门 鼓浪屿东